Anna Weydt

W0367926

Dark Forest Coven

Elsterschatten

IMPRESS

© privat

Anna Weydt, 1989 in Hamburg geboren, studierte Germanistik und lebt in Niedersachsen. Sie ist gerne unterwegs und lässt die Begeisterung für das Reisen und neue Orte in ihre Texte einfließen. In ihren Geschichten sucht sie nach dem kleinen Funken, der ganze Welten aus den Angeln heben kann.

VORBEMERKUNG FÜR DIE LESER*INNEN

Liebe Leser*innen,

dieser Roman enthält potenziell triggernde Inhalte. Aus diesem Grund befindet sich hier eine Triggerwarnung. Am Romanende findest du eine Themenübersicht, die Spoiler enthält.

Entscheide bitte für dich selbst, ob du diese Warnung liest. Gehe während des Lesens achtsam mit dir um. Falls du auf Probleme stößt und/oder betroffen bist, bleibe damit nicht allein. Wende dich an deine Familie und an Freunde oder suche dir professionelle Hilfe.

Wir wünschen dir alles Gute und das bestmögliche Erlebnis beim Lesen dieser besonderen Geschichte.

Anna und das Impress-Team

Maybe it's not about the length of time you've known someone.
Maybe it's about instant recognition on an unconscious level.
Our souls know each other.
— S.E. Hall

PLAYLIST

Jedes Kapitel hat seine ganz eigene Stimmung – mal traurig, mal nachdenklich, mal voller Herzklopfen. Diese Songs haben mich beim Schreiben der Geschichte mit den Charakteren fühlen lassen und deshalb möchte ich sie dem Roman gern als Playlist voranstellen.

Babe – Taylor Swift
Don't You Forget About Me – Simple Minds
Golden – Harry Styles
Don't Kill My Vibe – Sigrid
Don't Feel Like Crying – Sigrid
Dangerous – Roxette
Rewrite The Stars – Zac Efron, Zendaya
Uncover – Zara Larsson
Runaway – Linkin Park
Waking the Witch – Kate Bush
The Witch's Daughter – Ashley Serena
Shock to Your System – Tegan and Sara
Castle of Glass – Linkin Park
Midnight – The Birthday Massacre
Noises – Pale Waves
Savin Me – Nickelback
Be Bold and Be Brave – Secession Studios & Greg Dombrowski
Unfamiliar – The Birthday Massacre
All Souls Night – Loreena McKennitt

Make Them Gold – CHVRCHES
Just Like Fire – P!nk
Lost In The Echo – Linkin Park
Mother's Daughter – Miley Cyrus
Family – The Chainsmokers & Kygo
Willow Dancing Witch Version – Taylor Swift
She Cometh – Dark Magic Music
Pins and Needles – The Birthday Massacre
Only For The Weak – In Flames
The Curse – Agnes Obel
Fuel to Fire – Agnes Obel
One for Sorrow – Insomnium
Magpie – The Unthanks
The Night We Met – Lord Huron ft. Phoebe Bridgers
Paint It, Black – Ciara
Goodbye – Apparat
Rescue Me – OneRepublic
Hey, Soul Sister – Train

One for Sorrow

One for sorrow.
Two for joy.
Three for a girl.
Four for a boy.
Five for silver.
Six for gold.
Seven for a secret,
Never to be told.
Eight for a wish.
Nine for a kiss.
Ten for a bird,
You must not miss.
Eleven is worse.
Twelve for a dastardly curse.

Englischer Kinderreim

1

One for sorrow
Mit einiger Anstrengung wuchtete ich meinen Koffer die Rolltreppe hinauf zum Gleis. Sie war kaputt, einen Aufzug gab es nicht. Schweiß stand auf meiner Stirn.

Verdammt, dieser Sommer war wirklich unerträglich heiß.

Oben angekommen blieb ich einen Augenblick stehen, um wieder zu Atem zu kommen. Nun war es also so weit: Ich würde Berlin verlassen, um in einem kleinen Ort im Harz meine Wunden zu lecken. Wunden, von denen ich vor zwei Tagen nicht geglaubt hätte, sie jemals zugefügt zu bekommen. Meine Gedanken reisten zurück zu dem Tag, an dem ich meinen Freund – jetzt Ex-Freund – mit meiner besten Freundin zusammen im Bett erwischt hatte. Zu seinen gestammelten Erklärungsversuchen und dem Glitzern in ihren Augen. Zu den Lügen, die Mila unserer Clique erzählt hatte. Zu den bösartigen Nachrichten, die mein Handy geflutet hatten. Sie hatte das alles wirklich schlau eingefädelt, hatte dafür gesorgt, dass ich nicht nur meinen Freund verlor, sondern auch noch alle Glaubwürdigkeit. Sie hatte mir gezeigt, wie flüchtig Freundschaften waren und wie schnell alles, was man für sicher gehalten hatte, beendet werden konnte.

Ich seufzte und griff nach dem Koffer. Vor zwei Tagen hatte ich auch mit meiner Tante Alma telefoniert. Am Abend des Telefonats war meine Mutter von der Arbeit nach Hause gekommen und ich hatte ihr von meinen Plänen erzählt. Wobei *erzählt* das falsche Wort war: Ich hatte sie vor vollendete Tatsachen gestellt. Erst war sie nicht begeistert gewesen, hatte Bedenken geäußert, aber dann hatte sie mich doch ziehen lassen. Schließlich bat ich sie nicht darum, auf ein Festival mit reichlich Alkohol und fremden Männern fahren zu dürfen, sondern in den Harz. Zu meinen Verwandten. In ein Dorf, in dem sich Fuchs und Hase Gute Nacht sagten. Wäre es nach mir gegangen, wäre ich sofort gefahren. Die Bahn hatte das aber anders gesehen, weswegen ich nur ein Ticket ein paar Tage später bekommen hatte.

Und jetzt stand ich hier. Abfahrbereit.

Ich justierte meinen Rucksack nach und sah mich um. Auf dem Gleis war einiges los: Familien mit Kindern, eine Horde älterer Damen, die beschwipst schunkelten, Studierende, in Lernkarten vertieft, und Geschäftsleute, die mit gewichtiger Miene telefonierten. Weit und breit kein freier Platz, um meinen Rucksack abzustellen. Hoffentlich kam der Zug bald.

Langsam ging ich über den Bahnsteig, bis ich den gröbsten Andrang hinter mir gelassen hatte.

Mein Handy surrte. Ich schaute schon gar nicht mehr drauf. Es war sicherlich schon wieder Philipp. Nachdem ich ihn und Mila hatte stehen lassen und mit tränenüberströmtem Gesicht mit dem Rad nach Hause gefahren war, wobei mich beinahe eine aufgeregte Elster in den Gegenverkehr gedrängt hätte, war einen Tag lang Ruhe gewesen – danach hatten seine Nachrichten begonnen. Erst waren sie flehentlich gewesen, dann selbstgerecht und schließlich beleidigend. Ich sei an allem schuld, schließlich hätte ich so wenig Zeit für ihn gehabt. Jede dieser Nachrichten hatte gestochen wie eine Wespe, war unter die Haut gegangen. Deshalb hatte ich seine Nummer gesperrt. Aber er schaffte es trotzdem immer wieder, mich zu erreichen – offenbar hatte er sich nicht nur bei *einem* Kumpel das Handy geliehen, sondern gleich bei mehreren. Deshalb ignorierte ich jetzt alles, was nicht von meiner Mutter oder meiner Tante kam.

Ich erspähte einen freien Platz. Endlich! Dort konnte ich meinen Rucksack loswerden. Natürlich hatte ich viel zu viele Bücher eingepackt, auch wenn ich wusste, dass der Ort, an den ich fuhr, eine Bibliothek besaß. Aber dort gab es sicher nur alte Schinken. Uninteressante alte Schinken. Mit einiger Mühe wuchtete ich meinen Rucksack auf die Bank und ließ mich danebenplumpsen. Die Ansagetafel kündigte das Eintreffen des Zuges in zehn Minuten an.

Ich griff in eine der Außentaschen des Rucksacks und zog eine Banane hervor. Während ich sie schälte, schaute ich nach rechts. Mein Blick blieb an einem jungen Mann hängen, ein paar Jahre älter als ich. Vielleicht um die zwanzig. Er hatte braunes Haar mit einem Rotstich, sein Gesicht war von Sommersprossen übersät und er hatte seine Nase tief in ein Buch gesteckt. Er war mir direkt sympathisch.

Vorsichtig rutschte ich ein wenig nach vorn, legte die Banane zur Seite und tat so, als würde ich mir meine Sneakers zubinden. Dabei versuchte ich unauffällig den Titel des Buches zu erhaschen. Wenn er es doch nur ein bisschen höher halten würde, dann könnte ich ...

Er hob den Kopf und unsere Blicke trafen sich. Seine Augen hatten die gleiche Farbe wie sein Haar und etwas an sich, das mich nicht wegsehen ließ. Es war wie eine elektrische Verbindung, die sich plötzlich zwischen uns aufspannte. Er hatte feine Züge und ein ausgeprägtes Kinn. Fast schien sich mein Hirn jede Linie seines Gesichts, jede Sommersprosse, jedes Haar genau einprägen zu wollen. Ich wusste, dass ich ihn anglotzte, aber ich konnte es einfach nicht abstellen.

Er grinste.

Mit einer nicht sehr eleganten Bewegung rutschte ich auf meinen Platz zurück. Meine Wangen brannten und ich starrte angestrengt auf die Schienen vor mir. Verdammt, warum musste ich so seltsam sein? Warum konnte ich nicht wie ein normaler Mensch zu ihm gehen und fragen, was er las? Nein, lieber machte ich komische Verrenkungen, um ja keinen sozialen Kontakt herstellen zu müssen. Am liebsten hätte ich mir gegen die Stirn geschlagen, aber ich war mir nicht sicher, ob er noch in meine Richtung sah. Das hätte dem Ganzen noch die Krone aufgesetzt. Wenn er mich nicht jetzt schon für merkwürdig hielt, spätestens dann wäre es so weit. Innerlich schüttelte ich den Kopf. Warum war das überhaupt wichtig? Er war ein völlig Fremder. Was kümmerte es mich, was er von mir dachte?

Der einfahrende Zug rettete mich aus meiner Misere. Schnell sprang ich auf, griff nach meinem Rucksack und tauchte in der Menge der wartenden Menschen unter. Mein Herz klopfte rasend schnell.

Ich wartete, bis die Türen sich öffneten. Dann wuchtete ich den Koffer die

Stufen nach oben und ließ mich einige Minuten später in einem Abteil auf meinen reservierten Platz fallen. Ob der lesende Fremde wohl in denselben Zug gestiegen war? Ich hatte mich nicht mehr getraut, über die Schulter zu gucken. Sei's drum. Ich sollte mich nicht auf fremde Typen konzentrieren, sondern darauf, nicht noch einmal so eine Enttäuschung wie mit meinem Ex zu erleben. Mit einer fahrigen Bewegung zog ich mein aktuelles Buch hervor und begann zu lesen.

***

Ein paar Stunden und zweimal Umsteigen später war ich endlich da. Den Jungen hatte ich nicht noch einmal gesehen. Etwas in mir fand das furchtbar schade, aber ändern konnte ich daran nichts. Außerdem wurde ich von der Landschaft abgelenkt, die schon seit geraumer Zeit an mir vorbeizog und dabei wie aus einem Bildband wirkte: zerklüftete Felsen, ewig weite Kornfelder, Flüsse, die sich in vielen Windungen durch die Natur schlängelten – und immer wieder dichter Tannenwald mit bemoostem Boden.

Der Zug hielt an dem kleinen Bahnhof. Ich stieg aus und wurde von Sommerluft und lauem Wind empfangen. Ganz anders als in Berlin und viel kühler.

Einen Augenblick lang verharrte ich, dann zog ich meinen Koffer über die Pflastersteine.

Das Bahnhofsgebäude war alt: Verschnörkelte Türmchen, Messingschilder und ausgesessene Holzbänke erinnerten mich stark an Gleis 9 ¾. Vor der Tür wartete schon das Taxi, das eine meiner Tanten für mich bestellt hatte. Ich stieg ein und wir fuhren los.

Auch wenn ich die Strecke nach Tannenburg schon einige Male mit meiner Mutter gefahren war, konnte ich mich nicht an der Landschaft sattsehen. Schließlich war ich bisher nur im Winter hier gewesen – mit kahlen Bäumen und pudrigem Schnee, wohin das Auge blickte. Jetzt waren die Straßen von strahlend grünem Blattwerk überwachsen, durch das nur ab und zu ein Sonnenstrahl fiel. Der warme Sommerwind, der durch die offenen Fenster hereinkam, spielte mit meinem Haar und ich fühlte mich zum ersten Mal, seit ich Berlin verlassen hatte, nicht so, als würden mir die Tränen kommen. Rechts türmte sich eine meterhohe Felswand, links ging es steil in die Tiefe. Der Taxifahrer jagte wie ein Wahnsinniger durch die Kurven. Meine Hand klammerte sich am Türgriff fest.

»Sind wir bald da?«, fragte ich nach der nächsten Kurve.

»Fünf Minuten noch, Mädchen.« Er sah in den Rückspiegel und nickte mir zu. Dabei schien er den Radfahrer völlig zu übersehen, der direkt vor uns fuhr.

»Vorsicht!« Ich deutete nach vorn.

Der Taxifahrer riss das Steuer nach links und preschte in keinem halben Meter Abstand an ihm vorbei. Dabei hupte er wild und zeigte seinen Mittelfinger im Rückspiegel. »Diese Straßenhechte, eine echte Plage.« Er versuchte abgeklärt zu wirken, aber ich sah ihm an, dass er sich genauso erschrocken hatte wie ich. Eilig drehte ich mich um, um zu sehen, ob es dem Radfahrer gut ging, bevor uns die nächste Kurve außer Sichtweite brachte.

Mich traf es wie ein Blitz: der Junge vom Gleis!

Er hatte angehalten und sah unserem Wagen hinterher. In einer Hand hielt er ein Handy, wahrscheinlich hatte er sich das Kennzeichen notiert. Hatte er mich gesehen? Innerlich betete ich, dass das nicht der Fall war.

Das Taxi hielt vor dem Haus meiner Tante. Der Fahrer war bereits von ihr bezahlt worden und half mir beim Ausladen. Dann klemmte er sich wieder hinters Steuer und fuhr genauso halsbrecherisch davon, wie er gekommen war.

Ich atmete tief durch.

Geschafft.

Jetzt war ich also hier. Weit weg von meinem Ex, weit weg von Mila und all dem Chaos, das beide hinterlassen hatten. Das Haus meiner Tanten hatte sich seit unserem letzten Besuch vor zwei Jahren kein bisschen verändert: Es war ein Fachwerkhaus mit einem wunderschönen überdachten Balkon, an dem mehrere Windspiele befestigt waren, und dunkelblau angestrichenen Ornamenten, die die Bedachung verzierten. Vor dem Haus lag ein kleiner Garten. Er war Tante Almas Reich. Üppige Blumen, die an dem Holzzaun emporwucherten, Bohnenstangen, Kartoffelgrün. Sie hatte Geschichten davon erzählt, wie ihr Garten im Sommer blühte, jetzt endlich konnte ich es selbst sehen.

Die Eingangstür öffnete sich und Tante Franka steckte den Kopf heraus. »Nora!« Sie strahlte über das ganze Gesicht. »Da bist du ja!« Mit schnellen Schritten kam sie den gepflasterten Weg bis zum Gartentor hinunter, öffnete es und zog mich in ihre Arme. Auch sie hatte sich kaum verändert: Ihre pechschwarzen Haare waren zu einem Zopf streng nach hinten gebunden und ihre grauen Augen waren genauso stechend, wie ich sie in Erinnerung hatte. Als würde sie mit ihnen in Menschen hineinsehen können.

Unwillkürlich musste ich lächeln. Franka und Alma waren zwei ungleiche Schwestern, aber eins hatten sie gemeinsam: Sie waren unglaublich herzlich. Schade, dass wir so selten bei ihnen waren. Das Einzige, das ich diesbezüglich wusste, war, dass vor vielen Jahren etwas vorgefallen sein musste, das meine Mutter dazu bewogen hatte, Tannenburg zu verlassen und nie wieder zurückzukehren. Sie hatte nie darüber gesprochen und ich hatte nicht gefragt. Wir hatten eine stumme Abmachung: Ich horchte sie nicht über ihre Mutter, Oma Ida, aus, die zusammen mit Franka und Alma in diesem Haus wohnte, und sie ließ mich machen. Damit fuhren wir beide ganz gut.

»Hattest du eine gute Anreise?« Franka schob mich auf Armeslänge von sich.

Ich beeilte mich zu nicken. »Ja, ja absolut. Nur der Taxifahrer war ein bisschen«, ich suchte nach Worten, »wild.«

Sie lachte. »André? Das sieht ihm ähnlich. Aber du bist ja heil da. Komm rein, du kennst dein Zimmer.«

Zusammen schleppten wir meinen Koffer in den Flur. Anders als im Winter war er jetzt nicht mit Mistel- und Tannenzweigen dekoriert. Stattdessen schlängelten sich bunte Rankblumen aus Kübeln die Wände hoch. Sonst war alles beim Alten: Links stand ein Garderobenschrank aus hellem Holz, davor lag das Hundekörbchen von Oskar, Almas Labrador. An der rechten Wand war eine Schlüsselablage angebracht, daneben ein mannshoher Spiegel. Links und rechts ging es in die Räume meiner Tanten, geradeaus in Richtung

Wohnzimmer. Dort führte auch die Treppe nach oben. Im ganzen Haus roch es nach Kräutern, vor allem aber nach Lavendel, der über jedem Türbogen angebracht war.

»Deinen Koffer bringen wir nachher hoch. Komm!« Franka hielt auf die Treppe zu und führte mich in das Zimmer im ersten Stock, das meine Mutter und ich früher bei unseren Besuchen bezogen hatten. Ich hatte es schon immer gemocht, denn es strahlte eine beruhigende Gemütlichkeit aus. In keiner Weise war es mit unserer cleanen Altbauwohnung in Berlin zu vergleichen, im Gegenteil. Am ehesten ähnelte es dem Dark-Academia-Stil: Zwei Wände waren dunkelblau gestrichen, an einer hatte meine Tante goldene Sterne angebracht. Ein Schrank aus dunklem Holz stand von der Tür aus rechts, auf ihm lag ein alter Reisekoffer. Rechts thronte ein Bett aus einem Eisengestell, an der Wand hinter ihm hingen mehrere Bilderrahmen und erneut eine Handvoll getrocknete Kräuter.

Franka machte eine ausholende Geste. »Willkommen in deinem Reich. Oder sollte ich sagen: deinem Refugium?« Sie zwinkerte mir zu.

Ich senkte den Blick und grinste verhalten. Ja, Franka wusste definitiv Bescheid. Das hatte ich schon bei unserem Telefonat bemerkt. Aber sie war höflich genug, um mich nicht auszufragen. Ich setzte den Rucksack ab und wusch mir im angrenzenden Badezimmer die Hände.

Als ich zurückkam, fragte Franka: »Möchtest du den Laden gleich sehen oder dich morgen früh überraschen lassen?«

Kurz überlegte ich, bevor ich antwortete: »Jetzt?«

»Alles klar.« Sie streckte ihre Hand in die Hosentasche. »Hier ist dein Schlüssel. Pass gut auf ihn auf. Wenn du dich eingelebt hast, kann es vorkommen, dass du den Laden für einen Tag allein führen musst, aber keine Angst«, hängte sie sofort an, als sie meinen Gesichtsausdruck sah, »das machen wir erst, wenn du dich sicher fühlst.«

Während wir die Treppe wieder nach unten gingen, summte Franka vor sich hin. Als wir auf die Straße traten, ging die Sonne gerade unter. Sie malte bunte Farben an den Himmel, als wäre er ihre Leinwand.

»Hier entlang.«

Wir spazierten ein kurzes Stück die Straße hinunter, dann schloss Franka die Tür zum Laden auf, der meine perfekte Ausrede gewesen war, um den Sommer in Tannenburg zu verbringen. Denn meine Großmutter befand sich nach einem Herzinfarkt in der Reha. Franka und Alma wäre es zeitlich nicht möglich gewesen, den Laden über den gesamten Sommer zu öffnen, hätte ich mich nicht angeboten einzuspringen, immerhin arbeiteten sie beide in der Tourismuszentrale in Thale.

Der Laden befand sich in einem Haus der Jahrhundertwende, das direkt zwischen der Hauptstraße und dem Fluss lag, der einmal quer durch den Ort verlief. In den großen Sprossenfenstern mit Rundbogen entdeckte ich schon die ersten Waren, die Oma Ida verkaufte. Ich hatte den Laden noch nie von innen gesehen, dafür hatte meine Mutter bei unseren kurzen Besuchen gesorgt.

»Hereinspaziert!«, rief Franka wie auf dem Jahrmarkt.

Drinnen sah es genauso urig aus, wie ich es mir vorgestellt hatte: knarzende Dielen, dunkle Regale und mehrere Plüschsessel im hinteren Bereich, in deren Mitte ein runder Tisch stand. Auf ihm lag abgedeckt etwas, das meinen Blick sofort magisch anzog.

»Was ist das?« Ich trat näher, aber Franka machte eine Handbewegung, als ob es nicht weiter wichtig wäre.

»Ach, das ... ist Idas Glaskugel.«

»Ihre *was*?« Meine Stimme ging eine Oktave nach oben. Seit wann las meine Großmutter die Zukunft aus einem Stück Glas?

Franka drehte sich um. »Du wirst hier einiges finden, das du nicht erwartet hast, Nora«, sagte sie mit einem Gesichtsausdruck, den ich nicht deuten konnte.

Der Satz löste bei mir aber kein Unbehagen aus – vielleicht hätte er das tun sollen. »Was heißt das?«

»Wir verkaufen den üblichen Plunder ... Postkarten, Kühlschrankmagneten. Du weißt, was ich meine.«

Ich nickte.

»Aber Ida ist auch für ... äh ...«, sie unterbrach sich, »für etwas anderes bekannt.«

Warum klang sie so geheimnisvoll? Sonst redete Franka nie um den heißen Brei herum. »Sie dealt aber nicht mit Drogen, oder?«, versuchte ich die Situation aufzulockern.

Franka lachte auf. »Nein, keine Sorge. Wir verkaufen esoterischen Bedarf.«

»Warum hast du das nicht gleich gesagt?« Es war doch nichts dabei. In Berlin gab es etliche Läden, die Kristalle, Tarotkarten und vieles mehr an den Mann brachten. Ehrlicherweise hatte ich mich schon das ein oder andere Mal dabei erwischt, wie ich in einem von diesen Läden gelandet war, um mir die Edelsteine und den Schmuck anzusehen.

Franka zuckte mit den Schultern. »Ich dachte, das würde dich abschrecken.«

Jetzt musste ich lachen. »Überhaupt nicht. Legt sie auch Tarotkarten?«

»Manchmal.«

»Cool.«

Die Erleichterung meiner Tante stand ihr ins Gesicht geschrieben, als sie fortfuhr: »Hauptsächlich geht Tee gut, der steht da hinten. Wir haben Gläser, aus denen abgefüllt wird, wenn ein Kunde sich für einen entschieden hat. In der Ecke mit der Glaskugel sind die Kristalle untergebracht. Wir decken sie jeden Abend ab, nur zur Sicherheit. Durch die vielen Fenster kann man sehr leicht reinsehen. Der Touri-Bedarf ist im vorderen Bereich, Briefmarken sind neben der Kasse in der kleinen Schublade. Habe ich noch was vergessen?« Sie legte einen Finger an ihr Kinn. »Ich denke nicht. Die Schicht im Laden geht um neun Uhr morgens los, wir essen heute Abend erst nach acht. Schau dich also gern so lange noch ein wenig im Dorf um.«

Während Franka die Tür zum Laden verschloss, ging ich die Dorfstraße hinunter. Die beiden Cafés waren bereits geschlossen, die Touristen saßen in ihren Ferienwohnungen. Nur ein Restaurant hatte noch geöffnet. Niemand war auf den Straßen zu sehen. Das hatte sich also nicht geändert.

Ich erreichte einen Kreisverkehr, direkt dahinter ging es zum Fluss hinunter. Ein Blick über die Schulter: immer noch keiner da. Eilig lief ich den grasbewachsenen Abhang ans Wasser, zog meine Schuhe aus und hielt meine Füße ins kühle Nass. Der Strom kam direkt vom Brocken, dem höchsten Berg im Harz, wo es auch jetzt im Sommer an vielen Tagen noch kalt war. »Ah.«

Einen Augenblick lang starrte ich auf das Flussgras, das wie gekämmtes grünes Haar mit der Strömung sacht hin und her trieb. Ich war tatsächlich hier. Und ich hatte seit meiner Ankunft nicht einen Gedanken an Philipp verschwendet. Verdammt, es war die richtige Entscheidung gewesen herzukommen. Hier würde ich entspannen können, ohne an jeder Ecke an ihn erinnert zu werden.

Als ob er spürte, dass ich an ihn dachte, vibrierte mein Handy. Augenrollend zog ich es hervor … und tatsächlich: Es war schon wieder er, mit *noch* einer neuen Nummer, und Mila hatte sich auch bemüht. Ich biss mir auf die Lippen, spürte, wie das wütende Zittern meiner Hände wieder einsetzte. Wie konnte eine Person so dreist sein? Es war genug. Ein für alle Mal.

Einem Impuls folgend stand ich auf, holte aus und warf. Mit einem satten Platschen landete das Handy im Wasser. Jetzt würden weder mein Ex-Freund noch meine ehemals beste Freundin mich erreichen können. Endlich Ruhe!

Jemand räusperte sich und mein Kopf ruckte nach oben.

O nein!

Der Junge vom Bahnsteig in Berlin stand auf der Brücke, die über den Fluss führte, seine Arme auf der Brüstung abgestützt, während ein amüsiertes Grinsen seinen Mund umspielte. Manchmal hasste ich mein Leben.

2

Als die Sonne durch die halb geschlossenen Vorhänge strahlte, wachte ich auf. Es war kurz nach sechs, aber ich fühlte mich so ausgeschlafen wie schon lange nicht mehr. Alma hatte mir nach dem Abendessen noch einen ihrer selbst hergestellten Tees gekocht, der mich sofort auf eine wohlig warme Art und Weise müde gemacht hatte. Keine Albträume, keine Gedanken an Philipp – es war herrlich gewesen.

Ich zog mich an und ging die Treppe hinunter in die Küche. Sie war im Landhausstil gehalten und es duftete bereits nach angebratenen Zwiebeln. Aber niemand war zu sehen. Erst als ich durch die Terrassentür nach draußen ging, sah ich Franka: Sie stand draußen und fütterte einen pechschwarzen Kater. Sein Fell glänzte in der Morgensonne, während er gierig auf die Dose starrte, die Tante Franka in der Hand hielt. Dabei schlug sein Schwanz hin und her.

»Da bist du ja schon, Nora. Darf ich vorstellen? Das ist ein Streuner, der uns seit zwei Wochen besucht. Selbst von Oskar lässt er sich nicht vertreiben. Er ist immer hungrig, selbst wenn er das Futter gerade erst verdrückt hat.« Sie wedelte mit der leeren Dose.

Als ich auf die Terrasse getreten war, hatte sich die Aufmerksamkeit des Katers weg von Tante Franka und auf mich gerichtet. Er musterte mich aufmerksam aus moosgrünen Augen, die mit goldenen Flecken gesprenkelt waren. Fast so, als wollte er mich nach meinem Namen fragen. Vorsichtig ging ich in die Knie und streckte meine Hand aus.

Kurz zögerte das hübsche Tier, dann ging es auf mich zu: die Ohren nach vorn, den Schwanz aufgestellt. Er stieß sein Köpfchen gegen meine Hand und ich kam der Aufforderung nach Streicheleinheiten nach.

»Na so was«, Franka trat zwei Schritte zurück, »von mir lässt er sich nie anfassen, aber Katzen haben ihren eigenen Kopf, nicht wahr?« Sie ging an mir vorbei ins Haus. »Wir sehen uns gleich im Laden, Liebes.«

Ich nickte, dann setzte ich mich auf den Boden und streichelte den Streuner weiter. Sein Fell war gepflegt, wie das einer Katze, die ein Zuhause hatte. Vielleicht hatte er das auch und füllte in der Nachbarschaft zielsicher seinen Bauch. »Wenn ich doch nur deinen Namen wüsste«, murmelte ich, während ich ihm über den Rücken streichelte.

Azem.

Ich erstarrte. Schaute auf den schnurrenden Kater, der mir immer noch seinen Rücken hinhielt. Hatte ich mir das gerade eingebildet? Oder hatte ich den Namen, der mir urplötzlich in den Sinn gekommen war, schon einmal woanders gehört?

Fieberhaft dachte ich nach, aber mir fiel bei bestem Willen niemand ein, der so hieß. Weder Tier noch Mensch. Seltsam.

Ein letztes Mal noch fuhr ich mit der Hand durch das Fell. Dann stand ich auf, verabschiedete mich und aß die Reste des Omeletts, das Franka in der Küche für mich hatte stehen lassen. Danach machte ich mich auf den Weg zum Laden.

Franka war schon da und hinter der Theke stand …

»Tante Alma!«

»Nora! Endlich sehen wir uns. Ich war noch unterwegs …« Weiter kam sie nicht, denn in diesem Moment wurde ich von Oskar umgerannt, der schwanzwedelnd um mich herumtollte. Als ich mich zu ihm hinunterbeugte, hielt der braune Labrador in seinem Freudentaumel inne und schnüffelte an meiner Hand. Er schien alles andere als begeistert.

Alma kam hinter der Theke hervor. »Du kommst wie gerufen! Ohne dich hätten wir den Laden über den Sommer zulassen müssen. Ich habe so viel im Haus zu tun und habe eine«, sie machte eine Pause, als suchte sie nach Worten, »Weiterbildung angefangen.«

Ich sah, wie Franka Alma einen Blick zuwarf, als wollte sie sie daran hindern weiterzusprechen, aber Alma ließ sich nicht beirren. Im Gegensatz zu

Franka war sie viel kleiner und rundlicher, aber mit demselben schwarzen Haar, nur dass sich durch ihres eine weiße Strähne zog. Es war mit einer Nadel zu einem Dutt geformt. Alma hatte eine Vorliebe für Kristallketten und selbst gestrickte Socken in allen Farben des Regenbogens. »Hilfst du mir dabei, die Schilder nach draußen zu räumen, Nora?«

Gemeinsam trugen wir die Aufsteller vor die Tür, die verkündeten, was es im Laden meiner Großmutter zu kaufen gab. Während Alma die Rollen richtig einstellte, hielt ich das Schild fest. Dabei fiel mir ein älterer Herr auf, der auf der anderen Straßenseite stand und zu uns hinüberblickte. Seine Arme waren vor der Brust verschränkt, seine buschigen Augenbrauen missbilligend zusammengezogen. »Wer ist das?«, fragte ich meine Tante.

Alma folgte meinem Blick und seufzte. »Ach, das ist Herr Heinrich. Er ... sieht es nicht gern, dass Ida hier ... Lesungen anbietet.«

Ich runzelte die Stirn. »Wieso das denn?«

»Du wirst es noch merken, Nora: Die Leute hier im Dorf mögen keine Menschen, die anders sind. Ich weiß, dass das für eine waschechte Berlinerin wahrscheinlich schwierig zu fassen ist, weil bei euch alles so offen ist ... Aber hier sind die Menschen nicht so.«

»Du meinst, sie sind engstirnig?«, bot ich an.

»Könnte man so sagen.« Alma gab dem Schild einen Klaps. »Mach dir keine Gedanken. Meistens gucken sie nur.«

Auch wenn ich wusste, dass mich diese Worte beruhigen sollten, taten sie genau das Gegenteil. Die Feindseligkeit, die von dem alten Herren ausging, konnte ich sogar aus dieser Entfernung spüren. Bei keinem meiner Besuche war mir das bisher aufgefallen, aber ich war auch immer nur ein paar Tage hier gewesen, bevor es meine Mutter zurück nach Berlin gezogen hatte. Ich hatte nie Zeit gehabt, die anderen Dorfbewohner kennenzulernen oder etwas über das Verhältnis meiner Tanten zu ihnen zu erfahren.

»Entschuldigung?« Eine Stimme lenkte mich ab. Sie gehörte zu einer Frau, die mehrere Postkarten in der Hand hielt. »Kann man bei Ihnen auch Briefmarken kaufen?«

Ich nickte lächelnd und erledigte unter den wachsamen Augen meiner

Tante meine erste Tat als Verkäuferin, indem ich die Briefmarken hervorkramte.

Der Rest des Vormittags verging wie im Fluge: Ich beriet zwei Urlauberinnen, die sich bei der Wahl ihrer Ansichtskarten nicht entscheiden konnten, lernte, wie man die Kasse bediente, und hörte Alma und Franka dabei zu, wie sie zwei Kundinnen die Vor- und Nachteile bestimmter Kristalle erklärten. Den alten Herrn sah ich nicht wieder und als die Kirchenglocke zwölf schlug, sagte Alma: »Mittagspause, Nora. In einer Stunde geht es weiter. Solange machen wir zu.«

Franka deutete in Richtung des Hauses: »Möchtest du mit uns zu Mittag essen?«

Ich lauschte auf meinen Magen, aber ich hatte noch keinen Hunger. »Ich gehe eine Runde spazieren.«

»In Ordnung. Dann bis nachher!«

Ich trat auf die Straße und streckte mich. Fast automatisch sprang mein Blick zu der Stelle, an der der alte Herr gestanden hatte, aber er war fort. An seiner statt standen fünf Meter weiter zwei Frauen, die schon die siebzig kratzten. Sie starrten mich genauso durchdringend an wie der Mann vorhin.

Eilig senkte ich den Kopf und lief über die Straße. Aus den Augenwinkeln sah ich einen Vogel über den Asphalt hüpfen, dicht gefolgt von einem weiteren. Eine der älteren Damen gab einen Schreckenslaut von sich. Hatte sie sich wehgetan? Besorgt tat ich einen Schritt in ihre Richtung, aber anstatt mich zu sich zu winken, bekreuzigten sie sich. Dann rief die eine zu mir hinüber: »Bleib, wo du bist!«

Was sollte das nun wieder? Müsste ich sie kennen? Schnell sah ich an mir hinunter: Mom-Jeans, ein Crop-Top und Sneakers – nein, das war nun wirklich nichts Außergewöhnliches. Almas Worte kamen mir wieder in den Sinn: *Du wirst es noch merken, Nora: Die Leute hier im Dorf mögen keine Menschen, die anders sind.*

Aber war ich so anders?

»Mach dir nichts draus, die sind zu jedem so, den sie nicht kennen«, sagte eine Stimme neben meinem linken Ohr. »Es könnte natürlich auch daran liegen, dass sie dich wie ich dabei beobachtet haben, wie du dein Handy im Fluss versenkt hast.«

Ich wirbelte herum. Und da stand er: Der Typ vom Bahnsteig in Berlin. »Du schon wieder«, rutschte es mir heraus.

»Das kann ich nur zurückgeben«, sagte er und milderte seine Worte mit einem schnellen Lächeln ab.

»Und das aus dem Mund von jemandem, der sich von Taxifahrern umfahren lässt.«

Seine Augen weiteten sich. »Das warst auch du?«

»Also genau genommen war das André.« Jetzt musste ich auch grinsen.

Er streckte die Hand aus. »Adrian.«

»Nora«, sagte ich und ergriff sie. »Du kommst also aus Berlin.«

»Ich studiere dort«, sagte Adrian. »In den Semesterferien fahre ich nach Hause.«

»Und das hier ist dein Zuhause?«, fragte ich, während mein Blick wieder auf die alten Damen fiel, die immer noch tuschelnd in einiger Entfernung standen.

»Schuldig im Sinne der Anklage.« Er machte eine Bewegung mit dem Arm in Richtung des Flusses. »Lass uns runtergehen, dann musst du ihnen nicht mehr dabei zusehen, wie sie sich das Maul zerreißen.«

Ich ließ ihn gewähren, auch wenn eine Alarmleuchte in meinem Hinterkopf anging. Adrian schien auf den ersten Blick zu der Art von Mann zu gehören, um die ich normalerweise einen großen Bogen machte, um mein Herz nicht zertrampeln zu lassen. Hat ja gut funktioniert, erinnerte mich mein Hirn mit einem sarkastischen Unterton und ich musste schlucken. Auch wenn mein Ex mich nicht mehr erreichen konnte: In meine Gedanken stahl er sich trotzdem noch. Aber vielleicht wollte Adrian auch einfach nur nett sein. Also gab ich mir einen Ruck und folgte ihm.

Er führte mich hinunter zum Fluss, allerdings an eine andere Stelle als die, an der ich gestern gesessen hatte. Hier stand eine Bank und man konnte uns von oben nicht sehen.

»Und du?«, fragte Adrian mich, als wir uns gesetzt hatten. »Du kommst jedenfalls nicht von hier, so viel ist sicher.«

Ich nickte. »Stimmt, ich komme auch aus Berlin. Aber ich arbeite hier ... über den Sommer.« Irgendetwas hielt mich davon ab, ihm zu erzählen, dass ich Frankas und Almas Nichte war. Ob es an den Blicken der Frauen lag oder dem alten Herrn heute Morgen – ich konnte es nicht sicher sagen.

»Ach?« Er zog eine Augenbraue nach oben. »In dem Hexenladen?«

»Dem was?«

»Na, dem Laden, in dem sie Tarotkarten legen.«

»Ja«, sagte ich zögernd. »Genau da.«

Er lehnte sich zurück. »Krass. Wie bist du denn da rangekommen? Und wieso gerade hier? In Berlin gibt es doch tausend Möglichkeiten, sich über den Sommer etwas dazuzuverdienen.«

Langsam kam ich in Bedrängnis, aber ich wollte ihm immer noch nicht sagen, dass ich zur Familie gehörte. Also blieb ich so dicht an der Wahrheit, wie ich konnte. »Ich wollte mal raus. Die Stadt ist im Sommer so stickig und außerdem gehört es sich nicht, fremde Leute auszufragen«, ging ich zum Gegenangriff über.

Adrian schmunzelte. »Touché. Dann muss ich wohl etwas von mir erzählen.«

»Nur wenn du willst.«

Er bückte sich und hob einen der Steine vom Boden auf. »Er ist flach, siehst du? Perfekt, um ihn springen zu lassen.«

Adrian stand auf, ging leicht in die Knie und ließ den Stein über das Wasser hüpfen. Zwei, drei Sprünge, dann versank er. Adrian setzte sich wieder. »Ich studiere Medizin, habe vor einem Jahr angefangen. Ist sau viel Arbeit und ich habe es mir anders vorgestellt.«

Ein Mediziner also. Davon hatte mein Ex-Freund, der selber Jura studierte, auch einige im Bekanntenkreis. Keiner von ihnen war mir besonders sympathisch.

»Und du?«, fragte er. »Was studierst du?«

»Gar nichts«, antwortete ich und sah ihn provozierend an. »Ich gehe noch zur Schule.«

»Eine Schülerin also.«

»Sieht so aus.«

Wir schwiegen einen Augenblick und ich fragte mich, ob es das gewesen war. Wahrscheinlich würde er gleich aufstehen und sich verabschieden. Etwas in mir fand das schade, aber ein anderer Teil schob dieses Gefühl entschieden zur Seite.

»Wie alt bist du eigentlich?«, fragte er schließlich betont beiläufig.

»Siebzehn. Und du?«

»Neunzehn.«

Ich grinste ihn an. »Alter Mann.«

Gespielt empört stemmte er die Hände in die Hüften und tat dann so, als würde ihm der Rücken wehtun. Ich schüttelte den Kopf. Dann sah ich einen Schatten, der sich über das Geländer der Brücke beugte. Es war eine der alten Frauen. Hatten sie immer noch nicht genug?

Adrian folgte meinem Blick und rollte mit den Augen. »Das ist der Grund, weshalb ich nach Berlin gegangen bin.«

»Verständlich«, sagte ich. »Sag mal … ist das wirklich normal hier?«

Einen Augenblick lang sagte Adrian nichts, dann erwiderte er: »Es ist nicht so einfach.«

»Was denn?« Er wusste also mehr, als er zugeben wollte. Ich hatte es geahnt.

»Wenn du nicht von hier kommst, kannst du das natürlich nicht wissen und vielleicht ist es auch besser, wenn das so bleibt. Du wirst ja nur über den Sommer hier sein, oder?«

»Schon. Aber ich wüsste gern, wieso ich oben im Laden von Leuten böse angestarrt werde. Liegt es an meiner Kleidung?«

Adrian schmunzelte. »Nein. Wobei …« Er musterte mich von oben bis unten und meine Wangen fingen an zu brennen. »Nein, definitiv nicht.«

»Idiot«, ich kniff ihn in den Arm. »Jetzt sag schon.«

»Aua!« Er zögerte, bevor er es sagte. »Die Familie, die den Laden führt, hat einen Ruf.«

Das hatte ich mir fast gedacht. Aber ich wollte mehr wissen. »Und das heißt?«

Adrian druckste herum, es fiel ihm offensichtlich schwer, auf den Punkt zu kommen. War es so schlimm? Oder schämte er sich? Schließlich rückte er mit der Sprache raus. »Also ... weißt du, viele Leute im Dorf glauben, dass der Laden von Hexen geführt wird.«

Jetzt war ich es, die ihn sprachlos anstarrte. »Was?«

»Es klingt total bescheuert, das ist mir klar.«

»Ja, das tut es. Hexen gibt es nicht. Also jedenfalls keine, die in Hogwarts zur Schule gegangen sind und bei Snape Zaubertränke gebraut haben.«

»Das sag mal den beiden da oben«, er nickte mit dem Kopf in Richtung der alten Frauen, die immer noch auf der Brücke standen.

»Verarschst du mich gerade?« Das konnte doch nicht sein Ernst sein. Wer glaubte denn an Hexen und Zauberer? An Hermine, Gandalf oder Merlin? Deren Kräfte so sichtbar waren, dass man sie nicht leugnen konnte. Ich wusste, dass der Harz viel Profit aus dem Thema zog, allein das Städtchen Thale mit dem Hexentanzplatz schlachtete das Thema bis zum Erbrechen aus. Aber das war Marketing, um Touristen anzulocken. Niemand glaubte doch wohl wirklich an Magie im eigentlichen Sinne?

Adrian wirkte bedrückt, als er sagte: »Leider nein. Je tiefer du in den Harz fährst und je kleiner die Dörfer werden, desto lebendiger ist der Glaube an ... nun ja ... an Hexen.«

»Und Magie?«

»Das auch.«

Ich konnte es immer noch nicht recht fassen, deshalb hakte ich noch einmal nach: »So richtig mit Flüchen – du weißt schon: Avada Kedavra und so?«

»Ja.«

Ich verschränkte die Arme vor der Brust. »Krass.«

Das erklärte eine Menge. Um nicht zu sagen, alles. Ein esoterischer Laden wie der meiner Tanten war in Berlin keine Besonderheit. Aber hier ... hier schien er offenbar das Misstrauen der Leute zu wecken.

»Mach dir keine Sorgen«, sagte Adrian. »Sie reden nur. Meistens jedenfalls.«

»Meistens?« Meine Stimme schwankte. Was sollte das nun wieder heißen?

Und warum musste ich dabei daran denken, dass Franka eine ähnliche Wortwahl benutzt hatte?

»Wenn ich dir das erzähle, nimmst du das nächste Taxi in Richtung Bahnhof. Und wer weiß, wie viele Radfahrer du auf deiner Flucht mitnimmst. Das kann ich nicht verantworten«, sagte er, halb im Scherz, halb ernst.

»Ey«, ich sah ihn böse an, »dafür kann ich nichts.«

»Das würde ich jetzt auch behaupten.« Bildete ich es mir nur ein oder versuchte er mich absichtlich aufzuziehen? Aber davon würde ich mich nicht ablenken lassen. »Was heißt meistens, Herr Doktor?«

Adrian rieb sich die Stirn. »Du lässt auch nicht locker, oder?«

»Niemals!«

»Na gut. Du wolltest es so. Einmal im Jahr gibt es ein Dorffest, zur Sommersonnenwende.«

»Was für ein Wort.«

»In der Tat.«

»Was ist das für ein Fest?«, bohrte ich weiter.

»Dort feiern sie den Tod der Hexen, die vor langer Zeit das Dorf mit einem Fluch belegt haben sollen. Die armen Frauen, die den Laden führen, haben es in dieser Zeit nicht leicht. Dabei bin ich sicher, dass an den Gerüchten nichts dran ist. Aber erzähl das mal Leuten, die in dieser Dorfgemeinschaft aufgewachsen sind.«

»Sie brauchen einen Außenseiter, einen Sündenbock«, sagte ich leise.

»Genau das.«

»Puh.« Jetzt machten Tante Frankas Worte gleich viel mehr Sinn. Ob meine Mutter davon wusste? Sie hatte mir jedenfalls nie davon erzählt. Bis jetzt hatte ich gedacht, dass ich das Leben meiner Verwandtschaft zumindest rudimentär kannte, aber das? Das war mir völlig neu. Wieso blieben sie in einem Dorf, das ihre Anwesenheit nicht wollte?

»War klar, dass dir das zu denken gibt«, sagte Adrian. »Tut mir leid, ich wollte dir nicht den Tag versauen.«

»Was? Nein. Es ist nur … Ich dachte bis vor fünf Minuten, dass diese Art von Dorfdynamik nur in amerikanischen Filmen vorkommt.«

Er sah auf seine Hände. »Das würde ich mir wünschen.«

Die Uhr, die in dem Türmchen des gelb angestrichenen Holzhauses auf der anderen Seite des Flusses hing, schlug zur vollen Stunde. »Shit, ich muss los.«

»Pause vorbei?«

»Ja.« Ich stand auf. »Schön dich kennengelernt zu haben.«

»Gleichfalls.«

Wir umarmten uns kurz. Dabei fiel mir auf, dass er verdammt gut roch.

»Vielleicht sehen wir uns ja noch mal, Nora aus Berlin.«

»Ganz bestimmt.« Ich holte tief Luft, hielt kurz inne und sagte dann: »Immerhin ist der Laden meiner Tanten nur einen Hexensprung entfernt.«

Damit drehte ich mich grinsend um und ließ Adrian stehen.

Ein schneller Blick über die Schulter verriet mir jedoch, dass er mir mit offenem Mund hinterher starrte.

3

Two for joy

Alma stellte einen Topf mit Suppe vor uns auf dem Esstisch ab. Ein Korb mit frisch gebackenem, duftendem Kräuterbrot und Butter standen bereits daneben. Nach und nach tat sie erst mir, dann sich selbst und schließlich Franka auf.

Ich hatte den Rest des Tages damit verbracht, die einzelnen Kristalle und ihre Heilwirkung zu lernen, denn meine Tanten hatten gehörig untertrieben, was ihren Kundenstamm anging: Es gab viele, die den Laden besuchten – nicht um Postkarten und Nippes zu kaufen, sondern um sich beraten zu lassen. Zwar lebten die meisten ihrer Kunden in den Nachbardörfern und angrenzenden Städten, aber das Geschäft lief rund. Umso ärgerlicher war es, dass die Dörfler meine Familie auf dem Kieker hatten.

Als auch Alma saß, konnte ich mich nicht mehr zurückhalten. »Warum sind hier alle so feindselig?«, platzte es aus mir heraus.

»Autsch!« Alma hatte sich am heißen Topf verbrannt.

»Ich meine ... ich habe heute jemanden getroffen, der behauptet, die Leute aus dem Dorf würden glauben, unsere Familie könne zaubern. Absolut lächerlich.« Meine Tanten tauschten Blicke. »Oder nicht?«, hakte ich nach.

»Es ist nicht so einfach, Nora.«

»Was soll das denn heißen? Welcher normale Mensch gibt im 21. Jahrhundert bitte ein Fest, um den Tod anderer zu feiern? Und macht dann seinen Nachbarn das Leben schwer, weil man sie für Hexen hält?«

»Wo hast du das gehört?«, fragte Franka scharf.

Ihr Ton überraschte mich. Normalerweise war meine Tante die Ruhe selbst.

»Ich ... ich habe einen Jungen getroffen, er hat mir davon erzählt.«

»Natürlich.« Alma klang bitter. »Sie müssen es jeden wissen lassen.«

»Alma …« Franka sah meine andere Tante an, als ob sie ihr am liebsten den Mund verboten hätte. Dann wandte sie sich wieder an mich. »Hör zu, Nora. Dieses Dorf ist nicht so wie Berlin oder andere Großstädte. Die Leute bilden sich viel auf vermeintliche Traditionen ein, auch auf welche, die gar keine sind.« Sie nahm einen Löffel von der Suppe.

»Aber was bedeutet das?« Warum war Franka so gut darin, alles, aber gleichzeitig nichts zu sagen? Als ob sie sich um das Thema herumwinden wollte.

»Das bedeutet, dass sie uns wegen einer Geschichte verurteilen, die ungefähr hundertsiebzig Jahre her ist«, sagte Alma und ignorierte Franka. »Nora hat ein Recht darauf, es zu erfahren«, sagte sie an ihre Schwester gewandt. »Sie ist Teil dieser Familie, das werden sie auch noch herausfinden. Wenn der Junge sie schon ausgefragt hat, wird es nicht mehr lange dauern.«

»Na schön«, murmelte Franka.

Alma tunkte ein Brotstück in ihre Suppe. »Ich hätte mir gewünscht, dir nicht davon erzählen zu müssen. Du solltest einen schönen Sommer hier haben, einen unbeschwerten. Nach dem, was meine Schwester gesagt hat … nun ja.« Sie unterbrach sich. »Du weißt, was die Hexenverfolgung war, oder?«

Ich nickte.

»Gut. Du weißt auch, dass sie bis ins 18. Jahrhundert andauerte?«

Wieder nickte ich.

»Dieses Dorf und einige andere hier in der Gegend haben noch länger an dieser Praktik festgehalten. Deshalb gab es auch lange nach den offiziell letzten Hexenverfolgungen hier immer noch Jagden. Niemand hat darüber gesprochen, es waren Einzelfälle … Jedenfalls haben die offiziellen Stellen es so hingestellt.«

Franka übernahm: »Auch im 19. Jahrhundert haben viele Menschen hier in der Gegend noch an Magie geglaubt: Fabelwesen, Rituale, der böse Blick. Als die Ernte zwei Winter in Folge verdorben war, suchte man Schuldige.«

»Und es hat jemanden aus unserer Familie getroffen?«

»So ist es. Sie hieß Johanna, wir wissen nicht viel über sie. Nur dass sie

Opfer des Aberglaubens wurde. Man hat ihr einen Scheiterhaufen gebaut und … sie verbrannt«, sagte Alma leise. »Seitdem haben die Dörfler ein Auge auf uns. Aber die Kräuterlehre gehörte auch schon im 19. Jahrhundert zu unseren Gaben. Auch wenn die Leute es nicht zugeben wollen: Sie kamen damals zu uns und sie tun es noch heute.«

Ich gab einen ungläubigen Laut von mir. »Aber das ist Ewigkeiten her! Wie kann es sein, dass das immer noch eine Rolle spielt?«

»Tradition«, sagte Franka schlicht. »Dinge ändern sich hier nur langsam. Die Arbeitslosigkeit ist groß, die Leute haben viel, viel Zeit. Da ist es einfach, einen Sündenbock zu finden und sei es aus Gründen, die … streitbar sind.«

Also hatte Adrian recht behalten. Die Dörfler waren so sehr in ihrem Aberglauben gefangen, dass sie selbst jetzt noch Vorurteile pflegten. Und damit hätte ich niemals im Leben gerechnet.

»Mach dir keine Gedanken, Nora«, sagte Tante Alma, die meine Schweigsamkeit misszuverstehen schien. »Wir sind nicht mehr im 19. Jahrhundert. Heute beschränkt sich die Verachtung auf Streiche, die eigentlich auch nur um die Sommersonnenwende vorkommen.«

»Also jetzt.«

»Ja.« Alma senkte den Kopf.

»Mach es wie wir: Ignorier sie einfach!«

Schweigend aßen wir weiter. So lecker die Suppe auch war, die Offenbarung meiner Tanten ließ mich nicht los. Hätte ich geahnt, was für eine Geschichte meine Familie hatte … Mir war bis gestern nicht einmal klar gewesen, wie lang unsere Historie zurückging. Keine meiner ehemaligen Freundinnen in Berlin wusste noch, wie ihre Ururgroßeltern hießen. Ich atmete tief durch.

»Noch etwas anderes«, wechselte Franka das Thema. »wir möchten übermorgen Oma Ida besuchen. Wir hätten dich gefragt, ob du mitkommst, aber dann müssten wir den Laden schließen …«

»Gar kein Problem«, beeilte ich mich zu sagen. »Ich schaffe das schon.«

Hoffte ich jedenfalls. Unter dem Stern der Dinge, die ich gerade erfahren hatte, spürte ich ein leichtes Flattern in der Magengegend bei dem Gedanken daran, allein im Laden zu stehen. Aber dafür war ich hergekommen. Und nun würde ich meine Tanten auch unterstützen, egal wie gern ich meine Großmutter auch gesehen hätte. Vielleicht bot sich auch noch ein anderer Tag an, an dem ich sie besuchen konnte. »Grüßt sie von mir und wünscht ihr gute Besserung.«

Alma lächelte. »Das machen wir gern … hier«, sie schob mir etwas über die Eichenbohlen des Tisches zu. »Mir ist zu Ohren gekommen, dass du deins verloren hast. Der Dorftratsch. Du weißt schon.«

Vor mir lag ein Handy. Nicht zu fassen. Verlegen nahm ich es und schob es in die Tasche meines Hoodies, den ich für die kühlen Abendstunden übergezogen hatte. »Danke.«

»Nicht dafür, Liebes.«

Als Alma begann die leeren Teller einzuräumen, standen wir auf. »Ich gehe hoch«, sagte ich und fühlte das Handy in meiner Hoodietasche.

»Falls du noch rausgehen möchtest, schalte es bitte ein«, sagte Franka. »Ist das in Ordnung für dich?«

»Klar.« Wenn ich daran dachte, was sie mir gerade erzählt hatten, war ich sogar froh darüber, wieder ein Handy zu haben. Langsam bekam ich den Eindruck, dass das Dorf doch nicht der friedliche Ort war, für den ich es gehalten hatte.

»Ach und eine Sache noch.« Franka beugte sich vor, während Alma im Hintergrund den Geschirrspüler einräumte. »Ich weiß nicht, mit wem du gesprochen hast, und ich möchte auf keinen Fall die gleichen Vorurteile haben wie die Dörfler uns gegenüber. Aber nimm dich vor der Bürgermeisterfamilie in Acht, besonders vor Martin Engels und seinem Sohn.«

»Okay …«

»Ich meine das ernst, Nora. Sie sind nicht gut auf uns zu sprechen.«

»Alles klar.« Ich wusste zwar nicht, woher ich wissen sollte, wer zu dieser Familie gehörte, aber ich hatte ohnehin nicht vor, hier viele Freundschaften zu knüpfen. Auch wenn ich die Erzählung meiner Tanten zu der Geschichte unserer Familie spannend fand, wusste ich doch, warum ich hier war: um meinen Ex zu vergessen. Auf keinen Fall wollte ich das Drama, dem ich gerade entkommen war, durch ein neues eintauschen. »Ich passe auf mich auf, versprochen.«

»Gut.«

»Brauchst du noch Hilfe?«, fragte ich meine andere Tante, die gerade den Geschirrspüler anstellte.

»Nein, nein. Geh ruhig nach oben.«

Und das tat ich. Langsam und nachdenklich stieg ich die Treppen hinauf in den ersten Stock. In meinem Zimmer hatte jemand die Fenster geschlossen, die ich heute Morgen zum Lüften geöffnet hatte. Mit einem leisen »Flump« ließ ich mich aufs Bett sinken. Es war herrlich weich.

Mir ging das Gespräch einfach nicht aus dem Kopf, das wir gerade geführt hatten. Das alles klang für mich nicht nach einem Dorf aus dem 21. Jahrhundert, sondern so, als ob die Leute hier gedanklich im Mittelalter hängen geblieben wären. Wie konnte man eine Familie mehr als ein Jahrhundert später immer noch für etwas verurteilen, das es schlichtweg nicht gegeben hatte, niemals geben würde? Das war verrückt.

Ich griff nach meinem Rucksack und holte den Laptop heraus, den ich wider besseres Wissen mitgenommen hatte. Ein Blick in mein E-Mail-Postfach zeigte mir, dass Philipp und meine ehemals beste Freundin auch davor nicht haltgemacht hatten. Ich markierte alle Mails und schob sie, ohne sie zu lesen, in den Spam. Dann fiel mir siedend heiß ein, dass ich meine Mutter noch gar nicht angerufen hatte. Wie ich sie kannte, wollte sie wissen, wie es mir ging. Schnell zog ich das Handy hervor, speicherte ihre Nummer, die ich im Laptop notiert hatte, neu ein und schrieb ihr eine längere Nachricht, in der ich auch erklärte, warum ich selbst eine neue Nummer hatte. Danach schloss ich den Laptop und legte auch das Handy weg.

Und jetzt? Der Abend war noch jung, die Sonne würde erst in etwa zwei Stunden untergehen. Sollte ich mich jetzt schon hinlegen? Etwas in mir wollte noch einmal raus ins Dorf, allein um all den Menschen da draußen zu zeigen, dass ich mich nicht vor ihnen fürchtete. Immerhin war ich hergekommen, um mich zu entspannen, nicht um vom Regen in die Traufe zu rutschen.

Entschlossen stand ich auf und verließ das Zimmer. Auf meinem Weg nach unten googelte ich nach Wanderwegen, denn ich wusste, dass es davon einige in und um das Dorf herum gab. Der Harz war durchzogen von alten Pfaden und geheimen Wegen, die an Plätze führten, die man nur fand, wenn man diese Routen kannte.

Zwei Klicks später stieß ich auf einen Weg, der unmittelbar hinter dem Haus meiner Tanten begann und den Berg hinauf zu einem Aussichtspunkt mit Namen *Brauner Hirsch* führte. Ich kannte ihn noch nicht, bei unseren Besuchen waren wir aber auch nie gewandert. Meine Mutter hatte die Zeit eher damit verbracht, sich mit Oma Ida zu kabbeln, während ich oben im Zimmer im Netz surfte oder, als ich jünger war, unter dem Tannenbaum spielte. Wenn wir es mehr als eine Nacht ausgehalten hatten, war der Besuch ein voller Erfolg gewesen. Es war schade, denn meine Tanten hatten mir viel von den Abenteuern der drei Schwestern während ihrer frühen Kindheit erzählt. Leider war unsere Beziehung durch die wenige Zeit, die wir miteinander verbringen konnten, immer oberflächlich geblieben.

Die Website versprach jedenfalls einen einzigartigen Ausblick auf das Dorf und die Umgebung. Konnte ja nicht schaden, mir einen Überblick zu verschaffen, oder?

Ich verließ das Haus und lief durch den Garten, in dem Tante Alma gerade das Gemüse goss. Ich winkte ihr zu, ging dann durch das Tor auf die Straße und folgte dem schmalen Pfad, der wie aus dem Nichts aufgetaucht war. Er führte entlang von Felswänden, die mit Moos und anderen Pflanzen bewachsen waren. Rechts erhoben sich majestätisch Tannen und Laubbäume, deren Äste leise im Wind raschelten. Der Weg nahm rasch an Steigung zu und als ich einmal nicht hinschaute, stolperte ich.

»Mist!«

Ich sah die Wurzel, die aus dem Boden rankte böse an. Dabei fiel mir auf, dass sich meine Kette von meinem Hals gelöst hatte. Schnell bückte ich mich und strich mit dem Daumen über den Halbmond aus Gold, in dessen Mitte ein Edelstein baumelte. Die Kette hatte mir meine Mutter vor einigen Jahren zum Geburtstag geschenkt. Sie war alt und der Verschluss löste sich immer wieder. Eigentlich hatte ich vorgehabt, sie in den Ferien reparieren zu lassen.

»Vorsichtig, die Baumwurzeln sind tückisch, Fräulein Bleifuß.«

Ich zuckte zusammen. »Adrian! Erschreck mich nicht so!« Mein Herz hämmerte wie verrückt gegen sein Rippengefängnis.

»Sorry.« Er wirkte nicht so, als würde es ihm leidtun.

»Wo kommst du her, verdammt? Hier gibt es nur einen Weg und der führt nach oben.« Ich deutete mit dem Daumen in die Richtung, in der mein Ziel lag.

»Da bist du falsch informiert«, sagte er mit einem belehrend nach oben gereckten Zeigefinger, wobei ich ahnte, dass er das nicht ganz ernst meinte.

»Na, wenn das so ist.«

Er streckte seine Arme aus. »Darf ich?«

»Klar.«

Adrian legte seine Hand auf meine Schulter und drehte mich nach links. Seine Finger berührten dabei meine Haut, was mir ein Kribbeln durch den ganzen Körper jagte.

»Da. Siehst du?«, sagte er und deutete auf einen schmalen Weg, der sich steil den Abhang hinaufwand. »Das ist eine Abkürzung, wenn man nicht an ...« Er stockte, als würde ihm gerade wieder etwas einfallen. Ich wusste auch, was es war. Mit einem bitteren Unterton sagte ich: »Wenn man nicht am Haus meiner Tanten vorbeigehen möchte.«

Er senkte den Kopf. »Tut mir leid.«

Ich machte einen Schritt zurück, sodass Adrians Hand von meiner Schulter rutschte. »Bist du auch einer von denen?«, fragte ich und konnte es nicht verhindern, an Almas und Frankas Worte zu denken.

Adrian hob beide Hände. »Nein! Definitiv nicht.« Als ich nichts erwiderte, schien er zu begreifen, dass das nicht reichte. »Hör zu, ich bin hier die ersten Jahre aufgewachsen. Dann haben sich meine Eltern getrennt und ich bin mit meiner Mutter nach Goslar gezogen. Erst als ich sechzehn war, haben sie wieder zueinandergefunden und ich bin erneut in diesem Kaff gelandet. Ich weiß, was über deine Familie gesagt wird, aber ich glaube nicht an Hexerei oder daran, dass deine Tanten irgendwem etwas Böses tun wollen. Und erst recht nicht, dass du irgendetwas damit zu tun hast.«

Das klang ehrlich. Blieb nur noch eine Frage … »Was willst du hier um diese Uhrzeit?«

Er lachte. »Die Aussicht genießen, genau wie du, nehme ich an. Lass uns zusammen zum *Braunen Hirsch* gehen. Dort oben gibt es eine alte Eiche, auf die ich als Kind gern geklettert bin. Ich war schon Ewigkeiten nicht mehr dort und wollte sehen, ob es sie noch gibt …« Er machte eine einladende Geste und ich ging voran.

Es dauerte nicht lange und wir hatten den Gipfel erreicht. Wir traten aus dem Wald heraus auf eine kleine Ebene, von der aus es steil in die Tiefe ging. Von hier oben hatte man einen fantastischen Blick auf das Tal, in dem das Dorf lag, und auf die umliegenden Hügel. Alle waren dicht mit Tannen bewachsen, nur entlang der Straße standen Laubbäume. Das Dorf lag wie aus der Zeit gefallen inmitten des grünen Sees aus Wald.

»Wow«, murmelte ich. Die Website hatte nicht gelogen: Die Aussicht war großartig!

»170 Höhenmeter.« Adrian pfiff anerkennend. »Du bist den Berg rauf, als hättest du noch nie etwas anderes getan.«

»Jetzt übertreib mal nicht.« Schon wieder stieg mir die Wärme in die Wangen, und das nicht von dem letzten Stück Weg, das durchaus fordernd gewesen war. »Wo ist die Eiche?«

»Da vorn.« Adrians ausgestreckter Finger deutete auf einen Baum, der vielleicht zehn Meter entfernt auf einer zweiten Ebene stand. Er war gewaltig, mit vielen tiefhängenden Ästen. Der Stamm war über und über mit eingeritzten Buchstaben überzogen: *C + F, Mia war hier am 12. Mai 2020* und ein Herz ohne Widmung waren nur einige davon. Der Baum schien eine Geschichte zu haben.

»Na, dann lass uns mal sehen, ob du immer noch so gelenkig bist«, neckte ich ihn, kehrte dem Abgrund den Rücken und lief auf den Baum zu. Bevor Adrian mich eingeholt hatte, war ich schon auf den ersten Ast geklettert. Von dort aus wagte ich mich weiter vor, Stück für Stück, bis ich weit oben saß, mit der rechten Hand am Stamm. Unter mir hörte ich Adrian fluchen. »Verdammt, bist du schnell!«

»Das sind die Hexengene«, zog ich ihn auf.

»Scheint wohl so.« Er kletterte schnaufend auf den Ast, auf dem ich saß. »Du wirst mich festhalten müssen, sonst falle ich runter.«

Lachend schüttelte ich den Kopf, tat aber, worum er mich gebeten hatte. Zusammen schauten wir auf das Dorf hinab, das im Licht der untergehenden Sonne nicht wie ein Ort wirkte, in dem alter Aberglaube regierte. Es war ganz still, beinahe friedlich.

Ich wandte mich wieder an Adrian: »Und, wie vielen weiblichen Bekanntschaften hast du diese Eiche schon gezeigt?«

»Was?«

»Der Baum scheint ein Treffpunkt zu sein«, sagte ich und fuhr mit dem Zeigefinger eine der Einkerbungen nach, die sogar bis hier oben reichten.

»Ach das.« Er war meinem Blick gefolgt. »Die gibt es noch nicht so lange. Eigentlich ritzen die Leute erst seit ein paar Jahren ihre Initialen in die Rinde«, sagte er. »Und um deine Frage zu beantworten: genau einer. Aber das ist lange her.«

Ich kam mir schäbig vor. Warum unterstellte ich Adrian etwas, obwohl ich ihn gar nicht kannte? Weil er mich angesprochen hatte? »Tut mir leid«, antwortete ich leise.

Er sagte nichts, stattdessen legte er seine Fingerspitzen auf meine. Die Berührung war so flüchtig, dass ich sie fast nicht bemerkt hätte. Ein kleiner Teil in mir hoffte, dass es ihm genauso ging wie mir auf dem Bahnsteig in Berlin. Dass er nicht weggucken konnte und mir deshalb immer wieder wie zufällig über den Weg lief. Ein anderer Teil schob das damit verbundene Herzklopfen so vehement zur Seite, als ob es mich bedrohen würde. Und das tat es ja auch. Irgendwie.

Wir blieben einen langen Moment einfach sitzen, beobachteten das Dorf zu unseren Füßen.

Nach einer Weile kletterten wir wieder hinunter und machten uns auf den Rückweg. Als wir unten angekommen waren, brannten die Straßenlaternen schon. Adrian begleitete mich bis vor das Gartentor meiner Tanten.

Kurz senkte sich Stille über uns, dann fragte er: »Bereust du es, hergekommen zu sein?«

Ich dachte darüber nach, schüttelte aber den Kopf. »Nein. Nicht ein bisschen.«

»Mutig«, sagte er.

»Wieso?«

»Nicht so wichtig.« Adrian deutete nach oben. »Danke, dass du mich begleitet hast. Schlaf gut, Hexenmädchen.«

Wir umarmten uns und er verschwand in der aufkommenden Nacht. Ich sah ihm hinterher und fragte mich unwillkürlich, ob er mir gefährlich werden konnte. Und wenn dem so war, ob ich es zulassen würde. So kurz nach der Sache mit Philipp. Sollte ich nicht trauern? Wütend sein? Im stillen Kämmerlein über das Geschehene nachdenken?

Zwei Vögel hüpften über die Straße. Genau in der Mitte hielten sie an, legten ihre Köpfe schief und schauten in meine Richtung.

Ich biss mir auf die Lippe. Wie falsch konnte es schon sein, ein paar Schmetterlinge im Bauch zu genießen?

4

Zwei Tage später wachte ich vom Keckern eines Vogels auf, der irgendwo in der Nähe meines Zimmers auf einem Ast hocken musste. Verschlafen rieb ich mir die Augen, gähnte herzhaft.

Es war erst viertel nach sieben. Verdammt, dieses naturnahe Leben hier im Dorf meiner Tanten brachte mich um meinen wohlverdienten Schlaf. Aber da ich jetzt schon mal wach war, konnte ich ebenso gut aufstehen. Immerhin war heute mein großer Tag: Ich würde den Laden bis Mittag allein führen, danach war zumindest Alma wieder da. Kurz noch blieb ich liegen, dann schob ich die Bettdecke zur Seite und tappte ins Bad.

Angezogen und gekämmt holte ich mir in der Küche eine Banane und schlürfte meinen Hibiskustee im Eiltempo. Um kurz vor acht schnappte ich mir schließlich den Schlüssel für den Laden und zog die Haustür hinter mir zu.

Seit unserer Kletteraktion auf der Eiche hatten Adrian und ich uns nicht mehr gesehen, auch wenn ich zu meiner Schande gestehen musste, dass ich gestern um die Mittagszeit auffällig lange auf der Brücke gestanden hatte. Aber er war nicht aufgetaucht.

Mit gemischten Gefühlen bog ich um die Ecke und hielt auf den Laden zu. Dabei war ich so in meine Gedanken vertieft, dass ich den Schriftzug erst sah, als ich schon den Schlüssel nach dem Schloss ausstreckte. Mit einem unterdrückten Aufschrei blieb ich stehen: Quer über das Holz der Eingangstür hatte jemand in roter Farbe *Verschwindet!* geschrieben. Oder wohl eher geschmiert. Die Farbe war an einigen Ecken so dick aufgetragen worden, dass sie getropft hatte und hinuntergelaufen war. Auch hatte jemand mit einem spitzen Gegenstand ein Kreuz in die Tür geritzt.

»Verdammt.« Ich biss mir auf die Lippe, streckte meine Hand nach der Farbe aus. Sie war noch feucht. Wie sollte ich das meinen Tanten erklären? Ausgerechnet heute! Aber vielleicht bekam ich sie ja noch ab? Bis zur Ladeneröffnung hatte ich noch knapp eine Stunde. Wenn ich mich beeilte, würde zumindest das Gröbste weg sein, bevor die ersten Kunden kamen.

Ich machte auf dem Absatz kehrt und lief zurück zum Haus. Dort angekommen kramte ich im Haushaltsraum nach einem Eimer, Seife und einem Schwamm. Damit hetzte ich zurück zum Laden. Zum Glück war immer noch kein Kunde zu sehen.

Mit schnellen Bewegungen begann ich über die frische Farbe zu wischen, stellte aber schnell fest, dass sie auf diese Weise nur verteilt wurde. Ich brauchte mehr Wasser und Tücher.

Nach einem zweiten Stopp im Haus begann ich laienhaft mit der Küchenrolle und einem Handtuch die noch nasse Farbe von der Tür zu tupfen, bis nur noch eine dünne Schicht übrig war. Danach tauchte ich den Schwamm in die mitgebrachte Lauge und begann zu schrubben. Der Schweiß stand mir auf der Stirn, aber immerhin konnte man die Schmähschrift nicht mehr lesen. Das eingeritzte Kreuz hingegen schon.

»Entschuldigung, öffnen Sie heute nicht?« Eine Frau stand hinter mir, sie war schon gestern im Laden gewesen, um Postkarten zu kaufen.

Schnell rappelte ich mich auf und fuhr mir mit der Hand über die Stirn. »Doch, es tut mir leid. Ich schließe Ihnen gleich auf.«

Der Vormittag, der folgte, war eine einzige Katastrophe. Jeder Kunde sprach mich auf den restlichen Fleck verwischter roter Farbe an und natürlich auf das Kreuz. Ich entschied mich schließlich gegen halb elf dafür, eins von Tante Almas Wandtüchern an der Tür festzupinnen. Danach hatte ich Ruhe. Trotzdem ging mir einfach nicht in den Kopf, wer so etwas tun sollte und warum. War so etwas schon einmal vorgekommen? Oder hatte ich einfach einen extrem ungünstigen Zeitpunkt erwischt? Innerlich spürte ich die Wut, die an mir zehrte wie Hunger, der nicht gestillt wurde. Dieses feige, gesichtslose Niedermachen anderer Menschen … Am liebsten hätte ich geschrien. Stattdessen bediente ich die Kunden, die in den Laden kamen, und versuchte nicht daran zu denken, weshalb man hier nicht ehrlich war und mit offenen Karten spielte.

»Nora.« Tante Alma legte ihre Tasche auf der Theke ab und drückte mich kurz zur Begrüßung. »Wieso hängt ein Tuch an der Tür?«

Ich sah von meiner Liste auf, die ich im Laufe des Vormittags angefangen hatte, um nicht auszurasten – eine Art Inventur: Ich hatte die vorhandenen Artikel gezählt und das hatte mich beschäftigt. Aber jetzt war Alma ja da. Gott sei Dank! »Wir müssen reden«, zischte ich. »Hinten.«

Alma runzelte die Stirn, folgte mir aber in den kleinen Hinterraum, in dem sie angekommene Ware lagerten. Meine Tante lehnte die Tür gerade so weit an, dass sie den Verkaufsraum noch im Blick hatte, und fragte: »Was ist denn los?«

Jetzt endlich konnte ich meine mühsam gewahrte Fassade einreißen. Ich sprudelte los: »Als ich heute Morgen zum Laden gekommen bin, hatte irgendwer mit roter Farbe etwas auf die Tür geschmiert! Ich habe versucht es wegzumachen, aber Reste sind geblieben. Und nicht nur das! Sie haben auch ein Kreuz in das Holz geritzt ... umgedreht!«

Das Gesicht meiner Tante wurde weiß. Sie kniff die Lippen zusammen. Fast spürte ich den Temperaturunterschied im Raum. Sie brauchte ein paar Sekunden, bevor sie sagte: »Zeig es mir!«

Gemeinsam gingen wir zur Tür, ich hob das Tuch hoch und zeigte Alma, was darunterlag.

»Wenn ich diese Bengel in die Finger bekomme, drehe ich ihnen persönlich den Hals um«, fauchte Alma und stürmte zurück in den Laden. Dort begann sie hinter der Theke herumzuwerkeln. Sie schien nicht zu finden, was sie suchte, denn sie stützte ihre Hände auf den Hüften ab und atmete tief durch.

Langsam kam ich zurück in den Laden – zum Glück waren gerade keine Kunden da. »Hat das etwas mit der Sommersonnenwende zu tun?«, fragte ich behutsam.

Tante Alma sah mich an. »Ja. Und nein. Es ist nur besonders schlimm, wenn das Fest ansteht.«

»Soll das etwa heißen, dass das schon öfter vorgekommen ist?« Meine Stimme klang besorgt und schockiert zugleich, etwas, das auch Alma nicht entging.

Sie tauchte wieder hinter der Theke ab. »Ich wusste doch, dass wir noch einen haben!«

Mit einer ausholenden Geste stellte sie einen Eimer voller weißer Farbe neben die Kasse. Das beantwortete meine Frage und ich spürte, wie meine Arme anfingen zu kribbeln. Das taten sie immer, wenn ich wütend wurde. »Wie haltet ihr das aus?«, fragte ich. »Warum geht ihr nicht woanders hin?«

Alma schnaubte. »Wohin, Nora? Das hier ist unser Zuhause. War es schon lange, bevor dieser ganze Wahnsinn losgebrochen ist. Nicht jeder kann sich so einfach von der Vergangenheit lösen wie deine Mutter.«

Ich zuckte zusammen. Alma hatte anklagend geklungen und zum ersten Mal verstand ich, dass es meine Tante verletzte, dass die jüngste Schwester allem hier einfach den Rücken gekehrt hatte und nach Berlin gegangen war. Sie hatte nicht zurückgeblickt. Wenn ich ehrlich war, tat sie das immer noch nicht. Wäre ich nicht gewesen, die immer gefragt hatte, wann ich Oma Ida und die anderen wiedersehen würde, wir hätten den Harz nicht mal an Weihnachten besucht.

»Tut mir leid.« Alma griff sich an die Schläfe. »Du kannst nichts dafür, das weiß ich. Ich wollte dich nicht anfahren.«

»Alles gut«, sagte ich, auch wenn wir beide wussten, dass es das nicht war. »Brauchst du Hilfe bei der Tür?«

Alma schüttelte den Kopf. »Nein, das lass mich mal allein machen. Sonst rege ich mich nur noch mehr auf. Wir schließen für heute und ich kümmere mich um die Tür.«

Meine Tante wollte allein sein. Verständlich. Selbst mich hatte die Schmiererei getroffen. Wie musste es ihr gehen, an die sie gerichtet war? Unter Menschen zu wohnen, die vorn herum freundlich taten, aber die Messer wetzten, sobald man mal nicht hinguckte … Ich konnte mir nicht vorstellen, wie das auf Dauer war.

Eilig griff ich mir meine Tasche. Dann umarmte ich Alma, was sie mit einem Lächeln quittierte, das ihre traurigen Augen nicht erreichte, und ließ sie mit der Tür allein.

Ja, dieses Dorf war ihr Zuhause. Aber war es das wert? Auch wenn meine Tanten es meiner Mutter nachtrugen, dass sie gegangen war, ich konnte sie verstehen. Allein der Gedanke daran, in so einer Atmosphäre aufzuwachsen ... Da wäre ich wahrscheinlich irgendwann auch geflohen.

Meine Füße trugen mich nicht zurück zum Haus, sondern die Straße hinunter, über die Brücke und vorbei an einer Horde Touristen, die mit Wanderstöcken über eine Karte gebeugt grübelten. Jetzt stand ich direkt vor dem gelb angestrichenen Gebäude, dessen Turmuhr ich jeden Tag mehrfach hörte. Umgeben von einem Jägerzaun, hinter dem wilde Apfelbäume und Sträucher wuchsen, wirkte es trotz meiner Stimmung freundlich, fast schon einladend. Dann entdeckte ich das Schild, das an der Seite neben der ebenfalls hölzernen Eingangstür angebracht war: *Bibliothek. Öffnungszeiten: Mo-Sa, 9-16 Uhr.*

Unwillkürlich musste ich schmunzeln. Eine Bibliothek. Natürlich zog mich das an wie die Mücken das Scheinwerferlicht. Und ich hatte Glück: Sie schien geöffnet zu sein. Vielleicht fand ich drinnen ja etwas Entspannung.

Bevor ich die Tür öffnen konnte, wurde sie von innen aufgerissen. Zwei Jungen kamen schnatternd heraus, in den Händen jeweils einen Haufen Comics. Das war ein gutes Zeichen. Ich schob mich an ihnen vorbei und betrat das Innere der Bibliothek. Hier war es geräumiger als gedacht: Über die ganze Breite des Erdgeschosses gab es nicht eine Wand. Stattdessen reihte sich hinter dem Tresen ein Gang an den anderen. Hinten links führte eine Treppe ins Obergeschoss. Es war angenehm kühl.

Am Tresen war niemand zu sehen. Jemand hatte ein Schild aufgestellt, auf dem stand: *Bin gleich zurück, bitte klingeln.* Daneben ruhte eine altmodische Klingel aus Edelstahl. Erst zögerte ich, warf noch einen Blick nach links und rechts, aber es schien wirklich keiner da zu sein. Also gut.

Meine Hand betätigte die Klingel. Ich wartete. Aber auch nach weiteren fünf Minuten kam niemand. Sicherlich würde man es mir nicht übelnehmen, wenn ich mich schon mal ein bisschen umsah ...

So unauffällig wie möglich stieg ich über die Absperrkordel und hielt auf die Bücherreihen zu. Je näher ich ihnen kam, desto wohler fühlte ich mich. Das war schon immer so gewesen – mit Büchern um mich herum fühlte ich mich geborgen.

Langsam tauchte ich zwischen die ersten Regale. Die meisten Buchtitel waren alt und abgegriffen. Lexika, Bücher über Sprache und der Duden stachen mir als Erstes ins Auge. Im zweiten Gang stieß ich auf Comics und Jugendbücher. Alles stand wild durcheinander: Fantasy, Sci-Fi, Pferderomane. Welcher Ordnung die Bibliothek folgte, war mir nicht ersichtlich. Das Chaos fand ich aber trotzdem irgendwie sympathisch.

Im dritten Gang schließlich stand die Regionalliteratur. Mehrere Bildbände über den Harz und dann ... ein Band, der nicht richtig in das Regal zurückgeschoben worden war. Ich legte den Kopf schief, um den Titel zu lesen:

Die Geschichte von Tannenburg und den umliegenden Gemeinden.

Einer Eingebung folgend zog ich das Buch hervor. Als ich die Bibliothek betreten hatte, hatte ich das ohne festes Ziel getan. Jetzt, wo mir der Band in die Hände gefallen war, hatte sich eine Idee in meinem Kopf festgesetzt. Zwar spürte ich die Spannung, die zwischen meinen Tanten und den Dorfbewohnern bestand, aber trotz meiner Nachfragen war mir nicht klar, warum sie auch fast 200 Jahre nach dem Vorfall immer noch meiner Familie nachstellten. Vielleicht würde der Vorfall selbst mehr Licht ins Dunkel bringen? Ich wusste nur, dass meine Vorfahrin dran glauben musste. Aber was genau waren die Motive gewesen? Eins stand fest: Das, was damals passiert war, war definitiv ein Teil der Ortsgeschichte. Und als solcher sollte er auch in diesem Buch erwähnt werden. Wenn ich Glück hatte, würde ich mehr über all das herausfinden, was meine Tanten immer noch bedrückte. Vorher würde ich auf gar keinen Fall nach Berlin zurückkehren!

Gerade als ich nach einem weiteren Buch über die Geschichte von Tannenburg greifen wollte, räusperte sich jemand hinter mir. »Hast du einen Bibliotheksausweis? Ich habe dich hier noch nie gesehen.«

Ertappt fuhr ich herum. Ein Mädchen stand vor mir, etwa in meinem Alter. Sie hatte wuschelige Locken, eine übergroße runde Brille und die leuchtendsten grünen Augen, die ich je gesehen hatte. Trotz der sommerlichen Temperaturen trug sie einen Wollpulli, auf dem ein Anstecker Namen und Funktion verkündete: *Karla, Aushilfe.*

»Sorry«, murmelte ich. »Ich habe geklingelt, aber es ist niemand gekommen.«

»Und da dachtest du, du siehst dich einfach mal um.« Sie sagte das so nonchalant, dass ich mir nicht sicher war, ob das als Vorwurf gemeint war oder nur als Feststellung. »Äh … ja.«

Ihr neugieriger Lampenblick wanderte zu dem Buch in meinen Händen. »Die Geschichte des Ortes, ernsthaft? Das ist ja noch langweiliger als die Lexika ganz vorn«, sagte sie. Dieses Mal war ich mir sicher, dass sie mich aufzog.

Ich zuckte mit den Schultern. »Ich muss was recherchieren. Über Tannenburg. Hast du Tipps, welche Bücher einen guten Überblick über die Dorfgeschichte geben? Vor allem so in der Mitte des 19. Jahrhunderts?«

Karla zog eine Augenbraue hoch, hakte aber nicht weiter nach. Sie legte einen Finger an ihr Kinn und sagte: »Lass mich mal gucken.«

Nur wenig später balancierten wir eine Handvoll Bücher zum nächsten Lesetisch. Als wir ihn erreicht hatten, klopfte sich Karla den Staub von der Jeans.

»Sag mal, wofür recherchierst du denn, wenn ich fragen darf?«

»Die Schule«, log ich. »Muss ’nen Aufsatz schreiben.«

»Ich habe dich hier noch nie gesehen«, sagte sie noch mal.

»Komme auch nicht von hier.«

»Ich weiß.« Sie grinste. »Du arbeitest im Hexenladen.«

Ich verdrehte die Augen. »Meine Güte, hier verbreiten sich Neuigkeiten auch wie ein Lauffeuer, oder?«

Sie zuckte mit den Schultern und schob sich eine Locke hinters Ohr. »Das ist normal in diesem Kaff. Woher kommst du denn?«

»Berlin.«

»Und da schreibst du einen Aufsatz über unser Dorf?« Sie klang ehrlich schockiert. »Hier sagen sich doch Fuchs und Hase gute Nacht.«

»Das dachte ich auch«, sagte ich und hätte mir am liebsten auf die Zunge gebissen. Aber es war zu spät.

Karlas Neugier war geweckt. »Wie meinst du das?«

Ich wurde von der Klingel gerettet, die Karla zurück zur Theke beorderte. Sie sah etwas enttäuscht aus. »Du musst noch einen Bogen ausfüllen, wenn du die Bücher ausleihen willst«, sagte sie. »Ich bring ihn dir gleich.« Damit wuselte sie außer Sichtweite.

Ich ließ mich auf einen der Stühle sinken und starrte auf den Haufen Bücher, der auf mich wartete. Zuoberst lag das Buch, das ich zuerst aus dem Regal gezogen hatte. Behutsam schlug ich es auf und begann darin zu blättern. Es gab viele Informationen über zeitlich nähere Ereignisse wie die Wiedervereinigung oder Wahlen in der Gegend – und jede Menge über Dorftraditionen, Feste, Kirchenzeug und Co.

Nein, das war nicht das, wonach ich suchte.

Ich schob das Buch zur Seite und langte nach dem nächsten. Dieses hier war schon etwas in die Jahre gekommen – sein Einband fleckig – und in altdeutscher Schrift verfasst. Mit gerunzelter Stirn beugte ich mich vor. Über das Inhaltsverzeichnis musste irgendwann einmal Kaffee geschwappt sein, denn es war bräunlich verfärbt. Trotzdem konnte ich die wichtigsten Punkte entziffern, einer von ihnen zog meine Aufmerksamkeit magisch an:

Die Hexenverbrennung in Tannenburg. Eine Betrachtung.

Das klang vielversprechend. Schnell blätterte ich die richtige Seitenzahl auf und begann zu lesen:

Das letzte offizielle Urteil gegen eine Hexe hat es im deutschsprachigen Raum im 18. Jahrhundert gegeben. Der Glaube an Hexen, Magie und Kräuterweiber jedoch hat fortbestanden. In einigen Gegenden, wie beispielsweise Tannenburg, hat er sich auch ein Jahrhundert später immer noch hartnäckig gehalten. Hiervon zeugte etwa die Verbrennung der Johanna Jäger; sie wurde am 21. Juni 1845 wegen Hexerei zum Tode durch das Feuer verurteilt. Mit ihr auf dem Scheiterhaufen stand eine weitere Frau, ebenfalls verurteilt wegen Hexerei und Zauberei. Aus dieser letzten Hexenverbrennung hat sich in Tannenburg das alljährliche Dorffest entwickelt, das bis in die Neuzeit hinein böse Geister vom Dorf fernhalten soll. Beide Frauen wurden wegen desselben Vergehens verurteilt: Sie sollen einzelne Dorfbewohner mit dem bösen Blick belegt und ihrem Willen unterworfen haben.

Der Absatz endete, im nächsten ging es um die Vieh- und Forstwirtschaft im Dorf. Meine Tanten hatten recht behalten: Der Aberglaube war hier besonders stark. Allein, dass zwei Frauen an jenem Tag sterben mussten …

Mein Hals war ganz trocken. Neben der Tatsache, dass meine Vorfahrin nicht allein gestorben war, was ein tröstlicher Gedanke war, hatte mir der Text noch eine zweite Info verraten: Sie war wegen des *bösen Blicks* verurteilt worden. Ich hatte keine Ahnung, was das genau war, aber mein Gefühl sagte mir, dass ich das recherchieren sollte.

Gerade als ich das nächste Buch aufschlug, kam Karla zurück. Sie reichte mir ein Din-A4-Blatt und einen Stift. »Bitte ausfüllen, dann bekommst du eine vorläufige Karte von mir«, sagte sie ganz im Geschäftsmodus. Erst jetzt fiel ihr Blick auf das aufgeschlagene Buch, in dem ich bis eben gelesen hatte. »Hexenverfolgung? Soso …«

Sie sah mich prüfend an, aber ich nahm ihr den Stift und das Blatt Papier aus der Hand, bevor sie die nächste Frage stellen konnte. Schnell füllte ich es aus und war mir dabei dem durchdringenden Blick von Karla mehr als nur bewusst. Als ich fertig war, reichte ich es ihr. »Noch was?«, fragte ich und hoffte, dass sie einfach gehen würde. Normalerweise war ich nicht so ablehnend, aber die Leute hier im Dorf hatten mich eines Besseren belehrt.

Sie biss sich auf die Lippen. »Ich weiß, dass es unhöflich ist … Aber stimmt es, was man sagt?«

»Was sagt man denn?«, fragte ich, Böses ahnend.

»Gehörst du zu der Familie, die den Laden führt?«

Natürlich. Was auch sonst. »Ja.« Mehr sagte ich nicht, aber mein Tonfall schien Karla genug zu verraten. Sie lächelte verhalten. »Mein Beileid. Es muss furchtbar sein, das Getratsche über sich ergehen zu lassen. Solange du hier in der Bibliothek bist, wird dir niemand dumme Fragen über deine Familie stellen, versprochen.« Sie überlegte, während sie den Zettel faltete, den ich ihr gegeben hatte. »Also außer mir vielleicht. Ich weiß, wie es ist, das Objekt der Lästerschwestern zu sein. Deine Tanten sind häufig hier und immer willkommen. Das gilt auch für dich.«

Überrascht über so viel Freundlichkeit sagte ich: »Danke, das ist nett.«

Karla zeigte mit dem Daumen zur Theke. »Ich muss zurück, Ausleihen sortieren. Wenn du reden willst, komm gern vorbei.« Ein letzter Blick aus ihren grünen Lampenaugen, dann drehte sie sich um und verschwand hin zum Eingang der Bibliothek.

Ich saß da und starrte auf den Bücherhaufen vor mir auf dem Tisch. Ein kleines Lächeln stahl sich auf mein Gesicht, während ich nach dem nächsten Buch griff. Vielleicht gab es hier ja doch mehr freundliche Menschen als gedacht.

5

Three for a girl

Nachdem ich auch die anderen Bücher durchsucht hatte, stellte ich sie in die Regale zurück und ging zum Tresen. Karla saß auf einem Hocker und las. Als ich kam, blickte sie auf. »Ich habe deine vorläufige Karte fertig. Hier«, sie streckte sie mir entgegen. »Hast du alles für deinen Aufsatz gefunden?«

Einen Herzschlag lang war ich verwirrt und wollte gerade fragen, welchen Aufsatz sie meinte, als mir meine Notlüge wieder einfiel. »Ja, ja, danke.« Ich nahm die Karte entgegen und steckte sie in die Hosentasche. »Kostet die Mitgliedschaft hier was?«

Karla legte das Buch zur Seite. »Nein. Die ersten sechs Monate sind kostenlos, danach zwanzig Euro im Jahr. Wir werden vom Land gefördert, deshalb ist der Preis so niedrig.«

Ich warf einen Blick auf das Buch in ihren Händen. »Du magst Fantasy?«

Sie strahlte. »Natürlich. Du auch?«

Und schon waren wir in ein Gespräch über die aktuellsten Buchtitel verstrickt, tauschten Lesetipps und -warnungen aus. »Ich gehe in der nächstgrößeren Stadt zur Schule. In zwei Jahren mache ich mein Abi und dann kann ich hoffentlich weg von hier«, sagte Karla geradeheraus. »Ich würde gern nach Mainz gehen, Bibliothekswesen studieren.«

»Daher auch der Job hier?«, mutmaßte ich.

»Genau.«

Als ich die Bibliothek betreten hatte, hätte ich niemals damit gerechnet, hier jemanden zu finden, mit dem ich mich so gut unterhalten konnte. Aber ich hatte wohl Glück gehabt.

»Hat dein Aufsatzthema etwas mit deiner Familie zu tun?«, bohrte Karla weiter nach. Bis jetzt hatte sie sich mit Fragen dazu zurückgehalten, aber das Thema schien sie zu interessieren.

Zögerlich antwortete ich: »Ja. Ehrlicherweise habe ich keine Ahnung von der Geschichte meiner Familie. Ich war bis jetzt nur manchmal an Weihnachten hier und da macht man andere Sachen, als über verbrannte Vorfahren zu reden.«

Karla gluckste. »Wohl wahr.« Sie schien über etwas nachzudenken. »Wenn du willst und noch weitere Infos brauchst, helfe ich dir gern bei der Recherche. Das System hier ist sehr unübersichtlich und ich habe sowieso nicht so viel zu tun, wie du siehst.« Sie machte eine ausladende Geste mit der Hand. »Großstadthektik kommt hier nicht auf.«

Wir hatten uns während unseres Gesprächs von der Theke entfernt und es uns auf zwei Sesseln gemütlich gemacht, die im hinteren Teil der Bibliothek standen.

Vorn betätigte jemand die Klingel. Karla kräuselte die Lippen, ignorierte die Arbeitsaufforderung aber und fuhr fort: »Das Thema interessiert mich schon lange. Ich bin hier aufgewachsen und habe nie verstanden, was die Leute für ein Problem mit deiner Familie haben. Ich frage mich, ob es wirklich an dem Vorfall damals lag oder an etwas anderem, was nirgendwo steht und … niemand erzählt.«

»Genau!« Es war, als ob sie meine Gedanken dazu gelesen hätte. Schließlich konnte auch ich mir nicht vorstellen, dass ein Ereignis, das mehr als hundertsiebzig Jahre zurücklag, heute immer noch so einen großen Einfluss haben konnte …

Wieder klingelte es.

»Ich bin mir sicher, hier gibt es noch mehr Bücher über den Vorfall«, sagte Karla. »Ich glaube, ich habe erst letzte Woche eins gesehen, das dir vielleicht weiterhelfen könnte. Wenn du willst, schaue ich gleich mal nach.«

Jemand räusperte sich und wir schauten auf. Es war Adrian. Er schien überrascht zu sein mich zu sehen, denn seine Augen weiteten sich. »Ich … äh …« Er schien einen Augenblick zu brauchen, um sich zu fangen. »An der Theke war niemand und ich habe Stimmen gehört …«

»Ja«, sagte Karla kurz angebunden. »Ich komme schon.«

Sie warf mir einen entschuldigenden Blick zu, während sie mit Adrian zurück in Richtung Eingang ging. Er schaute zwei Mal über die Schulter, sagte aber nichts.

Shit, ich hatte geahnt, dass irgendetwas los war. Seit unserer Begegnung auf der Eiche war er mir aus dem Weg gegangen. Sein Blick zeigte mir deutlich, dass er nicht damit gerechnet hätte, mich hier anzutreffen.

Ich stand auf. Wieso war das überhaupt wichtig? Meine Güte ... Warum machte ich mir immer so viele Gedanken um nichts? Lieber sollte ich mich um den Vorfall kümmern, der angeblich bis heute dazu beitrug, dass meine Familie das schwarze Schaf des Dorfes war.

Langsam ging ich zu dem Gang, in dem ich auch die anderen Bücher über die Geschichte des Ortes gefunden hatte. Vielleicht gab es dort ja noch etwas, das ich übersehen hatte. Karla hatte von einem Buch gesprochen, das mir weiterhelfen konnte – wenn ich Glück hatte, stand es hier irgendwo.

Mit den Fingerspitzen fuhr ich die Titel entlang, wie ich das auch im Antiquariat zu Hause gern tat. Einige hatte ich eben schon durchgesehen, andere kamen mir nicht erfolgversprechend vor. Ich ging in die Knie. Jetzt erst sah ich, dass die letzte Reihe doppelt gestellt worden war. Eilig zog ich einige Bücher hervor, um einen Blick auf die zweite Reihe zu werfen. Und tatsächlich! Da waren noch mehr Bücher über das Dorf.

Nachdem ich eines herausgezogen hatte, setzte ich mich direkt vor das Regal auf den Boden und fing an zu blättern. Aus dem Inhaltsverzeichnis schloss ich, dass es so ähnlich aufgebaut war wie das letzte, in dem ich über die zweite Frau gelesen hatte, die mit Johanna verbrannt worden war. Vielleicht ging dieser Band hier ja etwas mehr in die Tiefe.

Kurz lauschte ich in die Bibliothek: Karla war immer noch mit Adrian beschäftigt. Schade, sonst hätte ich sie fragen können. Mit fliegenden Fingern schlug ich das Kapitel auf, das sich mit der Geschichte von Tannenburg auseinandersetzte, und fing an die Seiten durchzusehen. Entwicklungsgeschichte des Harzes, Mittelalter, Neuzeit, Bergbau. Ja, hier stand einiges mehr zu Tannenburg, aber nichts zum Thema Hexenverfolgung.

Enttäuscht wollte ich das Buch schließen, als mir eine Fußnote ins Auge fiel. Dort stand:

Auch das Thema Hexenverfolgung spielte in Tannenburg eine Rolle. Mehr dazu auf Seite 70.

Mein Herz machte einen Satz und ich öffnete die angegebene Seite. Es dauerte nicht lange und ich hatte etwas gefunden. Der Abschnitt ging erst wie das andere Buch auf die Geschichte der Hexenverfolgung ein, dann genauer auf die Rolle von Tannenburg. Ich stieß auf den Namen meiner Vorfahrin und dann auf den der zweiten Frau, die mit ihr an jenem Tag gestorben war: *Katharina Elster.*

Etwas klingelte in meinem Hinterkopf, aber ich konnte es nicht greifen. Warum kam mir der Name so bekannt vor? Hatte ich ihn zuvor schon einmal gehört?

»Na, was gefunden?« Karlas Stimme durchbrach meine Grübeleien.

Schuldbewusst sah ich auf den ungeordneten Bücherhaufen, den ich auf der Suche nach weiteren Informationen um mich herum aufgebaut hatte. »Ich habe einen Namen gefunden«, sagte ich stolz. »Sagt dir Katharina Elster etwas? Ich habe das Gefühl, sie sollte mir bekannt sein, aber ich komme nicht drauf, woher.«

Karla hockte sich neben mich. »Gib mal her!«

Ich reichte ihr das Buch und sie las die Passage quer, auf die ich deutete. »Hm.« Sie tippte mit dem Zeigefinger auf die Buchseiten. »Mir ist wieder eingefallen, wo wir mehr herausfinden können. Komm mal mit!«

Sie führte mich aus dem Gang hinaus, an der Theke vorbei zu der Treppe in den zweiten Stock. Adrian war gegangen. Eine Welle der Enttäuschung überspülte mich, aber ich verbot mir jeden weiteren Gedanken an ihn. Nicht jetzt.

Karla schien meinen Blick bemerkt zu haben, denn sie grinste verschwörerisch, während wir die Treppe nach oben liefen. »Wusste ich es doch.«

»Was?«

»Ach, tu doch nicht so. Ich habe doch deinen Blick gesehen, als Mister Charming plötzlich vor uns stand.«

Ich musste schlucken. »So offensichtlich?«, fragte ich.

»Mach dir keinen Kopf, auf den reagieren alle so.«

Ihre Worte trafen mich wie kleine Nadeln. Also hatte mein Bauchgefühl recht behalten. »Und das heißt?«

»Das heißt, dass er hier einen riesigen Fanclub hat, erst recht, seit er nach Berlin gegangen ist, um Medizin zu studieren.« Sie tat so, als würde sie ein nicht existentes Stethoskop hervorziehen, und untersuchte damit die Luft. »Als Sohn des Bürgermeisters war er schon vorher beliebt, das ist hier so ein Dorf-Ding, weißt du? Aber jetzt? Puh ...« Sie verdrehte die Augen.

»Und du?«, fragte ich, hauptsächlich, um von mir abzulenken.

»Ich?« Karla lachte. »Mich interessiert er nicht. Wirklich nicht«, sagte sie. »Aber wenn du ein Auge auf ihn geworfen hast – die Schlange ist lang und voller Zicken.«

Das klang leider genau nach dem, was ich befürchtet hatte. *Aber du bist ja sowieso nicht hier, um Typen anzugraben, nicht wahr, Nora?*

Ich schüttelte den Kopf über meine Gedanken. Im Gegenteil: Ich war hergekommen, um einen Typen zu *vergessen*.

»Du wolltest mir etwas zeigen?«, fragte ich und beendete damit das Thema. Wenn Adrian etwas wollte, sollte er kommen. Ich würde mich derweil mit anderen, wichtigeren Dingen auseinandersetzen.

»Genau.« Karla blieb vor einem Regal mit sehr alten Büchern stehen. Ihre Rücken waren zumeist in Leder gebunden, einige befanden sich in sehr schlechtem Zustand. »Die hier müssten eigentlich restauriert werden, aber dazu fehlt dann doch das Geld«, sagte sie und ich konnte ihr ansehen, dass es ihr das Herz brach.

»Hier sollte mehr zur Hexenverfolgung in Tannenburg stehen«, Karla zog ein Buch hervor, auf dessen rotem Ledereinband in goldenen Lettern stand: *Tannenburg – eine Ortschronik*. »Ja, hier«, sie tippte auf das Inhaltsverzeichnis. »Ich wusste, ich irre mich nicht.« Schnell blätterte sie bis zu der angegebenen Seite, stockte aber. »Das gibt's doch nicht!«

»Was?« Ich beugte mich vor und dann sah ich, was Karla meinte. »Jemand hat die Seite herausgerissen!«

»Nicht nur eine. Siehst du?« Sie deutete auf die Seitenzahlen. »Es ist das ganze Kapitel!« Mit einem Knall schloss sie das Buch. »Ich habe Birgit schon vor Monaten gesagt, dass wir eine Videoüberwachung brauchen. Die Leute haben einfach keinen Respekt mehr! Wie kann man Seiten aus einem Bibliotheksbuch heraustrennen, noch dazu aus einem so alten?« Ihre Stimme überschlug sich. »Ich gucke jetzt nach, wer es zuletzt ausgeliehen hat, und dann kann derjenige sich auf etwas gefasst machen.«

Sie marschierte los, ich folgte ihr mehr verwirrt als empört. War das Zufall? Gerade jetzt, wo ich ins Dorf kam und anfing über die Geschichte meiner Familie zu recherchieren, fehlten Seiten in einem Buch, das mir weiterhelfen konnte? Nein, das konnte keine Absicht sein. Ich war ja schon genauso paranoid wie die Dorfbewohner.

Karla knallte den alten Band auf die Theke und zog das Entleihregister hervor.

Ich spürte ihre Wut.

»Na klar ... Frau Walther! Birgit hat es ihr ausgeliehen.« Als sie meinen fragenden Blick sah, ergänzte sie: »Birgit Schmidt ist meine Vorgesetzte, die Bibliothekarin, die eigentlich für die Sicherheit der Bücher Sorge tragen sollte.« Ihr ätzender Unterton sagte mehr als tausend Worte.

»Ist diese Frau Walther dir schon ... bekannt?«, fragte ich vorsichtig.

»Und wie!« Karla stieß die Luft aus. »Sie bringt andauernd Bücher beschädigt zurück. Deshalb wollten wir ihr eigentlich nichts mehr ausleihen, Birgit muss das vergessen haben.«

»Gibt es keine Möglichkeit, sie zu kontaktieren? Vielleicht rückt sie die Seiten ja wieder raus.«

Karla sah mich an, als hätte ich behauptet, es würde rosa Elefanten regnen. »Die? Nie im Leben. Sie hat nicht mal ein Telefon. Aber ...« Sie unterbrach sich. »Wir könnten hingehen.«

»Zu ihr?« Das kam mir dann doch ein bisschen übergriffig vor. Auch wenn diese Frau Bibliothekseigentum beschädigt hatte. »Bist du dir denn wirklich sicher, dass mir die Seiten weiterhelfen könnten?«

»Ich wollte ihr schon immer mal die Meinung geigen«, sagte sie. »Und ja, ich bin mir sicher.«

»Ich weiß nicht …« Ich fühlte mich immer noch unwohl bei dem Gedanken daran, bei einer Wildfremden zu klingeln.

»Du musst nicht mitkommen«, sagte Karla. »*Ich* werde sie aufsuchen. Mir geht das so auf den Keks. Es reicht. Ein für alle Mal.«

Ich hielt inne. Wenn sie sowieso hinging … dann konnte ich auch mitkommen. »Na gut, ich bin dabei«, gab ich nach. »Wann?«

»Um siebzehn Uhr an der Brücke. Ich muss jetzt die Schadensmeldung aufnehmen und mich abregen«, fügte sie mit einem Blick auf das Buch hinzu.

Ich verstand den Wink mit dem Zaunpfahl und verabschiedete mich. Auf dem Weg nach draußen sah ich drei Elstern auf dem Jägerzaun sitzen.

6

Four for a boy

Nach meinem Besuch in der Bibliothek war ich ins Haus meiner Tanten zurückgekehrt. Ich hatte mich aufs Bett geworfen und war alles, was passiert war, noch einmal im Kopf durchgegangen: die feindseligen Blicke der Dorfbewohner, die Schmiererei auf der Ladentür, die Geschichte von Johanna und Katharina. Und ... Adrian.

Mir war immer noch nicht eingefallen, weshalb der Name Katharina Elster etwas in mir läuten ließ, aber woran ich mich sehr wohl erinnert hatte, war die Tatsache, dass meine Tanten mich vor der Bürgermeisterfamilie gewarnt hatten. Von der Adrian laut Karla ein Teil war. Und das war ein Problem.

Wenn seine Familie so schlecht auf meine zu sprechen war, warum war Adrian dann so freundlich zu mir gewesen, nachdem ich ihm schon gesagt hatte, zu wem ich gehörte? Warum hatte er erst alles dafür getan, um mehr über mich herauszufinden, und sich dann einfach verdrückt, als hätte er nicht auf dem Ast eines verdammten Baumes nach meiner Hand gegriffen? Es gelang mir einfach nicht, ihn zu verdrängen. Irgendwie schien alles miteinander verknüpft zu sein.

Jetzt war es kurz vor fünf und ich überlegte immer noch, ob ich wirklich zu der Brücke gehen sollte. Das würde bedeuten, dass ich mich einmischte. *Wirklich* einmischte. Eigentlich hatte ich mich doch aus allem heraushalten wollen ... Aber irgendetwas schien andere Pläne für mich zu haben. Ich musste zugeben: Meine Neugier war geweckt. Ich wollte wissen, was auf diesen Seiten stand. Und was war schon dabei, schließlich heftete ich mich nur an Karlas Fersen. Mehr nicht.

Mit einem Nicken stand ich auf, griff nach meinem Hoodie und zog ihn über. Draußen war es bereits etwas kühler, wer wusste schon, wie lange dieser Hausbesuch dauern würde?

Auf dem Weg nach unten schnappte ich mir mein Handy und hinterließ meinen Tanten eine Notiz – nur für den Fall, dass ich es nicht zum Abendbrot schaffte. Dann zog ich die Haustür hinter mir zu und ging los.

Als ich mich der Brücke näherte, sah ich Karla dastehen. Ihr lockiges Haar wirkte noch struppiger als vorhin. Und neben ihr erkannte ich ... Adrian.

Ich blieb wie angewurzelt stehen. Was wollte der denn hier?

Als ob Karla meine Anwesenheit gespürt hätte, drehte sie sich um. Sie schien sofort zu verstehen, was Sache war, denn sie hob entschuldigend die Hände. Als wollte sie sagen: *Ich kann nichts dafür.*

Schnell überquerte ich die Straße und umarmte Karla, als hätten wir uns nicht erst vor wenigen Stunden in der Bibliothek zum ersten Mal getroffen. Ich hätte niemals gedacht, dass wir uns so schnell so gut verstehen würden. Fast schon unheimlich. Dann sah ich Adrian an. »Du auch hier?«

Er zuckte mit den Schultern. »Ich bin Karla über den Weg gelaufen und sie hat erzählt, dass ihr nach den verloren gegangenen Seiten eines Buches sucht.«

Karla sah ihn empört an. »Du hast es aus mir herausgequetscht.«

»Wie auch immer.« Er sah mich an. »Ich will euch nicht allein zu dem Haus gehen lassen, es ist etwas außerhalb des Ortes und gleich wird's dunkel.«

»Na, wie nett, wir sind aber schon groß«, sagte Karla und sah mich schulterzuckend an.

Ich blickte zwischen ihr und Adrian hin und her. Auch wenn ich mir nicht sicher war, wo ich mit ihm stand, würde es nicht schaden, wenn er mitkam. Selbst wenn seine Familie ihn schickte, um zu sehen, was ich so trieb. Ich begleitete Karla nur. Das war nicht verwerflich. »Dann komm mit. Lasst uns gehen, bevor es noch später wird.«

Karlas Miene verriet, dass sie alles andere als glücklich darüber war, dass Adrian sich zu uns gesellte, aber er würde nicht verschwinden, das wussten wir beide.

Es war einiges los: Viele Wanderer kamen gerade von ihren Tagestouren in die Umgebung wieder, aber sobald wir uns vom Ortskern und der Brücke entfernt hatten, wurde es ruhiger. Es führten genau zwei Straßen nach Tannenburg und die, der wir jetzt folgten, war die am wenigsten befahrene. Sie schlängelte sich in einer Rechtskurve aus dem Dorf und durch die Berghänge bis zur nächstgrößeren Stadt. Tannenburg lag mitten im Nationalpark und war deshalb nicht einfach zu erreichen.

Wir gingen schweigend nebeneinander her. Aus den Augenwinkeln beobachtete ich Adrian, der sich nichts anmerken ließ. Vielleicht hatte ich auch einfach nur zu viel in sein Verhalten hineininterpretiert. Was für eine seltsame Situation das doch war: Ich ging mit zwei praktisch Fremden zu einem Haus, das ich nicht kannte, um etwas über meine Familie herauszufinden, die ich kaum je besucht hatte. Schon fast absurd. Wahrscheinlich hinterfragte ich deshalb sowohl Adrians Motive als auch Karlas. Wobei ich *sie* noch halbwegs verstehen konnte: Was ich bisher herausgehört hatte, fühlte sie sich für die Bibliothek und die Bücher verantwortlich, weil ihre Chefin es nicht so genau nahm. Dass sie der Beschädigung jetzt auf den Grund ging, passte ins Bild. Aber Adrian?

Ja, da war diese Spannung, die ich von Anfang an gespürt hatte, aber wer sagte mir, dass es ihm genauso ging? Was, wenn er andere Motive hatte, von denen ich noch nichts ahnte und die vielleicht mit seiner – oder meiner? – Familie zusammenhingen? Schließlich hatten meine Tanten mich vor ihm gewarnt. Das durfte ich nicht vergessen.

»Karla sagt, du willst etwas über deine Familie herausfinden«, sagte Adrian plötzlich. »In dem Buch.«

»Ja …«, sagte ich zögerlich. Wieder fing ich Karlas entschuldigenden Blick auf. Ich war ihr nicht böse, Adrian hatte so eine Art an sich, die einem beinahe alles entlockte.

»Warum fragst du nicht deine Tanten?«

Das war sehr direkt gewesen. Ja, warum fragte ich sie nicht? Weil ich den Eindruck hatte, dass sie nicht weiter darüber sprechen wollten. Sie hatten mir von der Hexenverfolgung erzählt und dass die Dorfbewohner ihnen diesen Vorfall immer noch nachtrugen. Aber mehr war aus ihnen nicht herauszubekommen. Das wollte ich ihm gegenüber aber nicht zugeben. Deshalb antwortete ich: »Weil ich sie dafür nicht gut genug kenne.«

Er zog die Augenbrauen nach oben. »Aber sie gehören zu deiner Familie.«

»Die ich bisher genau einmal im Jahr besucht habe.« Ich sah ihn an. »Das ist nicht besonders häufig.«

Karla rettete mich aus der Situation. »Da vorn ist es schon.« Sie zeigte auf ein Haus, das in etwa hundert Meter Entfernung hinter dem Ortsschild stand. Es war in einem schlechten Zustand: Einige Fenster des alten Holzbaus waren eingeschlagen und von innen mit Pappe vernagelt worden, sodass man nicht mehr hineinsehen konnte. Der Jägerzaun war an einigen Stellen umgetreten worden, der Garten verwildert. Mitten auf dem Vorplatz des Hauses lagen die Reste eines Wassertanks, die vor sich hin rosteten.

»Dort wohnt jemand?«, fragte ich, während wir uns näherten.

Adrian kam Karla zuvor. »Frau Walther ist sehr alt, sie kann sich nicht mehr um den Garten und das Haus kümmern. Früher hat ihr der Dorfrat geholfen, aber seitdem sie sich mit jedem im Dorf angelegt hat … Na ja.«

»Seitdem lassen sie sie verwahrlosen«, sagte Karla und sah Adrian böse an. »Dein Vater könnte etwas dagegen unternehmen. Du auch.«

Er senkte den Kopf. »Ich weiß.«

Wir erreichten das Haus, stiegen über das nur halb in den Angeln hängende Tor hinweg und erreichten den Windfang. Wie bei vielen Häusern im Harz war der Vorbau des Hauses aus Holz gefertigt und mit Ornamenten verziert. Wenn das Gebäude besser in Schuss gewesen wäre, hätte es wunderschön ausgesehen.

Karla klingelte. Wir hörten das Geräusch im Inneren des Hauses verhallen, es rührte sich nichts. Sie versuchte es noch einmal, aber auch dieses Mal machte niemand die Tür auf. Adrian streckte eine Hand aus und klopfte gegen die Tür. »Frau Walther? Sind Sie da?«

Keine Antwort. Dafür gab die Tür unter dem Druck seiner Berührung nach und schwang ein Stück nach innen auf.

Ich kniff die Augen zusammen. »Lässt sie immer die Tür offen?«

Karla und Adrian schüttelten den Kopf. Wir sahen uns an, bis Adrian sagte: »Wir sollten reingehen und nachsehen, ob es ihr gut geht. Bei einer so alten Frau weiß man nie …«

Er hatte recht. Nicht, dass sie Hilfe brauchte und allein nicht mehr zur Tür kam. »In Ordnung, aber wir sind vorsichtig«, sagte ich so leise, dass nur wir drei es hören konnten.

Adrian ging voran. Er stieß die Tür einen Spalt weiter auf und trat in den Flur. Drinnen flatterte etwas und als das Licht von draußen ins Haus flutete, sah ich vier Elstern, die eilig durch eines der geöffneten Fenster das Weite suchten. Staub tanzte durch die Luft und enthüllte ein heilloses Chaos: Auf dem Boden lagen eine zerrissene Wolldecke, dahinter drei kaputte Teller. Dem kleinen Ablagetisch aus Holz fehlte ein Bein, der Spiegel lag zerbrochen auf dem Boden, sein Rahmen quer über den Flur gekippt. Ich sog die Luft ein. Nein, das war sicher nicht normal.

Das schien auch Adrian zu denken, denn er fragte noch einmal laut in die Stille des Hauses hinein: »Frau Walther? Brauchen Sie Hilfe?«

Nichts.

Langsam gingen wir vorwärts. Stück für Stück schoben wir uns ins Innere, über den Spiegel und das Tischchen hinweg in Richtung des Wohnzimmers. Auf dem Weg dorthin überprüften wir Bad, Küche und Schlafzimmer: leer. Einen zweiten Stock gab es nicht.

Das mulmige Gefühl in meiner Magengegend nahm zu, als wir schließlich neben der Couch standen. Auch hier sah alles nach einem Kampf aus: Kissen lagen aufgeschlitzt neben einer ausgekippten Teekanne, deren Inhalt schon auf dem Teppich eingetrocknet war. Der kleine Sekretär war durchwühlt worden: Überall auf und neben ihm stapelten sich wild verstreut Papiere und Zettel.

»Hier hat jemand etwas gesucht«, flüsterte Karla.

Ich konnte spüren, dass sie sich genauso unwohl in der Situation fühlte wie ich. »Wir sollten die Polizei rufen, ich mache mir Sorgen.«

Adrian hatte nichts gesagt. Er hatte sich einmal im Kreis gedreht, fast so, als würde er selber etwas suchen.

»Was ist?«, fragte ich ihn.

»Ihr habt recht«, sagte er und hielt inne. »Hier wurde nach etwas gesucht und ich bin mir sicher, dass diejenigen es nicht gefunden haben … Ich versuche herauszufinden, ob es noch hier ist … was auch immer es war.«

Karla schnaubte. »Wie willst du das erkennen, wenn du nicht weißt, wonach du suchen musst?«

Adrian deutete auf die Teekanne. »Siehst du den Tee? Er ist ausgelaufen.«

»Ja, und?« Karla stellte die Frage, die auch mir durch den Kopf geschossen war.

»Sie ist heil, seht ihr? Nachdem alles hier kurz und klein geschlagen wurde, kann ich mir kaum vorstellen, dass die Kanne eine Ausnahme ist.« Er deutete auf das Teeservice, das zertrümmert danebenlag. »Ich frage mich …« Er bückte sich und hob den Teppich an, der an dieser Stelle einen dunklen Fleck hatte. Darunter kam der Dielenboden zum Vorschein. »Hier!« Adrians Stimme klang mit einem Mal aufgeregt. »Nora, hilf mir mal.«

Ich kniete mich neben ihn und gemeinsam hoben wir eines der Dielenbretter an. Darunter war in einem schmalen Spalt eine Kiste versteckt worden. Ich nahm sie heraus und Adrian ließ den Teppich wieder an Ort und Stelle fallen.

»Krass.« Karla starrte auf das silberne Schmuckkästchen in meinen Händen. »Das hätte ich nie gefunden.«

»Mach mal auf!«, sagte Adrian und ich tat es. Vorsichtig schob ich den Verschluss zur Seite und öffnete den Deckel. Drinnen lagen, fein säuberlich gefaltet, mehrere Buchseiten, die eine klare Abrisskante hatten. Eilig faltete ich sie auseinander und tatsächlich.

»Die fehlenden Seiten«, hauchte Karla. »Das gibt's doch nicht!«

»Wieso hat sie sie unter dem Teppich in dieser Kiste versteckt?«, fragte Adrian.

»Wir sollten wirklich die Polizei rufen«, sagte ich. Das ungute Gefühl wurde immer stärker. »Hier ist etwas passiert und ich fürchte, dass es nichts Gutes war.«

»Du hast recht«, sagte Adrian. »Moment, ich hole kurz mein Handy …« Er stockte, legte einen Finger auf die Lippen.

Erst wollte ich fragen, was los war, aber er sah mich so eindringlich an, dass ich es sein ließ.

Jetzt hörte ich es auch: Schritte … von draußen. Ob das Frau Walther war?

Adrians Gesichtsausdruck sagte mir, dass er nicht daran glaubte. War der Einbrecher zurückgekehrt?

Wir schlichen so schnell und so leise wie möglich in die Küche. Dort gab es einen alten Ofen, hinter dem man sich gut verstecken konnte, und genau das taten wir jetzt. Gerade als Adrian sich als Letzter dahintergezwängt hatte, hörten wir die Eingangstür knarzen.

Was taten wir hier eigentlich? Was, wenn es nur die alte Dame war, die von einem Einkauf zurückkehrte? Sie würde sich zu Tode erschrecken, wenn sie uns wie drei Diebe hinter ihrem Ofen vorfand.

Aber es war nicht Frau Walther. Durch einen Spalt konnten wir sehen, wer ins Haus kam: Es war eine Gestalt mit einem mittelalterlich anmutenden Umhang, die Kapuze tief ins Gesicht gezogen, weswegen ich nicht sagen konnte, ob sie männlich oder weiblich war.

Die Person machte nicht an der Küche halt, sondern ging direkt ins Wohnzimmer. Sie schien zu wissen, dass niemand hier war. Ein Schauer lief mir über den Rücken. Das konnte nur eines heißen: Sie war bei dem Einbruch dabei gewesen oder sogar der Einbrecher selbst.

Wir hörten, wie sich die Schritte im Wohnzimmer auf und ab bewegten, wie Gegenstände hochgehoben und wieder fallen gelassen wurden. Dieser Mensch suchte nach etwas und ich hatte den Verdacht, dass es sich um das Kästchen handelte, das ich fest in der linken Hand hielt. Was, wenn uns diese Person entdeckte? Wenn sie uns wehtat?

Ich musste an die alte Frau denken. War ihr etwas passiert? Hatte diese Kapuzengestalt damit vielleicht sogar etwas zu tun? Wieder kroch mir ein Schauer über den Rücken und ich wünschte mich nichts mehr, als endlich aus diesem Haus verschwinden zu können. Es war eine dumme Idee gewesen herzukommen. Warum hatte ich nicht einfach bei meinen Tanten genauer nachgefragt?

Eine Hand schloss sich um meine und drückte sie. Ich schaute hoch und in Adrians dunkle Augen. Er sagte nichts, aber ich konnte spüren, dass er mich beruhigen wollte.

Nach kurzem Zögern erwiderte ich den Druck seiner Hand, dann lauschten wir alle drei in die Stille des Hauses. Die Gestalt war nicht wieder in unserer Sichtweite aufgetaucht. Ob sie noch im Wohnzimmer war?

In diesem Moment hörte ich das Schlagen einer Tür, Schritte. Die Gestalt ging zügig an der Küche vorbei, hinaus ins Freie. Durch das Küchenfenster konnte ich sehen, wie sie sich entfernte, draußen vor dem Zaun auf ein Motorrad stieg und davonfuhr.

Wir zögerten keine Sekunde länger. So schnell wir konnten, ließen wir das Haus hinter uns, joggten förmlich zurück ins Dorf. Erst als uns die ersten Wanderer begegneten, hörten wir auf zu rennen.

Außer Atem lehnte ich mich gegen den Pfosten vor der Bibliothek. Karla kam neben mir zum Stehen. »Scheiße, das war knapp«, schnaufte sie. »Was ist da gerade passiert?«

»Keine Ahnung, aber lass uns reingehen, ich will das Kästchen nicht länger als nötig hier draußen herumtragen«, sagte ich und konnte nicht verhindern, dass ich einen vorsichtigen Blick über die Schulter warf.

Adrian, der bisher noch nichts gesagt hatte, schob uns in Richtung des Eingangs. »Ich denke, das ist eine gute Idee. Lasst uns unseren Fund drinnen näher untersuchen.«

Mit diesem Satz betraten wir die Bibliothek, die Karla für uns aufgeschlossen hatte, denn eigentlich war die Öffnungszeit schon vorbei. Doch erst, als sie das Schloss zweimal überprüft hatte und von innen einen Riegel vor die Tür geschoben hatte, fiel die Anspannung von mir ab.

In Sicherheit!

7

»Das war krass!« Karla ließ sich in einen der Sessel fallen, auf denen wir vorhin schon gesessen hatten. Ich setzte mich in den zweiten, Adrian zog sich einen Hocker heran. »Was zum Henker war das?«

Ich sah von einem zum anderen, sagte aber nichts. Dafür war ich noch viel zu überwältigt von dem, was gerade passiert war.

Adrian fuhr sich mit einer Hand übers Gesicht. »Ich habe keine Ahnung, aber gut war es nicht. Wir müssen die Polizei rufen, Frau Walther scheint in Schwierigkeiten zu sein.«

»Woher willst du das wissen?«, fragte Karla. »Vielleicht ist sie auch ausgeflogen.«

Er sah sie mit gerunzelter Stirn an. »Du weißt so gut wie ich, dass sie nie rausgeht, Karla.«

»Das stimmt nicht. Hier in die Bibliothek kommt sie andauernd. Ich würde wetten, dass sie auch andernorts unterwegs ist.«

Adrian seufzte. »Also würdest du *was* tun?«

Damit hatte er Karla offenbar auf dem falschen Fuß erwischt, denn sie sagte nichts mehr. Ich hatte den beiden bis hierhin zugehört, weil ich Zeit gebraucht hatte, um meine Gedanken zu ordnen. Jetzt sagte ich: »Aber im Haus gab es keine Anzeichen dafür, dass sie sich etwas getan hat. Kein ... Blut oder so.«

»Genau«, stimmte Karla mir zu. »Es sah eher so aus, als ob irgendwer bei der Suche nach etwas alles auf den Kopf gestellt hat. Wer weiß, vielleicht geht es Frau Walther ja gut.«

»Aber das können wir nicht sicher wissen«, gab Adrian zu bedenken.

Ich verstand ja, warum er so vehement darauf herumritt, die Polizei zu rufen, aber mein Bauchgefühl sagte mir, dass es nicht der richtige Zeitpunkt war. »Ich schlage einen Kompromiss vor«, sagte ich und sah erst Adrian und dann Karla an. »Lasst uns bis morgen früh warten, und wenn sie dann immer noch nicht da ist, rufen wir die Polizei.«

Adrian wirkte nicht begeistert, stimmte aber zu, genau wie Karla. Einen Augenblick saßen wir schweigend da, dann fragte ich: »Und jetzt?«

»*Jetzt* gucken wir uns das Kästchen an«, sagte Karla.

Ich hatte es auf dem Boden abgelegt, genau zwischen uns. Es wartete dort wie ein unheilverkündendes Omen.

»Will sich jemand die Seiten ansehen?«, fragte ich und kam mir im gleichen Moment albern vor. Sie würden mich wohl kaum beißen.

Adrian übernahm den Part, griff nach der Schatulle und klappte den Deckel auf. Heraus sprang kein Monster oder Dämon, sondern nur die Zettel, die eben auch schon darin gelegen hatten. Er nahm sie behutsam hoch, faltete sie auseinander und begann zu lesen.

Sowohl Karla als auch ich beobachteten ihn genau dabei. Schließlich schien Karla es nicht mehr auszuhalten: »Und? Was steht drauf?«

Adrian reichte uns eine der drei Seiten. »Hier steht das Wesentliche drauf, denke ich. In der Mitte, hinter *Tannenburg hatte eine Festung*.«

Wir beugten uns über den Ausschnitt und ich las laut vor:

»Die letzte bekannte Hexenverbrennung in Tannenburg erfolgte am 21. Juni 1845. Opfer waren Johanna Jäger und Katharina Elster, zwei junge Frauen aus dem Dorf, denen die Anwendung des bösen Blickes auf einige Bewohner vorgeworfen wurde.«

Da, schon wieder. Der böse Blick. Ich sah auf. »Was ist das?«

»Was?«, fragte Adrian.

»Na, der böse Blick. Das habe ich jetzt schon von mehreren Stellen gehört.« Dass eine davon meine Tante war, sagte ich lieber nicht. Auch wenn Adrian mich im Haus beschützt hatte, konnte ich mir immer noch nicht sicher sein, ob er nicht nur hier war, um ein Auge auf mich zu haben.

»Das weiß ich«, sagte Karla und klang dabei so stolz, als hätte sie eine Hunderttausend-Euro-Frage bei *Wer wird Millionär?* beantwortet. »Der böse Blick ist ein Zauber, bei dem ein Mensch seinen Blick dazu einsetzt, mit magischen

Kräften anderen zu schaden. Also sowohl einer anderen Person als auch ihrem Besitz oder ihrer Familie. Er gehört in die Kategorie der Schadenszauber und war als Aberglaube weit verbreitet, auch hier im Harz.«

»Interessant«, murmelte Adrian. »Lies weiter vor, Nora.«

Ich fuhr fort: *»Trotz Unschuldsbeteuerungen wurden die beiden Frauen wider das Gesetz in der Nacht zur Sommersonnenwende verbrannt. Eine Quelle berichtete davon, dass aber zumindest Katharina Elster das ihr widerfahrene Unheil nicht einfach hinnehmen wollte. Auf dem Scheiterhaufen belegte sie das Dorf und Johanna Jäger mit einem Fluch: Sollte sich das jüngste weibliche Mitglied von Johannas Familie jemals wieder zur Sommersonnenwende im Dorf aufhalten, wird Katharina Elster sich an den Bewohnern Tannenburgs rächen.«* Ich hielt inne, stieß die Luft aus. *»Bis heute ist nicht klar, weshalb Katharina Elster den Fluch auf Johanna Jäger erweitert hat und inwieweit die beiden Frauen in einer Beziehung zueinander standen. Auch ist der Quellenbestand zur Absicherung dürftig. Es könnte sich also auch um eine moderne Legende handeln.«*

Stille.

Karla lehnte sich zurück, biss sich auf die Lippen. »Ich habe keine Ahnung, in was deine Familie da verstrickt ist, Nora, aber ich habe kein gutes Gefühl bei der Sache.«

»Wieso meine Familie?«, fragte ich und konnte nicht verhindern, dass ich mich angegriffen fühlte. »Was können wir dafür, dass eine meiner Vorfahrinnen von einer Hexe mit einem Zauber belegt wurde? Außerdem«, sagte ich und verschränkte die Arme vor der Brust, »gibt's so was gar nicht.«

Selbst ich konnte den Trotz aus meiner Stimme heraushören. Er klammerte sich verzweifelt an etwas, das ich kannte und von dem ich wusste, dass es real war. Denn die Alternative, dass dieser Vorfall vor mehr als hundertsiebzig Jahren immer noch Einfluss auf die Gegenwart hatte, machte mir Angst.

Wieder war es Adrian, der mir zu Hilfe kam. »Du hast recht, Nora. Das hier ist eine Geschichte und wir wissen nicht mal, ob sie wahr ist. Aber selbst wenn: Diese Begebenheit ist lange her. Inwiefern sollte sie die Gegenwart beeinflussen?«

Karla beugte sich vor. »Ich habe keine Ahnung, aber offensichtlich tut sie das. Oder wie erklärt ihr euch sonst, dass Frau Walther das einzige mir bekannte Buch ausleiht, in dem so detailliert über diesen Tag geschrieben wird, und dann auch noch die Seiten herausreißt und versteckt, damit sie niemand findet?« Sie sah erst mich eindringlich an und dann Adrian. »Schreit das nur für mich nach viel zu viel Zufall?«

Adrian wirkte immer noch nicht überzeugt. »Wir wissen doch gar nicht, ob diese Kapuzengestalt wirklich nach dem Kästchen gesucht hat«, sagte er. »Das ist reine Spekulation.«

Karla warf ihm einen zweifelnden Blick zu, verkniff sich aber die dazugehörige Antwort. Auf der einen Seite war ich ihm dankbar, dass er mir beigesprungen war, auf der anderen Seite hatte ich einfach keinen blassen Schimmer, was ich von alldem halten sollte.

»Nur mal so ein Gedankenspiel.« Karla schien der Gedanke einfach nicht loszulassen. »Was wäre, wenn alles zusammenhängt? Die Vorgänge in der Vergangenheit und die im Hier und Jetzt?«

»Dann würde das nur bedeuten, dass irgendjemand offensichtlich einen gewaltigen Sprung in der Schüssel hat«, sagte Adrian. »Es gibt keine Flüche und in mehr als hundertsiebzig Jahren sollte es doch wohl mal irgendwann vorgekommen sein, dass das jeweils jüngste weibliche Mitglied eurer Familie zur Sommersonnenwende in Tannenburg war, oder nicht, Nora?« Er sah mich an, als erhoffte er sich von mir eine Bestätigung, aber seine letzten Worte hatten etwas in mir getriggert, eine Erinnerung: Meine Mutter hatte einmal davon erzählt, wie sie jedes Jahr in den Sommerferien von ihrer Mutter, meiner Oma Ida, weggeschickt worden war. Nur für den Juni und Juli. Dafür aber jedes Jahr. Mama war die jüngste von drei Schwestern. Sie hatte das irgendwann einmal in einem Nebensatz erwähnt, als wäre es nicht wichtig, aber ich hatte damals schon gespürt, dass es sie verletzt hatte. Ich hatte nicht weiter nachgehakt, denn meine Mutter verschloss sich schneller als eine Miesmuschel, wenn es um ihre Vergangenheit in Tannenburg ging. Deshalb hatte ich über die Jahre gelernt, einfach nur hinzunehmen, was sie mir freiwillig anvertraute.

»Nora?«

Adrians Stimme riss mich aus meinen Grübeleien. »Hm?«

»Gab es bei euch in all den Generationen dazwischen niemals ein jüngstes weibliches Familienmitglied, das zur Sommersonnenwende im Dorf war?«

Ich zuckte mit den Achseln. »Das kann ich nicht sicher sagen, ihr wisst doch, dass ich kaum Kontakt zu meinen Tanten habe ... hatte.« Die beiden schwiegen. »Und selbst wenn es so gewesen sein sollte, warum regen sich die Leute dann auf? Offensichtlich ist der Fluch oder ... Zauber oder was auch immer es war, nicht echt, sonst hätte er wohl inzwischen zugeschlagen.«

»Nur wenn die richtigen Bedingungen erfüllt gewesen wären«, gab Karla zu bedenken, schüttelte aber gleich darauf selbst den Kopf. »Ich fasse es nicht, dass ich das gesagt habe. Natürlich gibt es keine Magie.«

»Aber manchmal reicht es, wenn die Menschen daran glauben«, sagte Adrian.

Da hatte er recht. Glaube versetzte Berge, war es nicht so? Was, wenn es keinen Zauber gab, aber der Aberglaube der Dorfbewohner ihn am Leben hielt – in den Köpfen der Menschen – und ihn so real werden ließ? Nicht als tatsächliche Bedrohung, aber eben als ... Möglichkeit, vor der die Menschen Angst hatten. Und was taten Menschen, die Angst hatten? Sie suchten sich Sündenböcke. In diesem Fall meine Familie.

»Gib mir noch mal den Zettel, Adrian«, forderte ich ihn auf. Ich hatte ihm das Stück Papier zurückgegeben, als ich mit dem Lesen fertig gewesen war. Vorsichtig faltete ich das eine Blatt wieder auseinander. Mir war beim Lesen etwas aufgefallen. Etwas, das nichts mit dem Text und seinem Inhalt zu tun hatte, sondern mit dem Papier selbst. Ich hielt es gegen die Abendsonne, die durch eines der Sprossenfenster fiel. Ja, keine Frage ... »Seht ihr das hier? Das ist ein Fingerabdruck.«

Karla und Adrian beugten sich vor. »Stimmt«, flüsterte Karla. »Er sieht komisch aus ... als ob ... als ob er nicht aus Tinte wäre, sondern ...« Sie stockte.

Adrian beendete den Satz für sie: »Sondern aus Blut.«

Shit. Warum hatte ich das jetzt erst gesehen?

In diesem Moment betätigte jemand die Außenklingel der Bibliothek. Karla verdrehte genervt die Augen. »Als ob sie nicht lesen könnten, dass wir erst morgen wieder aufmachen.«

»Wahrscheinlich hat jemand das Licht gesehen«, sagte ich.

Wieder klingelte es.

»Ich bin gleich wieder da«, sagte Karla und stand auf. Als sie weg war, drehte ich mich zu Adrian um. »Das ist wirklich nicht gut. Ganz egal, was da früher passiert ist: Wenn heute jemand glaubt, dass es wahr ist und dafür sogar so weit geht und bei Frau Walther einbricht, dann ... müssen wir das der Polizei melden.«

»Nora«, er sah mich beschwörend an, »du weißt doch gar nicht, ob der Abdruck von ihr ist. Vielleicht ist er auch viel früher auf das Papier gelangt. Vielleicht hängt nichts davon miteinander zusammen. Ich bin ja auch dafür, dass wir die Sache melden, aber ich würde keine Zusammenhänge annehmen, nur um auf Biegen und Brechen ein Muster zu erschaffen.«

Er hatte recht. Die Angst von vorhin saß mir einfach noch in den Knochen. Deshalb sagte ich: »Na schön.«

Adrian schaute mich immer noch eindringlich an. »Geht es dir gut?«

Ich sah weg. »Nein.«

»Was ist los? Ist es wegen vorhin?«

»Ja«, ich starrte auf meine Hände. »Ich weiß, dass es total bescheuert klingt, aber ich habe keine Ahnung, wie ich das alles einordnen soll.«

Einen Herzschlag lang sagte er nichts, bevor er wieder nach meiner Hand griff. »Das klingt nicht bescheuert. Mir geht es genauso. Deshalb warten wir, ob Frau Walther wiederkommt, so wie du es gesagt hast, und wenn das nicht der Fall ist, melden wir morgen alles beim nächsten Revier.«

Warum nur fühlte sich seine Haut auf meiner so verdammt gut an? Ich entzog ihm meine Hand dennoch. »Ja, okay.«

»Noch was?«

Es war, als könnte er Gedanken lesen. »Warum bist du mir aus dem Weg gegangen?«, fragte ich, bevor ich mir auf die Zunge beißen konnte.

Überrascht riss er die Augen auf. »Ich ... was? Ich bin dir nicht aus dem Weg gegangen.«

»Du hast mich nicht mal gegrüßt, als wir uns vorhin in der Bibliothek gesehen haben.«

Er schaute zu Boden. »Na ja.« Ein Zögern. »Um ehrlich zu sein, hat mich mein Vater zur Seite genommen.«

Das traf mich unvorbereitet. »Wieso?«

Adrian wirkte ein wenig verlegen. »Du weißt doch, dass sich Neuigkeiten im Dorf schneller als ein Lauffeuer verbreiten …«

Mir schwante Böses, aber ich sagte noch nichts. Ich wollte, dass er es aussprach.

»Und … irgendwer hat ihm erzählt, dass wir miteinander gesprochen haben.«

»Was schlimm ist«, sagte ich. Keine Frage, sondern eine Feststellung.

»Für ihn schon«, sagte er leise. »Er hat mir verboten, dich näher kennenzulernen.«

Mein Mund fühlte sich mit einem Mal ganz trocken an. Das erklärte sein Verhalten wohl, aber nicht, weshalb er sich Karla und mir angeschlossen hatte. Er hätte es dabei belassen können, hatte er aber nicht. Deshalb fragte ich: »Warum bist du dann noch hier?«

Adrian schnaubte. »Weil ich keine zwölf mehr bin. Mein Vater wird mir nicht verbieten, wen ich in mein Leben lasse und wen nicht.«

»Oh.« Damit hätte ich nicht gerechnet. Und die Erleichterung, die sich in meiner Brust breitmachte, fühlte sich leicht und fluffig an wie Daunenfedern – auch wenn ich das nicht wahrhaben wollte. Trotzdem fragte ich mich, weshalb er Konflikte mit seiner Familie riskierte, nur um Zeit mit mir zu verbringen. »Aber du kennst mich doch kaum.«

Er lächelte. »Richtig, das würde ich gern ändern.«

Ich spürte, wie ich rot wurde, konnte aber nichts dagegen tun. Langsam wurde das zur Gewohnheit.

Bevor ich etwas erwidern konnte, bog Karla um die Ecke. Ihr Gesicht war so weiß wie eine Wand, als sie vor uns stehen blieb. Das federleichte Gefühl stürzte so jäh ab, wie es gekommen war.

Etwas war passiert.

»Was ist los?«, fragte Adrian und klang dabei so alarmiert, wie ich mich fühlte.

Karla setzte zweimal zu einer Antwort an, bekam aber außer Gestammel nichts heraus.

Ich stand auf und legte ihr eine Hand auf die Schulter. Auch wenn wir uns noch nicht lange kannten, hatte ich das Bedürfnis, ihr beizustehen. Immerhin hatten wir das zusammen erlebt und ohne mich wäre sie vielleicht nie in diese Situation geraten. »Hat es etwas mit Frau Walther zu tun?«, fragte ich. »Karla, konzentrier dich.«

Sie schloss kurz die Augen, dann öffnete sie sie wieder, nickte. »Ja. Glaube ich jedenfalls.«

»Was soll das heißen?« Adrian war nun ebenfalls aufgestanden. Er sah in Richtung des Tresens, konnte dort aber anscheinend nichts Auffälliges entdecken. »Jetzt sag schon.«

Einen Moment noch sammelte sich Karla, bevor sie hauchte: »Eben an der Tür stand der Typ.«

»Welcher Typ?« Ich war komplett verwirrt. Was meinte sie?

»Der Kapuzenmann, der uns im Haus so eine Angst eingejagt hat.«

»Nicht wirklich!« Unwillkürlich kroch das Unbehagen, das ich bis jetzt so gut in Schach gehalten hatte, wieder ans Tageslicht und legte sich auf meine Schulter wie eine kalte Hand. »Was wollte er? Kanntest du ihn?«

»Nein, ich habe ihn noch nie gesehen.« Karlas Lippe zitterte. »Er wollte das Buch ausleihen. Das mit den herausgerissenen Seiten.«

8

Adrian warf einen unruhigen Blick zum Eingang. »Ist er noch da?«

Karla schüttelte den Kopf. »Nein, ich habe ihn weggeschickt, habe gesagt, wir haben geschlossen und dass er morgen wiederkommen soll.«

Als Karla ihre Bombe hatte platzen lassen, war mein Mund ganz trocken geworden. Der Strohhalm, an den ich mich geklammert hatte, war einfach abgebrochen: Hatten wir bis eben noch darüber gemutmaßt, dass die Zettel in der Box etwas mit der Sache zu tun haben *könnten*, war das jetzt so gut wie sicher. Adrian schien meine Gedanken gelesen zu haben, denn er sagte: »Na, dann können wir uns weitere Grübeleien jetzt sparen: Offensichtlich sucht jemand nach Infos über die Hexenverfolgung und dieses Buch scheint dabei ganz besonders interessant zu sein. Aber«, er sah mich eindringlich an, »das heißt nicht, dass sie nach dir suchen, Nora. Nur weil die Hexenverbrennung im Dorf etwas mit deiner Familie zu tun hat, muss er nicht hinter euch her sein.«

Ich schluckte. »Und was, wenn doch?«

Adrian trat auf mich zu, streckte die Hand aus, schien sich dann aber daran zu erinnern, dass Karla im Raum war, und ließ sie wieder sinken. »Das glaube ich nicht. Weshalb sollte er nach dir suchen? Du bist gerade erst ins Dorf gekommen. Du wohnst sonst nicht hier. Wenn, dann sucht er nach deinen Tanten oder deiner Familie im Allgemeinen. Oder er will einfach nur mehr über die Hexenverfolgung herausfinden und ihr seid ihm gar nicht wichtig.«

Karla nickte zustimmend. »Adrian hat recht. Dass er sich für deine Familie interessiert, Nora, würde ich daraus auch nicht ableiten. Aber dass er nach den Seiten hier suchen wird«, sie wedelte mit dem Papier, »das ist schon wahrscheinlicher. Und dass er etwas mit Frau Walthers Verschwinden zu tun hat, auch.«

Ich runzelte die Stirn. »Ist sie das denn?«

»Was?«

»Verschwunden?«

Karla schnippte gegen das Papier. »Das werden wir spätestens morgen sehen.«

Sie hatten recht. Beide. Die Angst, die ich im Haus gehabt hatte, hatte mich einfach noch nicht wieder losgelassen und ich hatte voreilige Schlüsse gezogen. Warum zum Henker sollte mich jemand verfolgen? Wurde ich paranoid? Ich gehörte nicht in dieses Dorf und nur, weil dieser Typ ein Buch leihen wollte, dessen Seiten wir gefunden hatten, hieß das noch lange nicht, dass es dabei irgendeine Verbindung zu meiner Familie gab.

»Was machen wir mit den Seiten?«, fragte ich. Mein Herz war deutlich leichter als noch vor ein paar Minuten.

»Ich verwahre sie im Safe«, sagte Karla. »Den bekommt so schnell niemand auf. Dort lagern unsere ganz besonders alten Schätze, die wir nur auf Anfrage herausrücken.«

»Noch älter als das Buch, aus dem die Seiten hier geschnitten wurden?«, fragte Adrian.

»Viel älter«, sagte Karla mit vor Stolz geschwellter Brust.

Sie schob die Seiten in einen Jutebeutel und wir verabschiedeten uns.

Als ich die Bibliothek verließ, konnte ich trotzdem nicht anders, als mich immer wieder umzugucken. Das ungute Gefühl, das ich bis eben noch so gut im Griff gehabt hatte, war wieder da. Karla und Adrian waren in die andere Richtung gegangen. Das Haus meiner Tanten war weiter weg.

Die Dorfstraße war wie leer gefegt. Ich legte einen Schritt zu, überquerte den Kreisverkehr. Wind kam auf, als ich mich auf dem Bürgersteig dem Haus meiner Tanten näherte. Aus den Augenwinkeln bemerkte ich eine Bewegung, aber als ich hinsah, war da nichts außer ein paar Blättern, die in der Luft tanzten.

Ich ging schneller. Nur noch zwanzig Meter, dann wäre ich in Sicherheit hinter dem Zaun von Tante Almas Gemüsegarten. Trotz des einsetzenden Abends konnte ich die dunklen Wolken erkennen, die sich am Himmel türmten.

Schweiß brach mir aus, während ich schon fast auf den Gartenzaun zu rannte. Kurz davor griff mir etwas von hinten ins Haar. Ich schrie auf und fuhr herum, taumelte dabei, stolperte und fiel auf den Bürgersteig.

»Ah!«

Ich war auf meinem Unterarm gelandet, die kleinen Steinchen auf dem Weg bohrten sich in meine Haut.

Mit wild klopfendem Herzen suchte ich nach meinem Angreifer, konnte aber nur eine Elster entdecken, die fünf Meter weiter gelandet war. Sie hockte auf dem Bürgersteig und starrte mich an: Ihren Kopf schief gelegt, ihre Flügel leicht aufgestellt, als ob sie mich gleich wieder attackieren wollte.

Schnell rappelte ich mich auf und untersuchte meinen Arm: eine kleine Schürfwunde, mehr nicht. Dann tastete ich meinen Hinterkopf ab, wo mich die Krallen erwischt hatten. »Aua«, murmelte ich und sah die Elster böse an. Sie hatte sich immer noch nicht gerührt. Im Gegenteil, sie hockte so unbeweglich auf dem Bürgersteig, als hätte ihr jemand den Schlüssel abgezogen. Irgendwie unheimlich.

Langsam ging ich rückwärts, bis ich das Tor erreicht hatte, die Elster ließ ich dabei nicht aus den Augen. Meine Finger nestelten nervös an dem Verschluss herum und erst als ich mich durch das Tor hindurchgeschoben hatte, drehte ich mich um und rannte zur Haustür. Die öffnete sich gerade, als ich die Treppen hinaufsprintete, und ich landete in Tante Frankas Armen.

»Himmel, Nora! Nicht so stürmisch.« Als sie meinen Ausdruck sah, gefror ihr das Lachen auf dem Gesicht. »Was ist los?«, fragte sie und ich konnte die Sorge in ihrer Stimme hören. »Ist alles in Ordnung?«

»Ich bin hingefallen«, sagte ich. »Gestolpert.« Von dem Vogelangriff wollte ich nichts erzählen, ebenso wenig von der Sache mit Frau Walther oder dem Kapuzentyp. Irgendetwas hielt mich zurück, ob es Frankas forschender Blick war oder die Tatsache, dass ich mir einredete, dass das alles nichts mit mir zu tun hatte – ich wusste es nicht. Den Teil in mir, der darüber nachdachte, dass etwas Wahres hinter all den seltsamen Zufällen steckte, drängte ich ebenfalls vehement zurück.

»Dann komm rein«, sagte meine Tante und schob mich an sich vorbei in den Flur. Dabei schaute sie wachsam die Straße hinab, als ob sie ahnte, was ich erlebt hatte.

Drinnen fühlte ich mich sofort besser, als ob ich in ein warmes Bad eingetaucht wäre. Die Angst und das Herzklopfen waren wie weggeblasen. Stattdessen nahm ich den wunderbaren Duft von Knoblauchbrot wahr, der von der Küche her durchs ganze Haus zog.

»Kocht Alma was Feines?«, fragte ich, als Franka die Tür hinter uns schloss.

»Na klar.« Sie grinste. »Das ist ihre Bewältigungsstrategie für fast alles.«

Kurz war ich verwirrt, bis mir einfiel, weshalb ich den Nachmittag frei gehabt hatte: die Schmiererei an der Tür. Verdammt, bei allem, was seitdem passiert war, fühlte es sich an, als wären schon Tage vergangen. Sofort schlich sich ein schlechtes Gewissen in mein Herz. Hätte ich früher da sein sollen? Hätte ich meinen Tanten helfen müssen, statt mit Karla und Adrian Geheimnisse zu jagen, aus denen ich mich sowieso besser heraushielt?

Franka strich beiläufig über meinen Rücken. »Mach dir keine Sorgen, Nora. Das ist nicht das erste Mal, dass das passiert ist.«

»Aber genau das macht mir doch Sorgen«, sagte ich.

Sie lächelte schwach und wollte an mir vorbei in die Küche gehen, stoppte dann aber noch im Flur. »Da ist noch eine Sache, über die ich gern mit dir reden würde«, sagte sie und drehte sich zu mir herum.

Warum klang sie auf einmal so ernst? Ich schluckte. »Okay.«

»Uns wurde zugetragen, dass du dich mit Adrian Engels triffst.«

»Ja?« Instinktiv verschränkte ich die Arme vor der Brust. »Und?«

»Er gehört zu der Bürgermeisterfamilie, vor der wir dich gewarnt hatten«, sagte Franka. »Das kannst du nicht wissen, das ist mir klar. Aber ich würde dich bitten, ihn nicht mehr zu sehen.«

Hatte sie eine Ahnung – natürlich wusste ich es, aber das würde ich ihr nicht auf die Nase binden. Also war es nicht nur Adrians Vater, der seinen Sohn von mir – oder besser gesagt meiner Familie – fernhalten wollte, auch meine Tanten schienen den Sohn des Hauses nicht in der Nähe zu dulden. Trotzdem war jetzt die Gelegenheit, mehr darüber herauszufinden. »Warum? Er scheint nett zu sein, jedenfalls hat er keine Vorurteile euch gegenüber.«

Frankas graue Augen durchbohrten mich, als wollte sie in mich hineinschauen. »Hat er das gesagt, ja?«

»Ja«, antwortete ich langsam.

»Hast du mit ihm über uns gesprochen?«

Warum wurde ich das Gefühl nicht los, dass das hier zum Verhör wurde? »Nein. Ich habe nur erzählt, dass ich im Laden arbeite«, log ich.

Einen Moment noch hielt Franka meinen Blick fest, dann sagte sie: »Es würde zu weit greifen, wenn ich dir alles erzählte, was die Jahre über vorgefallen ist. Du hast recht: Adrian ist nicht sein Vater, aber er gehört zu dessen Familie. Und diese Familie hat uns über die Jahre sehr viel Leid zugefügt.«

Und deshalb dachte sie, dass Adrian genauso drauf war? Das war genauso vorurteilsbehaftet wie das Verhalten, das sie seinem Vater vorwarf. Am liebsten hätte ich ihr das an den Kopf geknallt, aber ich ließ es bleiben. Immerhin war ich hier zu Gast.

»Versprichst du es, Nora?«, fragte meine Tante, ihre Stimme klang so scharf wie eine Klinge.

»Ich verspreche, dass ich ihm nicht mehr absichtlich über den Weg laufe«, sagte ich. »Aber ich kann es nicht verhindern, wenn er von allein auf mich zukommt, das verstehst du bestimmt.«

»Sicher«, erwiderte Franka, auch wenn sie nicht zufrieden klang. Schließlich hatte ich mir damit eine Hintertür offen gehalten: Natürlich würde ich Adrian weiter treffen, vordergründig jedoch Karla. Wenn er dabei war, war das nicht meine Schuld, immerhin hatte ich ihn nicht eingeladen.

»In zwanzig Minuten gibt es Essen«, sagte sie nur und ging an mir vorbei in die Küche.

Ich folgte ihr nicht, sondern ging nach oben in mein Zimmer, entledigte mich meiner Klamotten und stieg unter die Dusche. Als der heiße Dampf um mich herumnebelte, sortierten sich meine Gedanken wie von selbst. Ja, es war seltsam, dass meine Tanten so gelassen auf die Anfeindungen im Dorf reagierten, mir jedoch gleichzeitig den Kontakt zu Adrian verboten. Aber bei genauerer Betrachtung schienen die Probleme für sie normal zu sein. Ob das gut oder schlecht war, sei einmal dahingestellt, aber offensichtlich wussten sie schon, wie sie mit so etwas umzugehen hatten. Das Verschwinden von Frau Walther würden wir morgen klären und schauen, was die vernünftigste aller Lösungen war. Nur eine Sache ging mir nicht aus dem Kopf … Seit ich vor Philipps Wohnung gestanden hatte, waren immer wieder Vögel in meiner Nähe aufgetaucht. Nicht irgendwelche Vögel, sondern Elstern. Mir war vorher nie aufgefallen, dass es davon besonders viele in Berlin gab. Um ehrlich zu sein hatte ich eher Tauben, Spatzen und Krähen gesehen. Aber keine Elstern. Und warum attackierte mich jetzt sogar einer dieser Unglücksboten?

Ich stellte das Wasser ab, kuschelte mich in ein weiches Handtuch und schlüpfte in meine Jogginghose und ein gemütliches T-Shirt. Dann ließ ich mich aufs Bett fallen. Bis zum Essen hatte ich noch etwas Zeit, vielleicht konnte ich sie nutzen, um mich mal wieder bei meiner Mutter zu melden?

Ja, das war eine gute Idee. Ich zog das Handy hervor und wählte ihre Nummer. Ein Klingeln. Noch eins. Dann ging sie ran.

»Hallo, Mama.«

»Nora!«

Meine Mutter klang, als hätte ich sie bei irgendetwas gestört. Aber … so klang sie eigentlich immer, wenn ich sie anrief.

»Ist alles in Ordnung, Schatz?«

Ich dachte an das, was heute passiert war, entschied mich aber dagegen, etwas dazu zu sagen. »Ja, ja, alles gut.«

»Das ist schön. Hier ist auch alles beim Alten. Na ja«, sie stockte, »außer, dass Philipp hier ein paar Mal aufgetaucht ist.«

Mir entfuhr ein Schnauben, bevor ich es unterdrücken konnte. »Sag ihm, er soll sich zum Teufel scheren.«

Meine Mutter schwieg, schien darüber nachzudenken. Schließlich sagte sie: »Wenn er noch mal herkommt, richte ich es aus.«

»Danke.«

Wir sagten beide nichts, die Stille zog sich, bis es unangenehm wurde. Dann fiel mir ein, weshalb ich meine Mutter auch hatte anrufen wollen. »Sag mal«, fing ich an und überlegte, wie ich zu dem Thema hinleiten konnte.

»Weißt du, warum die Leute hier im Dorf manchmal so komisch auf Tante Alma und Tante Franka reagieren?«

»Wieso?« Die Stimme meiner Mutter klang nicht mehr amüsiert wie eben, sondern angespannt.

»Mir ist das im Laden aufgefallen«, sagte ich und versuchte meinem Ton einen unverfänglichen Klang zu geben. »Ich habe mich nur gefragt, ob es dafür einen Grund gibt.«

»Ist etwas passiert?«, fragte meine Mutter.

»Nein«, log ich. »Nur das, was ich gesagt habe.«

»Gut.« Sie klang ein wenig *zu* erleichtert.

»Also, weißt du, wieso das so ist?«, hakte ich nach. In der Regel ließ ich meine Mutter ihre Vergangenheit verbergen, denn sie wollte sie ruhen lassen, und das war in Ordnung für mich. Jetzt aber wollte ich Antworten.

»Ich, äh ...« Sie brach ab. »Das ist genau der Grund, warum ich damals gegangen bin. Dieses spießbürgerliche Verhalten, die tratschenden Alten ...« Meine Mutter klang verärgert, fast so, als würde sie die Vergangenheit, vor der sie so vehement davonlief, trotz all ihrer Bemühungen gerade wieder einholen. Aber dieses Mal würde ich nicht lockerlassen. »Ist das der einzige Grund, warum du damals gegangen bist?«

Wieder herrschte Stille am anderen Ende der Leitung. Solange, bis ich fast glaubte, dass meine Mutter aufgelegt hatte.

»Das ist nicht so leicht zu erklären, Nora.«

Wieder ein Versuch, sich herauszuwinden. Normalerweise hätte ich sie schon lange vom Haken gelassen, aber dieses Mal war es anders. »Versuch es«, sagte ich leise. »Bitte.«

Meine Mutter schien zu merken, dass ich es ernst meinte. Vielleicht spürte sie sogar, dass mehr dahintersteckte, als ich zugab. Ganz bestimmt sogar, denn so viel hatte ich sie noch nie zu Tannenburg und ihrer Jugend gefragt.

Sie räusperte sich. »Weißt du, deine Oma und ich, wir hatten und haben kein einfaches Verhältnis. Sie hat mich immer weggeschickt, ganz egal, was ich getan habe.«

»Was meinst du mit *weggeschickt*? Ins Internat?«

»Ja.« Sie schluckte hörbar. »Erst jeden Sommer ins Ferienlager und dann das ganze Schuljahr über auf ein Internat, das weit weg war. Ich durfte den Sommer über nicht nach Hause kommen. Und irgendwann ... nun ja ... irgendwann wollte ich das auch gar nicht mehr.«

Ich hatte sie noch nie so traurig gehört. Am liebsten hätte ich sie umarmt, natürlich ging das nicht. »Das tut mir leid, Mama«, murmelte ich.

»Oh, das muss es nicht, mein Spatz«, sagte sie. »Ich habe mich damals nur immer wieder gefragt, wieso sie so viel auf diesen dummen alten Vogelreim gegeben hat.«

Mein Herz blieb stehen. »V-vogelreim?«

»Ja. Ich weiß nicht mehr, wie der ging. Aber sie hat ihn mir immer wieder vorgesagt. Dir auch, übrigens. Als du noch klein warst und sie uns öfter mal besuchen kam.«

Vögel. Überall Vögel.

»Kannst du dich wirklich gar nicht mehr erinnern?«, fragte ich deshalb.

Meine Mutter dachte kurz nach. »Nein, tut mir leid. Aber Franka oder Alma sollten ihn kennen. Frag sie, wenn du es genau wissen willst.«

In diesem Moment rief Tante Alma von unten zum Essen. Meine Mutter und ich verabschiedeten uns und ich legte auf. Wow! So viel hatte ich noch nie aus ihr herausbekommen, wenn es um Oma Ida und sie ging. Plötzlich vermisste ich meine Mutter. Ich wünschte mir, dass sie hier sein könnte und mich vor all dem beschützte. Zwar hatte ich keine Ahnung, was *all das* war, aber ich spürte instinktiv, dass etwas auf mich zurollte. Etwas, vor dem ich Angst haben sollte. Am liebsten hätte ich sie wieder angerufen und ihr mein Herz ausgeschüttet. Aber was sollte ich sagen? Dass ich mich verfolgt fühlte? Dass an jeder Ecke Elstern auftauchten? Dass alte Damen über mich tratschten? Das war lächerlich und das wusste ich selbst. Trotzdem fühlte sich mein Brustkorb wie zugeschnürt an.

Neben mir sackte die Bettdecke ein, als ein schwarzer Schatten aufs Bett hüpfte. Es war der Kater, den Franka gefüttert hatte. Ich hatte ihn seitdem nicht mehr gesehen und war mir ziemlich sicher, dass meine Tanten ihn nicht im Haus duldeten, denn Oskar würde das sicher nicht freuen. Irgendwie hatte er sich aber trotzdem einen Weg ins Innere gesucht und saß nun neben mir auf der Bettdecke. Instinktiv streckte ich die Hand aus und strich über sein seidiges schwarzes Fell. Er begann sofort zu schnurren und sah mich aus seinen grünen Augen aufmerksam an.

Unwillkürlich musste ich lächeln. Die Angst, die sich eben noch um mein Herz geklammert hatte, war verschwunden. »Ich komme gleich wieder«, sagte ich und stand auf. »Du darfst auf dem Bett warten. Aber nicht aufs Kopfkissen, hast du verstanden?«

Er sah mich mit einem Blick an, der mir mehr als deutlich sagte, dass er tun und lassen würde, was *er* für richtig hielt. Dass er aber möglicherweise mir zuliebe hierbleiben würde.

Ich ging hinunter und aß zusammen mit meinen Tanten zu Abend. Als wir fertig waren, machte ich mir noch eine heiße Milch und ging wieder nach oben.

Der Kater lag zu einer Kugel zusammengerollt am Fußende des Bettes. Ich schlüpfte unter die Laken und löschte das Licht. Draußen hatte es angefangen zu regnen und Blitze zuckten über den Himmel, in der Ferne erklang ein Donnergrollen. Ich spürte den Kater an meinen Füßen, sein kleiner Körper hob und senkte sich unter seinen Atemzügen.

Ich starrte an die Decke, dachte an alles, was passiert war: der Fluch, der angeblich über meiner Familie und dem Dorf lag, das verwüstete Haus von Frau Walther, die herausgerissenen Seiten, die wir gefunden hatten, der Mann, der danach gesucht hatte … und Elstern. Immer wieder diese gruseligen Elstern.

Am Rand meines Gesichtsfelds sah ich eine Bewegung. Schnell schaute ich in die Richtung, in der ich sie vermutete: zum Fenster. Vor dem Zubettgehen hatte ich es verschlossen und die Vorhänge zugezogen. Ein Spalt war noch offen, durch den ich aber nichts erkennen konnte.

Nein. Ich würde nicht schon wieder Angst haben wie ein Kind, das im Bett lag und sich vor Geistern fürchtete. Als ich klein war, war mir das regelmäßig passiert: Meine Mutter hatte häufig spät gearbeitet und mich allein in der Wohnung gelassen. Auch wenn ich jetzt wusste, dass das nur Hirngespinste gewesen waren, hätte ich damals schwören können, dass ich Schatten durch das Zimmer hatte schleichen sehen. Fest schloss ich meine Augen, hielt es aber nur einen Augenblick lang aus und öffnete sie dann wieder.

Erneut sah ich so etwas wie eine Bewegung. Mit zwei Schritten war ich am Fenster und zog den Vorhang mit einem Ruck zur Seite. Nichts. Nur die Äste der Eiche, die sich im Wind hin und her wiegten.

Einen Augenblick lang stand ich noch da, dann zog ich den Stoff so dicht zusammen, dass kein Spalt mehr einen Blick nach draußen ermöglichte. Trotzdem fühlte ich mich immer noch nicht sicher. Kurz zögerte ich, machte dann aber doch das Nachtlicht an. Es verbreitete einen beruhigenden Schimmer.

Ich legte mich wieder hin, behielt das Fenster aber stets im Auge. Nach fünf Minuten, in denen ich in die Stille des Hauses gelauscht hatte, stand der Kater auf. Er streckte sich, setzte sich und begann seine Pfote zu putzen. Dabei sah er mich vorwurfsvoll an.

»Was?« Er stellte die rechte Pfote ab und begann die linke zu putzen. »Findest du das nicht unheimlich?«

Natürlich beantwortete er meine Frage nicht. Er war ja auch nur eine Katze. Aber eine, die ein sehr feines Gespür für meine Gefühle zu haben schien. Denn anstatt vom Bett zu springen und auf Mäusejagd zu gehen, kletterte er auf meine Beine, balancierte bis zu meinem Bauch und rollte sich darauf zusammen.

Vorsichtig, um ihn nicht zu verscheuchen, ließ ich mich zurück in die Kissen sinken. Das Gewicht des Tieres beruhigte mich auf eine Art, mit der ich selbst nicht gerechnet hätte.

Dieses Mal schloss ich die Augen und dachte nicht daran, was hinter dem Fenster lauern mochte. Mit dem auf- und abschwellenden Schnurren im Ohr glitt ich langsam ins Traumland hinüber.

Morgen war auch noch ein Tag. Sollten mich die Probleme und Fragen doch dann wieder einholen. Jetzt würde ich meinen wohlverdienten Schlaf bekommen.

9

Als ich am nächsten Morgen aufwachte, war der Kater verschwunden. Wohin, das blieb sein Geheimnis, genauso wie die Frage, wie er hereingekommen war. Dennoch war ich ihm dankbar dafür, dass er auf mich gewartet und die Nacht mit mir durchgestanden hatte. Es war lange her, dass ich zuletzt mit einem Nachtlicht geschlafen hatte. Eigentlich mochte ich die Dunkelheit. Nur gestern Nacht … da war sie mir zu nah gekommen.

Ich schlug die Bettdecke zurück und stand auf.

Nachdem ich mich angezogen hatte, schaute ich auf den Arbeitsplan, den Franka mir gegeben hatte: *Heute ist dein freier Tag*. Auch gut, immerhin wollten Adrian, Karla und ich ja nach Frau Walther und ihrem Haus sehen.

Bei dem Gedanken daran zog sich mein Magen zusammen. Ich wollte nicht wieder dorthin zurück, aber ich wusste auch, dass wir es tun mussten. Immerhin konnte der alten Dame wirklich etwas passiert sein. Wenn ich ehrlich mit mir war, hätten wir schon gestern die Polizei rufen sollen, es heute nicht zu tun wäre fahrlässig. Aber vorher mussten wir uns davon überzeugen, ob das auch wirklich immer noch nötig war.

Während ich die Treppe hinunter in die Küche ging, schrieb ich Karla und Adrian eine Nachricht, um zu fragen, wann wir uns treffen würden.

Unten angekommen, stieß ich mit Alma zusammen, die gerade mit Oskar von draußen hereinkam. Sie sah aus wie vom Winde verweht. »Guten Morgen, Schlafmütze!«

»Guten Morgen.« Ich gähnte herzhaft.

»Du hattest Besuch gestern Abend, nicht wahr?« Alma grinste bei dem verdutzten Blick, den ich ihr zuwarf und ergänzte: »Schwarzes Fell, etwa so groß und offensichtlich mit einem tapferen Herzen, sonst hätte er sich nicht an Oskar vorbeigeschlichen.«

»Oh.« Natürlich. Warum hatte ich nicht gleich daran gedacht? »Ja, er wollte kuscheln.«

»Nichts dagegen«, sagte meine Tante. »Er ist mir heute Morgen entgegengekommen, als ich mir einen Kaffee gemacht habe. Ich denke, wir haben jetzt zwei Haustiere.« Wieder lachte sie. »Komm, in der Küche wartet eine Tasse Tee auf dich.«

Gemeinsam gingen wir hinüber, Oskar trottete hinter uns her. Ein Blick durch die Sprossenfenster und ich verwarf alle Pläne, die nach der Überprüfung von Frau Walthers Haus draußen hätten stattfinden können: Die Gewitterwolken von gestern Nacht waren immer noch da und sie türmten sich gewaltiger denn je am Himmel auf. Alma folgte meinem Blick. »Heute wird noch einiges runterkommen. Wenn du noch raus an die frische Luft gehen willst, solltest du das jetzt tun, Nora. Sonst wirst du tropfnass, das ist sicher.«

Ich nickte. »Karla und ich wollten spazieren gehen«, sagte ich und kam mir schäbig vor, weil ich ihr nicht die Wahrheit sagte. »Wir haben uns in der Bibliothek kennengelernt.«

»Dann beeilt euch, bevor das Unwetter aufzieht. Sie haben angesagt, dass es ein ordentliches Sommergewitter geben soll.«

Mein Handy surrte. Ich zog es hervor: Adrian und Karla hatten geschrieben, sie wollten sich in einer halben Stunde bei der Brücke treffen. Schnell antwortete ich, dann stürzte ich den Tee hinunter, den Alma mir gereicht hatte, und sagte: »Ich gehe noch mal schnell beim Laden vorbei, ich habe dort was liegen lassen. Dann treffe ich mich mit Karla.«

Meine Tante nickte nur geistesabwesend. Ich nahm das als Zustimmung, stellte die Tasse in die Spüle und langte im Flur nach meiner Regenjacke. Heute war es heiß und schwül, das hatte ich schon beim Aufstehen gemerkt, trotzdem würde ich die Jacke wahrscheinlich brauchen.

»Bis nachher!« Ich legte meine Hand auf die Klinke und zog die Haustür nach innen auf. Noch bevor ich nach draußen treten konnte, fiel mein Blick auf die Fußmatte.

Mit einem Aufschrei taumelte ich zurück. Dort vor mir lag ein blutiges Bündel auf der Türschwelle. Komisch verdreht, als ob ihm jemand alle Knochen gebrochen hätte. Instinktiv hob ich eine Hand vor den Mund, konnte meinen Blick aber nicht abwenden. Es war ein Frettchen oder ein Wiesel.

Meine Tante kam aus der Küche angelaufen, sie musste meinen Schrei gehört haben. Als sie neben mir stehen blieb und auf die Fußmatte sah, kniff sie die Lippen zusammen. »Verdammt noch mal, sie können es einfach nicht lassen!«

Mit weit aufgerissenen Augen sah ich sie an. »Was soll das heißen? Sind tote Frettchen normal für diese Jahreszeit?«

Alma rieb sich mit Zeigefinger und Daumen über die Stirn. »Nichts, Nora, mach dir keine Gedanken.«

Jetzt war es genug. Ein für alle Mal. Ich fuhr zu ihr herum. »Sag das noch mal.« Meine Tante senkte den Blick, erwiderte aber nichts. Ich legte nach: »Ich soll mir keine Gedanken machen? Weil ich bald wieder nach Berlin fahre? Das ändert aber nichts an der Tatsache, dass ich jetzt hier bin, und ich will endlich wissen, was der ganze Hokuspokus soll!« Ich hatte mich in Rage geredet, meine Wangen glühten und im Spiegel, der über der Kommode im Flur hing, konnte ich sehen, dass meine Augen gefährlich blitzten. »Seit ich hier angekommen bin, schlägt mir die Feindseligkeit der Dorfbewohner entgegen. Seit ich hier bin, habe ich das Gefühl, dass ihr mehr Geheimnisse habt als der MI6 und die CIA zusammen. Das kann doch nicht nur wegen einer jahrzehntealten Kamelle der Fall sein! Ich will jetzt sofort wissen, warum, zum Henker, meine Mutter gegangen ist und ... was es mit diesem Vogelreim auf sich hat«, verlangte ich und spürte, wie mir die Wut durch die Adern rauschte.

Tante Alma seufzte. »Lass mich erst mal das Frettchen wegräumen«, sagte sie und ging, ohne auf meine Antwort zu warten, in die Küche. Zurück kam sie mit einem Kehrer, schob das tote Tier darauf und entsorgte es in der Mülltonne vor dem Haus. Als sie wieder da war, schloss sie die Haustür hinter sich, als würde sie eine wertvolle Truhe versiegeln. Dann drehte sie sich zu mir herum. »Komm!«

Gemeinsam gingen wir zurück in die Küche. Dort angekommen setzte sich Tante Alma an den Tisch, ich lehnte mich an die Arbeitsplatte.

»Also?«, fragte ich unbarmherzig. Ich wollte Antworten und war es leid mit immer wieder neuen Abartigkeiten konfrontiert zu werden. Das war doch nicht normal! Welcher Psychopath tötete unschuldige Tiere, um sie dem Nachbarn vor die Haustür zu legen?

Alma knetete ihre Hände, bevor sie sagte: »Nora, du hast offensichtlich schon einiges mitbekommen. Zu viel. Wir wollten nicht, dass das so ausartet, aber auf unsere lieben Nachbarn ist wie immer Verlass.«

Der bittere Unterton in ihrer Stimme verriet, dass sie nicht zum ersten Mal darüber sprach. Wahrscheinlich war sie das Thema genauso leid wie ich schon nach wenigen Tagen.

Sie fuhr fort: »Weißt du, dass deine Mutter damals fortgegangen ist, das war tatsächlich wegen dieser Sache. Sie hat es nicht mehr ausgehalten, die Aussätzige zu sein, das schwarze Schaf im Dorf. Auch wenn sie damit nicht allein war, hat es doch schwer auf ihr gelastet. Schwerer als auf Franka und mir. Deshalb kann ich es ihr auch nicht verübeln, dass sie sich diesem Druck irgendwann nicht mehr aussetzen wollte.«

»Stimmt es, dass Oma Ida Mama jeden Sommer und später ganz weggeschickt hat?«

»Ja.« Meine Tante sah auf ihre Hände. »Und das hätte sie nicht tun dürfen.«

»Aber warum? Warum hat sie das getan?«

Alma lachte auf. »Aberglaube, Nora, reiner Aberglaube. Das ganze Dorf ist vergiftet. Manchmal glaube ich, wir leben nur äußerlich im 21. Jahrhundert, im Kopf hängen viele noch im Mittelalter fest.«

»Wegen dieser Hexensache? Das kann doch nicht sein.« Ich wusste, dass wir das schon einmal besprochen hatten, aber mir ging es einfach nicht in den Kopf, wie etwas, das so lange her war, immer noch von Belang sein konnte.

»Genau deshalb«, sagte meine Tante. »So etwas verschwindet nicht von heute auf morgen aus den Köpfen der Menschen. Vielleicht wenn wir wegziehen würden …«

»Ja!« Das hatte ich etwas heftiger gesagt als beabsichtigt. »Warum tut ihr das nicht?«

Mir war klar, dass ich auch das schon gefragt hatte, aber ich musste den Grund einfach noch einmal hören.

Wieder seufzte meine Tante. Sie schien nach Worten zu suchen. »Weil das hier unser Zuhause ist, Nora. Außerdem ... weigert sich unsere werte Mutter, ihren Laden aufzugeben.«

»Und da ertragt ihr es lieber, ständig gedemütigt zu werden?«

Sie zuckte mit den Schultern. Das war also ein Ja.

»Wow.« Jetzt konnte ich meine Mutter verstehen. Das hätte ich auch nicht ausgehalten. Erst recht nicht, wenn meine Familie mich nur zu bestimmten Zeiten um sich haben wollte und ich den Rest des Jahres ins Internat abgeschoben wurde.

»Wenn du willst, bringe ich dich zum Bahnhof«, bot Alma an. »Ich kann verstehen, wenn dir das zu viel wird, wir hätten es dir vorher sagen sollen.«

»Ja, das wäre nett gewesen.« Aber hätte es wirklich etwas geändert? Niemals wäre ich in Berlin auf den Gedanken gekommen, dass das hier wirklich passierte. Die Sache mit Philipp wäre mir um ein Vielfaches schlimmer vorgekommen als alles, was meine Tanten mir im Vorfeld hätten sagen können. Ich hätte ihre Warnung ignoriert. Und jetzt? Jetzt fühlte ich bei dem Gedanken an meinen Ex-Freund zwar immer noch ein leichtes Ziepen in der Brust, aber die Feindseligkeit des Dorfes wog um ein Vielfaches schwerer.

»Möchtest du nach Hause, Nora?«

Ich schluckte. Wollte ich das? Es war keine leichte Entscheidung. Schließlich war ich erst wenige Tage hier und hatte schon zwei Menschen gefunden, die mir unheimlich schnell ans Herz gewachsen waren. Noch nie hatte ich eine solche Verbindung gespürt. Karla, Adrian und ich tickten einfach ähnlich.

Auf der anderen Seite war da die Angst: die Schatten, die mich verfolgten, die Vögel, die mich angriffen und der Kapuzentyp. Die herausgerissenen Seiten. Frau Walther.

Das kleine Hasenherz in meiner Brust wollte weg. Fliehen. So schnell und so weit ich konnte. Aber war das fair gegenüber Adrian und Karla?

Du bist niemandem gegenüber zu etwas verpflichtet.

Das stimmte. Wenn ich mich nicht wohlfühlte, dann war es in Ordnung, aus der Situation zu fliehen. Sie würden es verstehen. Hoffte ich jedenfalls.

»Ja«, sagte ich leise. »Ich möchte nach Hause.«

Almas Gesichtsausdruck war undurchdringlich. »Hol deine Sachen, ich bringe dich zum Bahnhof und zahle das Ticket.«

So schnell ich konnte, verließ ich die Küche. Der Weg hinauf in mein Zimmer fühlte sich wie Aufgeben an, etwas, das ich nicht gern tat. Es fühlte sich an, als würde ich genau dasselbe tun wie meine Mutter damals. Und etwas in mir wehrte sich dagegen.

Stück für Stück packte ich meine Sachen zusammen. Als mein Blick auf die kleine Delle fiel, wo der Kater gelegen hatte, fühlte ich einen Stich im Herzen. Ja, es gab eine Menge Gründe zu gehen, aber es gab auch viele, um zu bleiben. Und nicht alle hatten rötliches Haar und braune Augen.

Entschlossen zog ich den Reißverschluss meines Koffers zu. Nein, meine Entscheidung stand fest. Der Ort tat mir nicht gut, ich würde nach Hause fahren.

In diesem Augenblick erhellte ein Blitz mein Zimmer. Die dunklen Regenwolken waren zu schwarzen Monstern geworden, Sturm war aufgekommen. Er bog die Bäume vor der Tür schon jetzt gefährlich in alle Richtungen.

Das Donnergrollen, das auf den Blitz folgte, hallte in meinem Bauch nach. Ich ließ den Koffer stehen und rannte die Treppe hinunter in die Küche, dort, wo ich Alma zurückgelassen hatte. Sie war nicht da, aber die Terrassentür stand offen.

Eilig lief ich nach draußen und sah meine Tante, die mit der Wäschespinne kämpfte. Die ersten schweren Tropfen klatschten auf den Stein der Terrasse, während ich die Stufen hinunter in den Garten lief, um ihr zu helfen.

Gemeinsam schafften wir es, die Wäsche abzunehmen und die Spinne zusammenzuklappen. Dann sprinteten wir geduckt zurück in die Küche.

Kaum schlug die Tür hinter uns zu, brach das Unwetter in aller Heftigkeit los.

»Schnell, wir müssen alle Fenster schließen.« Tante Alma klang gehetzt, während sie den Wäschekorb absetzte. »Du unten, ich oben.«

»Okay.« Ich tat wie mir aufgetragen und schloss alle Fenster im Erdgeschoss. Der Regen trommelte wie eine wilde Horde Geisterpferde gegen das Glas, der Donner grollte wieder, dieses Mal noch lauter.

Als ich in die Küche zurückkehrte, sah ich einen Schatten vor der Tür sitzen. Der Kater! Sofort öffnete ich die Tür und mit einem weiteren Blitz und jeder Menge Wasser kam das Tier hereingesprungen. Ich schloss die Tür hinter ihm. Sein Fell war pitschnass und stand in alle Richtungen ab.

Alma kam außer Atem zurück in die Küche. »Geschafft«, sagte sie. »Und deinen Kater hat es auch noch rechtzeitig ins Trockene gezogen.«

»Er ist nicht *mein* Kater«, sagte ich, auch wenn ich das Gefühl nicht loswurde, dass er das doch war. Irgendwie.

»Ich fürchte, wir müssen mit dem Bahnhof warten, bis das Gewitter über uns hinweggezogen ist«, sagte Alma. »Tut mir leid, Nora.«

»Nein … das ist schon in Ordnung.« Der Teil in mir, der nicht hatte gehen wollen, war froh darüber, dass sich das Wetter ausgerechnet jetzt dazu entschlossen hatte, seine Himmelsschleusen zu öffnen. Wieder surrte mein Handy. Karla hatte eine Gruppe eröffnet.

Karla: Lieber später?
Adrian: Natürlich. Oder willst du jetzt zu Frau Walthers Haus?
Karla: Halt die Klappe, Mr Neunmalklug.
Adrian: Wir können auch jetzt gehen …
Karla: Nora?

Unwillkürlich musste ich grinsen. Ach, Mist. Ich spürte, wie der Teil von mir die Oberhand gewann, der bleiben wollte.

Alma und ich saßen noch eine Weile in der Küche, aber das Unwetter wollte einfach nicht abklingen. Blitze und Donner wechselten sich im Sekundentakt ab, der Sturm wurde immer heftiger. Schließlich zog ich mich auf mein Zimmer zurück, zusammen mit dem Kater, der mir an den Fersen klebte wie mein persönlicher Schatten. Ich legte mich aufs Bett und sah dem Regen dabei zu, wie er über die Scheibe lief. Wenn das Unwetter vorbei war, würde ich dann immer noch gehen wollen? Die Angst, die ich beim Anblick des toten Frettchens verspürt hatte, war zu einem fernen Pochen abgeklungen. An ihrer statt war die Neugier getreten, die mich, wenn ich ehrlich war, schon eine ganze Weile antrieb. Sie hatte dafür gesorgt, dass ich nach der Hexenverfolgungs-Geschichte gesucht hatte und dafür, dass ich Karla zu Frau Walthers Haus gefolgt war. Vielleicht sollte ich auf mein Bauchgefühl hören und mehr herausfinden?

»Nora?« Almas Stimme von unten klang sehr ernst. »Komm mal her!«

Sofort stand ich auf und ging zu meiner Tante in die Küche. Sie hatte ihr Handy auf dem Tresen abgelegt. »Das hier sind unsere Ortsnachrichten, sie melden Unwetter viel früher als andere Kanäle und informieren die umliegenden Gemeinden über Sperrungen und Ähnliches mehr.«

Ich beugte mich vor. »Okay …«

»Siehst du das hier?« Sie zeigte auf den Bildschirm. »Das ist eine Meldung über den Ortseingang zu Tannenburg.«

Ja, ich sah es und es sah nicht gut aus. »Was heißt das?«, fragte ich, auch wenn ich es schon ahnte.

»Es gibt genau zwei Straßen ins Dorf«, sagte meine Tante. »So, wie es aussieht, wurde ein Zugang wegen des Unwetters unterspült, auf der anderen Straße liegen mehrere Bäume. Ich fürchte, ich kann dich heute nicht zum Bahnhof bringen.«

»Und was ist mit morgen?«, fragte ich aus dem Affekt heraus.

Tante Alma scrollte durch die Meldungen in ihrer App, dann zog sie die Mundwinkel nach unten. »Es tut mir leid, Nora. Auch der Bahnhof im Nachbarort scheint etwas abgekriegt zu haben, die Stromleitungen sind durch heruntergefallene Bäume gekappt. Bevor sie das repariert haben, vergeht einige Zeit.«

Mir wurde mulmig zumute. Nun war es also keine Frage mehr, ob ich aus freien Stücken bleiben wollte. Es gab schlicht keine Wahlmöglichkeit mehr. Das Unwetter hatte mir die Entscheidung abgenommen.

Ich saß fest.

Deshalb zog ich mein Handy hervor und tippte als Antwort auf Karlas Frage:

Ich bin eindeutig für später!

10

Nach der Hiobsbotschaft ging ich wieder auf mein Zimmer. Ich legte mich aufs Bett, in dem der Kater schon auf mich wartete, und ging meine Optionen durch. Viel blieb mir nicht übrig: Ich musste bleiben. Und wenn ich schon mal hier war und auch erst mal nicht wegkam, dann konnte ich ebenso gut weitere Nachforschungen anstellen. Dass ich damit den schwelenden Konflikt zwischen meiner Familie und den Dorfbewohnern beheben konnte, davon ging ich gar nicht aus. Aber vielleicht würde ich ein bisschen mehr Licht in die Sache bringen. Außerdem wollte ich sicherstellen, dass es Frau Walther gut ging. Auch wenn die Polizei vielleicht erst einmal nicht kommen konnte, mussten wir wissen, ob alles in Ordnung war.

Ich zog mein Handy hervor. Karla hatte gefragt, ob wir uns gegen vierzehn Uhr treffen wollten, wenn das Wetter besser war. Ich schrieb zurück, dass ich da sein würde, und ließ mich dann wieder in die Kissen gleiten. Der Kater atmete laut ein, fast so, als würde ich ihn bei seinem royalen Nickerchen stören.

Das tust du auch.

Ich rappelte mich auf, starrte die Katze an. Wurde ich verrückt?

Nein.

Ich sprang auf. »Doch, werde ich«, sagte ich laut, um meine eigene Stimme zu hören.

Jetzt hob der Kater den Kopf, beobachtete mich.

Sag was, dachte ich und sah ihn an.

Er erwiderte meinen Blick. Ungerührt.

Was?

Automatisch schnappte ich nach Luft. Die Stimme in meinem Kopf war so klar, als ob Tante Alma neben mir stehen und mit mir reden würde. Nur dass sie … einer Katze gehörte? Ich wurde definitiv verrückt.

Der Kater senkte seinen Kopf wieder. Ihn schien meine Reaktion zu langweilen, als wäre es alltäglich, dass ich die verdammte Stimme eines Tieres in meinem Kopf hörte.

Beim ersten Mal reagieren sie alle wie du. Obwohl … falsch. Nicht alle, nur die, die absolut unvorbereitet sind.

Mit großen Augen starrte ich ihn an. »Was willst du damit sagen?«

Doch ich bekam keine Antwort. Die Stimme des Katers blieb still.

»Azem? Das ist doch dein Name, oder?«, fragte ich.

Keine Reaktion.

Vielleicht funktionierte es nicht jedes Mal?

Kurz schloss ich die Augen und rieb mir über die Stirn. Dann verließ ich mit drei großen Schritten das Zimmer. Dieser Ort machte mich wahnsinnig. Angriffslustige Elstern, sprechende Katzen, was kam als Nächstes? Fliegende Besen? Alraunen? Nein, ich musste mir das eingebildet haben. Katzen sprachen nicht. Besen flogen nicht. Völlig ausgeschlossen. Und Alraunen? Ach, ich hatte doch keine Ahnung! Meine Nerven waren einfach angespannt. *Überspannt.* Ja, das musste es sein.

Wie von selbst hatten meine Füße mich zum Ende des Flurs geführt. Hierhin war ich bisher noch nicht gegangen, weil die Tür sonst immer verschlossen war. Jetzt stand sie einen Spalt breit offen. Es war das Zimmer meiner Großmutter, so viel wusste ich noch.

Etwas an dem Raum zog mich magisch an, beinahe so, als würde es nach mir rufen. Ich war schon einmal hier gewesen, aber als Kind. Jetzt fühlte ich mich auch wie eines, das unerlaubterweise in einen Raum eindrang.

Meine Großmutter besaß zwei Zimmer, die ineinander übergingen. Das hatte ich schon als Kind toll gefunden: so viel Platz. Das erste war ausgestattet mit Bücherregalen und einem altertümlichen Lesesessel, auf dessen Armlehnen Strickdeckchen lagen. Rechts führte eine weitere Tür zum Schlafzimmer. Überall im Raum waren Pflanzen verteilt: Sie wucherten in den Ecken, hingen von der Decke, lugten aus dem Regal hervor. Einige von ihnen blühten in prächtigen Farben, andere glitzerten.

Verzaubert trat ich ein. Die Bohlen knarzten unter meinen Füßen, hießen mich willkommen. Mein Blick wurde wieder von dem Regal angezogen. Es war aus dunklem Holz, in ihm befanden sich nicht nur Bücher, sondern auch andere Schriften, einige Gläser und eine weiße Statue. Auf einem Lesetisch, der an dem Regal befestigt war, lagen eine Lupe und ein Gedichtband, daneben stand eine Tasse Tee, dessen Reste bereits eingetrocknet waren.

Bevor ich wusste, wie mir geschah, stand ich bereits davor. Meine Finger strichen über die Seiten des Gedichtbandes – vorsichtig, um sie nicht zu beschädigen. Ich zog mir den Hocker heran, der in der Nähe stand, und begann zu lesen:

Eine für die Trauer.
Zwei bringen Glück.
Drei ein Mädchen.
Vier einen Jungen.
Fünf das Silber.
Sechs das Gold.
Sieben ein Geheimnis,
das niemals ihr erzählen sollt.
Acht einen Wunsch.
Neun den Kuss.
Zehn einen Vogel,
den du nicht verpassen musst.
Elf sind schlimmer
als zwölf mit ihrem heimlichen Fluch.

Einen Augenblick lang verharrte ich über das Gedicht gebeugt, das meine Großmutter wohl zuletzt gelesen hatte. Etwas an ihm kam mir bekannt vor, als ob ihr leises Singen von damals, als wir beide im Schaukelstuhl gesessen hatten, noch in meinem Gedächtnis nachhallte.

Da war er … der Vogelreim. Der Reim, nach dem ich meine Mutter gefragt hatte. Den, an den sie sich nicht mehr erinnern konnte oder wollte.

Warum wurde ich den Gedanken nicht los, dass der Reim wichtig war? Dass er etwas bedeutete?

Nur was?

Wieder strich ich mit den Fingern über die Seiten, fühlte das alte Papier unter meiner Haut.

Seit ich hier angekommen war, wurden Dinge, die ich zu kennen glaubte, gegen Neues ausgetauscht, das wie ein wabernder grauer Nebel vor mir schwebte. Gerade so weit entfernt, dass ich ihn nicht durchdringen konnte. Es war, als wäre meine Familie von etwas umgeben, das weder sie noch ich sehen konnten. Etwas, das uns bedrohte. Aber das war nur eine Ahnung, die ich einfach nicht fassen konnte, weswegen der rationale Teil meines Hirns sie als esoterischen Schwachsinn abtat.

Schritte näherten sich von draußen. Bevor ich aus dem Zimmer verschwinden konnte, stand Tante Franka im Rahmen. »Nora.« Sie sah mich überrascht an. »Was machst du denn hier?«

Ich fühlte mich ertappt und genauso musste ich auch ausgesehen haben, denn Frankas Blick wanderte von mir zu dem aufgeschlagenen Gedichtband und wieder zurück.

»Tut mir leid«, sagte ich schnell. »Ich … Die Tür stand offen.«

Franka nickte nur. Ihre grauen Augen waren wachsam.

»Ist das das Gedicht, das Oma Ida mir als Kind vorgelesen hat?« Die Worte waren an der Oberfläche, bevor ich sie hatte zurückhalten können. Am liebsten hätte ich mir eine Ohrfeige gegeben. Ich hatte nicht so wirken wollen, als würde ich herumspionieren. Auch wenn ich das effektiv getan hatte.

»Ach das.« Franka machte eine wegwerfende Handbewegung. »Ja, das ist es, aber lass dich davon nicht beeindrucken.«

Prüfend sah ich sie an. Franka war diejenige meiner beiden Tanten, die ihre Emotionen besser zurückhalten konnte. Sie hatte ihre Mimik immer unter Kontrolle. Alma war da ganz anders.

»Ist Mama deshalb weggegangen?«, hakte ich nach und beobachtete meine Tante genau.

Sie blinzelte – ihr Zugeständnis dazu, dass ich recht hatte. »Nora, das ist lange her. Deine Mutter hatte viele Gründe zu gehen, der Reim war nur ein kleiner Teil davon.«

Ich glaubte ihr nicht. Sie verschwieg etwas. »Warum war der Reim überhaupt wichtig?«, fragte ich weiter. »Ich finde ihn nicht besonders Furcht einflößend.«

»Das ist er auch nicht«, sagte Franka. Dieses Mal klang sie ehrlich. »Hör zu, Nora, deine Großmutter ist in einigen Belangen ein wenig eigen. Sie glaubte daran, dass der Reim sich in Bezug auf unsere Familie bewahrheitet, weißt du?«

Nein, wusste ich nicht, aber wenn ich jetzt noch weitere Fragen stellte, würde sie diese sicher nicht beantworten.

»Meine Schwester und Oma Ida waren dabei nicht einer Meinung. Deshalb hat deine Mutter sich irgendwann dazu entschieden, dem Dorf den Rücken zu kehren.« Wenn Franka über die Entscheidung meiner Mutter sprach, klang sie immer ein wenig bitter.

»Sie wurde häufig weggeschickt«, gab ich zu bedenken.

»Das stimmt.«

»Wieso? Hatte das auch mit dem Reim zu tun? Glaubt Oma Ida, dass er etwas mit uns *macht*?«

Franka presste die Lippen zusammen. »Nein, Nora. Der Reim macht gar nichts. Er ist, was er ist: Lyrik. Nichts weiter.«

Das klang nicht besonders überzeugend. Instinktiv spürte ich, dass dahinter mehr steckte, als Franka mir sagen wollte. Weit mehr.

»Es gibt Dinge, die man ruhen lassen sollte, Liebes«, sagte Franka mit gesenktem Kopf. »Das hat sogar deine Großmutter erfahren müssen.«

Ihr Satz traf mich wie ein heißes Eisen. Wie durfte ich das verstehen? War der Reim vielleicht doch gefährlicher als gedacht? »Du meinst ... ihr Herzinfarkt?«, fragte ich atemlos, aber meine Tante hatte sich wieder gefangen.

»Vergiss, was ich gesagt habe.« Sie deutete mit dem Daumen nach unten.

»Ich bin nach oben gekommen, um dir Bescheid zu geben, dass das Wetter besser geworden ist.«

»Ist der Eingang ins Tal wieder frei?«

Meine Tante sah mich betroffen an. Alma schien ihr schon von meinen vereitelten Abreiseplänen erzählt zu haben. »Nein. Deshalb habe ich dich auch gesucht.«

Das klang nicht gut. Eher so, als würde ich hier länger als gedacht festsitzen.

Franka bestätigte meine Befürchtung. »Die Straße ins Dorf ist nicht nur unterspült worden, es gab auch einen Erdrutsch. Der gesamte Asphalt ist den Hang runter. Zwar nur an dieser Stelle, aber Autos kommen da erst mal keine mehr durch.«

»Scheiße.«

»Du sagst es. Um die andere Zufahrt steht es auch nicht besser, die Bäume dort haben sie noch nicht wegräumen können, weil sie sich so ungünstig in den Stromnetzen verheddert haben, dass das Dorf ohne Elektrizität dastehen könnte, wenn sie sie einfach rausziehen. Es sieht so aus, als würden wir einige Zeit von der Umwelt abgeschnitten sein.«

Das war in der Tat schlimmer, als ich gedacht hatte. »Aber ... was ist mit Lebensmitteln, Wasser?«, fragte ich.

»Mach dir darüber keine Sorgen.« Franka lächelte schwach. »Die Wasserleitungen sind intakt und wir haben einen gut gefüllten Vorratskeller. Außerdem arbeitet das THW daran, uns das Wichtigste zukommen zu lassen. Das ist hier schon öfter vorgekommen, jeder im Dorf ist vorbereitet.«

Zum ersten Mal war ich froh, in einem Haus mit großem Garten zu wohnen. Ich wusste, dass Alma Jahr für Jahr so viel Gemüse erntete, dass sie es in manchen Wochen sogar auf dem Markt im Nachbardorf verkaufte. Die Reste wurden eingefroren oder eingemacht. Verhungern würden wir jedenfalls nicht.

»Dann ist doch so weit alles in Ordnung«, sagte ich und versuchte meiner Stimme einen positiven Anstrich zu geben. Dann fiel mir etwas ein: »Habt ihr herausgefunden, wer für die Schmiererei an der Ladentür verantwortlich ist ... und für das Frettchen?«

Wieder wurden Frankas Augen wachsam. Jedes Mal, wenn ich ein Thema ansprach, das auch nur entfernt mit der Beziehung des Dorfes mit meiner Familie zu tun hatte, verschloss sich meine Tante – genau wie meine Mutter. »Nein, aber ich gehe davon aus, dass es einige der Jungs waren. Sie machen das ... als Mutprobe.«

Ich runzelte die Stirn. »Mutprobe?«

»Sie glauben, dass wir sie verzaubern würden, genau wie ...« Sie brach ab. »Na, ist ja auch egal. Ich wollte nur, dass du Bescheid weißt.«

»Ja, danke«, sagte ich und sah an ihr vorbei nach draußen. Auf dem Asphalt der Straße, den ich von hier aus sehen konnte, saßen fünf Elstern. Zwei von ihnen pickten auf den Boden, eine weitere hatte etwas aufgelesen. Die letzten beiden schauten in meine Richtung. Schnell wandte ich den Blick ab.

»Alles in Ordnung?«, fragte meine Tante.

»Ja«, antwortete ich zögerlich. »Ich wollte gleich noch einmal los, Karla treffen, wenn das unter den Umständen in Ordnung ist. Wir bleiben im Dorf, versprochen.« Zu Fuß sollte man Tannenburg ja immerhin noch verlassen können, aber dazu bestand keine Notwendigkeit.

»Natürlich. Wir können nicht viel anderes machen als warten.«

Meine Tante und ich gingen gemeinsam die Treppe hinunter. Ich zog mir meine Sneakers an und griff mir zur Sicherheit die Regenjacke.

Als meine Hand schon auf der Türklinke lag, fiel mir noch etwas ein. »Sag mal ...« Ich drehte mich halb zu ihr um.

»Ja?«

»Gibt es hier eigentlich irgendwo eine Elsternkolonie?«

Franka erstarrte mitten in der Bewegung. »Wieso fragst du?«

»Ich sehe in letzter Zeit immer wieder welche.«

Meine Tante wurde ganz bleich im Gesicht, ihre Hand schloss sich fest um eine Karotte, die sie gerade aus einem Gemüsekorb genommen hatte, den Alma vor dem Unwetter drinnen in Sicherheit gebracht hatte. Unter dem Druck ihrer Finger knackte sie.

»Geht es dir gut?«, fragte ich, während Franka die Karotte langsam zurück in den Korb gleiten ließ.

»Wohin geht ihr, hast du gesagt?«, fragte sie, ohne auf mich einzugehen.

»Spazieren«, antwortete ich langsam.

»Versprichst du mir etwas?«

»Natürlich …« Ich hatte zwar keine Ahnung, warum sie mir noch ein Versprechen abringen wollte, aber wenn es ihr damit besser ging.

»Versprich mir, dass du vorsichtig bist, Nora.«

»Bin ich«, sagte ich und verließ das Haus.

11

Franka hatte mir nach kurzem Überlegen ihr Rad geliehen. Für den Fall, dass wir schnell wieder ins Haus mussten, weil das nächste Unwetter anrollte, hatte sie gesagt. Etwas in mir wusste aber, dass das nicht der einzige Grund war, weshalb sie es mir gegeben hatte.

Auch Adrian und Karla waren mit ihren Fahrrädern zur Brücke gekommen, das sah ich, als ich um die Ecke bog. Die Wolken türmten sich noch immer am Himmel, wenn auch nicht mehr ganz so schwarz wie noch vor ein paar Stunden.

»Da bist du ja«, sagte Karla. Sie sah mich mit genau demselben prüfenden Blick an, den auch meine Tante aufgesetzt hatte, als wir über die Vergangenheit meiner Mutter gesprochen hatten. »Mir war so, als würdest du nicht kommen.«

Ich zog eine Augenbraue nach oben. Auch wenn wir uns erst seit Kurzem kannten: Karla überraschte mich immer wieder. Es war jetzt schon das zweite Mal, dass sie mich las wie ein offenes Buch. Erst die Sache mit Adrian, dann gerade eben meine Zweifel in Bezug auf meinen Besuch hier.

»Jetzt bin ich da«, sagte ich schlicht und drückte mich damit um eine Antwort. Natürlich entging Karla das nicht.

»Dann lasst uns losgehen«, sagte Adrian. »Auch wenn die Polizei momentan nicht in den Ort kommt, müssen wir es trotzdem melden. Also ... falls es etwas zu melden gibt.«

Dem war nichts hinzuzufügen. Wir stiegen auf unsere Räder und fuhren die Dorfstraße entlang. Nur etwa hundert Meter weiter war sie abgesackt. Laut meiner Tante war es nicht das erste Mal, dass das vorkam. Das Sediment war unter diesem Teilabschnitt der Straße besonders lose, da der

Fluss sich dort unterirdisch einen Weg gesucht hatte. Die Schäden durch den Borkenkäfer, die den Wald geschwächt hatten, taten ihr Übriges. Schnell kam es deshalb auch schon bei weniger starken Regenfällen zu Erdrutschen. Ein Unwetter wie das vorhin verstärkte den Effekt noch.

Das Haus von Frau Walther kam in Sichtweite. Und was ich sah, ließ mich noch schneller in die Pedale treten: Auf dem Haus lag ein Baum. Er war direkt auf das Dach gefallen und hatte es teilweise zertrümmert.

Wir sprangen von unseren Rädern, als wir das Haus erreicht hatten.

»Scheiße«, murmelte Karla. »Sollen wir einen Blick hineinwerfen?«

Adrian kletterte über den Zaun und winkte uns zu. »Kommt, wenn wir von der Seite schauen, ist es sicher.«

Karla und ich folgten ihm über den Zaun und gingen dann gemeinsam bis an die Hausseite. Schon auf dem Weg durch den Garten fiel mir auf, wie anders er im Vergleich zu gestern wirkte, aber ich schob es darauf, dass ein verdammter Baum auf dem Dach lag und der Sturm wahrscheinlich einiges auf dem Gewissen hatte.

Wir blieben vor der Fensterfront und der Tür stehen, die ins Wohnzimmer führte. Auch hier schienen die Büsche und Blumen wilder als gestern, das Holz der Fenster abgenutzter. Aber bevor ich es ansprechen konnte, lehnte sich Adrian schon vor. Er hob eine Hand, um besser in den Raum sehen zu können, dann drehte er sich langsam zu uns um. »Wenn ich nicht sicher wüsste, dass wir hier richtig sind, würde ich mich fragen, ob wir Frau Walthers Haus gestern wirklich besucht haben«, sagte er und gab uns den Weg frei. Karla und ich traten vor. Als ich ins Wohnzimmer blickte, in dem noch vor wenigen Stunden das absolute Chaos vorgeherrscht hatte, musste ich schlucken.

Es war, als ob der Tag gestern nie existiert hätte.

Alle Möbel standen ordentlich arrangiert an Ort und Stelle. Kein Dreck, kein zerbrochenes Porzellan. Aber nicht nur das: Die Möbel waren nicht einfach nur wieder aufgestellt worden, nein, sie waren mit weißen Laken abgedeckt, als würde hier schon lange niemand mehr wohnen.

Ich kniff die Augen zusammen. Und da! Zwischen den Möbeln hingen dicke Spinnenweben. Die Staubschicht auf dem Boden, auf dem das Gewitterlicht tanzte, war zentimeterdick.

Mit einem mulmigen Gefühl in der Magengegend drehte ich mich zu Karla und Adrian um. »Das kann nicht sein. Es sieht so aus, als wäre dort schon seit Ewigkeiten niemand gewesen. Habt ihr den Staub auf dem Boden gesehen?«

Beide nickten.

»Das ist unmöglich«, entfuhr es mir.

»Ich weiß«, sagte Karla. »Waren wir gestern wirklich hier?«

Sie sprach aus, was ich gedacht hatte. »Vielleicht waren wir bei einem anderen Haus?«, versuchte ich die Sache irgendwie auf den Boden der logischen Tatsachen zurückzuholen.

Aber dieses Mal war es Adrian, der dagegen argumentierte. »Natürlich waren wir hier. Seht ihr nicht das alte Fahrrad? Es lag gestern an genau derselben Stelle, nur ...« Er ging durch den Garten zurück zum Eingang. Wir folgten ihm. »Nur dass es jetzt aussieht, als würde es schon einige Monate länger hier liegen. Der Lenker zum Beispiel war gestern noch nicht abgefallen.«

Karla sah sich noch einmal um. Dann sagte sie: »Jedenfalls sieht es nicht so aus, als müssten wir die Polizei rufen oder sonst jemanden informieren.«

Da hatte sie recht. Was hätten wir auch sagen sollen? All unsere Beweise, dass jemand im Haus gewesen war, dass es einen Kampf gegeben hatte und Frau Walther verschwunden war, waren fort, als hätte es sie nie gegeben.

Wir standen im Kreis um das verrostete Fahrrad herum, sahen uns ratlos an. »Wir hätten es doch gestern melden sollen«, sagte ich.

Adrian verzog den Mund. »Vielleicht. Vielleicht war es aber auch die richtige Entscheidung. Wer sagt uns, dass wir gestern nicht vor genau der gleichen Veränderung gestanden hätten wie heute?«

Da hatte er auch wieder recht. »Trotzdem ... ist das alles sehr seltsam.«

Ein Wagen hielt neben uns, in ihm saßen ganz offensichtlich Hilfskräfte des THW; sie mussten sich das Auto von einem der Dorfbewohner geliehen haben. Einer der Männer sprach uns an: »Haben *Sie* uns wegen des umgeknickten Baums kontaktiert?«

Karla und ich warfen uns einen Blick zu, dann sagte sie: »Nein, aber wir wollten nach Frau Walther sehen.«

Der Mann nickte. »Ihr geht es gut, sie war in Thale, als es passiert ist. Wir kümmern uns um den Baum, sobald die Hauptzugänge zum Dorf frei sind.«

Damit rollte er das Fenster wieder hoch und der Wagen entfernte sich die Straße hinauf.

Ich bekam einen Regentropfen ab, gleich darauf einen nächsten. Auch Karla hatte das bemerkt. »Lasst uns zurück zur Bibliothek fahren und dort weiterreden.«

Wir stimmten ihr zu, schwangen uns auf unsere Räder und radelten die Straße zurück, bis wir wieder im Dorf angekommen waren.

In der Bibliothek setzten wir uns in die beiden Lesesessel, Adrian zog sich wie gestern einen der Hocker heran. Karla hatte dieses Mal ein *Geschlossen*-Schild an die Tür der Bibliothek gehängt, damit wir keine ungebetenen Gäste empfangen mussten. Draußen prasselte der Sommerregen gegen die Fenster, der Himmel war dunkel.

»Gott, dieses Wetter macht mich fertig.« Karla überschlug die Beine in ihrem Sessel. »Sonst ist es nie so schlimm zu dieser Jahreszeit.«

»Vieles ist im Moment nicht so wie es sein sollte«, sagte Adrian und kam damit direkt zum Punkt. »Wie kann es sein, dass das ganze Haus so aussieht, als wäre Frau Walther schon vor Monaten ausgezogen? Das ist doch absolut unmöglich.«

»Jemand könnte es inszeniert haben«, warf ich ein. »Natürlich *bevor* der Baum das Haus getroffen hat, irgendwann heute Nacht also.«

Karla legte eine Hand an ihr Kinn. »Das könnte sein, erklärt aber nicht den Staub.«

Wir sahen uns an, hatten schlicht keine Erklärung für das, was passiert war. Schließlich fragte ich: »Wann hast du Frau Walther das letzte Mal gesehen, Karla?«

Sie überlegte einen Moment lang. »Ich denke, vor etwa einem Monat. Da hatte sie das Buch aber noch nicht ausgeliehen.«

»Wann dann?«

»Vor zwei Wochen. Meine Chefin hat es ihr geliehen, ich war an dem Tag nicht da. Laut dem THW-Mann soll sie in Thale gewesen sein, als der Baum umgefallen ist. Das sieht ihr nicht ähnlich – sie ist doch schon so alt und kaum unterwegs.«

»Aber unmöglich ist es auch nicht«, sagte Adrian. »Thale ist nur zwanzig Minuten entfernt von hier.«

»Hm.« Das hieß also, dass Frau Walther zumindest vor zwei Wochen noch gesund und munter gewesen war, als sie das Buch ausgeliehen hatte. Ob sie tatsächlich im Nachbarort gewesen war, konnten wir nicht sicher sagen, schließlich konnte der Mann vom THW diese Info von sonst wem haben. Das alles brachte uns jetzt aber auch nicht weiter.

»Was machen wir nun bloß?«, fragte ich und hörte selbst, wie unsicher meine Stimme mit einem Mal klang.

Adrian sah mich an. »Nichts, Nora. Wir können nichts beweisen und haben keine Möglichkeit, Kontakt mit Frau Walther aufzunehmen. Sie ist nicht im Haus, sondern in Thale, wenn man dem Mann glauben will. Und von dem Chaos von gestern ist nichts übrig. Außerdem ist die Polizei gerade wohl eher damit beschäftigt, die Zufahrten ins Dorf wieder befahrbar zu machen. Sie würden uns nicht groß zuhören.«

Das waren harte Worte, aber sie entsprachen der Wahrheit.

»Kannst du nicht mal deinen Vater fragen?«, warf Karla an Adrian gewandt ein. »Der weiß doch sonst immer alles.«

Er warf ihr einen bösen Blick zu. »Ich kann es versuchen«, sagte er und ich hörte einen gewissen Widerwillen aus seiner Stimme heraus.

Ich rieb mir über die Stirn. »Und was ist mit dem Kapuzentyp?«, fragte ich.

»Seit gestern nicht wieder aufgetaucht«, sagte Karla.

Wir saßen schweigend zusammen, jeder in seine eigenen Gedanken vertieft. So, wie es im Moment aussah, hatten wir uns vieles nur eingebildet oder es war schlicht weniger dramatisch als zunächst angenommen. Warum sah ich überall Geister? Hatte das mit der Geschichte rund um meine Tanten zu tun? Ich hatte doch sonst nicht an jeder Ecke eine Bedrohung gewittert. Und wenn ich ehrlich war, war nichts von dem, was bisher vorgefallen war, wirklich besorgniserregend. Die Vögel? Zufall. Der Kapuzentyp? Konnte von Frau Walther beauftragt worden sein, das Chaos zu bereinigen, das wir gesehen hatten. Die beschmierte Ladentür? Ein Streich. Das Frettchen? Eine weitere Mutprobe.

Ich musste wirklich aufhören, in allem etwas Übernatürliches zu sehen. Das tat mir nicht gut.

»Das Dorf hat manchmal diese Wirkung«, sagte Adrian, als hätte er meine Gedanken gelesen.

»Was?«, fragte ich.

»Na, dieses ganze Gerede von Hexen und Flüchen und Zaubern: Das führt häufig dazu, dass Menschen sich in dieses Thema fallen lassen. Ich fürchte, das ist uns auch passiert.«

»Ja«, sagte ich schwach. So musste es sein. Die Alternative war ... einfach zu verrückt. Ich wollte nicht mal daran denken.

»Vielleicht sollten wir uns mit etwas anderem beschäftigen«, schlug er vor. Doch noch bevor Adrian erklären konnte, womit genau, ging ohne Vorwarnung das Licht aus.

»Nicht schon wieder«, hörte ich Karla sagen. Da von draußen wegen des stärker werdenden Regens kaum mehr Licht hereinfiel, saßen wir im Halbdunkeln. »Ich gehe kurz zum Stromkasten, das ist uns jetzt schon das vierte Mal in diesem Monat passiert.«

Sie stand auf und verschwand zwischen den Regalen. Adrian und ich blieben zurück. Als sich das Schweigen zwischen uns immer weiter ausdehnte, fragte ich: »Du wolltest etwas sagen, bevor uns der Stromausfall unterbrochen hat.«

»Äh«, er fuhr sich durchs Haar. »Stimmt. Aber ich habe schon wieder vergessen, was.«

Ich musste grinsen. »Also bist du doch nicht so tough, wie du immer tust.«

Er zuckte mit den Schultern, erwiderte mein Grinsen. »Vielleicht.«

Wir hörten Karla in einiger Entfernung am Stromkasten herumwerkeln. Ob sie Hilfe brauchte? Ich wollte aufstehen, aber Adrian hielt mich zurück.

»Was ich dich noch fragen wollte«, er sah mich an, »warum bist du eigentlich zu deinen Tanten gekommen? Tannenburg ist jetzt nicht unbedingt der Nabel der Welt und ich weiß ganz sicher, dass in Berlin im Sommer deutlich mehr abgeht als hier.«

»Habe ich doch schon gesagt: Ich wollte mal raus.«

Adrian musterte mich durchdringend und ich spürte, dass er mir die Lüge nicht abkaufte. Vielmehr schien er abzuwägen, ob er mich darauf ansprechen oder es so stehen lassen sollte.

Also nahm ich ihm die Entscheidung ab. »Und weil ich meinem Ex-Freund nicht mehr über den Weg laufen wollte.«

Seine Augen weiteten sich. »Entschuldige …«

»Wofür?«

»Das ist wahrscheinlich kein Thema, über das du gern redest, und ich Idiot dränge dich dazu.«

Meine Finger spielten mit der Armlehne des Lesesessels. »Schon gut.«

Kurz schwiegen wir, dann fragte Adrian: »Wie lange ist es her?«

»Also bist du doch neugierig«, neckte ich ihn.

»Ein wenig.«

»Sagen wir so: Es ist noch frisch.«

»Hm.«

Ich lehnte mich vor. »Warum fragst du?«

Adrian schien nachzudenken. Im Dunkel der Bibliothek erkannte ich nicht viel mehr als seine Silhouette. Erst nach einigen Minuten sagte er: »Weil ich mir nicht vorstellen konnte, dass jemand in unserem Alter freiwillig nach Tannenburg kommt, ohne einen richtig guten Grund zu haben.«

»Du bist doch auch hier.«

»Ja, aber ich habe meine Familie, die darauf besteht, dass ich ab und an komme – oder mir wird meine Studienförderung gestrichen.«

Das hätte ich nicht erwartet. »Also willst du gar nicht hier sein?«

Er atmete laut aus. Das Thema schien Konfliktpotenzial zu haben. »Es geht mir ein bisschen wie deiner Mutter. Manchmal würde ich allem hier einfach gern den Rücken kehren.«

»Woher weißt du das von meiner Mutter?«, fragte ich scharf.

Überrascht sah er mich an. »Das weiß doch jeder hier.«

»Wie bitte?«

Adrian sah für einen Augenblick so aus, als würde er gern im Boden versinken. »Ich … hier spricht sich viel rum, Nora. Und dass deine Mutter von einem Tag auf den anderen nicht mehr da war, ist den Dorfbewohnern nicht verborgen geblieben. Natürlich haben sie sich jahrelang das Maul darüber zerrissen.«

»Wow.« Ich wusste nicht, was ich dazu sagen sollte. »Bis eben dachte ich, dass das etwas wäre, was nur meine Familie etwas angeht.«

Adrian fuhr sich über das Gesicht. »Ich trete heute auch in jedes Fettnäpfchen, oder?«

»Ja, tust du.« Obwohl mich seine Aussage irritiert und sogar ein bisschen geärgert hatte, konnte ich Adrian nicht böse sein. Er war schließlich nicht schuld an diesem verqueren Dorftratsch, der sich durch alle Familien zu ziehen schien. »Aber ich mag dich trotzdem«, sagte ich.

»Na, da bin ich ja beruhigt«, sagte er mit einem Schmunzeln.

Ich wusste nicht, wo ich hingucken sollte, es war eine Spannung in der Luft, die ich nicht erklären konnte. Auf einmal fühlte ich mich ganz leicht, als würde ich schweben. Die Lampe, die auf einem der Nebentische stand, begann zu flackern, während ich meinen Blick nicht von Adrians Augen abwenden konnte.

»Ist der Strom wieder da?«, fragte er, ohne wegzuschauen.

»Ich weiß nicht«, flüsterte ich. »Glaubst du daran, was man über meine Familie sagt?«

Adrian brach unseren Blickkontakt und starrte auf die immer noch flackernde Lampe. »Weißt du … solange mir keine deiner Tanten auf einem Besen entgegenkommt, glaube ich an keines der Gerüchte, die euch unterstellt werden. Ich glaube an Beweise.«

Unwillkürlich musste ich lächeln. Seine Worte hinterließen ein warmes Gefühl in meinem Bauch, eines, das mir viel zu gut gefiel. »Das *musst* du doch sagen«, versuchte ich abzulenken.

»Warum?«

»Weil du Arzt wirst.«

Jetzt musste Adrian auch lächeln. »Vielleicht. Aber ich würde das auch sagen, wenn ich Kunst studieren würde. Das darfst du mir schon glauben.«

Damit ging das Licht wieder an und die Stimmung, die zwischen uns gehangen hatte, verblasste. Karla kam zurück und ließ sich neben mich fallen. Sie schaute von einem zum anderen, sagte aber nichts. »Also ich weiß ja nicht, was ihr in der Zwischenzeit gemacht habt, aber ich habe nicht nur die Sicherung wieder reingedreht.«

Adrian zog eine Augenbraue nach oben. »Nicht?«

Karla warf ihm einen bösen Blick zu. »Nein.«

Stille.

»Ist euch nichts an dem Bericht aufgefallen, den wir gelesen haben?«

»Was meinst du?« Ich sah sie fragend an. »Die Zettel, die wir in Frau Walthers Haus gefunden haben?«

»Genau die.« Erwartungsvoll verharrte Karla, als ob sie hoffte, dass einem von uns die Schuppen von den Augen fielen. Aber wir taten ihr den Gefallen nicht. »Ach, nun kommt schon, das müsst ihr doch auch bemerkt haben!«

Ich schüttelte den Kopf. Auch Adrian wirkte so, als hätte er keine Ahnung davon, auf was Karla hinauswollte.

»Als ihr weg wart, habe ich mir die Seiten noch einmal angesehen«, sagte Karla. »Wir haben es das erste Mal überlesen, weil wir ... Na ja, wahrscheinlich waren wir vom Offensichtlichen so überrumpelt, dass wir die kleine Randnotiz nicht gesehen haben.«

»Wie meinst du das?«, fragte ich drängend.

»In der Fußnote wurde erwähnt«, begann Karla, »dass die Dorfbewohner lange versucht haben, Johanna Jägers Grab zu finden. Denn nachdem sie verbrannt worden war ... hatte jemand ihre Leiche von dem Pfahl gelöst und weggebracht.«

Ich verzog das Gesicht.

»Ich weiß, es klingt eklig. War es wahrscheinlich auch.«

»Mehr nicht?«

»Doch. Laut dem Text wurde das Grab häufig in der Nähe einer Burgruine vermutet, aber nie gefunden. Nicht mal eine Spur.«

»Wo ist diese Ruine?«, fragte ich.

»Hier ganz in der Nähe. Wenn man dem Hexenstieg folgt, kommt man unweigerlich daran vorbei.«

Wir sahen uns an. Auch wenn ich bezweifelte, dass es nach Jahrhunderten noch etwas zu finden gab, würde es nicht schaden, sich dort einmal umzusehen.

»Denkt ihr das Gleiche, was ich denke?« Karla sah uns so aufgeregt an wie ein junger Welpe, dem man den ersten Knochen vor die Nase hielt. Ihre Begeisterung machte mich ein wenig nervös.

»Wir sehen es uns an«, sagte Adrian. »Aber nur bei Tag.«

Also war die Sache beschlossen. Wir würden die Ruine unter die Lupe nehmen.

12

Wir trafen uns am nächsten Morgen ganz früh in der Nähe des Ortsausgangs. Karla hatte uns die GPS-Koordinaten erst gestern Abend geschickt, als ich mit meinen Tanten noch am Tisch gesessen hatte. Als sie mich gefragt hatten, was wir vorhätten, war meine ausweichende Antwort »Wandern« gewesen. Beide hatten die Mundwinkel nach unten gezogen, als hätte ich gesagt, dass ich mich mit drei Wodkaflaschen in einem Club betrinken wollte. Weshalb das so war, hatten sie aber auch nicht durchblicken lassen, und so war ihnen nichts anderes übrig geblieben, als mich ziehen zu lassen.

Ich schloss mein Fahrrad an ein Geländer an, das die Fußgänger davor bewahrte, in den Fluss zu fallen. Der Übergang hier war zwar weniger breit als vor dem Laden meiner Tanten, dafür gab es ein paar Stromschnellen.

Noch hing Nebel zwischen den Häusern, waberte über das Ufer und durch das Schilfgras. Doch ich ließ mich nicht täuschen: Es würde ein heißer Tag werden. Das hatte zumindest die Wettervorhersage versprochen. Das THW war auch noch nicht da. Sie hatten gestern bis spät in die Nacht gearbeitet, aber die Unterspülung war noch nicht beseitigt und damit der Zugang nach Tannenburg weiterhin versperrt.

Nachdem ich mein Fahrrad gesichert hatte, schaute ich mich um. In diesem Teil des Ortes war ich bis jetzt nur kurz gewesen, trotzdem konnte ich nicht erkennen, weshalb Karla uns ausgerechnet diese Koordinaten geschickt hatte. Außer den Häusern und einem Café gab es nicht viel zu sehen. Nichts deutete auf eine Burgruine hin.

Drei Minuten nach mir kamen Karla und Adrian an. Beide winkten mir schon von Weitem zu. Unwillkürlich musste ich grinsen.

Als Karla neben mir ihr Fahrrad anschloss, fragte ich: »Und wo geht es hier zur Ruine?«

»Dir auch einen wunderschönen guten Morgen, Nora«, sagte sie lachend.

Peinlich berührt senkte ich den Kopf. »Sorry.«

»Kein Ding.« Karla zog ihr Smartphone aus der Tasche. »Ich weiß, der Weg ist etwas versteckt, aber glaube mir, er ist da.«

»Der Weg?« Ich sah zwischen ihr und Adrian hin und her, der wissend nickte, und kam mir dumm vor.

»Tannenburg ist *das* Wanderziel schlechthin«, sagte Adrian. »Überall gibt es Wege. Die größten werden in der Hauptsaison jeden Tag genutzt, aber es gibt auch kleinere, die fast unbekannt sind.«

»Und nach so einem suchen wir?«, bot ich an.

»Wir suchen ihn nicht, wir kennen ihn«, sagte Karla und deutete auf ein Grundstück auf der anderen Straßenseite, rechts vom Fluss.

Ich runzelte die Stirn. Da war kein Weg. Alles, was ich sah, war ein gut gepflegtes Reetdachhaus mit Windfang und einem Bauerngarten. Viele bunte Blumen öffneten gerade ihre Köpfe, freuten sich auf einen weiteren Sommertag. Karla jedoch war schon über die Straße geeilt und winkte uns ungeduldig zu sich. »Jetzt kommt schon.«

Adrian warf mir einen Blick zu, schmunzelte. »Er ist da, versprochen«, sagte er. »Als mein ältester Bruder ihn mir zum ersten Mal gezeigt hat, hätte ich auch nicht gedacht, dass das ein Wanderweg sein soll.«

Wir überquerten gemeinsam die Straße. Dabei streifte Adrians Hand meinen Arm. Ein Schauer rann mir über den Rücken und dieser hatte nichts mit den kühlen Morgentemperaturen zu tun.

»Da, seht ihr!« Karla deutete stolz auf etwas, das aussah wie ein Wildpfad, völlig überwuchert mit Brombeerbüschen, links und rechts von Bäumen gesäumt. Ich kniff die Augen zusammen, sagte aber nichts. Sie wusste schon, was sie tat. Immerhin waren die beiden hier aufgewachsen, im Gegensatz zu mir.

Karla jedenfalls schien sich ihrer Sache sehr sicher zu sein. Sie steuerte auf den schmalen Pfad zu und verschwand in den Büschen. Ich gab mir einen Ruck und folgte ihr, Adrian ging hinter mir.

Als ich die ersten paar Meter des Weges hinter mir gelassen hatte, öffnete er sich und ich konnte das Haus sehen, neben dem wir gestartet waren. Aus dem Wildpfad wurde steiniger Untergrund, der steil nach oben führte. Schon nach wenigen Minuten hatten wir uns fünfzehn Meter in die Höhe gearbeitet und ich konnte Teile des Dorfes sehen. Der Kirchturm tauchte gerade aus einer Nebelschwade auf, aus einigen Häusern zog der Geruch von Frühstück zu uns hinauf. Auf der Dorfstraße konnte ich einen Haufen Vögel erkennen, jeder von ihnen regungslos, als hätte man sie auf den Asphalt gemalt. Ich blieb stehen. Blinzelte. Mit einem Mal drehten die Vögel ihre Köpfe unisono in meine Richtung. Es fühlte sich an, als würde mir jemand eine kalte Hand in den Nacken legen. Mein Herz begann zu hüpfen und Adrian wäre beinahe in mich hineingelaufen.

»Nora!«

Ich löste meinen Blick von den Vögeln. »T ... tut mir leid.«

»Was ist los?« Er schien eins und eins zusammenzuzählen und sah in die Richtung, in die ich bis eben noch gestarrt hatte. Ich folgte seinem Blick, aber die Vögel waren gerade auseinandergestoben und kreisten jetzt über dem Dorf. Adrian runzelte die Stirn.

»Nichts«, murmelte ich. »Ich dachte nur ...«

»Die Vögel?«, fragte er.

»Ja.« Ich rieb mir die Augen. »Ich ... ich dachte, sie würden ... Ach, nicht so wichtig.« Jetzt sah ich schon Gespenster. Als ob alle Vögel gleichzeitig zu uns hinaufschauen würden. Trotzdem fiel es mir schwer, die zarte Stimme in meinem Hinterkopf weiter zu unterdrücken, die mich an all die Zwischenfälle mit Elstern erinnerte.

Wieder berührte Adrian meinen Unterarm, dieses Mal, um mich zu beruhigen. Abrupt wandte ich mich ab und ging weiter. Es war mir peinlich, dass er meine Angst bemerkt hatte.

Zehn Minuten später standen wir auf der Hügelkuppe, das Dorf zu unseren Füßen. Karla wartete bereits auf uns.

Mein Herz klopfte wild in meiner Brust, dieses Mal wegen der Steigung, die die letzten Meter noch einmal mehr geworden war. »Ich hab mich auch schon mal fitter gefühlt«, japste ich und stemmte meine Hände in die Seiten.

Karla grinste. »Du gewöhnst dich dran.«

Adrian streckte sich. »Verrätst du uns jetzt, zu welcher Ruine es geht, Karla?«

»Es gibt mehrere?«, fragte ich, während ich meinen Blick vom Dorf löste.

»O ja.« Er machte eine Geste mit der Hand. »Da hinten geht es zur alten Tannenburg und dort«, er zeigte in die andere Richtung, »zum Sonnenstein.«

Sonnenstein, das klang irgendwie poetisch.

Karla nickte eifrig. »Es ist Burg Sonnenstein. Von der Tannenburg ist nichts mehr übrig außer ein paar Mauern. Außerdem hat die Quelle von Überresten tief im Stein gesprochen – das klang für mich nach dem Sonnenstein.«

Bevor ich fragen konnte, ergänzte Adrian: »Es ist eine alte Festung, die an einer Klippe gebaut wurde. Wirklich viel ist von der Burg auch nicht mehr übrig, aber es gibt einige Überreste und Tunnel, die sich noch durch den Berg ziehen.«

Damit wandten wir uns nach rechts.

Wir wanderten weitere zwanzig Minuten, in denen ich die Landschaft bewunderte. Ja, der Harz war schön. Wunderschön. Die bewaldeten Hügel, die sich bis zum Horizont zogen, satt grün, machten mich glücklich. Ich wusste nicht, weshalb, aber das Gefühl der Bedrohung, das mich seit meiner Ankunft in Tannenburg in seinen Klauen gehalten hatte, war wie fortgeblasen.

Wir bewegten uns über den Kamm der Bergkuppe, das Tal stetig im Blick. Erst auf den letzten Metern bogen wir nach links ab und dann tauchte die Ruine so plötzlich vor uns auf, als wäre sie schon die ganze Zeit da gewesen. Ich schnappte nach Luft, starrte das alte Gemäuer an. Es lag direkt am Abgrund, auf den wir die ganze Zeit zugegangen waren. Links und rechts fiel der Felsen steil ab. Von unserer Position aus konnte ich die Reste eines Turms sehen und einige alte Eingänge, die sich in den Felsen fraßen. Es war majestätisch.

Adrian blieb neben mir stehen. »Und jetzt stell sie dir intakt vor.«

»Sie muss gewaltig gewesen sein«, hauchte ich.

»Sie diente der Verteidigung und war eine sehr schwer einzunehmende Felsenburg.«

Ich zog eine Augenbraue nach oben. »Woher weißt du das?«

Adrian scharrte mit den Füßen. »Ach, nur so ein Hobby. Ich habe mir einiges über das Mittelalter angelesen.«

Unbewusst musste ich grinsen. Er interessierte sich für Geschichte. Und ich hatte gedacht, ich wäre der einzige Nerd, der das Wissen um alte Orte in sich aufsaugte.

»Was denn?«, fragte Adrian und ich konnte die Unsicherheit in seiner Stimme hören.

»Nichts«, beeilte ich mich zu sagen. Ich hatte ihm nicht das Gefühl geben wollen, dass etwas an seinem Hobby falsch war.

Er vermied es mich anzusehen. »Ist komisch, ich weiß.«

»Was? Nein!« Ich musste wieder lächeln. »Ich habe nicht gelacht, weil ich mich über dich lustig machen wollte.«

»Sondern?«

»Weil ... na ja, weil ich das auch spannend finde.«

»Oh.«

Bevor er mehr sagen konnte, kam Karla zurück, die einige Meter vorgelaufen war. »Kommt ihr?«

Ich biss mir auf die Lippe, folgte ihr aber mit Adrian. Über eine Senke gelangten wir hinunter zum Fuß der Ruine. Von hier aus sah sie noch beeindruckender aus. »Wow!«

Karla zupfte mich am Ärmel. Gemeinsam näherten wir uns der Burg, bis wir vor einem wackelig aussehenden Aufgang standen. Er hatte einmal zu einer größeren Treppenanlage gehört, viel war davon aber nicht mehr übrig.

»Folgt mir, Knappen!«, verkündete Karla lachend und sprang die ersten Stufen hinauf.

Ich warf Adrian einen unsicheren Blick zu, aber er nickte nur. »Keine Angst, ich habe hier als Kind immer gespielt. Die Treppe hält.«

Also gut. Zuerst vorsichtig, dann immer schneller lief ich die Steintreppe nach oben, bog nach links ab und sog scharf die Luft ein. Vor mir eröffnete sich ein wunderbarer Ausblick auf die umliegenden bewaldeten Hügel.

Adrian neben mir schmunzelte. »Und, was meinst du, hat sich das ganze Bergauflaufen gelohnt?«

»Ja«, flüsterte ich. Von hier oben hatte ich das Gefühl zu schweben. Ich ließ den Anblick noch einen Augenblick wirken, bevor ich mich umwandte und Karla durch einen Rundbogen folgte, der ins Innere der Anlage führte. Der Boden war mit alten, über die Zeit glatt gelaufenen Steinplatten belegt, die Wände waren aus Sandstein. Über die Jahrhunderte hinweg hatten sich Wind und Wetter in ihn hineingefressen, aber nicht nur das. Ich sah die Gravur eines Löwen, beinahe verblichen, dessen Pranke auf einem Schild ruhte. Dieser Ort faszinierte mich.

Vom Rundbogeneingang ging es durch einen Tunnel bis zum ehemaligen Burghof. Er war noch immer von Mauern umgeben, die aber an vielen Stellen in Teilen abgetragen worden waren. In der Mitte des Hofes wuchs eine Buche. Sie musste fast so alt sein wie die Burg selbst.

»So.« Karla war stehen geblieben. »Da wären wir.«

Ich musste mir einen kleinen Schubs geben, um mich von dem Anblick des Baumes, ja, der ganzen Anlage loszureißen. Wieso hatte mir meine Mutter nie davon erzählt? Sie wusste, dass ich alte Burgen und Schlösser liebte, und sie musste die Anlage kennen, schließlich war sie in Tannenburg aufgewachsen! Aber dann fiel mir wieder ein, wie verschlossen sie auf alles reagierte, was auch nur entfernt mit ihrem Heimatort zu tun hatte, und mir wurde klar, weshalb sie meine Begeisterung für die Umgebung nicht hatte steigern wollen.

Ich sah Karla an. »Das ist ein wirklich einzigartiger Ort, aber wo sollen wir anfangen zu suchen?«, sprach ich meine Bedenken aus. »Alles hier ist alt und ich bin mir sicher, dass mehr als nur ein paar Touristen ihren Fuß in die Burg gesetzt haben.« Bei meinen letzten Worten wanderte mein Blick über den Stamm der Buche, der über und über mit Tags und Daten versehen war.

Aber Karla hatte auch darauf eine Antwort. »Wir werden hier nichts finden, was uns direkt weiterbringt. Aber vielleicht ... vielleicht bekommen wir ein Gespür für die Geschichte und ... und für deine Vorfahrin, Nora.«

Mein Inneres durchzog ein warmes Gefühl. Karla hatte es sich zur Aufgabe gemacht, mir zu helfen. Warum, das wusste ich nicht. Aber sie war mit ganzem Herzen dabei. Deshalb und weil ich den Ort auch unter normalen Umständen schon spannend gefunden hätte, gab ich nach. »Dann lasst uns nach der Vergangenheit suchen«, sagte ich mit einem Lächeln.

Karla nickte zustimmend und trat auf den Baum zu. Adrian folgte ihr. Mich hingegen zog es in eine andere Ecke der Anlage, zurück in den Tunnel, durch den wir gekommen waren. Dort hatte ich auf dem Hinweg etwas entdeckt ...

Sobald ich zurück im Tunnel war, hörte das Rauschen der Blätter auf. Ich lief gute fünf Meter hinein, dann blieb ich stehen. Ja, da war es! Ich hatte es doch gewusst.

Zu meiner Rechten öffnete sich ein Durchgang, der mehr wie ein Loch in der Wand aussah und einen guten Meter über dem Boden begann. Ich zog mich in die Aushöhlung hinein und klopfte mir den Sand von den Händen.

Der Raum war leer, nur Sand und die Reste eines Holzfeuers lagen auf dem Boden. Vielleicht war das hier ein Treffpunkt für Jugendliche?

Ein Geräusch ließ mich zusammenzucken und ich wirbelte herum. Adrian stand vor dem Loch, in das ich gerade hineingeklettert war, und hob beschwichtigend die Hände. »Sorry, ich wollte dich nicht erschrecken. Hast du etwas gefunden?«

»Nein.« Ich schüttelte den Kopf. »Ich habe nur vorhin den Eingang entdeckt und wollte mich hier umsehen.«

Er kletterte ebenfalls hinein und deutete auf den Haufen an Asche und verbranntem Holz. »Sieht so aus, als wärst du nicht die Einzige.«

Zusammen gingen wir den Raum ab. Mein Gefühl hatte mich hierhergezogen, aber es war nichts Besonderes zu sehen. Nur in einer Ecke war der Löwe wieder in den Stein eingelassen. Adrian, der meinem Blick gefolgt war, sagte: »Das ist ein Überbleibsel der letzten Besatzer, die die Festung ausgebaut haben. Das war im 18. Jahrhundert.«

»Und was für eine Funktion hatten diese Räume einmal?«

Er zuckte mit den Achseln. »Ursprünglich? Das weiß man heute leider nicht mehr. Über die Jahrhunderte hatten sie aber viele verschiedene Aufgaben inne. Dieser besaß auf jeden Fall einmal einen Kamin«, sagte Adrian.

Seine rechte Hand deutete auf eine Ausbuchtung an der Wand. Jetzt sah ich es auch.

»Aber hier ist nichts.« Ich bemerkte selbst, dass ich mich enttäuscht anhörte.

Adrian legte mir sacht eine Hand auf die Schulter. »Wir kriegen schon noch was raus, Nora.«

»Aber wie?«

»Ich weiß noch nicht«, sagte er leise. »Aber sieh es so: Vielleicht war deine Vorfahrin ja hier.«

»Und was bringt uns das?«

Er lächelte schwach. »Ein Gefühl der Verbundenheit.«

Adrian drückte kurz mit der Hand meine Schulter und verließ dann den Raum. Ich wollte ihm folgen, aber kurz bevor ich den Ausgang erreicht hatte, sah ich etwas aus dem Augenwinkel.

Ruckartig blieb ich stehen. Rechts von mir lag ein kleiner Steinhaufen, den ich vorhin schon gesehen, ihm aber keine Bedeutung beigemessen hatte. Er war einige Zentimeter über dem Boden aufgestapelt worden, einen guten Meter breit. Bis eben hatte ich den Haufen nur für Schutt gehalten, der sich über die Jahre von der Wand gelöst hatte und von irgendwem sortiert worden war. Aber etwas hatte ich übersehen.

Ich drehte mich um und ging am linken Rand der Steine auf die Knie. Ja, kein Zweifel. Sie lagen nicht auf dem Boden, sondern auf einem Gitter! Eilig begann ich sie zur Seite zu räumen. Das war anstrengender als gedacht und schon bald lief mir der Schweiß über die Stirn.

Als ich den letzten Brocken zur Seite geschoben hatte, lag das Loch vor mir. Es war nur an den Seiten mit zwei Gittern gesichert, die anderen, die es einmal gegeben haben musste, waren verschwunden. Nur spitze Metallüberreste ragten wenige Millimeter aus dem Mauerwerk.

Jemand hatte sich nicht nur die Mühe gemacht, die Steine aufzuschichten, nein. Derjenige hatte dafür gesorgt, dass das Geröll die Öffnung perfekt verdeckte. Mein Herz machte einen aufgeregten Satz und ich schalt mich sofort einen Dummkopf. Und doch ... Würde ich mich dort hindurchzwängen können?

Zögernd beugte ich mich vor, tastete nach meinem Handy und stellte die

Taschenlampenfunktion ein. Es reichte gerade, um mir einen ersten Eindruck zu verschaffen: Das Loch im Boden führte etwa einen Meter in die Tiefe. Darunter schien ein weiterer Gang zu verlaufen.

Ohne weiter darüber nachzudenken, setzte ich mich an den Rand und ließ mich hineingleiten. Es war ja nicht besonders tief, ich würde jederzeit wieder herauskommen können, wenn ich wollte.

Als meine Füße den Boden berührten, duckte ich mich und zückte wieder mein Handy. Ja, tatsächlich. Es war ein Gang, der nach rechts in den Fels gehauen worden war. Links befand sich nur bloßer Stein.

Also gut.

Im Schleichgang schob ich mich Meter für Meter vor, bis der Gang nach weniger als dreißig Sekunden mit einem Mal geräumiger wurde. Seufzend richtete ich mich auf, konnte gerade stehen. Nach fünf Metern machte der Gang einen Knick, dahinter schimmerte Tageslicht. Mein Handy brauchte ich nicht mehr, während ich eilig auf den Ausgang zulief.

Und dann erweiterte sich der Felsengang zu einer Höhle, die an einer Seite offen war. Die Öffnung blickte wie eine Art riesiges ovales Fenster über den Wald und als ich an ihren Rand trat, sah ich, dass es dort ohne Sicherung steil nach unten ging.

Schnell trat ich wieder einige Schritte zurück und schenkte nun auch dem Rest der natürlichen Aushöhlung meine Aufmerksamkeit. Über die Jahre hatte sich am Boden viel Laub gesammelt. Ich versank fast knöcheltief darin. Einige Vogelnester klebten an den Wänden und ein kleiner Baumableger wuchs am Rand der Öffnung. Hier war schon lange niemand mehr gewesen außer der Tiere, die sich diesen Ort zu ihrem Zuhause auserkoren hatten. Ob überhaupt jemand davon wusste?

Ich ließ meinen Blick über den Boden gleiten. In der vom Eingang aus gesehen hinteren Ecke der Höhle hatte sich das Laub aufgetürmt. Etwas rief mich dorthin. Ich konnte nicht erklären, was es war, aber es fühlte sich an, als wäre eine Kette an meinem Bauchnabel befestigt, die mich näher zu dem Laubhaufen zog. Eine kleine Stimme in meinem Kopf hoffte inständig, dass es kein totes Tier war, das dort lag, während ich mich hinkniete und das Laub beiseiteschob.

Es war ein Kreuz. Schlicht, aus Stein gemeißelt. Nur ein einzelner Buchstabe stand darauf und eine Jahreszahl. Ich beugte mich vor, fuhr mit den Fingern über die Einkerbung. Der Buchstabe war ein *J* und die Jahreszahl *1847*.

Ich schluckte.

Konnte das wirklich sein? War das nicht zu viel des Zufalls?

Wieder fuhren meine Fingerspitzen über den Stein, als würden sie nicht mehr zu mir gehören. Wind kam auf, fuhr durch die Höhle. Ich wollte meine Finger von dem Grabstein lösen, aber ich konnte nicht.

Mein Herz trommelte vor Angst. Was war hier los? Warum hatte ich keine Kontrolle mehr über meine Gefühle?

Der Wind nahm zu, mit ihm auch meine Unruhe. Ich spürte, dass sich eine Spannung aufbaute. Die Haut an meinen Fingerspitzen kribbelte.

Erst ein wenig, dann immer heftiger.

Ich biss mir auf die Lippe, unterdrückte einen Aufschrei. Es tat nicht weh, aber es fühlte sich an, als würden tausend Volt ungebremst durch meinen Arm jagen.

Dort, wo meine Haut den Stein berührte, begann es sanft bläulich zu leuchten. Der Wind peitschte meine Haare in alle Richtungen. Ein Knall, als ob eine Glühbirne durchbrannte. Etwas machte Klick in mir, als hätte jemand einen Schalter umgelegt.

Der Wind nahm ab. Das Leuchten verschwand. Und ich saß vor dem Grab und konnte nicht fassen, was gerade passiert war. Der logische Teil meines Hirns hielt mich für verrückt. Der Rest versuchte einzuordnen, was ich da gerade erlebt hatte. Ich starrte immer noch auf meine Hand, als hinter mir jemand meinen Namen sagte.

»Nora.«

Als wäre ich bei etwas ertappt worden, rappelte ich mich auf, drehte mich um. Es war Adrian. Er starrte mich genauso ungläubig an, wie ich mich fühlte, und ich wusste, dass er alles mit angesehen hatte.

»Was war das?«, fragte er leise.

»Ich weiß es nicht«, erwiderte ich genauso leise.

13

Five for silver

Adrian und ich standen uns gegenüber. Er starrte mich an, als wäre ich eine Erscheinung. Schnell schob ich meine Hände, die sich immer noch so heiß anfühlten, als hätte ich sie auf eine Herdplatte gelegt, in meine Hosentaschen. Aber das machte es auch nicht besser und das wussten wir beide.

Als er immer noch keine Anstalten machte, etwas zu sagen, fragte ich vorsichtig: »Hast du jetzt … Angst vor mir?«

Adrian blinzelte, fast so, als wäre er aus einem Traum erwacht. Dann überbrückte er den Abstand zwischen uns und zog meine rechte Hand aus der Hosentasche. Er drehte sie, besah sie sich von allen Seiten. Seine Haut auf meiner fühlte sich warm an, obwohl meine eigene noch vor wenigen Sekunden geglüht hatte. Schließlich schüttelte er den Kopf. »Nein. Habe ich nicht.«

»Sicher?«, fragte ich und konnte das Beben in meiner Stimme hören. Die Tatsache, dass er immer noch meine Hand hielt, verstärkte das nur noch.

»Nora«, sagte er. »Das kann alles Mögliche gewesen sein. Warum denkst du, dass du das warst?«

Ja, warum dachte ich das? Ich schluckte. Weil es sich so angefühlt hatte. Weil ich eine Verbindung gespürt hatte zu dem Stein oder zu dem, was unter ihm lag. Aber konnte ich das Adrian sagen?

Er nahm mir die Entscheidung ab. »Du denkst, dass das etwas mit der Hexensache zu tun hat, oder?«

»Ja«, murmelte ich.

»Du solltest die alten Geschichten nicht glauben, Nora. Es sind nur … na ja … Geschichten.«

Seine Worte hätten mich beruhigen sollen, aber sie taten es nicht. Weil ich wusste, dass sie nicht wahr waren. Schnell schob ich den Gedanken beiseite und klammerte mich an Adrians Anwesenheit. Als hätte er das gespürt, drückte er meine Hand und sagte: »Wir finden heraus, was passiert ist, aber jetzt lass uns erst einmal sehen, was du gefunden hast.«

In diesem Moment tauchte eine weitere Gestalt am Eingang des Überhangs auf. »Da seid ihr ja. Ich dachte schon, ihr wärt abgehauen.«

Karla. Fast hätte ich sie vergessen.

»Hört zu«, fuhr sie fort. »Wir sollten verschwinden. Ich habe den Kapuzentypen draußen rumschleichen sehen.«

»Was?« Mit einem Schlag war ich wieder im Hier und Jetzt. Vergessen war der seltsame Energiestoß und das Leuchten. Zurück blieb das ängstliche Klopfen meines Herzens.

Auch Adrian wirkte beunruhigt. »Das ist zu viel des Zufalls«, sagte er. »Wir sollten wirklich gehen.«

Wir drehten uns gleichzeitig um, um die Höhle zu verlassen, aber Karla hob den Finger. »Ist das das, was ich denke, was es ist?«, fragte sie und starrte auf den Grabstein.

»Lass uns später darüber sprechen.« Adrians Stimme klang drängend.

Als ob Karla ihn nicht gehört hätte, fragte sie: »Wem gehört die Grabstelle? Habt ihr den Namen lesen können?«

Ohne auf unsere Antwort zu warten, ging sie an uns vorbei und vor dem Stein auf die Knie. Wie ich zuvor streckte sie die Hand aus. Ich hielt die Luft an – doch es passierte nichts. Karlas Finger strichen ohne Energiestoß über den Stein. So, wie es sein sollte.

»Glaubt ihr, es ist *ihr* Grab?«, fragte sie aufgeregt. Die Tatsache, dass der Kapuzentyp hier herumlungerte, schien sie völlig vergessen zu haben. »Das wäre ja der Hammer!«

Meine Mundwinkel zuckten. Ich hatte schon die ganze Zeit den Verdacht gehabt, dass Karla die Suche nach Hinweisen weitaus mehr gefiel als mir. Ein Blick zu Adrian bestätigte meinen Gedanken. Auch seine Mundwinkel bewegten sich verräterisch nach oben.

Karla zog ihr Handy aus der Tasche und fotografierte den Grabstein. Mit einem letzten sehnsuchtsvollen Blick wandte sie sich ab.

»Wir kommen wieder«, sagte sie bestimmt. »Das ist eine heiße Spur, Nora. Heißer als alles, was wir bisher entdeckt haben.«

Ich wollte ihr widersprechen, aber Karla ließ mir keine Zeit dazu.

»Lasst uns im Dorf den Pfarrer fragen. Er verfügt über die alten Sterberegister. Wenn wir Glück haben, finden wir das Datum … und mehr.«

Adrian nickte nervös. »Das können wir gern alles machen, aber jetzt lasst uns endlich verschwinden.«

Als ob Karla plötzlich wieder eingefallen wäre, wovor sie uns gewarnt hatte, schlug sie sich die Hand vor die Stirn.

Zusammen verließen wir den Ort, an dem vielleicht Johannas Grab lag. Karla ging voran, dann kam Adrian und ich bildete das Schlusslicht. Ein letzter Blick über die Schulter ergab nichts Neues – der Ort lag wieder genauso verlassen da, wie ich ihn vorgefunden hatte. Trotzdem spürte ich immer noch die Wärme, die das Leuchten in mir ausgelöst hatte.

Als ich mich als Letzte mit Adrians Hilfe aus dem Loch und zurück in den Raum gezogen hatte, hörte ich Karla überdreht auflachen. Sie war schon vorgegangen, um sicherzustellen, dass wir nicht von dem Typen aus dem Haus überrascht wurden. »Haben Sie diese Aussicht gesehen?«, fragte sie gerade in einem munteren Plauderton, der mir Angst einjagte. Etwas stimmte nicht, das spürte ich sofort.

Adrian und ich sahen uns an, er schüttelte einmal kurz mit dem Kopf, als wollte er mir verbieten, den Raum zu verlassen. Aber wo sonst sollten wir hin? Zurück zum Grab? Dort gab es keinen Ausgang. Außerdem wollte ich auf keinen Fall, dass der Mann den Zugang entdeckte.

Ich löste den Blickkontakt zu Adrian und kniete mich vor den Zugang, begann das Geröll leise wieder über die Gitter zu schieben. So leise, dass ich Karlas stetigen Redeschwall nicht übertönte.

Als Adrian verstanden hatte, was ich tat, half er mir. Zusammen schoben wir die letzten Steine auf ihren Platz. Aber so sehr wir uns auch bemüht hatten: Die Tarnung würde keiner genauen Überprüfung standhalten.

»Besser geht es nicht«, flüsterte Adrian und ich nickte. Leider. Irgendetwas in mir wollte das Grab schützen, als ob es diesen Schutz benötigte. Das war völlig irrational. Ich sollte zusehen, dass ich hier wegkam.

Mit einer schnellen Bewegung klopfte ich mir die Kleider ab, damit man nicht sofort sah, wie staubig sie waren. Dann trat ich direkt hinter Adrian aus dem Raum.

Karla fuhr zu uns herum, sobald sie uns hinter sich hörte. Auf ihrem Gesicht zeigte sich deutliche Erleichterung. Doch ich sah sie nicht lange an, vielmehr wurde mein Blick fast magisch von der Gestalt angezogen, die Karla zugetextet hatte.

Es war der Mann aus dem Haus.

Er trug erneut den Kapuzenumhang, unter dem sein Gesicht im Halbschatten lag. Außer seiner Nase und einem aristokratisch feinen Mund konnte ich nichts erkennen. Aber er schien mich genauso anzustarren wie ich ihn. Das sah ich an seiner Kopfhaltung.

Etwas zog meinen Blick nach unten, zu seiner Hüfte. Dort klaffte der Umhang etwas auseinander und enthüllte neben einer schwarzen Jeans auch so etwas wie Teile eines Gurtes. An ihm hing … ich musste schlucken. An ihm hing ein silbernes Messer. Nein, eine silberne Klinge, die beinahe so lang war wie mein Unterarm. Schnell schaute ich auf meine Füße, hoffte, dass er nichts bemerkt hatte.

»Wir sollten dann auch gehen«, hörte ich Karla sagen. »Noch viel Spaß in der Ruine und beim Wandern.« Sie packte mich am Arm und zog mich mit sich. Der Mann blieb stumm, schaute uns hinterher. Zumindest glaubte ich das, denn ich wagte es nicht, mich noch einmal umzusehen.

Und dann waren wir draußen.

Mit einem Seufzen atmete ich die frische Waldluft ein. Sie beruhigte mich sofort und der Ring aus Angst, der sich um meine Brust geschlossen hatte, wurde weiter. Jetzt erst traute ich mich zurückzublicken: Der Mann war nicht mehr zu sehen, er schien in der Ruine geblieben zu sein.

Gut so. Dann hatten wir Zeit, von hier zu verschwinden. Die Silberklinge war noch viel zu deutlich in meine Erinnerung eingebrannt.

So schnell wir konnten, legten wir die Strecke ins Dorf zurück. Keiner von uns sprach, während wir verbissen über die Wanderwege liefen, nur weg von der Ruine und dem Kapuzentypen.

Während wir gingen, spielte ich alles, was in der Höhle geschehen war, noch einmal in meinem Kopf durch, denn der logische Teil meines Hirns konnte wieder einmal nicht glauben, was mir da gerade passiert war. Vielleicht hatte ich beim Betreten einen alten Mechanismus ausgelöst, irgendetwas, das das helle Leuchten auf einer naturwissenschaftlichen Ebene erklären konnte. Aber da war kein Draht gewesen oder etwas anders, das ich angestoßen hätte. Und wenn ich ehrlich zu mir selbst war, dann musste ich zugeben, dass es äußerst unwahrscheinlich war, dass ein solcher Mechanismus eine so lange Zeit überdauert hatte.

Wieder musste ich schlucken. Dieses Mal dachte ich an Adrian. Sein Blick, als ich mich herumgedreht hatte, war ungläubig gewesen. Zutiefst überrascht. Er hatte genauso reagiert, wie ich mich gefühlt hatte – darüber hatte auch seine gut gemeinte Entgegnung nicht hinweggetäuscht. Ich rechnete es ihm hoch an, dass er eine logische Erklärung gesucht hatte. Denn das war doch alles, was uns blieb. Oder?

Als die ersten Ausläufer von Tannenburg vor uns auftauchten, spürte ich das Aufatmen der anderen.

Doch erst als die sicheren Türen der Bibliothek hinter uns ins Schloss fielen und Karla den Schlüssel mehrmals herumgedreht hatte, war die Angst, die wie eine kalte Hand auf meinem Nacken gelegen hatte, gänzlich verschwunden.

Wir standen im Foyer der Bibliothek, keiner von uns rührte sich. Dann sagte Karla: »Muss ich wirklich diejenige sein, die es ausspricht?«

Adrian und ich sahen betreten zu Boden, bis Karla seufzte. »Also gut. Ihr wisst genauso wie ich, dass hier etwas faul ist. Und zwar ganz gewaltig. Das muss nichts mit deiner Familie zu tun haben, Nora, aber es hängt auf jeden Fall mit Tannenburg zusammen.«

»Das ist doch überhaupt nicht sicher«, sagte Adrian. Er schien mich verteidigen zu wollen, aber genauso sehr die Tatsache, dass alles, was uns bisher passiert war, eine einfache Erklärung hatte. Eine, die nichts Übernatürliches beinhaltete. Dabei wussten die beiden noch nicht einmal alles. Unwillkürlich musste ich an die Vögel denken. Und an Azem.

»Doch, das ist sicher«, ereiferte sich Karla. Sie stemmte die Hände in die Hüften und sah Adrian an. Ihre Brauen waren zusammengezogen. »Warum versuchst du so vehement abzustreiten, dass es seltsam ist, was hier passiert?«

»Weil nichts darauf hindeutet, dass auch nur irgendetwas davon zusammenhängt«, erwiderte er stur.

»Was?« Sie schnaubte. »Natürlich tut es das! Erst werden die Seiten aus dem Buch gerissen, die von Noras Vorfahrin erzählen, dann verschwindet Frau Walther, die das verdammte Buch zuletzt ausgeliehen hat, auf mysteriöse Weise nach Thale und wir sehen einen seltsamen Typen das Haus durchsuchen, der danach in der Bibliothek nach dem Buch fragt und uns *komischerweise* auch noch einmal an der Ruine über den Weg läuft. Dass das Zufall war, glaubst du doch selbst nicht!«

»Vielleicht ist er mit Frau Walther verwa-«, sagte Adrian, aber Karla ließ ihn nicht ausreden.

»Das ist Unsinn und das weißt du genauso gut wie ich. Du hältst dich nur an deiner Logik fest, um nicht daran zu denken, was es sonst sein könnte.«

»Was sollte es denn sonst sein, Karla?« Adrian sah sie mit blitzenden Augen an. Jetzt war er wütend.

Die beiden schienen völlig vergessen zu haben, dass ich neben ihnen stand. Ihre lauten Stimmen waren nach und nach zu einem Gewirr verschmolzen, durch das nur ein Gedanke drang und der sagte leise, aber vehement: *Lauf!* Nur leider konnte ich das nicht. Das Dorf war immer noch abgeschnitten von allem und ich darin gefangen.

»Es ist die Hexengeschichte«, sagte ich leise. So leise, dass meine Worte beinahe in dem Streitgespräch untergegangen wären.

Karla und Adrian verstummten und so plötzlich, wie ihr Streit ausgebrochen war, senkte sich Stille über die Bibliothek.

»Nora«, begann Adrian, aber ich schüttelte den Kopf.

»Nein, Karla hat recht. Alle Zufälle zusammen … Sie ergeben nur Sinn, wenn sie durch die Geschichte meiner Vorfahrin miteinander verknüpft werden.«

Und außerdem höre ich die Stimme einer Katze und Elstern verfolgen mich.

Ich hätte am liebsten laut angefangen zu lachen.

Scheiße. Ich musste wirklich dringend mit jemandem darüber sprechen. Mit jemandem, der mich verstand. Idealerweise mit einem Arzt, aber soweit ich wusste, gab es keine Psychologen in Tannenburg. Dann blieben noch …

»Du solltest mit deinen Tanten reden, Nora«, sagte Karla. »Dir kann nur jemand aus deiner Familie weiterhelfen. Sprich mit ihnen, sag ihnen, was du denkst …« Das letzte Wort ließ sie in der Luft hängen, fast als hätte sie noch etwas anfügen wollen.

Wir blickten uns so lange in die Augen, bis ich das Gefühl hatte, dass Karla mehr wusste, als sie zugeben wollte. Aber das war jetzt nicht wichtig, denn sie hatte recht. »Das werde ich tun«, sagte ich, genauso leise wie vorher. »Jetzt sofort.«

»Gut.« Karla zwang ihre Lippen zu einem Lächeln. »Melde dich danach.«

»Ja.« Mehr brachte ich nicht hervor, denn in meinem Kopf wirbelten immer noch Gedanken herum.

Wie sollte ich anfangen? Was sollte ich sagen? Das Dorf hatte mich verrückt gemacht, schon in dem Moment, in dem ich hier angekommen war.

»Nora?« Adrian streckte seine Hand aus und berührte meinen Unterarm.

Beinahe schien es mir, als wollte er mich abhalten. Als wollte er mich zurück in die Welt der logischen Erklärungen ziehen, weg von allem, was Tannenburg seit Tag eins für mich gewesen war. So, wie meine Mutter es all die Jahre über getan hatte. Aber dieses Mal konnte ich nicht nur nicht weglaufen, ich *wollte* auch hierbleiben. Ich war mir unsicher, weshalb ich sagte, was ich sagte, aber ich hatte das Bedürfnis, mich bei ihm entschuldigen zu müssen. »Tut mir leid.«

Dann zog ich meinen Arm weg und verließ die Bibliothek.

Erst als ich das Haus meiner Tanten erreicht hatte, machte das Chaos in meinem Kopf einer einzigen Frage Platz: Würden sie mir helfen können?

Ein Keckern riss mich in die Wirklichkeit zurück und ich erstarrte. Auf dem Zaun, der den Garten meiner Tanten umgab, saßen fünf Elstern. Alle davon blickten mich aus ihren pechschwarzen Augen unverwandt an.

14

Ich drückte die Tür hinter mir ins Schloss. Sofort fiel mir die Stille im Haus auf: Normalerweise war immer eine meiner Tanten da und wenn nicht sie, dann machten zumindest der Geschirrspüler oder die Waschmaschine Geräusche. Oder Oskar. Aber selbst der lag nicht in seinem Körbchen.

»Hallo?« Keine Antwort. »Ist jemand zu Hause?«

Ich wartete einen Moment, aber es blieb still. Mit gerunzelter Stirn lief ich in die Küche, danach ins Wohnzimmer und guckte schließlich aus dem Flurfenster in Richtung des Parkplatzes: Die Autos standen da. Wo sollten Franka und Alma auch hingefahren sein, das Dorf war immer noch von der Außenwelt abgeschnitten.

Nach kurzem Überlegen ging ich hinauf in mein Zimmer. Dann würde ich eben mit meinen Tanten sprechen, wenn sie wieder zu Hause waren. Mit einem Seufzen ließ ich mich auf mein Bett fallen und starrte an die Decke.

Das war doch alles verrückt. Wie war ich so schnell so tief in die Geschichte des Dorfes und meiner Familie hineingerutscht? Und wieso hatte ich das Gefühl, dass alles davon mich betraf? Weil ich die jüngste Tochter meiner Familie war? Wenn ich der Geschichte glaubte, würde mich deshalb ein Fluch treffen, den eine Hexe vor vielen Jahren ausgesprochen hatte. Aber ich glaubte nicht daran. Oder doch?

Vielleicht hatte Adrian recht: Es war das Dorf, das diese Wirkung auf mich hatte. Die Menschen, die die alte Geschichte immer noch am Leben hielten. Nur deshalb fielen mir Kleinigkeiten um ein Vielfaches stärker auf – die Vögel zum Beispiel. Doch so sehr ich mich auch davon zu überzeugen versuchte, dass alles eine rein logische Erklärung hatte, etwas in mir ahnte, dass dem nicht so war.

Ich drehte mich auf die Seite. Das Wetter wurde wieder schlechter. Erste Regentropfen klopften gegen das Fenster. Das musste der verregnetste Sommer seit Langem sein. Aber irgendwie passte er zu meiner Laune.

Wieder musste ich an Adrian denken. Meine Gedanken kreisten einfach zu oft um ihn. Ich kannte ihn doch gar nicht. Wir waren uns erst vor wenigen Tagen begegnet und trotzdem fühlte ich mich in seiner Nähe so wohl, als hätten wir uns schon vor Jahren das erste Mal gesehen. Meine Tanten hatten mich vor ihm gewarnt. Und vor seiner Familie. Auch Karla hatte in eine ähnliche Kerbe geschlagen. Von seinem Fanclub hatte ich noch nichts gesehen, aber mir war aufgefallen, dass er nicht gern über seine Familie sprach.

Warum half er mir? Ich verstand nicht, wie wir innerhalb kürzester Zeit zu einer Art Task Force zusammengewachsen waren. Ich hatte noch nie schnell Freundschaften geschlossen und hier in Tannenburg sollte es plötzlich gleich zweimal in aller Kürze geschehen? Ich wusste nicht, warum, aber je tiefer ich in die Geschichte des Dorfes eintauchte, desto mehr begann ich alles und jeden infrage zu stellen. Ich war noch nicht lange genug hier, um die Beziehungen der Dorfbewohner untereinander komplett zu verstehen, aber was sich abgezeichnet hatte, war ein deutliches Bild: Es gab zwei Seiten, die eine war meine Familie und die andere der Rest. Adrians Familie schien meiner Tante so wichtig gewesen zu sein, dass sie mich vor ihr gewarnt hatte. Weshalb also war er so nett zu mir? Und das, obwohl sein Vater ihm den Kontakt zu mir sogar verboten hatte?

Ich setzte mich auf und rieb mir mit Zeigefinger und Daumen über die Stirn. Es hatte keinen Sinn, noch länger darüber nachzudenken. Ich drehte mich im Kreis. Mit der anderen Hand fuhr ich über den weichen Stoff der Decke. Er erinnerte mich daran, dass der Kater zuletzt hier gelegen hatte. Wo war Azem?

In diesem Moment öffnete sich die Eingangstür. Ich hörte die Stimme meiner Tante Alma und von mehreren fremden Personen. Bekamen wir Besuch? Davon hatte mir niemand etwas gesagt. Auch nicht davon, dass meine Tanten Freunde im Dorf hatten. So leise wie möglich schlich ich zur Zimmertür und spitzte die Ohren. Vielleicht waren es auch keine Freunde, vielleicht hatten sie es irgendwie geschafft, wegen der Schmiererei die Polizei zu rufen.

Schritte auf der Treppe.

Bevor ich mich wieder auf mein Bett fallen lassen konnte, klopfte es an der Tür. Gleich darauf schwang sie auf und ich sah mich Tante Alma gegenüber.

Wir zuckten beide zusammen, dann sah ich verlegen zu Boden. Bevor sie mich fragen konnte, wieso ich gelauscht hatte, fragte ich: »Wir haben Besuch?«

Sie räusperte sich. »Ja. Deshalb bin ich hier. Kommst du bitte runter, Nora?«

Ihr Tonfall klang so ernst, als wäre jemand gestorben. Ich rührte mich nicht von der Stelle. »Ist etwas mit Mama?«, fragte ich, ohne zu wissen, woher dieser Gedanke so plötzlich kam.

Überrascht zog sie die Augenbrauen nach oben. »Was?« Dann wurde der Zug um ihren Mund weicher. »Nein, keine Sorge. Es ... geht um etwas anderes.«

»Den Laden?«

»Lass uns das unten besprechen.« Sie hatte sich schon halb umgedreht, als ich meine Hand ausstreckte. Meine Tante hielt inne und sah mich aufmerksam an. »Du brauchst dir keine Gedanken zu machen, Nora, du hast nichts falsch gemacht.«

Ich rang mit mir, wollte nicht nach unten gehen, weil ich befürchtete, dass ich dann nie sagte, was mir auf dem Herzen lag und weshalb ich eigentlich erst nach Hause gekommen war.

»Nora?«

Ich gab mir einen Ruck. »Ich muss dir auch etwas sagen.«

»Können wir das später ...?«

»Nein, jetzt.« Meine Stimme klang so bestimmt, dass Alma stehen blieb.

»In Ordnung.«

Die Worte formten sich auf meinen Lippen, wollten aber einfach nicht darüber kommen. Schließlich sagte ich: »Ich glaube, ich werde verfolgt. Und ich denke, dass das etwas mit unserer Familie zu tun hat.«

Auf Almas Gesicht ließ sich nicht ablesen, was sie dachte. Ihre Miene war undurchdringlich. »Von wem?«

Und jetzt kam der schwierige Teil. »Von einem Mann und von ... von Vögeln.« Das letzte Wort hatte ich so leise herausgepresst, dass sie es kaum gehört haben konnte. Aber als ich wieder aufblickte, sah ich in dem Gesicht meiner Tante, dass sie ganz genau zu wissen schien, was ich meinte. »Wir sollten wirklich nach unten gehen, Nora. Dort können wir deine Fragen beantworten.«

»Wer ist wir?«, fragte ich.

»Franka, ich und einige unserer ... Freunde.«

»Was haben die damit zu tun?«

»Das wirst du gleich sehen. Komm!«

Kurz zögerte ich noch, dann folgte ich meiner Tante die Treppe hinunter. Sie führte mich nicht ins Wohnzimmer wie gedacht, sondern in die Küche. Kaum hatten wir sie betreten, kam mir der Duft von Kräutertee entgegen. Es roch herrlich und beruhigte mich auf eine Art, wie es sonst nur Bücher vermochten.

Abwartend blieb ich im Türrahmen stehen und schaute mich um. Franka stand an der Theke und unterhielt sich mit einem Paar, das am Tisch saß: zwei jüngere Frauen, die beide so aussahen, als würden sie sich in Berlin mehr als wohlfühlen. Jedenfalls passten sie keinen Deut in das konservative Tannenburg. Am Fenster stand ein Mann mittleren Alters. Und am Kopfende des Tisches saß eine alte Frau, älter noch als meine Großmutter. Sie hatte grau gesträhntes Haar, das sie zu einem Zopf geflochten trug, und warme braune Augen, die mich aufmerksam musterten. Neben ihr auf dem Tisch saß ... der Kater.

Als ich einen Schritt in die Küche machte, verstummten die Gespräche. Der Mann am Fenster drehte sich um.

Ich wusste nicht, wohin ich gucken sollte, die Aufmerksamkeit dieser völlig Fremden machte mich nervös und ich hatte keine Ahnung, wieso meine Tanten wollten, dass ich hier war.

Als sich die Stille unangenehm in die Läge zog, sagte ich: »Was soll ich hier, Tante Alma?«

Als ob meine Tanten aus einer Starre erwacht wären, fuhr sich Alma nervös durchs Haar. Sie sah mich direkt an, als sie antwortete: »Nora, es ist nicht leicht anzufangen, weil alles, was ich dir erzählen werde, dir fremd vorkommen wird. Deshalb fange ich einfach ganz von vorn an.«

»Okay ...« Ich ließ das Wort in der Luft hängen, bevor ich die Arme vor der Brust verschränkte – eine Art Schutzmechanismus.

Alma schien es ähnlich zu gehen, denn sie zögerte. Doch dann sprang Tante Franka ein. »Du kennst die Geschichte von Johanna, nicht wahr?«

Ich nickte. »Sie wurde auf dem Scheiterhaufen verbrannt, weil das Dorf dachte, sie hätte Personen mit dem bösen Blick belegt.«

»Genau.« Franka stieß sich von der Theke ab. »Aber das ist nur die Fassung, wie sie die Historiker erzählen, Nora. Wir wissen, wie es wirklich war.«

»Johanna war eine Hexe«, sagte Alma und ich fragte mich, ob sie das ernst meinte, »eine weiße Hexe. Sie praktizierte Magie, um Menschen zu helfen und im Reinen mit sich und ihrer Umwelt zu sein. Allerdings war sie nicht die Einzige. Ihre Gegenspielerin, Katharina Elster, war erst wenige Wochen zuvor nach Tannenburg gekommen.«

»Und Katharina war eine schwarze Hexe«, fügte Franka hinzu. »Sie war den Inquisitoren entkommen, ihre Macht kurz vor dem Erlöschen, so ausgehungert war sie. Johanna pflegte sie und half ihr, ohne zu wissen, was Katharina plante: Die schwarze Hexe brauchte die Energie der Dorfbewohner, deren Leben, um ihre Kräfte wiederherzustellen.«

»Johanna bemerkte erst, was geschah, als es schon zu spät war: Mehrere Dörfler waren auf mysteriöse Art und Weise verstorben und die Stimmung im Dorf begann zu kippen – gegen die beiden Frauen.«

Jetzt erzählte die Frau, die links am Tisch saß, weiter: »Johanna hatte eine geheime Beziehung zu einem Mann aus dem Dorf. Geheim deshalb, weil sie als Kräuterfrau niemals für eine Heirat mit ihm in Betracht gekommen wäre. Bis Katharina auftauchte, war sie respektiert worden, aber nicht willkommen gewesen. Als Katharina dann im Dorf in Erscheinung trat, zog sie Johanna mit ins Unheil.«

Eine kurze Pause folgte, dann fuhr Alma fort: »Als Johanna erkannte, was passiert war, war sie schon längst nicht mehr die Kräuterfrau, die gut mit Pflanzen umgehen konnte, sondern eine Hexe, die die Dorfbewohner verachteten. Es spielte keine Rolle mehr, wie viel Gutes sie zuvor getan hatte. Katharina bot ihr an, mit ihr zu kommen, nachdem sie das Dorf gemeinsam ausgelöscht hätten, aber Johanna entschied sich dagegen. Sie warnte ihren … heute würde man wohl sagen … Freund und besiegelte damit ihr eigenes Schicksal und das von Katharina. Noch in derselben Nacht wurden beide verhaftet.«

Franka beendete die Geschichte: »Niemand glaubte Johanna, dass sie nicht an den Morden der Dorfbewohner beteiligt war, niemand außer ihrem Geliebten. Aber er war zu schwach, um sie zu retten, und so wurden sowohl Johanna als auch Katharina im letzten Tribunal von Tannenburg zum Tode verurteilt. Katharina war so erbost über Johannas Verrat, dass sie sie mit einem Fluch belegte. Sie verstand nicht, weshalb Johanna das Leben der Menschen im Dorf der dunklen Macht vorzog, die sie hätte haben können.«

Ich wartete noch einen Augenblick und sagte dann: »Das ist eine schaurige Geschichte, aber was hat sie mit mir zu tun?«

Die anderen warfen sich Blicke zu, als wüssten sie noch so viel mehr.

Ich fühlte mich unbehaglich. Johannas Geschichte mochte genau so passiert sein oder ganz anders, aber warum sollte mich das tangieren?

»Weil du die jüngste Tochter unserer Familie bist, Nora«, sagte Alma leise. »Der Fluch, den Katharina aussprach, war nicht nur gegen Johanna gerichtet, sondern sollte auch dazu dienen, ihre eigene Macht zu erhalten. In dem Moment, in dem Katharina ihn aussprach, übertrug sie all ihre Macht auf Johanna und verfluchte sie und ihre Ahnen gleichzeitig, diese Bürde zu tragen.«

»Welche Bürde?«, fragte ich.

»Sollte die jüngste weibliche Nachfahrin von Johanna zu einer Sommersonnenwende in Tannenburg sein, so würde sie, Katharina, in dieser Nachfahrin wieder auferstehen und all die Macht, die sie kurz vor ihrem Tod auf Johanna übertragen hatte, dazu nutzen, um Rache am Dorf und seinen Bewohnern zu nehmen.«

Stille.

Meine Gedanken überschlugen sich. Ich versuchte sie zu sortieren, irgendeinen Sinn in das zu bringen, was mir meine Tanten gerade erzählt hatten. Aber es gelang mir nicht. Natürlich war die Geschichte an sich schlüssig, aber es war eben nur eine Geschichte. Nichts, was wirklich geschehen war.

Nachdem ich mehrere Minuten nachgedacht hatte, fragte ich schließlich: »Und ihr glaubt daran, dass auch ich eine Hexe bin?« Mein Tonfall zeigte mehr als deutlich, dass ich nichts davon für voll nahm.

Alma und Franka wechselten noch einen Blick, bevor Alma sagte: »Wir glauben nicht nur, dass du eine Hexe bist, Nora. Wir alle sind es.« Mit dem letzten Satz machte sie eine umfassende Handbewegung. »Das ist unser Zirkel. Nun ja ... ein Teil davon.«

Das konnten sie nicht ernst meinen. Das war absolut verrückt. Ich schaute von Alma zu Franka und in die Gesichter der anderen, aber keiner machte den Anschein, als würden sie anzweifeln, was meine Tante gesagt hatte. Das ungute Gefühl in meiner Magengegend verstärkte sich. Ich hätte gehen sollen, als ich noch die Möglichkeit dazu gehabt hatte.

Meine Hand krampfte sich zu einer Faust zusammen. »Das ist nicht wahr«, sagte ich. »Ich bin keine ... Hexe. Und ich habe auch keine magischen Fähigkeiten. Seid ihr alle völlig durchgeknallt?« Fast schon anklagend suchte ich den Blick meiner Tanten, aber sie wichen mir aus. Das machte es nicht besser. »Ihr könnt doch nicht im Ernst an diesen Humbug glauben!« Jetzt verstand ich meine Mutter. In so einer Familie hätte ich auch nicht bleiben wollen.

»Nora«, sagte Tante Alma, »beruhige dich bitte!«

Ich schüttelte den Kopf, versuchte mir alles noch einmal in Erinnerung zu rufen. Und dann fand ich den Fehler. »Wenn das stimmt, was ihr erzählt, wieso habt ihr mich dann kommen lassen? Die Sommersonnenwende ist doch schon in drei Tagen!« Der Triumph in meiner Stimme war nicht zu überhören.

Franka nickte, als hätte sie mit dieser Frage gerechnet. »Das war unser Fehler, Nora. Wir hätten dich an diesem Tag mit auf einen Ausflug genommen, dich ein, zwei Nächte woanders untergebracht. Niemand konnte ahnen, dass ... dass das Gewitter die Zugänge zum Dorf blockieren würde.«

»Außerdem … nun ja. Nachdem all die Jahre nie etwas passiert war, haben wir die Vorsicht von Oma Ida für überflüssig gehalten. Wir waren egoistisch, wollten dich bei uns haben. Vor allem wollten wir nicht, dass mit dir genau dasselbe passiert wie mit deiner Mutter«, sagte Alma leise. »Sie ist gegangen, weil Ida sie immer und immer wieder fortgeschickt hat. Dass das nicht aus Ablehnung, sondern aus Sorge passiert ist, hat sie nie verstanden. Und ich kann es ihr auch nicht vorwerfen. Sie hat ihre Kräfte nie entdeckt, nie zugelassen, dass sie erwachten. Für sie muss das alles so weit weg wie der Mond gewesen sein. Aber sie war die Jüngste und deshalb *musste* Ida sie schützen.«

Ich schnaubte. »So ein Unsinn.«

»Ist das so, Nora?«, fragte Franka mit einem scharfen Unterton. »Hattest du nicht das Gefühl, verfolgt zu werden?«

Unwillkürlich musste ich schlucken. Woher wusste sie das? Das hatte ich doch nur Alma erzählt und sie hatte keine Möglichkeit gehabt, ihrer Schwester davon zu berichten, bevor sie und die anderen mir Johannas Geschichte erzählt hatten. Franka hielt meinen Blick fest, bis sich die alte Frau räusperte. Die Spannung, die im Raum knisterte, verringerte sich auf ein ertragbares Maß, als sie sagte: »Magst du mir deine Hand geben, Mädchen?«

Dabei schaute sie mich an. So entwaffnend, dass ich, ohne weiter darüber nachzudenken, tat, worum sie mich bat.

Als wir uns berührten, fiel mir auf, wie warm die Haut der alten Frau war. Ihre Hand war sehnig und sah ihrem Alter entsprechend aus, aber sie fühlte sich an wie die einer jungen Frau – glatt und kräftig.

Erst passierte überhaupt nichts. Doch gerade in dem Moment, in dem ich unsere Berührung unterbrechen wollte, spürte ich es: ein Kribbeln, ganz ähnlich dem, das mich an dem Grabstein durchfahren hatte. Es war, als pulsierte es unter einer Oberfläche des Bewussten, unter der Decke aus Kontrolle und Unwissen, und versuchte jetzt, wo ich die Hand der alten Frau hielt, auszubrechen.

Ich schnappte nach Luft. Ihre Finger begannen zu glühen. Nein, nicht ihre, es waren meine! In ihnen pulsierte das bläuliche Licht, das ich zum allerersten Mal in dem Felsüberhang gesehen hatte.

Schnell zog ich meine Hand aus der der Alten und barg sie an meiner Brust. Das Leuchten erstarb, meine Hand war wieder so wie immer. Die alte Frau sagte nichts, nickte nur. Als ob meine Reaktion Überzeugung genug gewesen sei.

»Nora«, Frankas Stimme riss mich aus meinen Gedanken, »wir wissen, dass das sehr viel auf einmal ist. Wir hätten dir das nie erzählt, deine Mutter wollte es nicht und wenn du nicht hergekommen wärst, dann hättest du deine Kräfte wohl nie entdeckt.«

»Also seid ihr daran schuld«, zischte ich.

Franka biss sich auf die Lippe. »Nur ... indirekt. Wir hätten dich nicht herkommen lassen sollen«, sagte sie. »Aber das ist nicht der Punkt.«

»Ach nein?«

»Nein, Nora. Vielleicht hätten sich deine Kräfte auch in Berlin entfaltet. Ist dir noch nie etwas passiert, das du nicht erklären konntest? Ein Lieblingsteller, der plötzlich wieder heil war? Ein Unfall, der schlimmer hätte ausgehen müssen?«

Ich zuckte zusammen. Etwas, das ich seit meiner Ankunft verdrängt hatte, schob sich mit aller Macht zurück in mein Bewusstsein. Eine alte Kindheitserinnerung, beinahe verblasst. Und doch plötzlich wichtiger als je zuvor.

Trotzig hob ich das Kinn.

»Nein, nie«, sagte ich.

Wir wussten alle, dass ich log.

Franka seufzte. »Wenn die Situation nicht so brenzlig wäre, Nora, hätten wir dir mehr Zeit gelassen. Wir«, sie deutete auf die anderen Personen, »sind mit dem Wissen um unsere Kräfte aufgewachsen. Wir wussten, dass wir sie irgendwann bekommen, wir haben gesehen, was die anderen zu tun imstande waren. Ich kann mir nicht einmal vorstellen, wie es für dich sein muss, aber«, sie machte einen Schritt auf mich zu, »du bist in Gefahr. Deshalb können wir dich jetzt nicht schonen. Bitte hör uns zu!«

»In Gefahr?«, echote ich.

»Du hast gesagt, du siehst Elstern«, sagte Alma. »Das ist eines der ersten Zeichen, Nora.«

»Zeichen wofür?«

»Dafür, dass der Fluch dich gefunden hat.«

»Deshalb mussten wir den Zirkel zusammenrufen, Sicherheitsmaßnahmen treffen.«

»W … was?«, murmelte ich. Mir wurde schlecht, alles war auf einmal zu viel. Hexen, Flüche, Zauber, magische Kräfte … Nein. Das war nicht echt, konnte es nicht sein.

»Du musst bis auf Weiteres im Haus bleiben. Hier ist es sicher«, sagte Alma und ich hörte ganz genau, dass sie versuchte, ihre Stimme so harmlos wie möglich klingen zu lassen. Doch alles, was bei mir ankam, war: Sie wollten mich einsperren. Festhalten.

»Selbst wenn ich bleiben würde … würde das den Fluch von mir fernhalten?«, brachte ich hervor. Ein Blick in die Gesichter des Zirkels sagte mir, dass sie es nicht wussten. »Würde es mich schützen?«, fragte ich noch einmal mit mehr Nachdruck.

Alma biss sich auf die Lippen, dann sagte Franka: »Wir wissen es nicht.«

»Was wisst ihr dann?«, fauchte ich. Meine Unsicherheit und Angst begann allmählich, sich in Wut zu verwandeln.

»Du musst verstehen, dass wir keine Erfahrung mit Katharinas Fluch haben, Nora«, sagte eine der Frauen am Tisch. »Unsere bisherige Strategie bestand darin, ihm aus dem Weg zu gehen.«

O ja … Fast hätte ich es vergessen. »Natürlich.«

»Nora, bitte triff keine übereilte Entscheidung.«

Wieder schnaubte ich. Überforderung, Wut und Angst ballten sich zu einem gefährlichen Cocktail in meiner Brust zusammen. »Ich werde mir von Menschen, die mich kaum kennen, nicht so einen Bullshit erzählen lassen«, sagte ich und fühlte, wie mir das Adrenalin durch die Adern schoss. »Ihr werdet mich auf keinen Fall hier einsperren, wegen irgendwelcher … Hirngespinste!«

Ich hatte mich in Rage geredet. Und als Alma einen weiteren Schritt auf mich zutat, riss mein Geduldsfaden endgültig. »Nora, nicht …«

Doch es war zu spät.

Bevor sie mich aufhalten konnten, drehte ich mich um und rannte aus dem Haus.

15

Ich entfernte mich so schnell und so weit von dem Haus meiner Tanten, wie ich konnte. Almas Rufe verfolgten mich, aber ich ignorierte sie. Ich wollte nur fort von hier, zu einem Ort, an dem ich in Ruhe nachdenken konnte. Der Einzige, der mir einfiel, war der *Braune Hirsch*. Dort oben würde mich so schnell niemand suchen.

Dank Adrian kannte ich die Abkürzung, die nicht am Haus meiner Familie vorbeiführte. Es war verdammt anstrengend, aber ich war so wütend, verwirrt und voller Zweifel, dass ich den Aufstieg fast nicht wahrnahm.

Erst als ich die Eiche erreicht hatte, blieb ich einen Augenblick stehen, um Luft zu holen.

Der Rundumblick war immer noch atemberaubend, aber etwas hatte sich verändert: Er wirkte nicht länger friedlich. Tannenburg lag unter mir wie ein schwarzes Loch, das an mir zerrte, mich verschlingen wollte. Ich hatte gedacht, dass ich hier Frieden finden würde, aber das Gegenteil war der Fall. Ich war mit etwas konfrontiert worden, das mich nicht nur zutiefst ängstigte, sondern das ich auch in keiner Weise mit meinem bisherigen Weltbild vereinbaren konnte.

Hexen. Es gab keine Hexen. Magie, das war etwas, woran unsere Vorfahren geglaubt hatten und das jetzt in Filmen und Shows ausgeschlachtet wurde, um die Massen zu unterhalten. Dahinter steckte jedoch nichts anderes als der Glaube der Menschen an das Übersinnliche. Die Zauber selbst waren nicht mehr als Tricks – gut eingeübt und überzeugend präsentiert, aber eben doch nur Tricks.

War das Glühen meiner Hand auch ein Trick gewesen? Aber was hätten meine Tanten davon? Warum sollten sie mir weismachen wollen, dass ich eine Hexe war? Ich fuhr mir über das Gesicht und kletterte dann auf den Ast, auf dem ich zuletzt mit Adrian gesessen hatte. Von hier oben konnte ich besser nachdenken.

Vielleicht gab es noch einen anderen Grund, weshalb meine Mutter ihre Familie nicht gern besuchte, einen, den ich noch gar nicht kannte. Was, wenn die Geschichte um den Vogelreim und das ständige Fortschicken meiner Mutter nicht der eigentliche Grund für ihre Flucht nach Berlin gewesen war? Aber weshalb hatte sie mich dann hierherkommen lassen? Sie konnte ihre Familie nicht für eine Gefahr halten, sonst wäre ich jetzt nicht hier, sondern zu Hause.

Es ergab alles keinen Sinn. Jedenfalls solange ich mich weigerte an diese absurde Geschichte zu glauben. Wenn ich es doch tat, passten alle Puzzleteile zusammen. Aber ich war nicht bereit dazu. Denn das würde bedeuten, dass ich alles, absolut alles in meinem Leben neu bewerten musste.

Unter mir knackte ein Ast. Schnell drehte ich meinen Kopf, um zu sehen, wer es war. Fast erwartete ich eine meiner Tanten zu sehen oder den Kapuzentyp, aber es war Adrian.

Ohne ein Wort kletterte er den Baum hinauf und setzte sich neben mich.

»Hi«, sagte er schlicht, bevor wir gemeinsam auf Tannenburg hinunterschauten.

Ich war dankbar, dass er mir die Zeit ließ, die ich brauchte, um mich zu sammeln.

Schließlich sagte er: »Ist wohl nicht so gelaufen, wie du dachtest.«

Ich atmete tief ein und aus. »Nein.«

»Was haben sie gesagt?«

»Meine Familie ist ein Haufen Freaks. Reicht es, wenn ich sage, dass die Dörfler die ganze Zeit über recht hatten?«

Er hob eine Augenbraue. »Deine Vorfahrin hat also tatsächlich das halbe Dorf gepurged, um sich danach in ihren schwarzen Mantel aus Menschenhaar zu hüllen und zu verschwinden?«, fragte er und ich musste lachen.

»Nein, hat sie nicht.«

»Dann kann ich mir kaum vorstellen, was so schlimm ist.«

Er hatte ja keine Ahnung. »Warum bist du hier, Adrian?«

»Ich habe etwas gefunden, das dir vielleicht weiterhilft.«

»Warum interessiert dich das überhaupt?« Momentan sah ich einfach überall Feinde.

»Weil ich einer Freundin helfen möchte«, sagte er und klang dabei überrascht.

»Das sind wir also? Freunde?«, fragte ich.

»Manchmal braucht man nicht lange, um das zu erkennen. Außerdem würde ich dir auch dann helfen, wenn wir keine wären. Die Geschichte dieses Dorfes begleitet mich schon mein ganzes Leben lang, ohne dass es auch nur eine Veränderung gegeben hätte: Auf der einen Seite standen schon immer deine Tanten, auf der anderen das Dorf ... und meine Familie. Durch dich scheint sich das erste Mal seit Ewigkeiten etwas zu bewegen.«

»Hm.« Das klang logisch. Ich glaubte ihm.

»Was ist los, Nora?«

Ich zögerte. Konnte ich ihm wirklich davon erzählen? Aber was blieb mir anderes übrig? Adrian war momentan die einzige Möglichkeit, um mich auszusprechen. Und bei Weitem nicht die schlechteste. Also fasste ich mir ein Herz und erzählte ihm alles: von den Vögeln, die mir schon in Berlin begegnet waren und mich angegriffen hatten. Von dem Reim. Warum meine Mutter aus Tannenburg fortgegangen war und auch davon, was mir meine Tanten gerade erst eröffnet hatten. Selbst Azem ließ ich nicht aus. Als ich fertig war, sagte ich: »Das sollte alles gewesen sein. Möchtest du jetzt unter einer fadenscheinigen Ausrede vom Baum klettern und dich nie wieder melden?«

Er schmunzelte. Dann legte er ohne Vorwarnung den Arm um mich und streichelte mir dabei über die Haut.

Ich hatte nicht geahnt, wie sehr ich das brauchte, bis er es tat. Also lehnte ich meinen Kopf an seine Schulter und genoss den Moment.

Ich wusste nicht, wie viel Zeit verstrichen war, aber irgendwann begann Adrian mit der freien Hand an seiner linken Jackentasche herumzunesteln. Aufmerksam beobachtete ich ihn dabei, wie er etwas hervorzog, das wie ein Tagebuch aussah. »Mein Großvater hat mir das vor vielen Jahren kurz vor seinem Tod gegeben. Er sagte, irgendwann würde ich es brauchen.«

»Was ist das?« Ich nahm meinen Kopf von seiner Schulter.

»Eine Sammlung von Notizen und Gedanken, die er sich über deine Familie gemacht hat.«

»Über *meine* Familie?«

»Weißt du, deine Tanten lagen richtig, was meine Familie angeht: Unter allen Bewohnern des Dorfes waren es *meine* Vorfahren, die dafür gesorgt haben, dass Johanna Jäger zusammen mit Katharina Elster auf dem Scheiterhaufen landete.«

»Was?«, fragte ich und starrte ihn mit großen Augen an. »Aber warum?«

»Mein Großvater hat die Geschichte, die dir deine Tanten erzählt haben, von der anderen Seite betrachtet aufgeschrieben. Meine Vorfahren waren schon damals die Bürgermeister des Dorfes und nachdem Johanna zu ihnen gekommen war, oder besser gesagt zu Hendrik, ihrem Geliebten, hat dieser einen folgenschweren Fehler begangen.«

»Welchen?«, fragte ich mit angehaltenem Atem. Dass auch in Adrians Familie über diesen Vorfall berichtet und die Geschichte von Generation zu Generation weitergetragen worden war, bis sein Großvater sie aufgeschrieben hatte, faszinierte mich. Unsere Familien schienen auf eine Art und Weise verknüpft zu sein, die ich noch nicht ganz begriff.

»Hendrik ging damit zu seinem Vater und dem war deine Familie schon immer ein Dorn im Auge.«

»Wieso?«

»Weil sie eine Generation früher dafür gesorgt hatte, dass wir die Bürgermeister des Dorfes wurden. Was eigentlich gut klingt, oder? Na ja … Im Gegenzug haben sie Schutz erhalten, wurden nicht verfolgt. Hendriks Vater und sein Großvater glaubten allerdings fest daran, dass deine Familie ihnen diesen Posten durch ihre Kräfte jederzeit wieder hätte nehmen können – und damit lagen sie wohl nicht falsch.«

»Also nutzten sie ihre Chance, Johanna loszuwerden«, sagte ich leise.

»Ja«, entgegnete er. »Deine Familie verließ das Dorf nach dem Vorfall für viele Jahre. Erst Jahrzehnte später kamen sie zurück, als Hexenprozesse und Hexenglauben längst nicht mehr relevant waren. Das dachten sie zumindest.«

»Weshalb kamen sie zurück?«

»Das weiß ich nicht. Mein Großvater hat dazu nur notiert, dass ihr ehemaliges Grundstück, was man ihnen weggenommen hatte, wieder an sie zurückgegangen war.«

Wir verfielen in Schweigen. Adrians Worte hatten alles noch einmal in ein anderes Licht getaucht. Aber sie beantworteten eine wichtige Frage nicht: Waren meine Vorfahrinnen, meine Tanten und ich wirklich Hexen? Oder ging es von Anfang an nur um das, worum es im Leben immer ging: Macht? Einfluss?

»Hat dein Großvater geglaubt, dass wir Hexen sind?«, fragte ich deshalb, ohne Adrian anzusehen.

Er begann in dem Buch zu blättern und zeigte schließlich mit dem Finger auf eine Passage: »Er sagt, er könne von einem wissenschaftlichen Zugang her nicht abschließend beurteilen, ob eure Familie tatsächlich magische Kräfte gehabt habe oder ob deine weiblichen Verwandten einfach außergewöhnlich begabte Kräuterfrauen gewesen seien. Entschuldige die Ausdrucksweise, er war Professor.« Adrian blätterte um. »Aber er sagt auch, dass deine Großmutter Ida durchaus Dinge gemacht habe, die er sich nicht erklären könne. Er schreibt, dass deine Familie viel für das Dorf getan habe, wovon kaum jemand wisse, und dass er hoffe, dass der Fluch, mit dem Katharina euch belegt hatte, nie zutage treten möge.«

Unwillkürlich musste ich schlucken. Die Geschichte, die meine Tanten mir erzählt hatten, hatten sie sich also nicht ausgedacht. Wenn Adrians Großvater ebenfalls davon wusste, darüber recherchiert hatte und das Wissen auch in seiner Familie weitergetragen worden war, dann musste das alles doch wohl wahr sein. Die Frage war aber trotzdem immer noch: Waren wir Hexen?

»Was soll ich jetzt tun, Adrian?«, murmelte ich. »Wenn ich glaube, was meine Tanten sagen, bin ich nicht länger Nora Jäger aus Berlin. Ich wäre irgendein fremdes Wesen mit Fähigkeiten, die ich selbst nicht kenne und die niemand jemals für real halten wird. Könnte ich noch normal leben? Studieren? Reisen? Mir einen Job suchen?«

Er schwieg. Offensichtlich schien er auch schon darüber nachgedacht zu haben, was es für mich bedeuten könnte, die Geschichte anzunehmen – und damit alles, was mit ihr einherging. »Ich glaube«, sagte er langsam, »dass du immer Nora Jäger aus Berlin bleiben wirst.«

Ich senkte den Blick. Nein, das würde ich nicht. Nicht wenn ich akzeptierte, was meine Tanten sagten – dass ich eine Hexe war.

»Ich glaube nicht, dass es Hexen gibt, Nora. Dieser Begriff ist so ... so ausgrenzend. Vielleicht gibt es Menschen mit besonderen Begabungen. Ob das nun heißt, dass sie besonders gut mathematische Probleme lösen können, unglaubliche Heilkräfte haben, Menschen vielleicht manipulieren können ... oder, wie deine Familie, Talente haben, die so außergewöhnlich sind, dass wir sie noch nicht kennen.«

»Also glaubst du doch daran.«

»Das habe ich nicht gesagt. Ich denke, dass du zwei Möglichkeiten hast: Entweder entscheidest du dich daran zu glauben, dass die Geschichte deiner Tanten und damit dein Talent existieren – womit du gleichzeitig den Weg wählst, ganz aktiv gegen das alles, was gerade passiert, vorzugehen. Oder du vergisst es und lässt geschehen, was geschehen soll.«

»Ich weiß nicht, was ich noch glauben kann.« Mehr brachte ich nicht hervor, denn er hatte recht. Mit allem. Es war unerheblich, ob ich Fähigkeiten hatte, die mich zu einer Hexe machten oder nicht. Es war sogar egal, ob ich eine war. Denn darum ging es nicht. Etwas oder jemand arbeitete gegen mich, das hatten mir die Angriffe der Vögel und nicht zuletzt der Kapuzentyp gezeigt. Dieser Jemand würde nicht danach fragen, woran ich glaubte. Entweder ich ließ zu, dass mit mir geschah, was dieser Jemand plante, oder ich tat etwas dagegen. Und wenn das hieß anzunehmen, dass ich eine Hexe mit Fähigkeiten war, dann war das eben so. Mit den Folgen konnte ich mich immer noch auseinandersetzen, wenn die Gefahr gebannt war.

Ich atmete tief durch. Eigentlich liebte ich Veränderungen: Ich entdeckte gern fremde Orte und war immer dabei, Neues zu lernen. Aber wenn es um mein persönliches Umfeld ging, um die Dinge, an denen ich mich festhielt, auf die ich mich stützte, dann war mir Stabilität wichtig. Deshalb fiel es mir so schwer, meine bisherige Weltsicht hinter mir zu lassen. Und natürlich auch, weil das neue Jetzt einfach komplettem Irrsinn glich.

»Pass auf«, sagte er. »Eigentlich ist es ganz einfach: Wie fühlst du dich bei dem Gedanken daran, alles auf dich zukommen zu lassen, ohne selbst etwas zu unternehmen?«

Ich dachte einen Augenblick darüber nach. Könnte ich so tun, als ob alles, was in den letzten Tagen passiert war, nie da gewesen war? Ich hatte mich noch nie besonders leicht damit getan, Dinge schleifen zu lassen, geschweige denn komplett zu ignorieren. Mir würde die Geschichte meiner Tanten die ganze Zeit über im Kopf bleiben, ich würde darüber nachdenken und ja, wahrscheinlich würde ich versuchen, mehr darüber herauszufinden. Also antwortete ich: »Schlecht.«

»Dann hast du deine Antwort«, sagte Adrian und wieder hatte er recht.

»Danke«, sagte ich leise.

»Nicht dafür.«

Erneut verfielen wir in Schweigen, während sich die Gewitterwolken näher auf Tannenburg zuzuschieben schienen.

»Sie wollen, dass ich im Haus bleibe«, sagte ich ohne Zusammenhang.

»Und du fühlst dich eingesperrt.«

»Aber so was von ...«

Adrian streckte den Arm aus und zeigte auf die Kirche des Dorfes, die ich noch nie besucht hatte. Sie lag versteckt hinter einer Reihe von hohen Buchen, die sich im Wind wiegten. »Kannst du dich noch daran erinnern, was Karla herausgefunden hat?«

Kurz überlegte ich, dann fiel der Groschen. »Du meinst das Kirchenregister?«

Er nickte. »Lass uns nachsehen, ob wir etwas finden. Danach kannst du immer noch zurück nach Hause – im besten Fall mit neuen Erkenntnissen, die auch deinen Tanten nützen. So viel scheinen sie ja auch nicht über den Fluch zu wissen.«

»Meinst du, wir schaffen es, ihn zu brechen?«, fragte ich, unsicher, ob das keine *zu* große Aufgabe war. »Ich meine ... ich habe doch gerade erst die

Möglichkeit akzeptiert, dass es so etwas wie Magie geben könnte. Wie soll ich da als absoluter Neuling einen alten Fluch brechen?«

Adrian wirkte einen Augenblick lang genauso verloren wie ich. Dann sagte er: »Lass uns irgendwo anfangen. Der Rest findet sich dann schon.«

Er kletterte als Erster den Baum hinab und reichte mir seine Hand für den letzten halben Meter Abstieg.

Als wir uns über den steilen Pfad zurück auf den Weg ins Dorf machten, waren unsere Hände immer noch fest ineinander verschränkt.

16

Adrian schrieb Karla, die nur auf eine Nachricht gewartet zu haben schien. Wir trafen uns etwa zwanzig Minuten nach unserem Abstieg von der Eiche vor den Toren des Dorffriedhofs.

Jetzt begann ich auch noch zwischen Gräbern herumzuhängen, dachte ich, und schüttelte innerlich den Kopf.

Nachdem ich Karla im Schnellverfahren erzählt hatte, was passiert war, starrte sie mich mit offenem Mund an. »Krass«, murmelte sie. »Das ist … krass.« Zum ersten Mal hatte sie nichts weiter zu sagen, keine Fragen, kein Scherz, kein Anzweifeln – gar nichts. Sie fuhr sich nur immer wieder nervös mit der Hand durchs Haar.

Während Karla in Richtung der Kirche vorausging, folgten Adrian und ich in einigem Abstand. »Vielleicht hätte ich es ihr nicht erzählen sollen«, sagte ich leise, sodass nur Adrian mich hören konnte.

»Sie wird es schon verdauen«, erwiderte er genauso leise. »Wer in diesem Dorf aufgewachsen ist, hat eine gewisse … Toleranz für solche Sachen entwickelt.«

Wir liefen an den Gräbern vorbei, die meisten davon so alt, dass sie mit Efeu und anderen Pflanzen überwuchert waren. Nur einige waren noch gepflegt. Rechts von der Kirche stand das Verwaltungsgebäude, ein kleines Steinhaus, das sich in den Schatten des Glockenturms duckte. Vor ihm wiegte sich eine Trauerweide im Wind. »Können wir dort einfach rein?«, fragte ich an Adrian gewandt. Der nickte. »Karla hat einen Schlüssel. Im Verwaltungsgebäude steht der Safe der Bibliothek.«

»Das ist praktisch.«

Er grinste, dann erreichten wir den Eingang. Karla sah sich einmal über die Schulter, bevor sie den Schlüssel ins Schloss steckte und uns wie eine Horde Hühner ins Innere scheuchte.

Von außen fiel Licht auf einen schmalen Tresen, der mich stark an den aus der Bibliothek erinnerte. Allerdings war dieser nicht besetzt. Außer einem Strauß vertrockneter Blumen, drei Kugelschreibern und Formularen zum Ausfüllen lag nichts darauf.

Karla wandte sich zu uns um, nachdem Adrian die Tür geschlossen hatte. »Ich weiß nicht, wann der Archivar zurückkommt«, sagte sie. »Wir sollten uns beeilen, wenn wir keine Fragen beantworten wollen.«

»Ich dachte, das wäre ein Verwaltungshaus?« Ich runzelte die Stirn.

»Mit angeschlossenem Archiv«, antwortete Karla. »Die Kirchenverwaltung ist nur zweimal die Woche besetzt und das auch nur vormittags. Aber der Archivar ist ein alter Herr aus dem Dorf. Der lebt hier quasi.«

Vor meinem geistigen Auge sah ich einen Greis mit schlohweißem Haar, Pullunder und einer Brille, die er mit einem Band um den Nacken gesichert hatte. Nicht besonders Furcht einflößend … Aber erklären, weshalb wir in seinem Archiv herumwühlten, wollte ich auch nicht. Deshalb sagte ich hektisch: »Wo finden wir das Register?«

»Folgt mir!« Wieder wirkte Karla unruhig: Ihre rechte Hand zwirbelte an einem losen Faden ihrer Shorts und sie sah sich immer wieder nach uns um, während sie am Tresen vorbei zu einer Tür am anderen Ende des Raumes ging. Hatte sie wirklich so einen Respekt vor dem Archivar oder dass wir erwischt werden könnten? Das konnte ich mir kaum vorstellen. Karla hatte auf mich bis jetzt nicht wie jemand gewirkt, der sich leicht von Dingen abbringen ließ. Schließlich war sie es gewesen, die die Suche erst angestoßen hatte. Aber vielleicht war es jetzt etwas anderes, nun da ich die Geschichte ernster nahm als sie …

»Et voilà!« Mit einer ausladenden Geste deutete sie auf das kleinste Archiv, das ich jemals gesehen hatte: einen Aktenschrank. Zwar vom Fußboden bis zur Decke gefüllt mit alten Bänden, aber trotzdem.

»Hier?«, fragte ich und konnte die Enttäuschung kaum verbergen. Ich hatte nicht viel erwartet, aber einen einzelnen Aktenschrank? Wie sollten wir hier Unterlagen von vor weit über hundert Jahren finden?

»Ganz genau.« Karla zwinkerte, zog eine der Schranktüren auf und griff zielstrebig nach einem Folianten mit breitem Rücken. Sie klatschte ihn auf einen Schreibtisch, der links neben dem Aktenschrank vor einem Fenster stand. Der Archivraum selbst war sehr spartanisch eingerichtet. Außer dem Mülleimer, der vor Mandarinenschalen beinahe überquoll, verriet nichts, dass der Archivar hier viel Zeit verbrachte.

»Dann schauen wir mal.« Karla klappte den Deckel des Folianten auf. Das Buch war riesig, beinahe so hoch wie der ganze Schreibtisch. »Ich habe noch nie so ein Buch gesehen«, sagte ich und konnte die Ehrfurcht in meiner Stimme nicht unterdrücken. Vielleicht hatte ich mich doch geirrt: Auch in einen einzelnen Aktenschrank schien viel Geschichte hineinzupassen.

»Die sind auch recht selten. Das hier ist von 1850 und beinhaltet Chronikeinträge von 1830 bis 1849. Also der Zeitraum, nach dem wir suchen.« Sie unterbrach sich, während sie mit dem Finger über das Inhaltsverzeichnis fuhr. Dabei achtete Karla darauf, die Seiten nicht zu berühren. »Ah«, sie deutete auf einen Eintrag. »Hier sollten wir zuerst nachschauen. Hilf mir mal, Nora.«

Ich ging um den Tisch herum und wir wuchteten die Seiten nach und nach um, bis wir bei dem Eintrag landeten, den Karla ausgesucht hatte. Adrian stand derweil an der Tür und beobachtete den Eingang, für den Fall, dass wir schnell verschwinden mussten.

»So«, sagte Karla. »Du links, ich rechts. Das sind alle Einträge, die infrage kommen. In der Mitte steht der Name der Verstorbenen, rechts der des Pfarrers oder der Institution, die den Tod bescheinigt hat. Das sind alles Einträge von 1847.«

»Also suchen wir in der Mitte.«

»Genau.«

Kurz überlegte ich, bevor ich fragte: »So viele Leute sind in einem Jahr hier gestorben?«

Karla schüttelte den Kopf. »Nein, das ist das Register für den ganzen Landkreis.«

»Ah.« Das ergab Sinn.

Also beugten wir uns über den Folianten und begannen zu suchen. Ich versuchte es Karla gleichzutun und die alte Buchseite nicht mit den Fingern zu berühren, während ich mich bemühte, die Schrift zu entziffern. Es war nicht einfach. Die Buchstaben waren so verschnörkelt, dass ich bei manchen mehrere Sekunden brauchte, um sie zu verstehen. Ich ging davon aus, dass wir irgendwo in der Mitte auf Johannas Namen stoßen würden, denn sie war ja schließlich zur Sommersonnenwende am 21. Juni zum Tode verurteilt worden. Und da fiel mir ein … »Warum suchen wir überhaupt hier drin nach ihrem Todestag? Wir wissen doch, wann sie verurteilt wurde.«

Karla nickte, ihre Stirn in Falten gelegt. »Ja«, sagte sie und ich hörte die Konzentration in ihrer Stimme, »aber ich habe mir die Ortschronik noch einmal angesehen. In einer Fußnote zu der Jahreszahl stand, dass sie geschätzt worden war. Das Datum auch. Außerdem stand auf dem Grabstein 1847. Das deckt sich nicht mit der Jahreszahl in der Ortschronik. Dort stand nämlich 1845.«

Mir schwirrte der Kopf. So viele Zahlen. »Also wurde sie vielleicht gar nicht zur Sommersonnenwende getötet?«, fragte ich, die Enttäuschung in meiner Stimme war deutlich zu hören.

»Zumindest nicht 1845, wenn wir dem Grabstein glauben können. Konzentrier dich, Nora, wir haben nicht viel Zeit!«

»Natürlich.« Ich verbot mir alle weiteren Gedanken daran, dass unsere Entdeckung in der alten Burg uns nicht weiterbringen würde, dass dieses Gefühl der Verbundenheit, das ich trotz allem gespürt hatte, falsch gewesen sein könnte. Stattdessen versank ich in den altertümlichen Buchstaben.

Johannes Abendrot. Gestorben am 3. Mai.
Christina Böss. Gestorben am 25. April.

Warum, verflucht noch mal, war alles durcheinander? Welcher normale Mensch ordnete ein Register nicht nach Daten? »Himmel, wonach wurde das sortiert?«, stieß ich hervor, während ich mich dem Ende der Seite näherte.

»Nach dem Geburtstag.«

»Was? Aber das ist ein Sterberegister.«

Karla zuckte mit den Schultern. »Frag mich nicht.«

Kopfschüttelnd beugte ich mich wieder über die Seite.

Thomas Mörs. Gestorben am 18. Dezember.
Hagen Töpner. Gestorben am 11. August.
Johanna Jäger. Gestorben am 21. Juni.
Alma Vortanz. Gestorben am …

Ich stockte.

Moment.

»Ich habe sie!«, rief ich und deutete auf den Eintrag. Es war *doch* die Sommersonnenwende gewesen und das bedeutete …

»Zeig mal.« Karla beugte sich über meinen Teil des Folianten. Dann hob sie den Kopf und grinste. »Ich wusste es.« Sie gab mir einen Knuff in den Oberarm. »Ich wusste es, ich wusste es, ich wusste es!«

»Also«, sagte ich langsam, während ich versuchte alle Teile in meinem Kopf zu einem Gesamtbild zusammenzufügen, »lag die Ortschronik falsch, aber der Grabstein …«

»Der Grabstein trägt die gleiche Jahreszahl wie der Eintrag hier im Register. Das kann kein Zufall sein. 1847 ist das Jahr, indem deine Ahnin gestorben ist, Nora und das Grab in der Burgruine ist ihre letzte Ruhestätte.«

Ich hatte keine Zeit mehr darauf zu antworten, denn Adrian, der nach einigen Minuten den Raum verlassen hatte, um besser Wache stehen zu können, kam durch die Tür geplatzt. »Der Archivar kommt zurück, wir müssen abhauen!«

Wir hatten, was wir wollten. Ohne weiter zu zögern, schlossen Karla und ich das Register und stellten es an seinen Platz zurück. Dann verließen wir das Archiv durch den Hintereingang.

Gerade noch rechtzeitig: Kurz bevor sich die Tür hinter uns schloss, hörte ich jemanden die Klinke des Haupteingangs hinunterdrücken.

»Hier entlang«, flüsterte Karla und wir schlichen, hinter die Hecken geduckt, bis zum nächsten Weg, der uns durch die Gräber wieder zurück auf die Straße führte. Dort angekommen blieben wir stehen. »Was jetzt?«, fragte Adrian.

»Ja, was machen wir mit unseren neuesten Erkenntnissen?«, wollte ich wissen und schaute unbehaglich auf die Uhrzeitanzeige meines Handys. Es war kurz nach fünf. Seit ich das Haus meiner Tanten verlassen hatte, waren gut zwei Stunden vergangen, aber ich hatte noch nicht das Bedürfnis zurückzugehen. Überhaupt wusste ich nicht, ob ich sie heute noch wiedersehen wollte. Das alles war mir einfach zu viel auf einmal. Ich konnte nicht erklären, weshalb, aber mit Karla und Adrian unterwegs zu sein gab mir ein Gefühl der Sicherheit. Der Überschaubarkeit. Wir arbeiteten uns von Hinweis zu Hinweis und entdeckten langsam immer mehr Puzzleteilchen. Und dieses Gefühl war der komplette Gegensatz zu der Überforderung, die ich angesichts der Menschen empfand, die mich im Haus meiner Tanten erwarteten. Ich war noch nicht bereit, mich ihnen zu stellen.

Als hätte Adrian meine Gedanken erraten, sagte er: »Lasst uns zurück in die Bibliothek gehen.«

Also taten wir genau das.

Erst nachdem sich die Türen hinter uns geschlossen hatten, spürte ich, wie erleichtert ich wirklich darüber war, meinen Tanten noch nicht wieder unter die Augen treten zu müssen. Karla ging in die Küche, während Adrian und ich zielstrebig auf die Ohrensessel zusteuerten. Mit einem Seufzen ließ ich mich in einen der Sessel fallen, während Adrian neben mir Platz nahm.

Erst sagten wir nichts, dann murmelte ich leise: »Danke.«

»Wofür?«, fragte er.

»Dass ich nicht nach Hause musste«, sagte ich mit einem halben Lächeln. »*Noch nicht* jedenfalls.«

»Ungehorsam unterstütze ich doch gern.« Adrian grinste.

»Ist das so, ja?«

Er kam nicht mehr dazu, mir zu antworten, denn in diesem Moment war Karla zurück. Sie balancierte drei Tassen auf einem Brett, das aussah, als hätte sie es gerade zweckentfremdet. »Eistee«, sagte sie. »Für die Nerven.« Sie nahm sich eine der Tassen, die aussah wie ein Schneemann, und zog sich einen Stuhl heran. Dann wandte sie sich an mich: »Um deine Frage zu beantworten, Nora: Mir ist da noch etwas aufgefallen.«

»Welche Frage?« Ich sah sie perplex an, während ich aus meiner Hirschtasse den angenehm kühlen Eistee schlürfte.

»Was wir mit unseren neu erlangten Erkenntnissen anfangen sollen.«

Adrian lehnte sich vor. »Und was?«

Karla hob einen Finger, als wollte sie uns um einen Moment Geduld bitten, und zog ihr Handy aus der hinteren Hosentasche. »Ich habe doch Fotos von dem Grabstein gemacht, wenn ihr euch erinnern könnt.«

»Lebhaft«, sagte Adrian und fing sich einen bösen Blick von Karla ein.

»Und dann, als Nora das Gespräch mit ihren Tanten hatte, habe ich mir die Bilder noch einmal angesehen.« Sie drehte den Bildschirm so, dass wir mit draufschauen konnten. »Was seht ihr hier?«

Ich beugte mich zusammen mit Adrian vor. Mit zusammengekniffenen Augen starrte ich auf eine vergrößerte Variante des Steins, der Johannas Grab sein musste.

»Es ist ein Stück abgebrochen«, sagte ich lahm und kam mir dabei furchtbar unkreativ vor. »Da, an der Seite.«

»Genau.« Karla klang genau wie meine Mathelehrerin, wenn sie versucht hatte, mir das Wurzelziehen näherzubringen. »Was noch?«

»Da ist ein Loch.« Adrian runzelte die Stirn. »Es wirkt so, als wäre es nicht auf natürliche Art und Weise entstanden. Als hätte es jemand ...«

»Hineingemeißelt«, beendet Karla den Satz. »Und deshalb glaube ich, dass wir uns den Stein noch einmal ansehen sollten. An diesem Grab ist mehr dran, als auf den ersten Blick zu erkennen ist.«

In der Tat. Das hatte ich auch schon bemerkt, allerdings auf andere Weise, als Karla vielleicht meinte. Ich schwieg und ließ mir ihren Vorschlag durch den Kopf gehen. Noch einmal zurück? War das wirklich eine gute Idee? Ich musste schlucken. »Was, wenn wir dort wieder auf den Kapuzentypen treffen?«

»Wenn wir heute noch gehen, wird er nicht mehr dort sein.« Karla klang furchtbar überzeugt.

»Warum bist du dir da so sicher?«, fragte Adrian. »Er ist uns jetzt schon zum zweiten Mal begegnet. Wenn er etwas mit der Sache zu tun hat, könnte es gut sein, dass er sich an uns drangehängt hat und uns beobachtet.«

Karla setzte ihre Tasse ab. »Ich bin mir nicht sicher. Aber ihr müsst zugeben, dass es so aussieht, als wäre da noch etwas zu entdecken.«

Sie schien ihren Eifer wiedergefunden zu haben. Als ob die große Enthüllung meiner Tanten nie stattgefunden hätte.

»Ich weiß nicht«, warf Adrian ein und unterbrach damit meinen Gedankenfluss. »Nach allem, was deine Tanten dir erzählt haben, Nora ... Hältst du es da wirklich für eine gute Idee, noch einmal zu dem Grab zurückzukehren?«

Tat ich das? Momentan wusste ich überhaupt nichts. Ich hatte keine Ahnung, was ich tun oder wem ich glauben sollte, verdammt! Die Enthüllung meiner Tanten brachte alles in einen Zusammenhang und so ungern ich es auch zugab: Sie ergab Sinn. Aber auf eine völlig verdrehte Art und Weise.

Hexen. Es gab keine Hexen. Und ich war schon gar keine von ihnen! Oder doch? »Sie haben gesagt, ich sei in Gefahr.«

»Aber du hast auch gesagt, dass sie nicht wissen, wie sie dir helfen sollen«, gab Karla zu bedenken.

Ich zwirbelte eine meiner Haarsträhnen zwischen den Fingern. Nein. Ich würde nicht untätig herumsitzen. Auch wenn ich immer noch nicht komplett davon überzeugt war, dass alles, was meine Tanten mir erzählt hatten, real war: Ich würde mein Schicksal selbst in die Hand nehmen. Und dieser kleine Hinweis, den Karla entdeckt hatte, würde uns vielleicht einen Schritt näher an die Wahrheit bringen.

»Schaffen wir es vor Anbruch der Nacht, wieder hier zu sein?«, fragte ich.

»Auf jeden Fall«, antwortete Karla.

»Dann lasst uns gehen.«

17

Dass wir uns an einem Tag gleich zweimal auf den Weg zu der Burgruine machen würden, hätte ich niemals gedacht. Dass dieser Weg beim zweiten Mal noch schneller gehen würde, auch nicht. Trotz Karlas optimistischer Ankündigung war jeder von uns angespannt. Hinter jedem Knacken, jedem Blatt, das im Wind taumelte, vermuteten wir den Mann, der uns auf den Fersen zu sein schien.

Aber wir hatten Glück. Ohne Zwischenfälle erreichten wir die Burgruine, räumten die Steine vom Eingang fort und ließen uns in den Gang hinab, der zum Grab führte. Auf den ersten Blick schien nichts verändert worden zu sein, was mich überraschte. Vielleicht bedeutete das, dass der Kapuzentyp doch nicht hinter uns her war, sondern wir uns tatsächlich einfach nur zufällig getroffen hatten?

»Da wären wir«, sagte Adrian, als wir wieder in der offenen Höhle standen. Wenn ich in mich hineinhorchte, konnte ich verstehen, weshalb derjenige, der Johanna hierhergebracht und zur letzten Ruhe gebettet hatte, gerade diesen Ort ausgewählt hatte: Er war wunderschön, mitten in der Natur und bot genau das, was sie in ihrem Leben wohl nicht lange gehabt hatte: Frieden.

Karla durchquerte die Höhle. Ihre Finger glitten über den Stein, bis sie gefunden hatte, was sie suchte: »Hier!«

Adrian und ich stellten uns neben sie, doch bevor sie uns auf ihre Entdeckung aufmerksam machen konnte, begann mein Handy zu surren. Schnell zog ich es aus meiner Hosentasche und warf einen Blick darauf. Es war Alma.

Ich atmete tief durch und drückte sie weg. Nicht jetzt. Dabei fing ich einen Blick von Adrian auf, den ich nicht ganz einordnen konnte. War es … Sorge?

»Schaut hier«, riss Karla mich zurück ins Jetzt. »Ich wusste, dass es etwas bedeutet.«

Vorsichtig beugte ich mich vor, nur so weit, um nicht mit Karla zusammenzustoßen, und sah mir an, worauf sie zeigte. Tatsächlich: In den Stein waren nicht nur der Anfangsbuchstabe und das Todesjahr von Johanna gemeißelt worden, sondern auch noch etwas anderes. Es war etwa münzgroß und genauso rund. In der Mitte gab es eine Vertiefung.

Behutsam streckte ich die Hand aus und strich mit dem Finger über den Stein. Halb erwartete ich, dass es wieder zu einer Explosion von Licht kommen würde, aber dieses Mal blieb alles so, wie es sein sollte. »Sieht aus, als würde dort irgendetwas hineingehören«, sagte ich leise, mehr zu mir selbst als zu den anderen. Dabei kratzte ich mit dem Fingernagel über den Stein. »Fast wie ein Mechanismus.«

Karla, die genauso nah an der seltsamen Auskerbung stand wie ich, nickte. »Ja, aber was? Eine Münze vielleicht?«

Adrian, der sich bisher etwas im Hintergrund gehalten hatte, zog sein Portemonnaie hervor. »Probieren wir es aus.«

Mehrere Münzen später gab Karla einen frustrierten Laut von sich. Keine hatte gepasst, im Gegenteil: Eine hätten wir fast nicht wieder aus der Auskerbung herausbekommen. Aber Karla war noch nicht bereit aufzugeben und hatte jetzt etwas aus ihrer Tasche gezogen, das wie das Besteck eines Zahnarztes aussah.

Ich ließ sie tüfteln und trat an das Fenster der Höhle, von dem aus man den Wald überblicken konnte. Er bestand überwiegend aus Laubbäumen, vereinzelt standen einige Tannen dazwischen. Der Wind strich mit einem Säuseln durch die Blätter, als wollte er mich beruhigen. Mir versichern, dass alles gut werden und ich aus der Situation stärker hervorgehen würde, als ich hineingegangen war. Auch wenn ich jetzt noch nicht wusste, wie das aussehen sollte, hoffte ich, dass es genau so kommen würde. Aber dazu musste ich das Rätsel lösen, das meine Familie umgab. Und ich hatte keinen blassen Schimmer, wo ich anfangen sollte.

»Verdammt!«

Es erklang ein Klirren, dann drehte ich mich um und sah Karla ihr Werkzeug vom Boden aufheben. Adrian stand ein wenig entfernt und hatte die Hände in die Hüften gestemmt. »Es kann doch nicht sein, dass das nicht funktioniert. Ich sehe den Mechanismus, wie du gesagt hast, Nora, aber er lässt sich nicht betätigen.« Sie trat einige Schritte zurück und starrte grübelnd auf den Stein. Ich folgte ihrem Blick. Hier gab es nichts für uns zu holen, das wurde mir jetzt klar. Ich hatte wertvolle Zeit verschwendet, Zeit, die ich bei meinen Tanten, meiner Familie, hätte verbringen sollen. Auch wenn mir Angst machte, was sie mir eröffnet hatten, ich musste mich der Situation wohl stellen. Ich musste mich *ihnen* stellen. Vielleicht hatte es den kleinen Exkurs zu der Ruine gebraucht, um das zu erkennen.

Gerade als ich den Mund öffnen und Karla und Adrian sagen wollte, dass wir ins Dorf zurückkehren sollten, blieb ich noch einmal am Grabstein hängen. Etwas war anders als noch vor einigen Minuten. Aber ich kam nicht darauf, was.

Langsam machte ich zwei Schritte nach rechts, um den Stein besser betrachten zu können. Die Sonne war inzwischen so weit gewandert, dass sie direkt darauf fiel. Das Licht wurde reflektiert! Wie konnte das sein? Der Stein war matt, es gab absolut nichts, das das Licht hätte zurückwerfen können. Und doch ...

Ich trat näher heran und kniete mich vor den Grabstein meiner Vorfahrin. Dabei fiel mir die Kette, die meine Mutter mir geschenkt hatte und die ich jeden Tag trug, aus dem Ausschnitt. Meine Mutter hatte immer gesagt, dass der kleine Stein seinen Träger beschützen würde – vor allen Gefahren, die ihm im Leben begegnen würden. Diese Aussage hatte mich gewundert. Warum sie mir gerade jetzt in den Sinn kam, wusste ich nicht, denn ich hatte die Kette nie deshalb getragen, sondern weil sie mich an meine Mutter erinnerte und ich sie hübsch fand.

Nun baumelte sie direkt vor dem blitzenden Stück Stein. Es war nicht derselbe Stein, aus dem auch das Grab gemacht worden war. Es war ein Edelstein, genau wie der, den ich um den Hals trug. Das erkannte ich aber erst jetzt.

Und mit einem Mal kam mir die Ähnlichkeit nicht länger wie ein Zufall vor.

Konnte es sein? War das die Lösung? Hatte meine Mutter davon gewusst und mir die Kette deshalb gegeben?

Mein Herz begann so laut zu klopfen, dass ich glaubte, jeder im Umkreis von hundert Metern müsse es hören. Mit zitternden Händen rutschte ich noch ein Stückchen näher an den Stein heran, löste die Kette von meinem Hals und drückte den Anhänger in die Auskerbung.

Er passte perfekt.

Ich brauchte zwei Anläufe, weil meine Hände so schwitzig waren, aber dann hatte ich es geschafft: So vorsichtig wie möglich drehte ich den Anhänger in seiner neuen Umgebung gegen den Uhrzeigersinn. Kurz gab es einen Widerstand, dann ein erneutes Klicken und an der Seite des Grabsteines hatte sich eine versteckte Schublade geöffnet. Sie war in den Stein eingepasst und durch das über die Jahre auf ihm gewachsene Moos und die Überwucherung durch andere kleine Pflänzchen wäre sie uns niemals aufgefallen.

Karla, die vor sich hin murmelnd auf und ab gegangen war, hatte bemerkt, dass ich etwas entdeckt hatte. Während ich versuchte, die Schublade aus dem Stein herauszuziehen, kniete sie sich neben mich.

»Du hast den Schlüssel?«, flüsterte sie, ihre Stimme klang dabei so fassungslos, als hätte ich ein weiteres Weltwunder entdeckt. »Wusstest du davon?«

Ich schüttelte den Kopf. »Nein. Aber ich hatte gerade eben so ein Gefühl.«

Karla schnaubte. »Ein verdammt gutes, würde ich sagen. Lass mich mal«, fügte sie an, als sie sah, dass ich mich umsonst bemühte. »Meine Nägel sind länger.«

Schnell rutschte ich ein Stück zur Seite und ließ Karla an die Schublade. Tatsächlich gelang es ihr mühelos, sie aus dem Geflecht von Moos und Pflanzenresten zu lösen. »Sieht aus, als wäre eine Truhe darin!«, flüsterte Karla, die Aufregung in ihrer Stimme war unverkennbar.

»Ja, aus Metall«, sage ich, bevor ich mich vorbeugte, um danach zu greifen.

Die Truhe war vergoldet und über und über mit Intarsien übersät, die mir seltsam bekannt vorkamen. So behutsam wie möglich versuchte ich den

Deckel zu öffnen, aber er klemmte. Erst mit etwas Nachdruck und Karlas Hilfe gelang es mir, den Deckel anzuheben. Was ich dann sah, entlockte mir einen kleinen, überraschten Laut. »Das sind Blätter«, hauchte ich.

»Sieht mir ganz nach einem Tagebuch aus«, sagte Karla. »Oder Teilen davon.«

»Ja«, sagte Adrian, der ebenso fasziniert wie ich auf unseren Fund starrte. »Könnten auch gedruckte Briefe sein.«

»Stimmt«, murmelte Karla. »Wir müssen sie unbedingt lesen, am besten in der Bib ...«

Das letzte Wort blieb ihr im Halse stecken, da sich hinter uns jemand geräuspert hatte.

Mit einem flauen Gefühl im Bauch drehte ich mich um. Und noch während ich das tat, wusste ich, wer unser *Besucher* war.

Der Mann, den wir im Haus von Frau Walther gesehen hatten. Der in der Bibliothek nach der Ortschronik gefragt hatte. Der uns auch hier schon einmal begegnet war.

Dieses Mal verhüllte die Kapuze sein Gesicht nicht. Er war jünger, als ich gedacht hatte, vielleicht so alt wie Adrian. Er hatte dunkles Haar und stechend graue Augen, die auf das gerichtet waren, was ich in der Hand hielt: die kleine Truhe.

»Ich wusste, dass ich nur würde warten müssen«, sagte er und riss seinen Blick von der Truhe los. »Eine Hexe kehrt immer zu ihresgleichen zurück.«

Ich musste schlucken. Okay, so viel dazu. Wenn ich mir bis jetzt noch erfolgreich eingeredet hatte, dass unsere Begegnungen Zufall gewesen waren – jetzt wusste ich es besser. »Ich bin keine Hexe«, war alles, was ich herausbrachte, während sich seine Augen in meine bohrten.

Er lachte auf. »Dann kannst du mir die Truhe ja geben.«

Etwas in mir sträubte sich, als er den Arm ausstreckte, um nach meinem Fund zu greifen. Instinktiv machte ich einen Schritt zurück, presste die Truhe fest an meine Brust. Es war mehr als nur der Widerwille, ihm etwas auszuhändigen, was ich gefunden hatte. Ich hatte eine Verbindung mit der Truhe, mit ihrem Inhalt.

»Wusste ich es doch«, sagte er.

Ich dachte, er würde seine Hand sinken lassen, doch stattdessen zog er etwas unter seinem Umhang hervor.

Karla schnappte nach Luft, als ein Sonnenstrahl den Dolch traf, den der Mann nun in meine Richtung streckte. »Vielleicht überzeugt dich dieses Argument, *Hexe*!«

Ich zuckte bei dem letzten Wort zusammen. Mein Hirn brauchte einen Moment, bis es begriffen hatte, dass ich gerade jetzt in realer Gefahr schwebte. Dann zog mich Adrian beschützend hinter sich.

»Verschwinden Sie«, sagte er und klang dabei so kalt, wie ich ihn noch nie gehört hatte. »Nora wird Ihnen die Truhe sicher nicht geben.«

Das genügte. Mit einer schnellen Bewegung überwand der Kapuzenmann den letzten Abstand, der ihn von Adrian trennte, und ging zum Angriff über. Was dann geschah, überraschte mich mindestens genauso sehr wie Karla. Mit großen Augen beobachteten wir, wie Adrian den Angriff abwehrte und begann gegen den Fremden zu kämpfen. Als hätte er das schon einmal getan. Erst als Adrian einen Augenblick Luft holte und »Lauft!« brüllte, erwachte ich aus meiner Starre. Karla und ich sahen uns an, aber anstatt aus der Höhle zu flüchten, zog sie ein Pfefferspray und einen Taser aus ihrer Regenjacke und warf mir das Spray zu. Zusammen warteten wir auf den richtigen Moment. Er kam, als Adrian zurückweichen musste. Ich schnellte vor und drückte die Kappe nach unten.

Ein dünner Nebel hüllte das Gesicht des Fremden ein, ließ ihn zurücktaumeln. Keine Sekunde später setzte Karla nach.

»Ah!« Der Mann stieß ein Zischen aus, aber die erwünschte Reaktion blieb aus. Er sackte nicht auf die Knie, im Gegenteil: Er warf mir aus seinen tränenden Augen einen Blick zu, der wohl töten sollte. Und bevor Adrian oder Karla etwas tun konnten, hatte er sich auf mich gestürzt.

Sein Körper prallte gegen meinen und riss mich von den Füßen. Wir stürzten zu Boden, die Truhe flog mir aus der Hand und außer Reichweite. Aber dem Mann schien es zumindest jetzt nicht darum zu gehen. Er kniete auf mir, drückte mir die Luft ab. Adrian, der versuchte mir zu Hilfe zu kommen, wehrte er fast spielend ab. Ich wand mich unter dem erbarmungslosen Druck. Panisch begann ich nach Luft zu schnappen, schlug um mich, aber ich kam einfach nicht frei. Es tanzten bereits Sterne an den Rändern meines Sehfelds, meine Abwehrversuche wurden immer schwächer.

»Na los!« Das war die Stimme des Mannes, die wie durch einen Nebel zu mir durchdrang.

Er klang ungeduldig, beinahe so, als hätte er mehr von mir erwartet. Oder hatte ich mir das nur eingebildet? Zu was wollte er mich ermutigen? Dass ich aufhörte mich zu wehren? Das konnte er sich sparen.

Mit letzter Kraft bäumte ich mich auf – und ein grelles Licht schoss aus meinen Fingerspitzen. Es war so gleißend hell, dass ich die Augen fest zukneifen musste, und schleuderte nicht nur den Mann von mir herunter, sondern auch Adrian und Karla, die im Hintergrund gerade wieder auf die Beine gekommen waren, gegen die Felswände.

Kaum war der Druck auf meiner Brust verschwunden, sog ich gierig die Luft ein. Es dauerte einige Augenblicke, in denen ich einfach nur atmete, aber dann wurde meine Sicht wieder scharf.

Ich sah mich um. Das Licht war verschwunden. Der Mann lag regungslos auf dem Boden. Er musste das meiste abbekommen haben, denn Karla und Adrian waren zwar weggeschleudert worden, aber noch bei Bewusstsein.

Beide starrten mich an.

Als keiner etwas sagte, fragte ich: »W ... was ist? Woher kam das Licht?«

Die beiden warfen sich einen Blick zu, dann antwortete Adrian: »Von dir, Nora.«

»Von ... von mir?«, fragte ich so leise, dass ich es kaum selbst hören konnte. Ungläubig schaute ich auf meine Finger, die genauso aussahen wie immer. Konnte es wirklich sein? Ich spürte, wie mein Mund trocken wurde. Doch bevor ich weiter darüber nachdenken konnte, was das für mich heißen würde, regte sich der Mann auf dem Boden wieder.

Schnell rappelte sich Adrian auf und versetzte ihm einen zweiten Schlag, der ihn wieder in sich zusammensacken ließ. Danach kam er zu mir hinüber und streckte die Hand aus. »Wir müssen hier verschwinden.«

Ich ergriff seine Finger, ließ mich hochziehen und dann verließen wir im Laufschritt die Höhle.

18

Ich hastete hinter Adrian über den Waldweg, Karla war uns direkt auf den Fersen. Sie hatte den Taser immer noch in der Hand. Seit wir die Ruine verlassen hatten, waren erst ein paar Minuten vergangen, in denen keiner von uns ein Wort gesagt hatte. Nur eines war klar: Wir mussten so viel Abstand wie irgend möglich zwischen uns und die alte Burg bringen. Jeder von uns wusste, dass der Fremde bald aufwachen würde, und wenn er das tat, würde er uns suchen.

Als wir die Wegkreuzung erreichten, die zurück ins Dorf führte, hielt Adrian an. Ich wollte an ihm vorbei, aber er hielt mich auf. »Nora, warte!«

Ich blieb stehen. »Wir müssen weiter, inzwischen ist er wahrscheinlich wieder bei Bewusstsein.«

»Ich halte es für keine gute Idee, zurück ins Dorf zu gehen.«

»Was? Warum?«

Karla, die neben Adrian stand, nickte. »Adrian hat recht. Dort wird er uns zuerst suchen.«

»Ja, und? Meine Tanten werden ihn vom Hof jagen, wenn er es wagt, sich dem Haus zu nähern.«

»Glaubst du, er wird sich von drei Frauen aufhalten lassen, die keine Kampferfahrung haben?«, fragte Adrian.

»Wer weiß, vielleicht haben sie ja welche«, sagte ich schwach, hörte den Zweifel aber selbst in meiner Stimme. Würde ich meine Tanten in Gefahr bringen, wenn ich zu ihnen zurückkehrte? Wollte ich das überhaupt? Mein erster Instinkt war es gewesen, unter Tante Almas und Frankas sicheres Dach zu fliehen. Aber dort wartete immer noch das Versprechen auf mich, im Haus eingesperrt zu sein, ohne eine Lösung für mein Problem zu haben. Ja, ich würde dort sicher sein, jedenfalls eine Weile lang. Ich würde mich dort vor dem Fremden verstecken können. Aber würde mich das einer Lösung näherbringen?

»Was schlägst du vor?«, fragte ich an Adrian gewandt.

Er zögerte kurz, bevor er sagte: »Hier in der Nähe ist ein altes Feriendorf. Einige der Häuser sind vermietet, aber ich kenne eins, das schon seit Jahren leer steht. Der Eigentümer hält es gut in Schuss, ist aber nie da. Dort könnten wir für die Nacht unterkommen.«

Mit gerunzelter Stirn fragte ich: »Hast du einen Schlüssel?«

»Nein«, er grinste, »aber ich weiß, wo er liegt.«

Ein kleiner Teil von mir wollte immer noch zurück nach Tannenburg und in die sichere Behaglichkeit des Hauses meiner Tanten. Aber so würde ich niemals herausfinden, was hier los war. Und schließlich waren wir dem Rätsel gerade auf der Spur. »Also gut.«

Adrian nickte und wandte sich anstatt nach rechts in die entgegengesetzte Richtung der Kreuzung. »Es ist nicht weit«, sagte er. »Die Siedlung liegt etwas außerhalb von Tannenburg.«

»Gibt es im Ort selbst nicht genug Ferienhäuser? Das halbe Dorf besteht daraus, oder?«, fragte ich, während wir wieder in einen leichten Laufschritt verfielen. Auch nach unserer Entscheidung war die Gefahr, die von dem Fremden ausging, noch greifbar nah.

»Würde man meinen, nicht?«, sagte Adrian. »Die Siedlung wurde in den Sechzigerjahren gebaut, aber das Haus, das ich meine, ist viel älter. Es gehörte mal einem Künstler, der sich in die Natur zurückgezogen hatte, um malen zu können.«

»Um von Tannenburg und seinen Bewohnern nicht heruntergezogen zu werden?«, fragte ich.

»Wahrscheinlich.« Er berührte meinen Arm, um mir die richtige Richtung zu weisen. »Hier entlang.«

»Da runter?«

»Jep.«

Der Weg, auf den Adrian deutete, war mehr ein Pfad und führte so steil bergab, dass ich mich fragte, ob ich den Weg nicht eher hinunterrollen würde. Aber ich vertraute auf Adrians Ortskunde und auch Karla schien kein Problem in dem schmalen Pfad zu sehen.

Es stellte sich heraus, dass der Weg nur eine Abkürzung gewesen war, so wie die, die Adrian mir in Tannenburg gezeigt hatte. Wir waren fünf weitere Minuten unterwegs, bevor die ersten Häuser auftauchten. Es waren typische Sechzigerjahrebauten: nicht besonders hübsch, dafür funktional. Die meisten Häuser hatten ein Flachdach und wirkten dadurch wie kleine Bungalows. Einige Besitzer hatten versucht den herben Charme der Gebäude durch Holzpaneele an den Wänden oder eine Bepflanzung des Daches abzumildern, waren damit aber kläglich gescheitert. Nur drei Gebäude wirkten moderner.

»Sieht ziemlich verlassen aus«, bemerkte Karla. »Kriegen sie die Häuser nicht mal jetzt voll?«

Adrian zuckte mit den Schultern. »Einige sind vermietet, aber die meisten sind in einem so schlechten Zustand, dass sie nur noch als Lagerplätze verwendet werden.«

Wie auf ein Stichwort fiel mein Blick auf einen der Bungalows, dessen Flachdach sich gefährlich nach innen abgesenkt hatte. »Werden wir in einem von ... denen übernachten?«, fragte ich deshalb.

»Nein, keine Angst.« Adrian lachte. »Wir wollen *dorthin*.«

Wieder streckte er den Arm aus und dieses Mal atmete ich erleichtert auf. Das Haus, auf das er zeigte, war wirklich älter, dafür aber deutlich besser erhalten. Es stand in einiger Entfernung an einem Hang gelegen und blickte auf das Feriendorf hinab, als wollte es nichts mit ihm zu tun haben. Dabei ähnelte es den Gebäuden in Tannenburg auffällig: viel Holz, Verzierungen und einladend große Fenster. Umgeben war es von einem Garten mit Obstbäumen, die jetzt im Sommer voller Früchte hingen. Zum Eingang gelangte man über eine Allee, an deren Ende ein Eisentor den Zutritt versperrte.

»Das Tor ist immer verschlossen«, sagte Adrian, als ich gerade anmerken wollte, dass wir nicht hineinkommen würden. »Aber ich kenne einen Geheimweg.«

Ich warf Karla einen Blick zu, aber sie schien wie auch schon den restlichen

Weg über genau zu wissen, wovon Adrian sprach. »Ist das hier ein offenes Geheimnis?«, fragte ich deshalb, während Adrian uns an der Hecke, die das Anwesen umgab, entlangführte.

Karla nickte. »Könnte man so sagen. Jugendliche haben schon häufig versucht, sich ins Haus zu schleichen.«

»Aber nur wenigen ist es gelungen«, ergänzte Adrian. »Hier sind wir.«

Ich stoppte, sah aber nichts außer weiteren Metern Hecke, bis er ein paar Zweige zur Seite bog und ein Loch im dichten Grün sichtbar machte. »Die Damen zuerst«, sagte Adrian und ließ damit Karla und mir den Vortritt.

Karla schob sich zuerst geduckt durch den Eingang, ich folgte direkt danach. Die Hecke war dicker als gedacht und den Zugang schien lange niemand mehr benutzt zu haben. Deshalb mussten Karla und ich einige in der Zwischenzeit zugewachsenen Passagen wieder zurechtbiegen, bis wir endlich am anderen Ende unter einer großen Buche herauskamen.

Vorsichtig sah ich mich um. Die Allee und damit das fest verschlossene Tor lagen zu unserer Rechten. Die Zufahrt war mit Blättern aus dem letzten Herbst überzogen, durch die keine frischen Fahrzeugspuren führten. Auch das Anwesen, das in einiger Entfernung am Hang klebte, war dunkel und verlassen.

Als Adrian als Letzter durch die Hecke geschlüpft war, machten wir uns auf den Weg zum Haus. Mittlerweile war es kurz nach acht Uhr abends und mein Magen knurrte. Den anderen schien es nicht anders zu gehen, denn sie waren genauso still wie ich, während wir uns dem Gebäude näherten.

Als wir direkt darunter angekommen waren, blieb Adrian stehen. »Da wären wir.«

Ich runzelte die Stirn. »Nicht zum Haupteingang?« Der lag über unseren Köpfen und war nur über Treppenstufen zu erreichen, die sich den Abhang hinaufwanden.

»Nein.« Er bückte sich und begann auf dem Boden herumzusuchen, bis er einen alten Blumentopf gefunden hatte, der umgekehrt hinter einer Froschstatue aus Stein versteckt war. Adrian drehte den Topf um und gab einen zufriedenen Laut von sich. »Wie immer.« Als er sich wieder aufrichtete hielt er einen Schlüssel in der Hand. »Et voilà!«

Die Tür schwang nach innen auf.

Wir schlüpften durch den Keller ins Haus, danach führte Adrian uns nach oben.

Wir gingen in die Bibliothek. Das Licht, das wir nach Sonnenuntergang würden anmachen müssen, sei von der Ferienhaussiedlung aus nicht zu sehen, versprach Adrian. Die Bibliothek selbst erfüllte alle Träume eines jeden Bücherwurms: Alle vier Wände waren mit dunklen Regalen bestückt, einige weitere ragten in den Raum hinein, sodass eine gemütliche Leseecke entstand, in der der Besitzer drei Ledersofas und einen großen Wohnzimmertisch gestellt hatte. Auf ihm hatten wir die Truhe abgelegt. Daneben standen nun Ravioli in einer Pfanne. Wir hatten die Dose in der Küche gefunden und bereits erhitzt.

»So«, sagte Karla, »jetzt haben wir hoffentlich endlich die Muße, uns das Ding hier genauer anzusehen und etwas mehr Licht ins Dunkel zu bringen.« Sie nickte mit dem Kinn zu der Truhe hin, vermied dabei aber, mich anzusehen.

Keiner von beiden hatte mich noch einmal auf das Licht angesprochen, das in der Höhle aus meinen Händen gekommen war. Es war fast so, als würden sie es absichtlich ignorieren, um sich nicht damit auseinandersetzen zu müssen. Ich konnte ihnen keinen Vorwurf machen, schließlich hatte ich auch nichts dazu gesagt. Aber jetzt, wo wir hier zusammensaßen und kein Verrückter hinter uns her war, konnte ich nicht mehr so tun, als wäre nichts passiert. Ich musste das Pflaster abreißen, auch wenn es wehtat.

»Ist euch in der Höhle sonst nichts aufgefallen?«, sprudelte es deshalb aus mir heraus. »Ich meine, abgesehen von der Tatsache, dass wir wegen einer Truhe von einem Mann attackiert wurden?«

Karla sah zu Boden, Adrian schluckte. Dann sagte er: »Ich kann nur für mich sprechen, aber ...«, er unterbrach sich, sichtbar um die richtigen Worte ringend, »ich hätte nicht damit gerechnet, dass es so ... nun ja ...« Er brach ab.

»Dass deine Kräfte so plastisch sind«, fügte Karla leise hinzu.

Die Worte stachen in mein Herz wie ein spitzer Dolch. Hatten sie Angst vor mir? »Was ist aus ›wir sind nur besonders begabte Menschen‹ geworden?«, fragte ich und sah Adrian dabei direkt an. Zum ersten Mal konnte ich nachvollziehen, wie meine Tanten sich schon ihr ganzes Leben lang fühlen mussten. Sie gehörten dazu, aber auch irgendwie nicht. Es war wie eine unsichtbare Grenze, die sie niemals überschreiten konnten. Er wich meinem Blick aus. »Warum ist es jetzt anders? Weil ein Teil von mir, den ich bisher wohl unwissentlich unterdrückt habe, euch in der Höhle vor dem Fremden gerettet hat?«

»Nora, so ist es nicht«, begann Karla, aber ich schüttelte den Kopf.

»Nein? Mir kommt es aber ganz so vor. Ich habe gedacht ...«

»Stopp.« Karla sah mich zum ersten Mal wieder an. »Jetzt hör mir mal zu: Ich hätte einfach nicht damit gerechnet, dass es wahr ist. Alles, meine ich.« Sie fuhr sich über die Stirn. »Ich brauche nur einen Augenblick, um mich mit dem Gedanken anzufreunden, weißt du.«

»Ja«, fügte Adrian hinzu. »Aber das heißt nicht, dass wir nicht weiter hinter dir stehen.«

»Aber warum solltet ihr das tun?«, fragte ich. »Wir haben uns doch erst vor Kurzem kennengelernt.«

»Weil jeder, den ich kenne, das Gefühl hat, dass Tannenburg in einem Dornröschenschlaf liegt – solange, bis die Geschichte von Johanna endlich zu Ende erzählt ist. Das würde natürlich niemand zugeben, aber ich bin in diesem Dorf aufgewachsen. Ich weiß, dass der Konflikt immer noch schwelt. Wenn du diejenige bist, die die Geschichte zu einem Abschluss bringen kann, Nora, dann möchte ich dir dabei helfen.«

Karla hatte mit so viel Überzeugung gesprochen, dass mir vor Rührung die Tränen in die Augen schossen.

Trotz aller Erfahrungen, die ich seit meiner Ankunft im Dorf gemacht hatte, war mir bis jetzt nicht völlig klar gewesen, wie sehr die alte Geschichte wohl immer noch auf den Schultern der Dorfgemeinschaft lastete. Karla hatte damit nur bestätigt, was Adrian schon angedeutet hatte. Sie wollten das Rätsel lösen, weil sie ein Teil von Tannenburg waren – genau wie ich. Nur dass meine Familie den Schlüssel aus dem Schloss gezogen hatte, indem meine Mutter mit mir nach Berlin gezogen war. Jetzt steckte er wieder drin und es war an mir, daran zu drehen. In der Höhle hatte ich damit angefangen.

»Danke«, flüsterte ich.

Karla, die mir gegenüber saß, stand auf, beugte sich zu mir hinab und zog mich in eine Umarmung. Der Kloß in meinem Hals war zwar immer noch da und auch die Angst vor dem, was kommen würde, aber ich hatte nicht mehr das Gefühl, allein zu sein. Auf Eierschalen zu laufen. Wenn ich Karla und Adrian glauben konnte, dann würden sie an meiner Seite stehen, bis das Rätsel gelöst war. Nicht nur für das Dorf und die Geschichtsschreibung, sondern besonders auch für seine Bewohner. Ihre Familien. Freunde. Nachbarn.

Ich wollte ihnen glauben. Nein, ich wollte es nicht nur, ich tat es. Und das nahm eine verdammt große Last von meinen Schultern.

Als auch Adrian hinzukam und wir zu dritt Arm in Arm in der Bibliothek standen, begann Karla mit einem Mal zu kichern. »O Mann, wenn wir so weitermachen, heule ich gleich.«

Ich stimmte mit ein und auch Adrian begann zu lachen. Schließlich ließen wir uns wieder los und während Karla sich über die Augen wischte, sagte sie: »Lasst uns die Truhe anschauen, deshalb sind wir doch hier, oder nicht?«

Wir ließen uns wieder auf die Sofas fallen und breiteten die Blätter auf dem Tisch aus. Es waren drei an der Zahl. Und bei genauerer Betrachtung waren es weder Tagebuchseiten noch Briefe.

»Das sind Seiten aus einem Buch«, stellte Adrian fest. »Damit hätte ich nicht gerechnet.«

Da war er nicht der Einzige. Ich hätte etwas Persönlicheres erwartet – am besten natürlich eine Anleitung. Aber das hier? Das waren willkürlich aus einem Buch herausgerissene Seiten, keine Tagebucheinträge wie angenommen. Ich seufzte, nahm aber trotzdem eine davon zur Hand. Vielleicht hatte jemand darauf etwas vermerkt?

»Sie sind wirklich gut erhalten«, murmelte Karla, während sie es mir gleichtat und eine Seite anhob, um sie genauer zu untersuchen. »Ich hätte nicht damit gerechnet, dass Papier so lange Zeit überdauert, ohne bei den richtigen Temperaturen gelagert worden zu sein.«

Behutsam drehte ich mein Stück hin und her, konnte aber keine Notizen entdecken, die uns einer Lösung irgendwie näher gebracht hätten. Also begann ich den Text laut zu lesen:

»Ich will mich hier zu deinem Dienst verbinden,

Auf deinen Wink nicht rasten und nicht ruhn;
Wenn wir uns drüben wiederfinden,
So sollst du mir das Gleiche tun.«

Ich runzelte die Stirn. Diese Zeilen kamen mir so bekannt vor, als hätte ich sie schon einmal gelesen. Aber wo?

Ich wandte mich wieder dem Text zu.

»Das Drüben kann mich wenig kümmern,
Schlägst du erst diese Welt zu Trümmern,
Die andre mag darnach entstehn.
Aus dieser Erde quillen meine Freuden,
Und diese Sonne scheidet meinen Leiden;
Kann ich mich erst von ihnen scheiden,
Dann mag was will und kann geschehn.«

Karla neben mir begann wild mit dem Kopf zu schütteln, bevor sie mit dem Finger auf ihr Papier tippte: »Dass sie ausgerechnet dieses Buch gewählt hat. Das ist … seltsam.«

Und dann fiel es mir wie Schuppen von den Augen. Natürlich kannte ich diese Zeilen! »Das ist Goethes Faust, nicht wahr?«, fragte ich. »Der Teil, in dem er den Pakt mit dem Teufel schließt und ihm seine Seele verkauft, oder?«

Karla nickte. »Ja und nein. Ganz so ist es nicht gewesen, weißt du.«

»Wie meinst du das?«, fragte ich.

»Faust hat Mephisto seine Seele nicht direkt verkauft, sondern sie ihm nur unter der Bedingung abgetreten, dass der Teufel ihn glücklich macht und seine Wissbegier gestillt ist.«

»Und wer hat am Ende gewonnen?«

Karla grinste. »Das ist Auslegungssache. Dem Wortsinn nach hat Faust die Wette verloren, denn er empfand Glück. Allerdings wird sein Streben nach Wissen dadurch nicht gestillt, daher hat Faust die Wette gewonnen.«

»Aber was hat das mit Johanna Jäger zu tun?«, schaltete sich Adrian ein, der seine Seite neben die anderen beiden zurück auf den Tisch legte. Auch auf ihr waren weitere Zeilen aus Goethes Werk abgedruckt.

»Vielleicht hat Johanna ihre Seele an Katharina verkauft, um das Dorf zu schützen?«, schlug Karla vor.

»Oder sie hat die Buchseiten in der Truhe versteckt, um von etwas anderem abzulenken, und sie sind eigentlich gar nicht wichtig?«, warf Adrian ein.

»Nein, das glaube ich nicht«, sagte Karla. »Dann hätte sie sich auch für ein anderes Medium entscheiden können und hätte nicht so einen Aufwand betreiben müssen, um die Truhe zu verstecken.«

Ich hörte den beiden zu, während ich auf die Buchseiten starrte. Im Schein der Lampe, die Adrian angemacht hatte, wirkten sie so unscheinbar, als hätten sie etwas zu verbergen. Karla hatte recht, die Seiten mussten etwas bedeuten und auch die Tatsache, dass Johanna, oder wer immer die Seiten versteckt hatte, ausgerechnet diese Passage aus Goethes Faust ausgewählt hatte.

Der Moment, in dem Faust den Vertrag mit Mephisto schloss, war ein Schlüsselmoment des Buches. Ich wusste zwar nicht, ob das Werk auch zu Johannas Zeiten schon den literarischen Promistatus hatte, wie es heute der Fall war, aber auch damals musste dieser Punkt schon deutlich gewesen sein.

Aufgeregt rutschte ich nach vorn, um die Seiten genauer betrachten zu können. Adrian und Karla diskutierten weiter, ihre Stimmen verklangen hinter meinen eigenen Gedanken, die immer klarer in eine Richtung wiesen. Was, wenn Johanna zwar nicht ihre Seele verkauft, aber eine Wette abgeschlossen hatte, genau wie Faust? Und noch etwas rutschte an den richtigen Platz, während ich auf das alte Papier blickte: In der Höhle war der Mechanismus im Grabstein durch meine Kette ausgelöst worden. Als ich ihn betätigt hatte, war aber noch etwas anderes passiert, dem ich in diesem Augenblick keine große Bedeutung beigemessen hatte: Eine Art Energie war durch meinen Arm geschossen. Fast so, als wäre nicht nur der Anhänger der Schlüssel zur Truhe gewesen, sondern die Verbindung zu mir. Würde das nicht auch zu dem passen, was der Kapuzentyp gesagt hatte? Was, wenn er gewusst hatte, dass er den Mechanismus nicht ohne mich hätte auslösen können? Was also, wenn die Botschaft nicht einfach an irgendein Mitglied meiner Familie gerichtet war, sondern an mich?

Mit zitternden Fingern griff ich nach dem Blatt. Dann stand ich auf und ging mit dem Papier in der Hand zur Lampe, um mehr Licht zu haben. Aufmerksam schaute ich mir jedes Wort an, jeden Buchstaben. Mein Bauchgefühl sagte mir, dass ich etwas finden würde, finden musste. Adrian und Karla hinter mir waren verstummt, aber das nahm ich kaum wahr. Denn in diesem Moment entdeckte ich sie: kleine Punkte unter einzelnen Buchstaben, schon fast verblichen.

Mit zusammengekniffenen Augen scannte ich die Seite und jetzt, wo ich wusste, wonach ich suchen musste, fielen mir immer mehr Punkte auf, die unmöglich Zufall sein konnten.

Adrian trat neben mich. »Hast du etwas entdeckt?«

»Ich denke schon. Wir brauchen die anderen Seiten und Stift und Papier.«

19

Wir saßen etwa eine Stunde über den Seiten aus Goethes Faust. Nachdem ich die ersten Punkte entdeckt hatte, hatten wir schnell den ersten Teil der Botschaft zusammengesetzt: *Zwei Orte* und das Wort *Überreste*. Der Rest gestaltete sich jedoch schwieriger, denn die anderen Punkte waren so ausgeblichen, dass wir eine Ewigkeit brauchten, um überhaupt herauszufinden, wo sie gesetzt worden waren.

Nach weiteren Minuten setzte ich mich auf. Während ich an dem großen Bücherregal entlang zur Tür ging, dachte ich darüber nach, worauf der bisherige Teil der Botschaft abzielen konnte. *Zwei Orte* und *Überreste*: Was sollte das bedeuten? Dass wir an zwei Orten nach etwas suchen sollten? Wahrscheinlich. Dass wir nach Überresten suchen sollten? Oder waren die Überreste ein weiterer Teil der Botschaft und wir hatten den Rest einfach noch nicht entziffert?

Mein Blick glitt über die Buchrücken, die direkt vor mir im Regal standen. Es waren klassische Titel wie Schillers *Räuber* oder Lessings *Emilia Galotti*. Eingebunden waren die Werke in farbenfrohe Einbände, die so ganz anders waren als die Reclam-Ausgaben, die ich zu Hause in meinem Regal stehen hatte. Irgendwie passend, wenn man bedachte, dass uns erst ein Werk von Goethe überhaupt hierhergeführt hatte.

Eine Sache ging mir dabei nicht aus dem Kopf: Was, wenn Johanna wirklich eine Wette eingegangen war? Was, wenn ich nicht in der Lage dazu war, das Rätsel zu lösen? Würde ich dann dazu verdammt sein, den Fluch zu tragen? Denn dass es ihn gab, daran zweifelte ich inzwischen nicht mehr.

Mit einem Seufzen blieb ich vor der Tür stehen, drückte die Klinke hinunter und schlüpfte hinaus auf den Gang. Ich brauchte einen Moment für mich, um meine Gedanken zu sortieren – ohne das Gefühl, von den anderen beobachtet zu werden.

Draußen angekommen wandte ich mich nach rechts und ging den schmalen Flur hinunter, bis ich den Wintergarten erreichte. Ich hatte ihn vorhin aus den Augenwinkeln gesehen.

Inzwischen war die Sonne komplett untergegangen und ich konnte vor einem der großen Fenster nur schemenhaft den Wald dahinter erkennen, außerdem einige Rattanmöbel, die abgedeckt direkt vor mir standen.

Ob der Fremde nach uns suchte? Ob er uns finden würde?

Das alles war für mich so überwältigend, dass ich immer noch dazu neigte, so zu tun, als wäre es nicht real. Aber nach dem, was in der Höhle passiert war, konnte selbst mein innerer Angsthase nicht mehr verleugnen, dass ich eine Hexe war. Der Gedanke ließ mich zusammenzucken.

Meine einzige Chance bestand darin, das Rätsel zu lösen. Aber genau das war das Problem. Meine neue Rolle, kombiniert mit dem enormen Druck, der plötzlich auf meinen Schultern lastete, ließ mich erstarren – wie ein Kaninchen, Auge in Auge mit seinem Jäger.

Ich musste das ändern. Jetzt. Ansonsten würde mit mir passieren, was immer der dunkle Zauber, den Katharina ausgesprochen hatte, vorsah.

Ich seufzte. Zuerst musste ich mich sammeln und dann meine Energie darauf verwenden, die restliche Botschaft zu entschlüsseln. Also drehte ich mich wieder um, und kehrte dem Wintergarten den Rücken.

Als ich zurück in den Raum kam, brüteten Karla und Adrian immer noch über den Buchseiten. Ich setzte mich neben Karla und begann nach Punkten zu suchen, die einen weiteren Teil des Rätsels aufdecken würden. Und tatsächlich: Die kleine Pause hatte mir gutgetan. Nach nur wenigen Augenblicken entdeckte ich die nächsten Buchstaben und mit der Hilfe von Karla und Adrian setze ich sie zu einem Wort zusammen: *von*.

Danach schien ein Knoten geplatzt zu sein, denn es gelang uns, ein Wort nach dem anderen zu entschlüsseln, bis die gesamte Botschaft endlich vor uns lag.

Nachdem Karla das letzte Wort auf unseren Notizzettel notiert hatte, nahm sie ihn in die Hand und lehnte sich zurück. So laut, dass jeder von uns es gut verstehen konnte, las sie die Nachricht vor: *»Zwei Orte. Überreste von Katharina sammeln, salzen und verbrennen, um den Zauber zu lösen. Der erste Hinweis ist im Haus des Bürgermeisters versteckt – unter der goldenen Rose.«*

Also hatte Johanna doch eine Anleitung hinterlassen – oder diejenigen, die sie begraben hatten. Um genau zu sein, sogar eine ziemlich detaillierte. Es hatte nur etwas gedauert, sie zu entschlüsseln. Ich spürte, wie die Erleichterung sich in mir ausbreitete wie warmer Tee an einem Herbsttag.

Damit konnten wir arbeiten. Vielleicht wussten sogar meine Tanten etwas damit anzufangen. Zu ihnen zurückzukehren fühlte sich jetzt nicht mehr falsch an. Ich hatte etwas vorzuweisen, das uns nicht nur zum nächsten Hinweis führen würde, sondern vielleicht sogar den Fluch brechen konnte.

Ich löste meinen Blick von dem Notizzettel. Um ehrlich zu sein, erinnerten mich die Anweisungen ein bisschen an die Serie *Supernatural*. Fehlte nur noch, dass wir uns alle ein Pentagramm auf die Brust tätowieren ließen.

Auch Karla schien erleichtert zu sein. »Na, damit können wir doch was anfangen, oder? Liest sich ja beinahe wie eine Schnitzeljagd.«

»Stimmt«, sagte ich. »Aber vor allem ist es eins: Die erste richtige Möglichkeit, den ganzen Hokuspokus zu beenden.«

»Absolut«, stimmte Karla mir zu. »Ich kann mir gar nicht vorstellen, wie erleichtert du sein musst.«

Ich drückte ihre Hand und warf dann einen Blick hinüber zu Adrian, der bis jetzt verdächtig still geblieben war. »Was ist?«, fragte ich ihn. »Nicht mal ein bisschen Freude?«

»Doch ... doch natürlich« sagte er. »Es ist nur ... Das Haus des Bürgermeisters ist das von ... ähm ... meiner Familie.«

Karla und ich sahen uns an. Natürlich. Wie hatte ich das vergessen können? Vielleicht, weil ich Adrian nicht in erster Linie mit dem Amt seines Vaters in Verbindung brachte? Trotzdem hätte ich früher daran denken müssen.

»Es klingt fast so«, sagte er, »als ob nicht nur deine Familie, Nora, mit in die Sache verstrickt ist, sondern meine auch. Ich befürchte ... tiefer, als wir ahnen. Ich mache mir Sorgen, dass noch mehr dahintersteckt, als wir wissen.«

»Die Familie des Bürgermeisters war und ist ein wichtiger Teil von Tannenburg«, versuchte Karla ihn zu beruhigen. »Außerdem waren Hendrik und Johanna ein Paar«, ergänzte sie.

»Vielleicht wurde der erste Hinweis ja auch nur deshalb in eurem Haus versteckt, weil man sich sicher war, dass er dort überdauern würde«, warf ich ein.

Adrian hob eines der Blätter auf. »Ich weiß, dass es tausend gute Gründe geben könnte. Aber ich habe einfach so ein Gefühl, dass etwas nicht stimmt.«

Das kam mir nur zu bekannt vor. Ich hatte es, seitdem ich Berlin verlassen hatte. Aber was sollte ich ihm sagen? Dass man sich daran gewöhnte? Nein, das war keine Option.

Also blieb ich still und wich seinem Blick aus, der nach meinem suchte.

Die Stille zog sich unangenehm in die Länge, bis Karla sagte: »Wir sollten schlafen gehen. Morgen früh können wir die Botschaft noch einmal überprüfen und dann ins Dorf zurückkehren.«

»Ja«, sagte Adrian. Dabei klang er alles andere als überzeugt, als würden ihm die Gedanken über seine Familie immer noch im Kopf herumspuken.

»Kann man hier irgendwo schlafen oder wird es das Sofa?«, fragte Karla.

Adrian starrte noch einen Augenblick lang auf den Couchtisch, dann zuckte er mit den Schultern. »So lange war ich noch nie hier. Aber ich würde vorschlagen, dass wir in diesem Raum bleiben. Er lässt sich abschließen und es gibt drei Schlafmöglichkeiten.«

»Ein paar Decken wären nicht schlecht«, sagte ich. Sobald die Sonne untergegangen war, war es schlagartig kühler im Raum geworden und ich fröstelte schon seit einiger Zeit.

Also machte sich Adrian auf die Suche, während Karla und ich die Sofas so zurechtrückten, dass keines von ihnen vom Bibliothekseingang aus sofort zu sehen war. Der Teil des Regals, der in den Raum hineinragte, war uns dabei eine große Hilfe.

Nach ein paar Minuten kam Adrian mit drei Kissen und Wolldecken zurück, die wir untereinander aufteilten. Ohne ein weiteres Wort legten wir uns jeder auf eines der Sofas und löschten das Licht.

Die Dunkelheit umschloss mich wie ein zu enger Mantel – sie drückte, ließ mich nicht zur Ruhe kommen. Ich hatte nachts noch nie Angst gehabt, im Gegenteil. Eigentlich mochte ich die Nacht, aber heute war es anders. Die Geräusche des Hauses und die ständige Angst davor, dass der Fremde uns finden würde, bevor wir es zurück ins Dorf schafften ... Ich setzte mich auf. Nein. Ich würde kein Auge zubekommen.

Karla schnarchte vor sich hin, von Adrian bekam ich gar nichts mit. Wahrscheinlich schlief er auch, nur eben leiser als Karla. Also setzte ich mich so vorsichtig wie möglich auf, um die beiden nicht zu wecken, und ging zu dem einzigen Fenster hinüber, das die Bibliothek besaß. Es befand sich genau gegenüber in einem kleinen Erker, der mit Kissen ausgelegt war – eine perfekte Leseecke. Die Kissen waren alt und eingedellt. Im Licht des Mondes konnte ich sehen, dass sie an einigen Stellen abgerieben waren, als wären sie schon sehr häufig benutzt worden. Wer auch immer dieses Haus sein Eigen nannte, liebte es offenbar, genau hier Zeit zu verbringen.

Ich setzte mich in den Erker und schaute nach draußen. Die Bibliothek bot den gleichen Blick über den Wald wie der Wintergarten, nur fühlte ich mich hier wohler. Zwischen all den Kissen und geschützt durch Gardinen, die meine Silhouette vor neugierigen Blicken bewahrte.

Die Kissen neben mir sackten ein, als sich jemand neben mich setzte.

»Du kannst also auch nicht schlafen«, flüsterte Adrian.

Ich schüttelte den Kopf. »Nicht wirklich, nein.«

Wir schauten schweigend hinaus. Schließlich fragte er: »Findest du es nicht auch seltsam?«

»Was?«

»Dass unsere Familien so viel verbindet.«

Ich setzte mich auf. »Ist das so?«

»Na ja.« Er ließ eine Hand in seinen Schoß sinken. »Du musst mich für verrückt halten, aber mich lässt der Gedanke einfach nicht los, dass unsere Begegnung kein Zufall war. Dass *alles hier* kein Zufall ist.«

Mit gerunzelter Stirn sah ich ihn an. »Wie meinst du das?«

»Keine Ahnung«, gab Adrian zu. »Vielleicht bilde ich mir das auch nur ein.«

Einen Augenblick lang hielt er meinen Blick fest, bevor er mit den Schultern zuckte und sich wieder abwandte. Ich musste schlucken. »Du meinst, unsere Begegnung war Schicksal?«, fragte ich leise. »Weil Johanna und Hendrik ein Paar waren?«

Adrian schnaubte. »Ich weiß, es klingt total bescheuert und es ist so meilenweit von allem entfernt, was ich jemals geglaubt habe, bevor du ...« Er brach ab.

»Bevor ich in der Höhle *X-Men* gespielt habe.«

»Ja.«

Erst jetzt bemerkte ich, dass meine Finger sich ineinander verflochten hatten. Sie waren schwitzig und ich war nervös. »Wäre das so schlimm?«

»Dass unsere Begegnung Schicksal war? Nein.« Ein scheues Lächeln zupfte an seinen Mundwinkeln. »Aber wenn dem so wäre, frage ich mich schon, was aus der Vergangenheit wir *noch* wiederholen werden.«

Mein Herz machte einen Satz. »Wir sind nicht sie«, sagte ich, mehr um mich selbst davon zu überzeugen, dass Adrian mit seinem Satz nichts hatte andeuten wollen. Er hatte auf der Eiche gesagt, dass wir Freunde waren. Nicht mehr, aber auch nicht weniger. Trotzdem spürte ich das Blut durch meine Adern rauschen, als ob ich kurz davor war, einen Sprint hinzulegen.

»Ich weiß«, hörte ich ihn sagen.

Es brauchte einen Moment, dann gab ich mir einen Schubs: »Gibt es etwas, das du wiederholen möchtest?«

»Das kommt ganz drauf an.«

»Worauf?«

»Darauf, ob wir es tun, weil uns irgendein Zauber dazu zwingt, oder aus freien Stücken.«

Ich spürte, wie er wieder meinen Blick suchte, und dieses Mal wich ich nicht aus. Es war wie damals auf dem Bahnsteig, als ich ihn zum ersten Mal gesehen hatte. Ich konnte nicht wegschauen. »Ich glaube, du machst dir zu viele Gedanken«, sagte ich leise.

»Das glaube ich auch«, antwortete er genauso leise. Behutsam hob er eine Hand und strich mir federleicht eine Haarsträhne aus dem Gesicht.

Hatte mein Herz eben noch so schnell geschlagen, als wollte es aus meiner Brust ausbrechen, war ich jetzt ganz ruhig. Adrian wartete einen Moment, als wollte er sichergehen, dass ich mich nicht anders entschied. Dann berührten seine Lippen die meinen.

Spätestens jetzt war es mir egal, ob wir uns nur deshalb küssten, weil Johanna und Hendrik viele Jahrhunderte vor uns ein Paar gewesen waren und sich die Verbindung, die sie geteilt hatten, auf uns übertragen hatte. Es war mir egal, weil es nichts an der Tatsache änderte, dass ich mich in Adrian verliebt hatte. Dass ich mich ihm auf eine Art und Weise nahe fühlte, die ich vorher noch nie erfahren hatte. Nicht einmal bei Philipp. Adrian war die ganze Zeit über für mich da gewesen, er war nicht weggelaufen, selbst dann nicht, als ich es selbst fast getan hätte.

Als wir uns voneinander gelöst hatten, lächelte er.

»Was ist?«, fragte ich.

»Ich musste nur gerade daran denken, wie du auf dem Bahnsteig versucht hast, den Titel des Buches herauszufinden, das ich gelesen habe, und dabei fast vornübergekippt wärst.«

Ich sah peinlich berührt zu Boden. »Ich hatte gehofft, dass du das schon wieder vergessen hast.«

»Niemals.« Er stand auf und ich folgte ihm. Er führte mich zurück zu den Sofas und ohne darüber nachzudenken, ließen wir uns gemeinsam auf eines davon nieder. Vorsichtig deckte er uns zu und zog mich in seine Arme. »Schlaf jetzt, Hexenmädchen.«

»Zu Befehl, Herr Doktor.«

Ich spürte, wie er lachend den Kopf schüttelte, und schloss die Augen. Mit einem Mal war die Dunkelheit viel weniger beängstigend. Dazu trug auch Adrians gleichmäßiger Atem bei, dem ich lauschte, bis mich der Schlaf selbst übermannte.

20

Als ich am nächsten Morgen die Augen öffnete, spürte ich Adrians Arm, der auf meiner Hüfte lag. Ich konnte immer noch nicht ganz fassen, was gestern Nacht passiert war. Und wenn ich nicht neben ihm aufgewacht wäre, hätte ich es für einen Traum gehalten. Auch jetzt fühlte sich das alles noch nicht real an, denn meine Gefühle für Adrian waren nicht laut und chaotisch wie die für Philipp. Sie waren zart. Warm. Wie ein erster Frühlingstag nach einem langen Winter.

Um den Augenblick so lange wie möglich auszukosten, hielt ich meine Augen geschlossen und lauschte seinem Atem. Schließlich konnte ich das Knurren meines Magens nicht länger ignorieren, strich mir die Haare mit einem Gähnen aus der Stirn und drehte mich um.

Es roch nach Tee und aufgewärmtem Essen. Und genau gegenüber saß eine grinsende Karla. Sie hatte die Beine übereinandergeschlagen und eines der Papiere in der Hand, die wir gestern Abend untersucht hatten.

»Na, gut geschlafen?«, fragte sie und zwinkerte mir zu.

Schnell rappelte ich mich auf. Mein Kopf musste puterrot sein, aber was gab es jetzt noch zu bestreiten? Karla wusste ganz genau, was passiert war. Also antwortete ich: »Besser als alle Nächte davor.«

»Das glaube ich.« Ihr Grinsen wurde noch breiter, dann schob sie mir eine Teetasse zu. »Hier, trink was. Es ist verdammt kalt gewesen heute Nacht. Man könnte meinen, wir hätten Oktober.«

Ich nickte ihr zu, dankbar, dass sie an uns gedacht hatte, und griff nach der Tasse. Der Tee roch wunderbar und weckte meine Lebensgeister. Mit ihnen kamen die Sorgen zurück. Wie würden wir weiter vorgehen? Konnten wir einfach in das Haus von Adrians Familie hineinspazieren und nach dem Hinweis suchen? Würde er überhaupt noch da sein, so viele Jahrzehnte später?

Hinter mir regte sich Adrian. Nachdem er sich aufgesetzt und Karlas süffisanten Kommentar mit einem Schulterzucken abgetan hatte, gähnte er. Dann griff er nach der dritten Tasse und nahm einen Schluck Tee. Ihm ging es genauso wie mir: Danach schien er weitaus wacher zu sein.

»Ich habe keine Ahnung, wo wir diese goldene Rose finden sollen, aber reinkommen werden wir auf jeden Fall – es ist ja mein Zuhause.«

Karla setzte sich im Schneidersitz auf die Couch und legte das Papier ab. »Wird das niemandem auffallen?«

Adrian schüttelte den Kopf. »Nein, mein Vater ist den ganzen Tag im Dorf unterwegs, um das THW zu koordinieren. Der Erdrutsch ist eine große Sache, da fühlt er sich verantwortlich. Meine Mutter und meine zwei Schwestern sind schon seit letzter Woche in Bayern – Wellnessurlaub.«

»Also haben wir das Haus für uns«, sagte ich. »Aber das hilft uns auch nichts, wenn der Hinweis schon längst fort ist. Ich meine ... es ist so lange her. Wer sagt uns, dass er überhaupt noch existiert?«

Karla senkte den Kopf. »Aber wir müssen es versuchen. Oder nicht, Nora?«

»Doch«, sagte ich. »Auf jeden Fall. Aber vielleicht sollten wir danach meine Tanten miteinbeziehen. Sie kennen das Dorf besser als ich und wahrscheinlich auch besser als ihr.«

»Außerdem machen sie sich sicher Sorgen um dich«, fügte Adrian an.

Ja. Wahrscheinlich. Siedend heiß fiel mir ein, dass ich mich nicht ein einziges Mal bei ihnen gemeldet hatte, seit ich aus dem Haus gestürmt war. Schnell zog ich mein Handy aus der Jackentasche, die über der Lehne des Sofas lag, und entsperrte es.

Fünf verpasste Anrufe. Internetzugang hatte ich hier keinen, und vermutlich würden meine WhatsApp-Nachrichten explodieren, sobald ein mobiles Netz wieder verfügbar war. Es fühlte sich an, als hätte jemand eine Tonne Steine in meinen Magen gekippt. Das hatten sie nicht verdient. Sie wollten nur das Beste für mich. Und schließlich hatten sie recht behalten: Ich war eine Hexe. Genau wie sie. Daran konnte ich nach allem, was passiert war, nicht mehr zweifeln.

»Oh shit.« Karla hatte mir über die Schulter gespäht. »Das sieht nach einem Donnerwetter aus. Meine Eltern sind da zum Glück locker. Ich habe gestern noch geschrieben, ich würde bei einer Freundin übernachten.«

»Hm«, sagte ich und sperrte das Handy wieder. Das schlechte Gewissen schob ich beiseite. Damit würde ich mich später auseinandersetzen. Zuerst mussten wir zu dem Haus von Adrians Familie, und zwar ohne, dass uns der Fremde aus der Höhle in die Finger bekam.

»Dann los«, sagte Adrian und stand auf. Wir zogen die Sofas wieder an ihren Platz und beseitigten auch sonst alle Spuren unserer Anwesenheit. Das Einzige, was wir mitnahmen, war eine Packung Käsecracker, die Karla in der Küche gefunden hatte.

Der Weg von der Feriensiedlung nach Tannenburg war nicht weit. Trotzdem schaute ich mich alle paar Meter um. Jedes Knacken im Unterholz, jeder Schatten hinter einem Baum schien der Kapuzenmann zu sein.

Erst als wir die ersten Häuser erreicht hatten, entspannten sich meine Schultern etwas. Adrian, der bisher nichts zu gestern Abend gesagt oder sich etwas hatte anmerken lassen, griff nach meiner Hand. Er bedeutete mir, uns einige Schritte hinter Karla zurückfallen zu lassen. Dann sagte er leise: »Ich könnte mich daran gewöhnen, neben dir aufzuwachen.«

»Dito«, antwortete ich und spürte, wie mir mein Herz in den Hals sprang. Herrgott noch mal. Als wäre ich dreizehn und das erste Mal verliebt. Trotzdem: Ich konnte rein gar nichts dagegen tun, dass der Tag auf einmal alle Bedrohlichkeit verloren hatte. Das lag nicht zuletzt daran, dass Adrian gerade sanft mit dem Daumen über meinen Handrücken strich.

Der Weg zu dem Haus seiner Familie führte glücklicherweise nicht an dem meiner Tanten vorbei.

Als wir vor dem Gebäude standen, konnte ich mir einen erstaunten Pfiff nicht verkneifen. Das Haus war ganz anders als das von Alma und Franka: Es duckte sich nicht in den Schatten einer Felswand, sondern stand erhaben und frisch renoviert in der Nähe des Flusses. Weiße Sprossenfenster und Flügeltüren ließen es noch größer erscheinen. Zur Terrasse führte eine saubere anthrazitfarbene Treppe ohne Geländer. Links und rechts waren

Beete mit Lavendel und Rosen bepflanzt. So früh am Morgen wie jetzt glänzte noch der Tau auf den Knospen.

Alles in allem wirkte Adrians Zuhause viel einladender, als ich es mir nach den Erzählungen meiner Tanten vorgestellt hatte. Aber vielleicht täuschte der äußere Eindruck ja auch.

Karla und ich folgten ihm die Treppen hinauf, bis wir vor der Flügeltür standen. Adrian zog seinen Schlüssel hervor und wir schlüpften hinein, bevor uns jemand sehen konnte.

Nachdem die Tür hinter uns zugefallen war, klappte mir der Mund auf: Die Eingangshalle war ... atemberaubend. Anders konnte ich es nicht nennen. Sie zog sich über zwei Stockwerke, die Wände weiß getüncht und übersät mit goldenen Bilderrahmen, die samt und sonders Familienporträts zeigten. Der Boden hob sich ockerfarben davon ab. Dunkle Möbel bildeten einen gediegenen Akzent.

Ich schluckte.

Adrian in dieser Umgebung zu sehen, fühlte sich komisch an. Und zu wissen, dass das sein Zuhause war, noch mehr. Ich hatte gewusst, dass seine Familie gut betucht war, aber das hier war ein Palast – sowohl verglichen mit der Berliner Wohnung meiner Mutter als auch mit dem hutzeligen Haus meiner Tanten. Alles hier schrie nach Geld: Die Hermès-Tasche, die an einer Truhe lehnte. Der Gucci-Schlüsselanhänger, der neben mir an einem genauso edel aussehenden Schlüsselbrett hing. Selbst die Wellensteyn-Jacken, die die Garderobe schmückten.

»Alter Falter«, stieß Karla hervor. »Ich wusste ja, dass ihr Bonzen seid, aber so krass hätte ich es mir dann doch nicht vorgestellt.«

Ich musste mir auf die Lippe beißen, um ein Lachen zu unterdrücken. In einem früheren Leben musste Karla mein *Spirit Animal* gewesen sein – sie sprach einfach immer aus, was ich gerade dachte.

Adrians Ohren waren rot angelaufen – das erste Mal, dass ich ihn wirklich verlegen sah. »Lasst uns im Wohnzimmer anfangen, da steht ein Kamin mit Intarsien.«

»Mit Intarsien«, echote Karla, »ist klar. Gibts dazu auch noch eine Falltür im Boden wie bei *Mister Burns*? Also für den Fall, dass ihr mal ungebetene Gäste entsorgen müsst?«

»Karla«, sagte ich gedämpft, als ich sah, wie Adrian sich ruckartig umdrehte und in die Richtung ging, in der ich das Wohnzimmer vermutete. »Lass' gut sein.«

»Wird man ja wohl noch sagen dürfen«, murmelte sie.

Aus Adrians Reaktion war ganz klar geworden, dass er häufig auf den Reichtum seiner Familie reduziert wurde. Vielleicht hatte er deshalb nie darüber gesprochen. Und vielleicht war das auch ein Grund für ihn gewesen, Tannenburg zu verlassen und woanders neu anzufangen, wo ihn niemand kannte.

Das Wohnzimmer war genauso dekadent wie der Rest des Hauses: weiße Ledersofas vor einem Kamin, eine dunkle Anrichte, in der hinter Glastüren edles Service ausgestellt war. Ein riesiger Esstisch in einem Erker, der den sicher zahlreichen Gästen einen Blick über den Fluss gewährte. Über dem Tisch, der von acht Stühlen umringt war, hing eine Lampe aus Hirschgeweih.

Ich runzelte die Stirn.

Die Lampe passte so gar nicht in das sonst sehr gediegene Ambiente. Sie war zwar eindeutig eine Sonderanfertigung, aber dennoch ein Stilbruch.

»Wer geht bei euch zur Jagd?«, fragte ich an Adrian gewandt, während wir uns über das Zimmer verteilten.

»Wir alle. Mein Vater hat darauf bestanden, es uns beizubringen. Das sind unsere Trophäen. Oder das, was er davon behalten wollte.« Dabei betonte er das Wort *er* so sehr, dass ich nicht umhinkonnte zu bemerken, dass zwischen ihm und seinem Vater offensichtlich Spannungen bestanden. Ich nahm mir vor, in einer ruhigen Minute mit Adrian darüber zu sprechen, jetzt war anderes wichtig.

Wir umkreisten den Kamin. Er war tatsächlich mit Intarsien verziert und wirkte recht altertümlich. Ein weiteres Stück, das irgendwie nicht zum Gesamteindruck passen wollte, den ich bisher gewonnen hatte.

Vorsichtig trat ich näher, streckte meine Finger aus und fuhr vorsichtig über die Ornamente. Adrian hatte recht: Die Intarsien stellten Blumen dar, aber keine Rosen. Es waren Narzissen, von Efeuranken umwachsen. Ich brauchte einen Augenblick, aber dann fiel es mir wieder ein: »Narzissen sind ein Symbol für Egoismus und Eitelkeit, wohingegen Efeu das Sinnbild der Unsterblichkeit und des Lebens ist.«

Karla zog eine Augenbraue nach oben. »Gut aufgepasst in Kräuterkunde, würde ich sagen.«

»Meine Mutter hat eine Schwäche für die Sprache der Blumen«, sagte ich. »Wie alt ist der Kamin, Adrian?«

Er zuckte mit den Schultern. »Älter als das meiste im Haus, denke ich. Aber wie alt genau ... das kann ich nicht sagen.«

»Meinst du, er war schon hier, als Johanna ... du weißt schon.«

»Das mit Sicherheit.«

»Hm.« Hatte die Blumensymbolik etwas zu bedeuten? Aber momentan suchten wir weder nach Narzissen noch nach Efeu, sondern nach goldenen Rosen. Mist!

Langsam drehte ich mich im Kreis. Mit Ausnahme des Kamins und der seltsamen Geweihlampe war das Wohnzimmer erstaunlich minimalistisch. Die Wände waren genauso weiß wie die im Eingangsbereich. War das schon immer so gewesen?

Und wieder sprach Karla aus, worüber ich gerade erst nachgedacht hatte. »Wurden die Wände gestrichen? Ich kenne das Haus meiner Großmutter, sie liebt bunte Blumentapeten. Vielleicht war das zu Johannas Zeiten auch so?«

Aber Adrian schüttelte den Kopf. »Nein, der Raum war ursprünglich mit Holz getäfelt. Es gibt Bilder davon in der Halle.«

Aber natürlich! Warum hatte ich daran nicht früher gedacht? »Von wann sind die alle?«, fragte ich.

»Unterschiedlich, aber es sind einige aus der Zeit von Johannas Tod dabei, falls du darauf hinauswillst«, sagte er und seine Augen glänzten genauso aufgeregt, wie ich mich fühlte.

Wir liefen wieder zurück in den Eingangsbereich und begannen zu dritt nach Bildern aus dem 19. Jahrhundert zu suchen. Wir fanden einige, sogar eines von Hendrik. Aber Rosen waren auf den Schwarz-Weiß-Bildern nirgendwo zu entdecken.

Ich seufzte. »Wo könnten wir noch suchen? Das Haus ist riesig.«

»Stimmt«, murmelte Adrian. »Vielleicht«, sagte er nach einer Weile langsam, »vielleicht im Arbeitszimmer meines Vaters.«

Auch oben hingen viele Bilder von Adrians Vorfahren an der Wand. Ich fühlte mich beobachtet, während wir den langen Gang entlang auf eine Tür zugingen, die nur angelehnt war. Alle anderen im Flur waren geschlossen.

Adrian stieß die Tür auf. Drinnen strahlte die Morgensonne durch eines der Sprossenfenster. Der Stil des Zimmers war ähnlich wie im restlichen Haus: dunkle Möbel, helle Wände, Holzboden. Vor dem Fenster stand ein stattlicher Schreibtisch, die Wände zierten Regale voller Bücher. Ein alter Globus thronte vor einem der Regale.

»Warum gerade hier?«, fragte Karla, während sie sich umschaute. »Ich sehe keine Blumentapeten.«

»Die suchen wir auch nicht«, antwortete Adrian. »Aber ich habe mich an etwas erinnert, das ich einmal als Kind entdeckt habe, als ich in diesem Raum spielte.« Er ging zu dem einzigen Stück Wand hinüber, das nicht von Bücherregalen verstellt war. »Hier, seht ihr?«

Erst verstand ich nicht, was er meinte, doch dann fiel es mir auf: Anders als die restlichen Wände war dieses Stück mit Holzpaneelen verkleidet. Und in der Mitte des Paneels, auf das wir gerade schauten, war ein etwas größeres Stück Holz eingesetzt worden, das die Form einer Rose hatte.

»Sie ist nicht golden«, sagte Adrian, »aber vielleicht war sie es einmal.«

»Ja«, flüsterte ich, während ich mich dem Paneel näherte. Behutsam strich ich mit dem Zeigefinger über das Holz.

Die Rose war wunderschön, sehr detailliert gearbeitet. Adrian könnte recht haben, dass man sie über die Jahre überstrichen hatte, jedenfalls wirkte es so, als ob die Farbschicht, unter der das Holz verborgen lag, recht dick war.

Aber die Mitte, die Mitte der Blüte wirkte seltsam. Ich kniff die Augen zusammen. Sie war eingedellt, als hätte irgendjemand oder irgendetwas ein Stück aus ihr herausgebrochen. »Seht ihr das?«, fragte ich und deutete auf das fehlende Stück.

Adrian und Karla beugten sich vor und zusammen untersuchten wir das Holz. »Es kommt mir irgendwie bekannt vor«, murmelte ich, während ich auf die Auskerbung starrte.

»Mir auch«, sagte Karla. »Und ich weiß auch, woher.«

Überrascht drehte ich den Kopf. »Ja?«

»Die Höhle, Nora. Die Auskerbung sieht genauso aus wie die im Grabstein von Johanna.«

»Oh.« Mehr brachte ich nicht raus, denn sie hatte recht! Mit unruhigen Fingern zog ich die Kette unter meinem Shirt hervor. Genauso vorsichtig wie auch schon beim Grab meiner Vorfahrin drückte ich den Anhänger in die Auskerbung.

Klick.

Wir fuhren herum. Irgendwo im Raum hatte sich etwas geöffnet, aber ich konnte nicht sagen, wo. Alles war voller Regale. Verdammt!

»Das kam von der Längsseite dort drüben«, sagte Adrian. Hinter dem Regal mit den Lexika.«

Na klasse. Ausgerechnet das Regal, in dem eine mehrbändige Reihe alter Brockhaus-Bände ihr Zuhause gefunden hatte.

»Wir müssen es wegrücken. Kommt, helft mir.« Adrian stand schon vor dem Regal und Karla und ich folgten rasch.

Es dauerte, bis wir das schwere Holz weit genug über den Boden gezogen hatten, dass wir dahinterschauen konnten. Aber als ich endlich das Licht an meinem Handy anmachte und auf das Wandstück leuchtete, sog ich scharf die Luft ein. »Volltreffer!«

»Gut, dann lasst es uns noch ein wenig mehr nach vorn ziehen, damit du dahinterpasst, Nora.«

Gesagt, getan. Es war eine elendige Arbeit, aber schließlich hatten wir es geschafft: Das Wandstück lag frei.

»Ist ja abgefahren«, sagte Karla und klang dabei so begeistert, als hätten wir gerade einen Schatz gefunden. »O Mann, ich hätte niemals gedacht, dass sich in Tannenburg so viele Geheimnisse verbergen.«

»Nicht?«, fragte Adrian. »Das Dorf ist doch ein einziges großes Rätsel.«

Karla zuckte mit den Schultern, dann konzentrierten wir uns auf das, was das Klicken ausgelöst hatte: Es war hinter der Tapete verborgen. Ich konnte darunter eine Wölbung erkennen, aber wir brauchten etwas, um die Tapete wegzuschneiden. Ich wandte mich an Adrian: »Hast du ein Messer?«

»Moment.« Er zwängte sich an Karla und mir vorbei und verließ den Raum. Wir hörten ihn die Treppe hinunterpoltern, dann war es einen Augenblick lang still. Als wir schon glaubten, dass er nicht mehr zurückkommen würde, lief Adrian die Stufen wieder hoch.

Als er sich zu uns hinter das Regal zwängte, stieß er etwas außer Atem hervor: »Hier. Aber wir müssen uns beeilen. Mein Vater kommt zurück, er hat mir eine Nachricht geschrieben.«

»Shit.« Ich nahm ihm das Messer ab und begann sofort damit, die Tapete aufzuschneiden. »Wie lange haben wir?«

»Eine Viertelstunde, höchstens.«

»Okay, das wird knapp«, sagte Karla. »Beeil dich, Nora!«

»Bin schon dabei.« Es war nicht leicht, aber Aufgeben war keine Option. Verbissen schlitzte ich den letzten Riss in die Tapete, dann sprang die Öffnung auf. Putz und Tapetenreste rieselten mir entgegen. »Yes!«

Als sich der Staub verzogen hatte, kam etwas zum Vorschein, das an die Tür eines alten Safes erinnerte: von Rost überzogen und an vielen Stellen zerkratzt. Aber eines war ganz deutlich zu erkennen: die Rose, die vorn eingraviert worden war.

»Ich glaube, wir sind hier richtig«, flüsterte Karla. »Schau rein, Nora.«

So schnell ich konnte zog ich die Tür auf, atmete einmal durch und stellte mich auf die Zehenspitzen, um hineinsehen zu können. »Noch eine Schatulle«, sagte ich. »Ich hole sie raus.«

Kurz zögerte ich, dann streckte ich meine Hand in den Safe und holte unseren nächsten Hinweis ans Tageslicht: Eine Schatulle, die der ersten, die wir gefunden hatten, gar nicht so unähnlich war. Sie war wieder aus Metall, an einigen Stellen eingedellt und mit einem Pentagramm versehen, das in dem Augenblick aufleuchtete, indem ich die Schatulle berührte.

»Wow«, flüsterte Karla. »Gut, dass *du* sie genommen hast. Ich glaube, das war ein Schutzzauber.«

»Vielleicht.« Ich schluckte, wohl wissend, dass ich es zwar akzeptiert hatte, eine Hexe zu sein, aber absolut keine Ahnung hatte, was das bedeutete. Noch ein Grund, weshalb ich dringend zu meinen Tanten zurückkehren sollte.

»Was ist drin?«, fragte Adrian, seine Stimme klang drängend.

So behutsam wie möglich klappte ich den Deckel auf und zuckte zurück.

Knochen.

In der Schatulle lagen ... Knochen.

»Okay ...« Karla machte große Augen, aber als ich meinen Blick zu Adrian weiterwandern ließ, schien der nicht überrascht zu sein. »*Überreste* war wohl wörtlich gemeint«, sagte er. »Erinnert ihr euch an die Botschaft? *Salzt und verbrennt ihre Überreste.* Wenn man dem Text, den wir gefunden haben, glauben kann, ist das ein Teil von Katharina. Oder dem ... was von ihr übrig blieb.«

Ein Schauer kroch über meinen Rücken, als ich zurück in die Schatulle blickte. Die Knochen wirkten so unscheinbar. Wie konnten sie für einen Zauber verantwortlich sein, der schon so lange wie ein Damoklesschwert über meiner Familie hing? Und weshalb hatte niemand außer mir bisher den Mut gehabt, nach ihnen zu suchen? War es einfacher gewesen, alle jüngsten Töchter zur Sommersonnenwende aus Tannenburg herauszuschaffen, als diesen Fluch zu brechen?

»Wir müssen gehen.« Adrian riss mich aus meinen Gedanken. »Und wir sollten das Arbeitszimmer so hinterlassen, wie wir es vorgefunden haben.«

Also schlossen wir den Safe, fegten den Putz und die Tapetenreste zusammen und schoben das Regal wieder vor die Wand.

Als sich die Tür von Adrians Zuhause hinter uns schloss, sagte er: »Lasst uns die Knochen verbrennen, ich habe Salz mitgehen lassen.«

21

Six for gold

Adrian führte uns in einen Teil des Gartens, der vom Haus aus nicht einsehbar war. Das Grundstück war wesentlich größer als gedacht und der Platz, an dem er stehen blieb, lag hinter einer Hecke und mehreren Eichen verborgen. »Da wären wir.«

Direkt vor meinen Füßen stand eine Feuerschale. Um sie herum waren einige Sitzgelegenheiten drapiert, die aber abgedeckt waren. »Hier scheint lange niemand gewesen zu sein.«

»Meine Eltern nutzen lieber die andere Terrasse ... die in der Nähe des Flusses.«

»Okay.« Ich sah ihm dabei zu, wie er das Rost von der Feuerschale nahm und dann aus einer Truhe Anzünder, Spiritus und Kohle holte. Er schichtete alles auf, als wollten wir den Grill für ein Gartenfest vorbereiten. Doch bevor er das Ganze anzündete, drehte er sich noch einmal um: »Ich bin mir nicht sicher, ob ihr das wisst, aber Knochen zerfallen nicht bei diesen Temperaturen.«

»Vielleicht müssen sie das auch gar nicht«, warf ich ein. Ich hatte die Schatulle mit den Überresten von Katharina nicht aus der Hand gegeben, seit wir das Arbeitszimmer von Adrians Vater verlassen hatten. Mir war nicht wohl dabei gewesen, ich hatte mich beobachtet gefühlt, fast so, als würde das Herumtragen böse Geister heraufbeschwören. Und als ob jemand meine Gedanken gelesen hätte, sah ich in den Ästen der Bäume, die über unseren Köpfen emporragten, mehrere Elstern sitzen.

Ich zuckte zurück und hätte dabei beinahe die Schatulle fallen lassen.

»Nora, alles in Ordnung?« Karla sah mich an, als ob ich verrückt wäre, schließlich waren wir ganz allein im Garten.

»Die Vögel«, flüsterte ich, während ich hastig begann, sie zu zählen. Sechs Stück. Es waren sechs Elstern! Jeder einzelne Vogel saß kerzengerade auf seinem Ast und starrte mich an. Die kleinen schwarzen Augen fest auf das geheftet, was ich in meinen Händen hielt.

»Scheiße«, murmelte Karla. »Das ist ja wie bei Hitchcock.«

Adrian schluckte hörbar. Dann sagte er: »Wir sollten uns beeilen.«

Der Meinung war ich auch. Auch wenn die Elstern uns nichts taten: Es konnte nichts Gutes bedeuten, dass sie wie versteinert auf den Ästen über unseren Köpfen saßen.

Die Flammen züngelten schon wenige Minuten später aus der Feuerschale. Es war so weit. Doch das Gefühl von Erleichterung darüber währte nicht lang: Als ich mich dem Feuer mit den Überresten von Katharina näherte, kam mit einem Mal Bewegung in die Vögel über unseren Köpfen.

Sie plusterten ihr Gefieder auf, begannen zu keckern und aufgeregt von links nach rechts zu hüpfen.

Das war nicht gut. Das war gar nicht gut.

»Schnell, Nora«, sagte Adrian leise. Er bewegte sich langsam, um die Vögel nicht zu provozieren und ich hörte die Dringlichkeit in seiner Stimme. Als er neben mir stand, bestreute er die Knochen mit dem Küchensalz. »Ich kann nur hoffen, dass es funktioniert.«

»Da bist du nicht der Einzige«, sagte ich und hörte auch aus meinem Tonfall die Anspannung heraus. Im Takt meines Herzens warf ich Blicke nach oben. Die Vögel wurden immer unruhiger, von Sekunde zu Sekunde trippelten sie schneller von links nach rechts, senkten ihre Köpfe, als wollten sie uns angreifen. Nachdem Adrian das letzte bisschen Salz auf die Knochen gestreut hatte, tat ich es.

Mit einer schnellen Handbewegung kippte ich den gesamten Inhalt der Schatulle ins Feuer.

Einen Augenblick lang hielt die Welt um mich herum inne, als würde sie zu Eis gefrieren. Adrian und Karla starrten gebannt auf die Überreste, an denen die Flammen langsam zu lecken begannen. Auch die Vögel über unseren Köpfen waren wie versteinert. Als warteten sie auf etwas. Oder jemanden.

Ein lautes Knacken riss uns zurück in die Realität.

Einer der Knochen war gebrochen. Das Innere begann bläulich pulsierend zu strahlen.

Ich machte einen Schritt zurück. Dann noch einen. Adrian und Karla taten es mir gleich.

Weitere Knochen begannen zu brechen und gleich darauf das unheimliche Licht auszustrahlen, das inzwischen wie eine Glocke über der Feuerschale hing.

Die Elstern keckerten nun nicht mehr nur vereinzelt, sondern hatten zu einem wilden Chor angehoben, der durch den gesamten Garten schallte. Dann stieß sich die Erste von ihrem Ast ab und flog mit ausgestreckten Krallen auf mich zu.

Adrian konnte sie gerade noch abwehren. Der Vogel taumelte, fing sich und setzte erneut zum Angriff an. Als ob er einen Bann gebrochen hätte, stießen auch die anderen Elstern auf uns herunter. Ihre Krallen verfingen sich in meinem Haar, kratzten über die Haut meiner Arme. So gut ich konnte, schützte ich meine Augen und den Rest meines Gesichts vor den Attacken, während ich rückwärtsstolperte – weg von der Feuerschale und weg von dem immer noch pulsierenden Licht.

Doch die Elstern ließen nicht locker. Sie verfolgten uns, selbst als wir schon mehrere Meter Abstand zwischen uns und die Überreste gebracht hatten. Ihr Keckern war so aggressiv, als wollten sie uns nicht nur vertreiben, sondern Schmerzen zufügen. Ich hatte keine Ahnung, wo die anderen waren. Ob sie sich überhaupt noch in meiner Nähe befanden. Ich hörte nur die Vögel.

Als ich kurz davor war, einfach umzudrehen und zurück ins Haus zu rennen, ließen die Elstern endlich von mir ab. Es dauerte einen Moment, bis ich mich wieder gefangen hatte. Erst dann gelang es mir, den Kopf zu heben und mich umzusehen.

Die Vögel waren verschwunden. Beinahe so, als wären sie nie da gewesen.

Das bläuliche Leuchten hatte auch aufgehört. Übrig geblieben war nur noch das Feuer.

»Alles in Ordnung?« Adrian war direkt neben mir, der Schreck stand ihm genauso deutlich ins Gesicht geschrieben wie mir. Über seine Wange verlief ein Kratzer und seine Haare standen in alle Richtungen ab.

»Ja. Nein. Keine Ahnung.« Ich fuhr mir über meine geschundenen Arme. Das Adrenalin rauschte noch durch meinen Körper, wahrscheinlich würde ich die Verletzungen erst später wirklich bemerken.

»Lass mal sehen.« Er beugte sich vor. »Du bist hoffentlich gegen Wundstarrkrampf geimpft.«

»Na klar«, antwortete ich.

»Lass uns das drinnen versorgen, bevor es sich entzündet.«

Entschlossen schüttelte ich den Kopf. »Nein, zuerst zurück zum Feuer.«

Adrian zögerte, nickte aber.

Ich hörte ein Knacken und sah aus den Augenwinkeln eine Bewegung. Sofort ging ich in Abwehrhaltung, mein wild schlagendes Herz ging fest davon aus, dass die Gefahr noch nicht gebannt war. Dass nach den Elstern nun der Kapuzentyp vor uns stehen würde. Aber es war nur Karla, die sich unter einer Hecke hinausrollte.

»Hey, ganz ruhig.« Adrian legte mir eine Hand auf die Schulter. Und er hatte recht behalten: Die Knochen waren nicht zerfallen, aber das Leuchten, das sie umgeben hatte, war verschwunden. Auch mein ungutes Bauchgefühl war wie weggeblasen. Das hier waren zwar immer noch menschliche Überreste, aber mein Gefühl sagte mir, dass sie nicht länger gefährlich oder gar magisch aufgeladen waren.

»Was denkst du?«, fragte Adrian. Er stand dicht neben mir, seine Hand ruhte immer noch auf meiner Schulter.

»Ich bin mir nicht sicher. Aber sie fühlen sich nicht mehr … falsch an«, versuchte ich meine Gefühle in Wort zu fassen. »Lass sie uns trotzdem einsammeln und damit zum Haus meiner Tanten gehen.«

»Einverstanden«, sagte er, griff nach einem eisernen Haken und begann mit Karlas Hilfe die Knochen aus der Asche zu fischen.

Ich fuhr mir mit der Hand übers Gesicht. Verdammt noch mal … hätte mir jemand vor ein paar Wochen erzählt, dass ich einmal menschliche Überreste in einer Feuerschale verbrennen würde, um einen Zauber zu brechen, der auf mich gerichtet war, hätte ich denjenigen für geistig umnachtet erklärt. Aber hier war ich und zweifelte nicht etwa das Konzept von Magie an sich an, sondern hatte Angst vor einem Fremden mit einem silbernen Dolch.

Verrückt.

Während die anderen sich um die Knochen kümmerten, hob ich die Schatulle vom Boden auf, in der die Überreste gelegen hatten, und begann sie hin und her zu drehen. Das Metall, aus dem sie gefertigt war, war überzogen mit Gravierungen.

Vorsichtig hob ich die Schatulle höher, um die Ornamente besser erkennen zu können. Es waren Blumen! Um genau zu sein Rosen. Schon wieder … Warum wurde ich den Gedanken nicht los, dass sie mehr zu bedeuten hatten, als wir dachten?

Die Rosen waren dunkel – ob durch die lange Zeit, die sie schon überdauern mussten, oder weil sie wirklich in düsteren Farben bemalt worden waren, konnte ich nicht sicher sagen. Also kratzte ich behutsam mit dem Fingernagel über die Schatulle.

Eindeutig Farbreste. Dann war es also Absicht gewesen.

Ich biss mir auf die Unterlippe, während ich mich daran zu erinnern versuchte, welche Bedeutung dunkle Rosen im Zusammenhang mit Tod und Trauer hatten. Meine Mutter war tatsächlich eine Blumennärrin und wurde nie müde, mir sämtliche Bedeutungen aller möglichen Arten genau zu erklären.

Dann fiel es mir ein: Schwarze Rosen standen für Leidenschaft, Liebe und Verzweiflung.

Wie passend.

Nur leider half uns das auch nicht weiter. Wenn ich die Botschaft, die man uns hinterlassen hatte, wörtlich nahm, dann mussten wir noch einen anderen Ort finden, an dem Überreste von Katharina versteckt worden waren. Und das würde wahrscheinlich noch schwieriger werden.

Das alles musste irgendwie zusammenhängen. Die Vögel. Die Blumen. Die Überreste und nicht zuletzt Johanna. Wo war die Verbindung, die ich nicht sah? Wo das fehlende Puzzlestück, das einfach nicht an seinen Platz rutschen wollte?

Ich hoffte inständig, dass meine Tanten mehr mit all dem anfangen konnten als ich. Und dass sie mir nicht böse waren.

»Fertig!« Karla klatschte in die Hände. »Jetzt nur noch die Hände waschen, dann können wir uns auf den Weg zu deiner Familie machen, Nora.«

Bestimmt schob ich meine Grübeleien beiseite und wollte die Schatulle fester greifen. Dabei rutschte ich an der Außenseite ab, mein Fingernagel verfing sich an einem kleinen Riss und das Metall bohrte sich in das weiche Fleisch unter meinem Nagel.

»Au!« Instinktiv riss ich meine Hand zurück. Die Schatulle landete auf dem Rasen, während ich mir den Finger hielt. Er begann zu bluten.

Adrian, der mittlerweile direkt vor mir stand, bückte sich, um die Schatulle aufzuheben. Doch kurz bevor er wieder aufstand, schien er zu zögern.

»Ist sie kaputt gegangen?«, fragte ich. Überraschen würde es mich nicht. Ich hatte ein Talent dafür, wichtige Dinge entweder zu verlieren oder aus Versehen zu zerstören.

»Nein«, sagte er, »das ist es nicht.«

Ich runzelte die Stirn. »Was dann?«

»Ich glaube, da ist ein Stück abgebrochen.«

Also hatte ich sie doch kaputt gemacht. Toll. Gerade wollte ich den Mund aufmachen, als Adrian anfügte: »Es sieht aus wie eine Plakette.« Er stand auf und streckte mir das Ding entgegen, an dem ich mit meinem Nagel hängen geblieben war.

Karla und ich traten näher und sahen uns an, was Adrian vom Boden aufgehoben hatte: Tatsächlich! Es war ein ovales Stück Metall, das irgendwie auf der Schatulle klemmte, aber so, dass man nicht auf den ersten Blick sah, dass es lose war. Auf der Außenseite, die ich auch untersucht hatte, war der Teil einer Rosenblüte eingraviert – so weit nichts Neues. Aber als Adrian die kleine Plakette herumdrehte, hielt ich unwillkürlich die Luft an.

Die Rückseite war auch aus Metall, aber sie war nicht glatt, wie das Inlay der Schatulle, in dem die Knochen untergebracht worden waren. Sie war ebenfalls graviert!

»Was ist das?«, fragte Karla und wir beugten uns unisono tiefer über die Plakette. Es sah aus wie ...

»Ein Baum«, sagte ich. »Das ist ein Baum.«

Karla nickte. Dann meinte sie: »Nicht nur irgendein Baum. Siehst du die Früchte, die um den Stamm herum liegen?«

Ich nickte.

»Sind das Eicheln?«, fragte Adrian.

»Ich denke schon«, antwortete Karla.

»Könnte das der nächste Hinweis sein?« Ich spürte, wie mein Herz einen kleinen Satz machte. Hatte mein Fingernagel unabsichtlich das nächste Puzzlestück aufgedeckt? Wenn dem wirklich so war, war es die Schmerzen wert!

»Vielleicht«, sagte Adrian. »Aber Bäume wachsen viele im Harz, erst recht Eichen. Die gibt es hier wie Sand am Meer.«

»Oder es ist ein Symbol«, gab Karla zu bedenken. »Vielleicht bedeutet es etwas in der ... nun ja, in der Hexenwelt.« Sie lächelte scheu, als ob sie sich nicht sicher war, ob es in Ordnung war, das so auszusprechen.

»Ich denke, es ist wirklich Zeit, dass wir zu meinen Tanten gehen. Sie werden bestimmt einige Fragen beantworten können.«

»Das glaube ich auch«, sagte Adrian und hielt mir die Plakette und die Schatulle hin. »Es ist besser, wenn du das nimmst. Sie gehören wohl dir.«

Ich lächelte und streckte meine Hand aus. Doch noch während die Plakette den Besitzer wechselte, schien sich die Zeit mit einem Mal zu verlangsamen. Als ob alles nur noch mit der Hälfte der tatsächlichen Geschwindigkeit ablief. Es fühlte sich an wie eine Vorahnung, als würde mein sechster Sinn Alarm schlagen.

Langsam sah ich das Metallstück aus Adrians Fingern gleiten und durch die Luft schweben. Kurz überlegte ich, die Hand wegzuziehen, aber weshalb? Bis eben war doch noch alles in Ordnung gewesen.

Also ließ ich meine Hand genau dort, wo sie war. Und in dem Moment, in dem ich sie berührte, durchschlug es mich wie ein Blitz. Alles um mich herum begann sich zu drehen, so heftig, dass es mir den Boden unter den Füßen wegzog.

Ich schrie, aber konnte meine eigene Stimme nicht hören. Schlug um mich, aber fand keinen Halt. Bis ich so hart auf dem Boden aufkam, dass es mir die Luft aus der Lunge presste.

Adrenalin schoss durch meinen Körper und ich riss den Kopf hoch. Sah mich um, suchte nach Adrian, der noch vor wenigen Sekunden so nah neben mir gestanden hatte, dass ich ihn hätte berühren können.

Doch er war verschwunden. *Alles* war verschwunden.

Mit klopfendem Herzen drehte ich mich einmal um die eigene Achse. Ich war nicht mehr in dem Garten von Adrians Familie. Stattdessen stand ich am Rand einer Lichtung mitten im Wald. In einiger Entfernung schwappten die sanften Wellen eines Sees an ein sandiges Ufer. Direkt davor stand die gewaltigste Eiche, die ich je in meinem Leben gesehen hatte.

Und zwischen ihren Wurzeln saßen ein Mann und eine Frau.

22

Seven for a secret, never to be told
Einen Augenblick lang blieb ich wie erstarrt stehen. Mein Hirn brauchte eine gute Minute, um zu verstehen, dass das hier unmöglich real sein konnte. Denn es wirkte so. Als ob ich es greifen könnte. Doch je länger ich im Schatten des Waldes verharrte, desto mehr fielen mir die kleinen Dinge auf, die sich falsch anfühlten: Der Wind, der an den Baumkronen zerrte und die Gräser auf dem Boden bog, strich nicht über meine Haut. Der moosige Geruch des Waldes war nicht da. Und auch, als ich mein Gewicht von einem Fuß auf den anderen verlagerte, knackte kein Ast.

Es war, als wäre ich ein Geist. Ein Geist, der durch ein Fenster eine Szene beobachtete, die er eigentlich niemals hätte sehen dürfen.

Ich kam mir schäbig dabei vor, dem Paar dabei zuzusehen, wie sie innig ineinander verschlungen dasaßen. Aber ich konnte auch nicht wegschauen, denn etwas an der Frau kam mir furchtbar bekannt vor.

Wie ferngesteuert setzte ich mich in Bewegung, ein Fuß vor den anderen, so langsam wie nur irgend möglich. Etwas in mir sagte mir, dass sie mich nicht sehen würden, dass ich für sie genauso unsichtbar war wie für den Rest dieser seltsamen Welt.

Als ich nur noch wenige Meter entfernt war, blieb ich stehen. Jetzt wusste ich, weshalb sie mir so bekannt vorkamen. Die beiden waren jung. Nur wenige Jahre älter als ich. Der Mann hatte braunes Haar mit einem Rotstich, sein Gesicht war von Sommersprossen übersät. Von der Frau sah ich nicht mehr als ihr helles langes Haar, das zu einem Zopf geflochten war. Aber das war auch nicht nötig, denn die Ähnlichkeit war unverkennbar.

Wenn ich nicht gewusst hätte, dass es absolut unmöglich war, dann hätte ich darauf getippt, dass die beiden vor mir Johanna und Hendrik waren.

Als ob Johanna meine Gedanken gehört hätte, drehte sie sich um. Der Blick aus ihren kornblumenblauen Augen durchbohrte mich wie ein Pfeil.

Sie sah mich.

Das war alles, was ich denken konnte, bevor die Szenerie sich auflöste und zu einem anderen Bild wurde.

Dieses Mal stand ich hinter einer Tür, meine Hand auf das Holz gelegt, einem Gespräch lauschend. Auch dieses Mal spürte ich weder das Holz noch nahm ich Gerüche oder andere Umgebungsbedingungen wahr. Das Einzige, was ich hörte, war das Wort *Hexe*. Gleich darauf überfiel mich ein brennendes Gefühl von Verrat und die Gewissheit, dass der Mann, den ich liebte, mir das angetan hatte.

Mir wurde keine Zeit gelassen, die überwältigenden Gefühle zu verarbeiten oder auch nur im Ansatz zu begreifen, dass es nicht meine eigenen waren. Schon wurde ich zur nächsten Szene gezerrt.

Jetzt stand ich auf einem Platz mitten in einer Menschenmenge. Rauch zog über meinen Kopf hinweg, der Himmel war stahlgrau. Die Menge wogte hin und her, die Personen um mich herum schrien und schimpften. Sie warfen Dinge, schienen wütend zu sein und waren dabei auf etwas fixiert, das ich nicht sehen konnte, weil es von den vielen Körpern verdeckt wurde. Auch hier hörte ich absolut gar nichts, als hätte jemand den Ton abgedreht.

Mir wurde zunehmend unwohl, aber ich hatte nicht die Zeit darüber nachzudenken, was um mich herum geschah, denn in diesem Augenblick versetzte mir jemand einen Stoß in den Rücken. Ich taumelte vorwärts und sah erst jetzt an mir hinunter: Ich trug nicht länger meine eigene Kleidung, vielmehr hatte ich etwas an, das mich entfernt an einen Kartoffelsack erinnerte. Meine Füße waren nackt, dreckig und blutverkrustet. Ebenso meine Fingernägel und die Haut an meinen Armen. Ich war gefesselt.

Noch ein Stoß.

Ich stolperte weiter, wurde mit Dingen beworfen, die ich jedoch nicht an mir abprallen spürte. Dann gab mich die Menge frei und ich kam taumelnd zum Stehen.

Die Angst in meiner Brust war so absolut, dass ich keinen klaren Gedanken fassen konnte. Auch wenn ein kleiner Teil von mir wusste, dass auch dieses Gefühl nicht mein eigenes war.

Jemand machte sich an den Fesseln zu schaffen, mit denen meine Hände zusammengebunden waren, lockerte sie, nur um sie gleich darauf wieder festzuziehen. Danach wurde ich erneut vorwärtsgestoßen.

Erst jetzt hob ich den Kopf, um zu sehen, wohin ich gebracht werden sollte.

Als ich den Scheiterhaufen sah, zog sich alles in mir zusammen. Automatisch begann ich mich zu wehren, mich gegen die Hände zu stemmen, die mich immer näher an das Holz schubsten. Aus den Augenwinkeln sah ich einen zweiten Haufen, auf dem bereits eine Frau stand. Sie war groß und schlank und so ruhig, als würde ihr Leben nicht gerade am seidenen Faden hängen. Sie beobachtete mich bei meinen vergeblichen Versuchen, nicht an den Pfahl auf dem Scheiterhaufen gebunden zu werden, ihren Mund umspielte dabei ein kleines Lächeln.

Wut explodierte in meiner Brust – so mächtig wie ein Donnergrollen. Am liebsten hätte ich ihr Feuer persönlich entfacht.

Sie war schuld.

Schuld an allem.

Doch ich hatte keine Zeit mehr ihr etwas zuzurufen, denn in diesem Moment schob mich jemand auf den Haufen und band mich fest.

Danach ging alles ganz schnell: Aus der Menge heraus traten mehrere Personen mit brennenden Fackeln. Sie umschlossen die Scheiterhaufen und warfen die Fackeln gleichzeitig in das trockene Reisig, das sofort Feuer fing.

Verzweifelt versuchte ich mich aus dem Seil zu winden, das mich an den Pfahl fesselte. Aber es war so fest gebunden, dass es in mein Fleisch schnitt. Keine Chance, ich würde hier nicht rauskommen. Und selbst wenn es mir gelang, würden mich die Männer, die jetzt um den Haufen herumstanden, wieder einfangen.

Mein Blick zuckte über die Menge aus verzerrten Gesichtern und blieb an einem hängen, das ich kannte. Sehr gut sogar.

Es war Adrians.

Wir starrten uns an, hielten uns aneinander fest. Er schien genauso geschockt und außer sich zu sein wie ich. Aber er tat nichts. Er stand einfach nur da und schaute zu.

Ein weiteres Mal löste sich die Szene um mich herum auf.

Als ich wieder klar sehen konnte, stand ich erneut unter der Eiche, die ich ganz zu Anfang dieses verrückten Trips gesehen hatte. Doch nun war sie verwaist. Niemand saß unter ihren Wurzeln und trotzdem wurde mein Blick fast magisch von dem Baum angezogen – hin zu einem Astloch weit über meinem Kopf, das ich von hier aus nur schemenhaft sah.

Mit traumwandlerischer Sicherheit lief ich auf den Baum zu, beinahe so, als würde mich jemand führen. Dort angekommen verstand ich, weshalb ich hier war: Es war das nächste Versteck. Die nächste Botschaft. Kenntlich gemacht durch einen Halbmond, der in den Stamm geritzt worden war. Dort würde ich den nächsten Hinweis finden. Dessen war ich mir in diesem Augenblick völlig sicher. Und noch etwas wurde mir klar: Das, was ich gerade erlebt hatte, war für mich bestimmt gewesen. Johanna hatte es mir zeigen wollen, weil sie darauf vertraute, dass ich verstand. Dass ich ihr und damit letztlich auch mir selbst helfen würde.

Hastig schaute ich mich noch einmal um, versuchte mir alles einzuprägen, Landmarken, die mich dabei unterstützen würden, diesen Ort wiederzufinden, ihn in mein Gedächtnis zu brennen.

Und noch während ich das tat, wurde die Umgebung um mich herum dunkel. Das Einzige, was ich sah, bevor die Vision langsam verblasste, waren sieben Elstern, die mich anstarrten. Es fühlte sich an, als würde ich fallen.

Fallen.

Fallen.

Dann schlug ich auf einem Betonboden auf. Dieses Mal spürte ich den Schmerz, der durch meinen Arm schoss.

Ich war zurück in der Realität.

Schnell rappelte ich mich auf und klopfte mir den Dreck von der Hose. Noch während ich das tat, erkannte ich den Ort, an dem ich mich befand: Ich war in einem Haus. Und zwar nicht in irgendeinem, sondern in dem meiner Tanten.

Wie konnte das sein? Was war da gerade mit mir passiert? Jetzt, wo ich nicht mehr kurz davorstand, auf einem Scheiterhaufen verbrannt zu werden, konnte ich die drängenden Fragen nicht länger beiseiteschieben. War ich in die Vergangenheit gereist? Hatte auf der Plakette eine Droge gehaftet, die bei Kontakt mit der Haut Halluzinationen auslöste? Aber warum zum Henker war ich dann hier?

Mein Hirn produzierte immer weitere Fragen, die sich so schnell in meinem Kopf drehten, dass mir schwindelig wurde.

Ich kam nicht mehr dazu, mir weiter über die Gründe Gedanken zu machen, denn in diesem Moment wurde die Tür aufgerissen. Meine Tante Alma stand im Rahmen und starrte mich mit großen Augen an. »Nora!«

Unwillkürlich musste ich schlucken. Bei all den Dingen, die in der Zwischenzeit passiert waren, hatte ich noch gar nicht darüber nachgedacht, wie ich mich bei meinen Tanten entschuldigen sollte.

Als hätte Alma meine Gedanken gelesen, ließ sie den Wäschekorb fallen und zog mich in eine feste Umarmung. »Gott sei Dank! Also hatte Azem doch recht.«

Ich fragte nicht, womit der Kater hätte recht behalten können, denn noch während Alma mich an ihre Brust drückte, sprang mich ein schwarzer Schatten an. Ich stieß einen überraschten Laut aus und machte automatisch einen Schritt zurück. Azem war mit zwei großen Sätzen an meinem Arm nach oben geklettert und saß jetzt auf meiner Schulter, als wäre es nie anders gewesen. Ich streichelte seine Pfote, die sich direkt auf meinem Schlüsselbein befand.

Alma zwinkerte mir zu. »Er hat dich eben vermisst.«

Das schlechte Gewissen brannte in meiner Brust und ich senkte den Blick. »Es tut mir leid«, sagte ich leise. »Ich hätte nicht weglaufen dürfen.«

»Oh, das hätte ich an deiner Stelle auch getan«, sagte Alma mit einem Lächeln. »Aber wir beide wussten, dass du wieder zurückkommen würdest.«

Überrascht zog ich eine Augenbraue nach oben. »Obwohl mir das selbst nicht klar war?«

»Ja«, sagte sie schlicht. Erst jetzt realisierte ich, dass wir uns im Keller befanden. Die ganze Situation wurde immer skurriler. Ich brauchte eine Erklärung. Jetzt.

»Alma, ich … ich bin nicht einfach durch die Tür hineingekommen.«

Meine Tante richtete sich auf. »Wie meinst du das?«

»Also das … das ist eine längere Geschichte.«

»Dann lass mich kurz die Waschmaschine anstellen.« Mit drei Handgriffen schloss sie die Maschine und wählte das Programm. Dann gingen wir zusammen nach oben.

In der Küche angekommen setzte Alma einen ihrer Tees auf und als zwei Tassen dampfend vor uns standen, sagte sie: »Jetzt kannst du alles erzählen.«

Mein Blick wanderte zu Azem, der mir immer noch nicht von der Seite gewichen war. Schließlich begann ich einfach am Anfang: warum ich weggelaufen war, was Karla über die Burgruine herausgefunden hatte, dass wir sie besucht und was wir dort gefunden hatten.

Die Augen meiner Tante wurden immer größer, bis ich bei dem Teil angekommen war, bei dem wir uns dafür entschieden hatten, die Überreste von Katharina im Garten zu verbrennen. Sie schlug die Hand vor den Mund. »Nora! Das hätte schiefgehen können. Jeder so mächtige Zauber braucht kontrollierte Bedingungen und vor allem erfahrene Hexen, um ihn zu brechen.«

»Ich weiß«, sagte ich und senkte schuldbewusst meinen Kopf. »Jetzt jedenfalls. Aber es ist gut gegangen, glaube ich jedenfalls.«

Meine Tante atmete einmal kontrolliert ein und wieder aus, dann erwiderte sie: »Es spielt keine Rolle. Du bist wieder hier und du hast mehr über den Zauber herausgefunden als irgendwer sonst.«

»Und ich glaube, dass das einen Grund hat«, platzte ich heraus, froh darüber, dass wir endlich bei dem Thema angekommen waren, das mir auf der Seele brannte.

»Inwiefern?«, fragte Alma.

»Es hat damit zu tun, wie ich hergekommen bin, ins Haus, meine ich.«

»Und?«, fragte Alma, die offensichtlich erst einmal verdauen musste, was ich ihr eröffnet hatte.

»Wir haben die Überreste in der Feuerschale verbrannt«, begann ich. »Und wollten danach zu euch.« Sie nickte. »Von der Schatulle, in der die Knochen lagen, hat sich eine Plakette gelöst. Auf der Rückseite ist ein Baum eingraviert, eine Eiche. Adrian hat sie aufgehoben und mir zurückgegeben, aber dann ...« Ich brach ab. Bei der Erinnerung an das, was danach passiert war, war mir immer noch unwohl.

»Was dann?«, fragte Alma und klang dabei alarmiert.

»Es war, als hätte sich die Wirklichkeit um mich herum plötzlich aufgelöst. Ich war an mehreren Orten, die sich angefühlt haben wie Filmszenen. Nur viel realistischer.«

»Konntest du Dinge ... hören?«, fragte Alma.

»Nein. Es war, als hätte jemand den Ton abgedreht, aber ich konnte etwas fühlen ... das ja!«, antwortete ich.

»Waren es deine eigenen Gefühle?«

Ich schüttelte den Kopf. »Nein und ja. Es war seltsam. Ich konnte nachfühlen, was die Person empfunden hat, und je länger ich in diesem Zustand war, desto mehr wurden diese Gefühle auch zu meinen eigenen.«

»Hast du die Vision als Beobachterin erlebt oder aus der Perspektive der Betroffenen?« Alma hörte sich an, als wäre der Vorfall selbst nichts Neues für sie. Das beruhigte mich und schürte meine Neugier. »Also war das, was ich hatte, eine Vision?«

»Es klingt für mich danach. Was hat sie dir gezeigt?«

Ich erzählte von dem Baum und dem Paar und davon, dass mich Johanna, wenn sie es denn war, direkt angeschaut hatte ... als hätte sie mich wahrhaftig gesehen. »Am Anfang war Ich ich. Aber nachdem sie mich angesehen hat, habe ich alles aus ihrer Perspektive heraus erlebt. Ich ... ich habe einfach gewusst, dass jemand sie verraten hat, ihr Freund, glaube ich. Danach stand ich auf dem Scheiterhaufen, neben mir Katharina – und Adrian stand im Publikum.«

»Adrian? Der Sohn des Bürgermeisters?«, fragte Alma.

Ich konnte die Verwunderung in ihrer Stimme hören.

»Der Mann sah aus wie Adrian, aber es könnte auch Johannas Geliebter gewesen sein.«

Meine Tante warf mir einen sorgenvollen Blick zu. »Weißt du, Nora, jede Vision hat bis zu einem gewissen Grad etwas mit demjenigen zu tun, der sie durchlebt. Es kann gut sein, dass Johanna dir etwas zeigen wollte, aber manche Elemente beeinflusst du ganz allein.«

»Was willst du damit sagen?«

»Ich spüre, dass ihr euch nahesteht. Auch wenn wir dich vor ihm gewarnt haben.«

Einem Reflex folgend verschränkte ich die Arme vor der Brust, aber Alma fuhr fort, bevor ich etwas dazu sagen konnte.

»Ich verstehe das, manchmal passieren Dinge, weil sie sein sollen. Aber ...«

»Aber du denkst, dass ich Zweifel hege?«, beendete ich ihren Satz.

»Sonst hättest du den Mann in der Menge nicht als ihn erkannt.«

Meine Tante drückte meine Hand, aber ich schob den Gedanken beiseite. Woran sollte ich zweifeln? Es war doch kaum etwas zwischen uns passiert. Und dennoch gab ein kleiner Teil in mir ihr recht.

»Was ist dann geschehen?«, fragte Alma, wahrscheinlich um mich abzulenken.

»Die Vision ist zu der Eiche zurückgekehrt. Mir wurde der Ort gezeigt, an dem der zweite Teil von«, ich musste schlucken, »von Katharinas Überresten versteckt ist.«

Meine Tante nickte, als hätte sie damit gerechnet: »Wir sollten wieder zu den anderen gehen, sie sind in Frankas Arbeitszimmer.«

»Was? Aber ich dachte ...«

»Du dachtest, dass nun alles wieder seinen ganz alltäglichen Gang geht?«, fragte Alma.

»Ja, du wirkst so ruhig.«

Sie schmunzelte. »Das bin ich auch, aber du kennst ja Franka. Ihr Temperament ist ein bisschen ausgeprägter als meines, genauso wie ihr telepathisches Talent. Aber sie hatte noch nie einen besonders guten Draht in die Zukunft.«

»Anders als ... du?«, fragte ich.

»Das könnte man so sagen.« Alma stellte ihre Teetasse auf dem Tisch ab. »Verzeih ihr, wenn sie dich gleich angeht. Sie liebt dich so wie ich, sie hatte furchtbare Angst um dich. Und sie ließ sich durch nichts, was ich gesagt habe, davon abbringen.«

Da war es wieder, das schlechte Gewissen. »Aber du wusstest, dass ich es schaffen würde?«

»Hm.«

»Woher?«

»Es ist meine Gabe, Nora. Jede Hexe hat eine, die nur ihr gehört. Aber bevor wir dir mehr darüber erzählen, sollten wir uns um die dringlicheren Fragen kümmern.«

»Den Zauber.«

»Zum Beispiel. Oder weshalb gerade *du* so viel über ihn herausgefunden hast, nach all den Jahren. Ich habe kein gutes Gefühl dabei. Es steckt mehr dahinter, als wir vermuten.« Meine Tante stand auf. »Komm!«

Ich hielt sie am Arm zurück. »Bevor wir gehen, darf ich noch eine Frage stellen?«

»Natürlich.«

Mein Herz machte einen nervösen Satz, aber ich gab mir einen Schubs. »Wenn du die Zukunft sehen kannst, wie wird es ausgehen? Werden wir es schaffen?«

Alma sah mich aufmerksam an. »Die Zukunft ist ein verzwicktes Ding, es gibt so viele Pfade, die wir beschreiten können, und alle enden an unterschiedlichen Enden. Ich spüre ... Wahrscheinlichkeiten.«

»Und ... und wie wahrscheinlich ist es, dass wir lebend aus der Sache herauskommen?«

Sie zögerte. »Es ändert sich stündlich«, sagte sie schließlich. »Aber noch ist die Hoffnung nicht verloren.«

23

Als wir die Treppe ins obere Stockwerk hinter uns gelassen hatten, atmete ich einmal tief durch. Alma klopfte kurz an der Tür, bevor wir eintraten.

Bis jetzt war ich noch nie in Frankas Arbeitszimmer gewesen. Hier kümmerte sie sich um die buchhalterischen und kaufmännischen Aufgaben, den Laden betreffend, außerdem schien sie auch privat eine Schwäche für Kristalle zu haben, denn an den Wänden waren Hängeregale aus schwarzem Metall angebracht worden, auf denen sich die Kristalle eng an eng drängten. Vor dem Fenster stand der Schreibtisch. Er sah ganz anders aus als der im Arbeitszimmer des Bürgermeisters: Frankas Schreibtisch war riesig, aber bei Weitem nicht so massiv. Um ihn herum standen drei Personen: Die beiden Frauen, die ich schon in der Küche gesehen hatte, und auch der Mann. Die alte Hexe fehlte. Franka saß auf einem Bürostuhl und blätterte wie verrückt in einem Buch, als würde sie etwas sehr dringend suchen.

Alle blickten auf, als wir den Raum betraten.

»Schau, wer hier ist, Franka. Ich habe dir gesagt, es löst sich von allein.« Alma hatte ihre Hand auf meinen Unterarm gelegt – ob sie mich beruhigen oder an einem erneuten Weglaufen hindern wollte, war mir nicht ganz klar. Aber dieses Mal würde ich nicht auf dem Absatz kehrtmachen und aus dem Haus stürmen.

Als sie mich sah, weiteten sich ihre Augen. Kurz war sie sprachlos, dann klappte sie das Buch zu und fuhr sich mit der Hand über das Gesicht. »Der Göttin sei Dank«, murmelte sie. Als sie sich von ihrem Schock erholt hatte, durchbohrte sie mich mit einem Blick, der eine Mischung aus unglaublicher Erleichterung und blanker Wut war. »Was hast du dir dabei gedacht? Weißt du eigentlich, wie wenig Zeit wir noch haben, Nora?«

»Nicht viel«, gab ich zu. »Aber ich habe einiges herausgefunden.«

»Das …« Sie schnaubte und brach dann in haltloses Gelächter aus, das ich so von ihr niemals erwartet hätte. Auch die anderen schauten Franka an, als hätte sie den Verstand verloren. »Ich bin einfach froh, dass du wieder da bist. Versprich mir, dass du das nie, nie, nie wieder tun wirst.«

»Ich versuche es«, sagte ich und dann: »Es tut mir leid. Ich hätte auf euch hören sollen, aber es war einfach so unfassbar – diese ganze Hexensache. Ich brauchte Zeit für mich, um es zu begreifen.«

»Das kann ich gut verstehen«, sagte Franka und auch eine der beiden Frauen nickte mitfühlend.

Dann setzten Alma und ich die anwesenden Mitglieder des Tannenburger Hexenzirkels in Kenntnis über all das, was Adrian, Karla und ich herausgefunden hatten. Noch während wir sprachen, fiel mir siedend heiß ein, dass ich mich bei keinem der beiden gemeldet hatte, seit ich aus dem Garten verschwunden war. Sie mussten sich furchtbare Sorgen machen!

Doch gerade, als ich mein Handy hervorziehen wollte, klappte die Tür zum Arbeitszimmer auf. Die alte Frau, die in der Küche meine Hand gehalten hatte, stand im Türrahmen.

Sie erfasste die Situation innerhalb von Sekunden, bevor sie sagte: »Deine Vermutung war richtig, Franka: Es war kein Zufall, dass Nora diesen Sommer nach Tannenburg gekommen ist.«

Meine Tante und ich fragten gleichzeitig: »Wie das?«

Die Alte warf mir ein schnelles Lächeln zu, als wäre es auch für sie keine Überraschung, mich hier zu sehen.

»Ich habe mit Ida telefoniert. Wir haben bei der Überlieferung des Fluchs, den Katharina ausgesprochen hat, etwas … einen Fehler übersehen.«

»Ein Fehler?« Franka schüttelte den Kopf. »Wir haben uns jahrhundertelang daran gehalten und jetzt stellt Ida fest, dass unsere Vorfahren einen Fehler gemacht haben?«

Die alte Frau presste ihre Lippen zusammen. »Es war nicht besonders offensichtlich, weißt du«, sagte sie, der tadelnde Unterton war unüberhörbar. »Ohne das, was Nora euch erzählt hat, wären wir nie darauf gekommen.«

»Was?«, fragte ich verwirrt. »Was habe ich denn erzählt?«

Almas Hand strich beruhigend über meinen Arm. »Du hast davon berichtet, dass du Vögel siehst, erinnerst du dich?«, sagte sie.

Ich nickte. »Ja, aber was hat das mit dem Fluch von Katharina zu tun?«

»Du hast sie lange vor der Sommersonnenwende gesehen«, sagte die Alte. »Das hätte nicht passieren dürfen, wenn der Fluch erst am 21. Juni die jüngste Tochter der Familie treffen würde.«

Mein Blick musste die Ratlosigkeit verraten haben, die sich angesichts dieser Aussage in mir ausbreitete. Deshalb fuhr die alte Frau fort.

»Wir sind all die Zeit davon ausgegangen, dass der Fluch an Tannenburg und die Sommersonnenwende gebunden ist. Deshalb haben alle Mütter über die Generationen ihre jüngsten Töchter zu dieser Zeit aus dem Ort geschafft.«

»Aber das war gar nicht nötig?«, fragte ich.

Die Alte machte eine vage Bewegung mit der Hand. »Das kann ich nicht sagen. Aber wir glauben inzwischen, dass der Fluch nicht unbedingt nur an Tannenburg und am 21. Juni hängt, sondern vor allem auch an der Person. Er hat sich schon in Berlin an dich geheftet, Nora, als du dich dazu entschieden hast, nach Tannenburg zu fahren. Es ist egal, ob du den Ort jetzt noch verlässt. Der Fluch wird dich einholen – ganz egal, ob du hier im Harz bist oder nicht.«

»Also geht es um mich?«

»Ja und nein.« Sie hob die Hand, als ich die nächste Frage stellen wollte. »Nicht unbedingt um dich, Nora, aber um eine Hexe aus eurer Familie, die so ist wie du.«

»So ist wie ich?«, murmelte ich. »Aber ich habe doch keine Ahnung, wer ich bin. Als Hexe, meine ich. Bis gestern dachte ich noch, dass das alles absoluter Humbug ist. Wie kann ausgerechnet ich so wichtig sein?«

»Weil es in deiner Familie schon immer ganz besonders mächtige Hexen gegeben hat.« Die Alte suchte meinen Blick, als wollte sie verhindern, dass ich ihre Behauptung als Unsinn abtat. »Du weißt es jetzt vielleicht noch nicht, aber Katharina – oder das, was von ihr übrig ist – schon. Sie spürt, dass du ihr von großem Nutzen sein kannst. Deine örtliche Nähe macht es einfacher für sie.«

Franka, die bis jetzt zugehört hatte, nahm ihre Hand vom Kinn. »Das ergibt Sinn«, sagte sie. »Das würde auch erklären, weshalb Glenna damals im Camp Vögel gesehen hat, aber nie mehr passiert ist.«

Glenna war der Vorname meiner Mutter. Sie benutzte ihn ungern, weil er wie der Name einer Großmutter klang, wie sie immer sagte. »Sie hat auch Vögel gesehen?« Meine Stimme klang genauso fassungslos, wie ich mich fühlte.

»Ja«, antwortete Franka nachdenklich. »Sie war die jüngste Tochter, das weißt du ja. Sie wurde von Ida jeden Sommer wahlweise nach Bayern oder an die See geschickt, so weit weg wie möglich, damit der Fluch sie nicht treffen konnte, und später war sie das ganze Jahr über fort.«

»Und fast jedes Jahr hat sie davon erzählt, dass Vögel, um genau zu sein, Elstern, sie beobachtet hätten«, fügte Alma hinzu. »Franka und ich haben das immer abgetan, aber nur, weil wir erst später von dem Reim erfahren haben. Auch Ida hat Glenna nie erzählt, was es damit auf sich hatte. Das alles muss dann dazu geführt haben, dass sie dachte, sie sei das schwarze Schaf der Familie ... die ungeliebte Tochter.«

»Ida wollte es so.« Franka schien ihre Mutter verteidigen zu wollen, auch wenn das gar nicht nötig war. Ich war die Letzte, die Oma Ida verurteilte.

»Aber das würde ja bedeuten, dass meine Mutter auch eine mächtige Hexe hätte sein müssen. Sonst wären ihr die Vögel nicht erschienen«, schlussfolgerte ich. »Wie kann das sein, sie hat keine Kräfte.«

Alma und Franka tauschten einen Blick. Es war offensichtlich, dass sie mir etwas verschwiegen. Schließlich antwortete Franka: »Deine Mutter hatte Kräfte, Nora. Aber bevor sie sich zeigen konnten, hat sie sich ihrer ... entledigt. Auch weil sie nicht daran glaubte, dass der Fluch wirklich existiert.«

»Das geht?«, fragte ich. »Warum kann ich das nicht auch tun, dann wäre das Problem gelöst!«

»Nein!« Almas Hand klammerte sich um meinen Unterarm. »Du weißt nicht, was du dir da wünschst.«

»Nora«, Franka sah mich beschwörend an, »es ist nicht so einfach, wie du denkst. Deine Mutter hat ihre Magie nie genutzt, sie hat eine Inselbegabung, die sie besonders gemacht hat, mehr nicht. Ihre Verbindung mit ihrer Magie war nie besonders stark, das ist bei dir anders.«

»Woher willst du das wissen?« Ich war noch nicht bereit, mich von diesem einfachen Weg zu verabschieden.

»Du sprichst mit Tieren. Du hast Visionen. Und du hast dich mithilfe deiner Kraft in der Höhle verteidigt – obwohl du nie ausgebildet wurdest. Ja, deine Magie ist wankelmütig und du kannst dich nicht auf sie verlassen ... noch nicht. Aber sie ist so viel stärker, als es die von Glenna jemals war. Außerdem«, sie durchbohrte mich weiter mit ihren durchdringenden Augen, »gibt es nur einen Zauber, der dazu führt, dass du deine Kräfte verlierst. Und dieser Zauber fordert ein Opfer.«

»Was für eins?« Mir schwante Böses.

»Franka, mir ist nicht wohl dabei, wenn wir es ihr erzählen.« Alma hatte ihre Hand von meinem Arm genommen und knetete nun ihre Finger. »Glenna hätte es tun müssen.«

»Du weißt genauso gut wie ich, dass unsere liebe Schwester schon immer die Augen vor der Wahrheit verschlossen hat. Wenn wir es nicht tun, wird Nora es niemals erfahren.«

»*Was* werde ich nicht erfahren?«, fragte ich, auch wenn mein Magen bei der Frage einen Purzelbaum machte.

»Das Opfer, das deine Mutter bringen musste ...«, begann Franka, aber Alma unterbrach sie. »Versprich mir, dass du uns nicht böse bist«, sagte sie an mich gewandt. »Wir wussten nicht, dass das passieren würde.«

»Das *was* passieren würde, verdammt?«

»Alma.« Franka war nun aufgestanden. »Hör auf damit. Wir haben keine Schuld daran.« Dann wandte sie sich an mich: »Deine Mutter wollte ihre Kräfte loswerden, um ein normales Leben mit deinem Vater führen zu können. Sie hatte ihn in jenem Sommer kennengelernt und sich Hals über Kopf in ihn verliebt. Sie hat darum gebettelt, dass wir ihr helfen, also haben wir es getan.« Die Erinnerung schien ihr zu schaffen zu machen, trotzdem fuhr sie fort: »Die Energie, die uns geschenkt wird, kann zwar von der Hexe abgetrennt werden, aber sie löst sich nicht einfach in Luft auf. Sie muss irgendwo hin oder besser gesagt: zu irgendjemandem. Der Zauber, den deine Mutter angewandt hat, hätte ihre Kräfte auf Alma und mich gleichermaßen verteilen sollen.«

»Aber etwas ist schiefgelaufen«, erzählte Alma weiter. »Denn was Glenna zu diesem Zeitpunkt nicht wusste, war, dass sie schwanger war.«

Mir stockte der Atem.

»Der Grund, Nora, weshalb du eine so mächtige Hexe bist, ist der …«, fing Alma an.

»… dass die Kräfte deiner Mutter auf dich übergegangen sind, als sie diesen Zauber angewandt hat. Du besitzt deine eigene Magie und die deiner Mutter on top.« Franka seufzte. »Wir haben ihr gesagt, dass sie dich nicht jenseits von allem großziehen kann. Dass die Wahrscheinlichkeit, dass du – wie sie – eine schwache Bindung zu deinen Kräften haben würdest, verschwindend gering ist. Dass sie dich damit in Gefahr bringt, wenn sie dir nichts erzählt. Aber sie wollte nicht hören. Der einzige Grund, weshalb sie alle paar Jahre zu Weihnachten mit dir hier aufgetaucht ist, war, um dich von uns untersuchen zu lassen. Vielleicht erinnerst du dich an die kleinen Spiele, die wir gespielt haben, damals als du noch jung warst.«

Das tat ich und schon damals hatte ich diese Spiele seltsam gefunden. Natürlich war mir nie in den Sinn gekommen, sie zu hinterfragen, schließlich hatten weder Franka noch Alma mir je das Gefühl gegeben, dabei etwas falsch zu machen.

Meine Gedanken drehten sich. Beinahe so schlimm wie nach der Vision. Seltsamerweise überraschte mich nicht, was meine Mutter getan hatte. Sie hatte für sich zu jeder Zeit an erster Stelle gestanden und unsere Beziehung war schon immer eher angespannt gewesen. Ja, sie war meine Mutter, aber nachdem mein Vater gegangen war, waren wir ständig umgezogen. Erst nach Rostock, dann nach Hamburg, Greifswald und Bremen, danach wieder nach Berlin. Jeder Umzug hatte mit einer neuen Liebelei zusammengehangen, die meine Mutter dazu gebracht hatte, alle Zelte abzubrechen, nur um nach wenigen Wochen, Monaten oder Jahren zu merken, dass es nicht die richtige Entscheidung gewesen war. Sie war all die Zeit weggelaufen und hatte mich hinter sich her geschleift – ein Anhang, den sie nicht loswerden konnte.

Unwillkürlich musste ich den kratzigen Ball hinunterschlucken, der sich in meiner Kehle festgesetzt hatte. Warum hatte sie mir nie erzählt, wie sie ihre Kräfte losgeworden war? Dass sie ihre Kräfte nicht mehr hatte haben wollen, konnte ich sogar verstehen und dass der Zauber nach hinten losgegangen war, war Pech gewesen. Aber ...

»Warum, verdammt, hat sie mir nie etwas gesagt?« Ich konnte nicht verhindern, dass meine Stimme erstickt klang. Die ganzen Jahre über hatte ich sie geliebt, wie hätte ich das auch nicht tun können? Sie war meine Mutter. Aber ich hatte gespürt, dass etwas zwischen uns stand. Ich hatte gespürt, dass ich sie an etwas erinnerte, was sie lieber vergessen wollte. Jetzt wusste ich, was es war.

Franka senkte den Blick. Sie war genauso enttäuscht von meiner Mutter wie ich. Nur hatte sie es so lange für sich behalten müssen, um mich zu schützen, während sie gleichzeitig mit Alma sichergestellt hatte, dass es mir gut ging. »Weil sie das alles hier nicht mehr kennen wollte«, antwortete meine Tante endlich.

Zum ersten Mal sah ich so etwas wie Trauer in ihren Zügen. Franka war gut darin, ihre Gefühle hinter einer Fassade zu verstecken, genau wie meine Mutter. Erst jetzt wurde mir klar, dass sie ihre Schwester verloren hatte.

»Warum habt ihr es mir nicht früher gesagt?«, fragte ich leise.

»Wir wollten es«, sagte Alma, »aber Glenna hat es verboten. Sie sagte, wenn wir dir erzählen, was du ... wer du bist, dann würden wir dich nie wiedersehen. Abgesehen von der Tatsache, dass wir unsere Nichte nicht verlieren wollten, war uns auch klar, dass dich das in noch größere Gefahr bringen würde.«

»Weil ihr nicht mehr hättet prüfen können, wie es um meine Kraft steht.«

»Genau.«

Franka machte einen Schritt auf mich zu, nahm meine Hände in ihre. Ihre Haut war eiskalt. »Es tut mir leid, Nora. Alles. Du hättest davon auf andere Art und Weise erfahren sollen, aber nun ist es so gekommen. Ich hoffe, du kannst uns verzeihen.« Sie ließ meine Hände wieder los.

Ich brauchte einen Augenblick, um das, was sie mir gerade erzählt hatten, sacken zu lassen. Es war so viel auf einmal, zusätzlich zu dem ganzen anderen Scheiß, mit dem ich mich schon auseinandersetzen musste. Wie sagte man so schön? Ein Unglück kam selten allein.

Nachdem der erste Schock überwunden war, stellte sich in meiner Brust jedoch so etwas wie Erleichterung ein. Zum ersten Mal ergab alles Sinn: All die Fragen, die ich über die Jahre hinweg angesammelt hatte – zu unserer Familie, zu der Vergangenheit meiner Mutter, das schlechte Verhältnis zu meinen Tanten betreffend –, waren mit einem Schlag beantwortet worden. Zwar verletzte mich die Wahrheit, aber es war gut, sie endlich zu kennen. Und meine Tanten waren die Letzten, die sich bei mir entschuldigen mussten. Deshalb sagte ich: »Ich bin euch nicht böse ... eher froh, dass es endlich gesagt wurde.« Alma atmete hörbar aus, aber ich war noch nicht fertig: »Meint ihr, dass das alles der Grund ist, weshalb Katharina sich auf mich fokussiert?«

Eine der Frauen, die bis jetzt still geblieben war, antwortete anstelle meiner Tanten: »Du erfüllst alle Voraussetzungen, Nora. Bevor ihr hochgekommen seid, haben wir noch darüber nachgedacht ... Bei dir laufen einfach alle Fäden zusammen: Du besitzt die Kraft von zwei Hexen, du bist die jüngste Tochter der Familie und ... nun ja ...« Sie sah zu Boden. »Zwischen dir und dem Sohn des Bürgermeisters gibt es scheinbar eine ... äh ... Verbindung.«

Das hatte sie sehr schön umschifft, trotzdem wusste jeder im Raum, was damit gemeint war: Ich war genauso heftig und haltlos in Adrian verliebt wie Johanna in Hendrik. Meine Wangen begannen zu brennen. »Und warum ist das wichtig?«

»Weil damit eine perfekte Parallele zum damaligen Geschehen hergestellt ist. Für Flüche wie diesen ist es wichtig, dass möglichst viele Parameter übereinstimmen – und du bist quasi der Jackpot.«

»Na toll«, murmelte ich. »Da wäre mir eine andere Rolle lieber gewesen.«

Die Frau zuckte mit den Schultern, als wollte sie sagen: Das kann ich verstehen, aber ändern lässt es sich nicht. Natürlich war mir das klar, aber es fühlte sich trotzdem an, als hätte mir jemand einen Eimer kaltes Wasser über den Kopf gekippt. »Was jetzt?«, war deshalb alles, was ich herausbringen konnte. »Ändert das etwas an dem, was wir tun müssen? Wenn wir schnell genug sind und alle Überreste von Katharina finden, so, wie Johanna es im Sinn gehabt hat, dann besteht doch noch eine Chance, dass wir den Fluch brechen können. Oder nicht?«

Die Alte, die die letzten Minuten aufmerksam zugehört hatte, meldete sich wieder zu Wort: »Ida hat noch mehr erzählt: Johanna hat ihr Opfer nicht primär für das Dorf erbracht, sondern vor allem für ihren Geliebten. Sie hatte ihm gestanden, was sie war, bevor sie Katharina überlistet hat, um das Dorf und damit auch ihren Geliebten zu schützen. Aber er war der Meinung, dass ihr Vorhaben nicht gut genug durchdacht sei. Deshalb hat er ihr Geheimnis an seinen Vater verraten und damit beinahe den gesamten Plan zunichte gemacht. Es war reiner Zufall, dass Johanna Katharina schon so weit geschwächt hatte, dass sie sich an den Pfahl hat ketten lassen.« Sie machte eine kurze Pause, um sich zu räuspern. »Im Grunde ist es die Schuld des Jungen, dass Katharina den Fluch überhaupt aussprechen konnte. Hätte er sie nicht verraten, hätte Johanna Katharina besiegen können.«

Noch ein Puzzleteil rutschte an den richtigen Platz. In dem Moment, in dem ich begriff, dass das, was die Alte eben gesagt hatte, sich eins zu eins mit meiner Vision deckte, leuchteten auch die Augen meiner Tanten auf. Gleich darauf sah ich jedoch, wie sich Frankas Miene wieder verfinsterte. »Es ist beruhigend, dass alles zusammenzupassen scheint, aber leider heißt das auch, dass Katharina alles dafür tun wird, Nora in die Finger zu bekommen. Die Vögel ... sie verkörpern Katharina. Und auch der Fremde, den du in der Höhle getroffen hast, Nora – es würde mich nicht wundern, wenn er von ihr besessen wäre.«

So hatte ich das noch nicht gesehen, aber sie hatte wohl recht.

»Das«, sagte Alma, »und noch etwas sollten wir nicht vergessen: Sie wird jedes Druckmittel, das sie bekommen kann, gegen dich einsetzen. Deine größte Schwachstelle momentan ist ...«

»Adrian«, flüsterte ich.

»Er ist in Gefahr, Nora.« Franka sah mich beschwörend an. »Du musst ihn davon überzeugen, dass es sicherer für ihn ist, wenn er hierbleibt. Hier im Haus können wir ihn schützen, genauso wie deine Freundin Karla.«

»Ich muss ihn anrufen«, sagte ich. Die Angst um ihn und Karla war plötzlich so real, dass sich mein Brustkorb ganz eng anfühlte.

»Vielleicht ist es Schicksal, dass alles so gekommen ist, Nora.« Alma lächelte mir aufmunternd zu. »Vielleicht bist du diejenige, die den Fluch endlich von uns nehmen kann.«

»Ja«, murmelte ich. »Vielleicht ist das so.«

In diesem Augenblick klingelte es an der Haustür.

24

Kurz erstarrte jeder im Raum. Selbst Azem hörte auf sich zu putzen. Wer konnte das sein? Es war noch früher Vormittag und meine Tanten bekamen normalerweise keinen unangekündigten Besuch.

»Ich gehe«, sagte Franka und war mit zwei Schritten an mir vorbei. Ihr dicht auf den Fersen waren die beiden Frauen und der Mann. Als ich auch gehen wollte, hielt Alma mich zurück. »Warte hier, Nora.«

»Meinst du …?«, fragte ich und spürte die Angst in meinem Nacken. »Sie wird doch wohl nicht einfach an der Tür klingeln.«

»Sicher ist sicher«, antwortete meine Tante.

Also wartete ich, Alma angespannt neben mir. Die angenehme Morgensonne stand in krassem Kontrast zur Situation.

Ich lauschte, als Franka unten Anweisungen bellte. Die anderen schienen sich ihr ohne Probleme unterzuordnen. War sie die Anführerin des Zirkels? Wenn ich nicht solche Angst gehabt hätte, hätte ich meinen Tanten am liebsten ein Loch in den Bauch gefragt. Das alles hier war eine komplett neue Welt für mich. Ich wusste nichts darüber, obwohl ich jetzt ein Teil von ihr war. Ob ich jemals die Chance bekommen würde, die Hexenwelt kennenzulernen?

Unten öffnete jemand die Haustür. Hoch konzentriert versuchte ich jedes noch so kleine Geräusch aufzunehmen. Als Azem von dem Fensterbrett, auf dem er bisher gesessen hatte, auf den Boden sprang, war ich nicht die Einzige, die vor Schreck zusammenzuckte. Er strich um meine Beine, um danach wie ein lebendig gewordener Schatten aus der Tür zu schlüpfen.

Erst hörte ich überhaupt nichts, dann drangen zwei wohl bekannte Stimmen zu uns hinauf: Karla und Adrian!

Bevor Alma mich abhalten konnte, hatte ich die Tür aufgerissen und stürzte die Treppe nach unten.

Gerade hörte ich Karla sagen: »Sie ist einfach verschwunden, als ob sie sich in Luft aufgelöst hätte. Wir haben sie überall gesucht, aber nirgendwo gefunden, deshalb sind wir hergekommen …«

Ihre Augen weiteten sich, als sie mich die Treppe hinunterlaufen sah. Bevor ich mich bremsen konnte, hatte ich Adrian umarmt. Es war mir egal, was meine Tanten dachten, die Angst, die ich um ihn und Karla gehabt hatte, war immer noch da. Zusammen taumelten wir einige Schritte zurück, dann fingen wir uns.

Er strich mir einmal vorsichtig über den Rücken, bevor er mich auf Armeslänge von sich schob. »Geht es dir gut?«, fragte er, seine Augen dabei so ernst, als wäre es nicht er, der sich in Gefahr befand.

»Ja«, brachte ich hervor. »Euch auch?«

»Uns auch?« Das war Karla, die ihre Arme vor der Brust verschränkt hatte. »Wir sind nicht einfach verschwunden … Übrigens«, sie schüttelte den Kopf, »danke der Nachfrage, ich habe dich auch vermisst.«

Peinlich berührt ließ ich Adrian los, um auch Karla zu umarmen. »Du mich auch«, flüsterte ich und sie knuffte mich als Revanche in die Seite.

Tante Franka hatte sich die Szene mit etwas Abstand angesehen, jetzt räusperte sie sich. »Ihr solltet hereinkommen«, sagte sie, während sie Adrian mit einem ernsten Blick bedachte. Ihm schien das nicht zu entgehen, aber er folgte ihrer Einladung, wenn auch zögerlich. Er wollte es sich nicht anmerken lassen, aber ich sah ihm ganz genau an, dass er sich schon länger fragte, wie das Haus meiner Tanten wohl von innen aussah. Ob es seine Erwartungen erfüllte?

Franka schloss hinter Karla und Adrian die Tür, der Rest des Zirkels hatte sich in einigem Abstand so aufgestellt, dass sie Karla und Adrian jederzeit umzingeln konnten. Danach sagte meine Tante: »Bitte bleibt dort stehen. Nora, komm hier rüber.«

Ich sah sie verwundert an, tat aber, worum sie mich bat. Als ich hinter ihr im Rahmen der Küchentür stehen geblieben war, murmelte Franka etwas und die Decke begann zu leuchten.

Mein Kopf ruckte nach oben und was ich dort sah, ließ meinen Atem stocken: An die Decke war ein Pentagramm gemalt worden. Allerdings war ich mir ziemlich sicher, dass es sich dort erst vor wenigen Momenten gezeigt hatte.

Das Pentagramm strahlte hell, es wirkte, als würde das Licht, das von ihm ausging, auf Adrian und Karla hinunterperlen. Beide starrten die Lichttropfen mit großen Augen an, wichen jedoch auch dann nicht zurück, als die ersten ihre Haut berührten.

Sie flossen wie flüssiges Gold über Karlas Hand, die sie staunend ausgestreckt hatte, und tropften in den Holzboden unter ihren Füßen. Nachdem Franka diesen Prozess einige Sekunden in angespannter Haltung beobachtet hatte, ließ sie ihre Schultern beruhigt sinken.

Mit einer Handbewegung sorgte sie dafür, dass das Licht erlosch. Das Pentagramm verschwand mit ihm, als wäre es nie da gewesen. Ich hatte meine Tante zum ersten Mal zaubern sehen. Jedenfalls glaubte ich, dass sie das gerade getan hatte. Warum erstaunte mich das immer noch so sehr? Ich hatte den Kapuzentypen in der Höhle mit einem Energiestrahl ausgeknockt. Was war so unglaublich daran, dass meine Tante ein Pentagramm heraufbeschwor?

Alles, dachte ich. Einfach alles.

Ein Teil von mir hatte immer noch nicht ganz mitbekommen, dass das jetzt mein Leben war, und reagierte entsprechend.

Karla hingegen wirkte hellauf begeistert. »Abgefahren«, murmelte sie. »War das ein Schutzzauber?«

Frankas Miene blieb einen Herzschlag lang undurchdringlich, dann sagte sie mit einem spitzbübischen Grinsen: »Gut geraten.«

Meine Freundin erwiderte das Grinsen. »Sind wir sauber?«

»Fürs Erste«, sagte Franka. »Jedenfalls ist keiner von euch von einem Geist besessen. Kommt mit!«

Sie drehte sich um und führte uns in die Küche. Die anderen folgten uns. Dort angekommen wurden wir von Azem begrüßt, der auf dem Esstisch saß. Auch Alma kam kurz darauf dazu.

Als sie für jeden von uns eine abnorm große Tasse mit Tee gefüllt hatte, flüsterte Karla mir ins Ohr: »Das ist so cool, ich wünschte, wir wären nicht hier, weil irgendeine jahrhundertealte Hexe versucht dich in die Finger zu kriegen.«

Ich senkte den Blick, konnte ihr in diesem Moment nicht sagen, dass es nicht mehr nur um mich ging, sondern ich auch sie und Adrian ins Fadenkreuz geschubst hatte – einfach weil ich dankbar für ihre Hilfe gewesen war.

Alma, die meine Unsicherheit gespürt zu haben schien, setzte ihre Tasse hörbar ab. Alle gemurmelten Gespräche am Tisch erstarben. Danach fasste sie alles, was wir wussten, noch einmal zusammen. Auch die Sache mit Frau Walther löste meine Tante auf: Die alte Frau war nicht nach Thale gefahren, sondern von meinen Tanten im einige Ortschaften entfernt liegenden Coven-Gebäude, dem Hauptquartier der Hexen, in Sicherheit gebracht worden. Sie gehörte, genau wie Alma und Franka, zum hiesigen Zirkel, weswegen sie auch die Seiten aus dem Buch gerissen hatte – sie hatte vor allen anderen gespürt, dass etwas kommen würde. Was das war, war meinen Tanten und auch Frau Walther zu diesem Zeitpunkt aber noch nicht bewusst gewesen. Die alte Frau hatte nur vorsorglich dafür sorgen wollen, dass niemand die Informationen über Johanna in dem Buch würde lesen können.

»Bis zur Sommersonnenwende ist es nicht mehr lang, nur noch zwei Tage! Wie sollen wir einen einzelnen Baum im Harz finden? Noch dazu in der Kürze der Zeit?«, fragte der Mann, der sich als Danial vorgestellt hatte. »Ich kenne zwar einige alte Ritualstätten, aber keine, die in einer Umgebung steht, wie Nora sie beschrieben hat.«

In der Tat – im Waldmeer des Harzes einen bestimmten Baum auszumachen würde nicht einfach werden, erst recht nicht, wenn wir nicht wussten, wo wir mit der Suche anfangen sollten. Immerhin hatten wir einen Anhaltspunkt.

»Wie viele Seen gibt es hier?«, fragte ich.

»Zu viele.« Franka winkte ab. »Allein im Oberharzer Wasserregal gibt es unzählige und du hast ja nicht gesehen, wie groß er war.«

»Oberharzer Wasserregal?«

»Ein System von Flüssen, Seen und Wasserrädern, das angelegt wurde, um die Bergwerke des Harzes mit Energie zu versorgen.«

»Ah.« Das hatte ich nicht gewusst.

»Aber es war eine gute Idee«, sagte Franka.

»Kannst du den Ort noch einmal genauer beschreiben, Nora?«, fragte Alma nach einer längeren Pause, in der alle betreten in ihre Tassen gestarrt hatten.

Ich versuchte erneut mir alles vor Augen zu rufen, aber es war nicht einfach. Dennoch bekam ich noch genug zusammen, um die Frage meiner Tante beantworten zu können. »Der Baum hat in der Nähe eines Sees gestanden«, begann ich. »Seine Wurzeln waren schon damals so groß, dass man darauf sitzen konnte. Das haben Johanna und Hendrik auch getan.«

»In Ordnung.« Alma legte eine Hand ans Kinn. »Was ist mit dem See, kannst du ihn näher beschreiben?«

In meiner Vision hatte ich mich hauptsächlich auf das Paar konzentriert, deshalb fiel es mir schwer, meinen inneren Fokus bei der Erinnerung auf etwas anderes zu lenken. »Er war ... Ich glaube, er war sehr groß. Da waren Wellen«, antwortete ich. »Nicht wie am Meer natürlich, aber das Wasser ist ans Ufer geschwappt.«

»Hm.« Meine Tante wirkte, als würde sie meine Beschreibung mental mit den Orten abgleichen, die sie kannte. »Hatte er eine besonders intensive Farbe?«

Sie fragte Dinge. Aber jetzt, wo sie es sagte ... »Ja! Er war türkisblau!«

»Dann weiß ich möglicherweise, um welchen Ort es sich handelt«, sagte Alma. »Der See, ich würde sagen, eher ein Teich, ist zwar nicht besonders groß, dafür aber schon im Mittelalter angelegt worden und noch dazu nicht weit von hier entfernt.« Sie stand auf, zog eine Schublade der Küchenvitrine auf und holte daraus eine Karte hervor. Sehr altmodisch, aber was war das im Haus meiner Tanten nicht?

Alma faltete die Karte auseinander und legte sie auf dem Tisch ab. Als sie mit dem Finger auf einen See nicht weit von Tannenburg zeigte, beugten wir uns alle vor. »Hier«, sagte sie. »Es gibt dort auch eine Reihe alter Bäume, ob eine Eiche dabei ist, kann ich allerdings nicht sagen.«

»Oh, doch!« Die alte Frau tippte mit ihrem Zeigefinger auf die Karte. »Doch, doch, doch. Dort steht die Hexeneiche, die kennst du sicher, Alma!« Meine Tante runzelte die Stirn. »Es ist ein uralter Richtbaum, der zuletzt im ausgehenden 17. Jahrhundert genutzt wurde, um … na ja … um Hinrichtungen durchzuführen.«

»Ich kenne ihn auch«, sagte Danial. »Aber nur aus den Erzählungen meiner Großmutter. Sie hat mir immer geraten, den Ort zu meiden. Schlechte Energien«, fügte er hinzu, als er meinen fragenden Blick sah.

»Worauf warten wir dann noch?« Eine der beiden Frauen war aufgestanden, bereit, der Sache weiter auf den Grund zu gehen. »Je mehr Zeit wir verstreichen lassen, desto größer ist die Chance, dass Katharina uns zuvorkommt.«

Ich schluckte. »Was?«, fragte ich leise. »Wie meinst du das?«

»Sie weiß jetzt, dass wir nach den Überresten suchen. Sie wird verhindern wollen, dass wir sie zuerst finden.«

Sie hatte recht. Wir mussten uns beeilen. Aber mein Kopf platzte fast. Hatte die Aufgabe noch halbwegs machbar geklungen, als wir die Botschaft entziffert hatten, bekam ich immer mehr das Gefühl, dass mir alles zu viel wurde.

Alma bemerkte meine Verzweiflung, denn sie griff nach meiner Hand. »Keine Angst, Nora. Du musst dich dem nicht allein stellen. Wir werden bei dir sein.«

»Aber was, wenn nicht?«, stieß ich hervor. »Was, wenn wir getrennt werden oder ich wieder eine dieser Visionen habe und in irgendeinem Erdloch aufwache? Wie kann ich mich verteidigen?«

»Sie sollte gar nicht mitkommen«, sagte Danial. »Das ist zu gefährlich.«

»Sie muss«, erwiderte Franka. »Die Hinweise wurden Nora hinterlassen und nur ihr. Wir wären wahrscheinlich gar nicht dazu in der Lage, sie zu finden. Meine Nichte hat eine Verbindung zu ihnen.« Meine Tanten tauschten einen Blick. »Wir müssen Nora zeigen, wie sie sich verteidigen kann.« Sie stand auf. »Ich schlage vor, dass Alma und ich das übernehmen, ihr arbeitet in der Zwischenzeit mehrere Routen aus, um den Ort zu erreichen und im Zweifelsfall auch wieder verlassen zu können.«

Ohne ihre Antwort abzuwarten, legte mir Franka ihre rechte Hand zwischen die Schulterblätter und schob mich aus dem Raum auf die Terrasse.

In den nächsten Stunden lernte ich, was es hieß, eine Hexe zu sein: Magie war Energie und sie war so eng mit uns verknüpft wie Körper und Geist. Franka lehrte mich nach meiner Magie zu greifen, sie zu formen und aus mir herauszustoßen. Zwar klappte das mehr schlecht als recht, aber am Ende waren wir beide doch zufrieden.

»Mehr als das können wir in der Kürze der Zeit nicht erreichen«, sagte Franka und lächelte mir aufmunternd zu. »Du hast es in der Höhle auch schon getan – ganz ohne Unterweisung. Du schaffst das, Nora. Und wir haben ja noch ein wenig Zeit, um zu üben.«

»Das hoffe ich«, murmelte ich und spürte, wie mein Magen sich verknotete.

Ich musste es schaffen.

Was blieb mir für eine Wahl?

25

Die nächsten Tage bis zur Sommersonnenwende verbrachten wir damit, alles zu planen. Auch wenn wir wussten, wo der Baum stand: Wir mussten uns vorbereiten. Mir war das nur lieb, denn so konnte ich noch einige Male mit Franka draußen im Garten trainieren. Wirklich zufrieden war ich über meine Fortschritte allerdings nicht.

Als wir nach der vorerst letzten Übungseinheit wieder in die Küche kamen, diskutierten die anderen noch über die Fluchtwege – der letzte Punkt auf unserer Liste. Dass sie noch nicht fertig waren, kam mir gerade recht, denn ich hatte ohnehin noch etwas mit Adrian zu besprechen. Etwas, das nicht länger warten konnte.

Karla war in der Küche geblieben und als wir im Flur standen, wusste ich nicht, was ich sagen sollte. War es in Ordnung, ihn in mein Zimmer zu bitten?

Doch Adrian nahm mir die Entscheidung ab. »Das ist ganz schön viel auf einmal, oder?«

»Ja«, sagte ich leise. »Irgendwie schon.«

»Zeigst du mir dein Zimmer?«

»Wenn du willst.« Ich lächelte schwach, drehte mich um und ging die Treppe hinauf. Azem folgte uns. Wenn ich genau darüber nachdachte, war er mir nicht mehr von der Seite gewichen, seitdem ich ins Haus zurückgekehrt war.

Oben angekommen stieß ich die Tür zu meinem Reich auf. Es fühlte sich wie eine Ewigkeit an, seit ich das letzte Mal hier gewesen war. Meine Welt hatte sich um einhundertachtzig Grad gedreht und das, was mir vorher wichtig gewesen war, war jetzt völlig an den Rand getreten. Zwar spürte ich bei dem Gedanken an meinen Ex-Freund immer noch ein leichtes Unbehagen, aber wichtiger war das, was ich gewonnen hatte.

Ich trat ans Fenster. Von hier aus konnte ich einen Teil des Gartens sehen.

»Was ist los, Nora?«, fragte Adrian. Er hatte sich auf mein Bett gesetzt und die Beine angezogen. Azem war neben ihn gesprungen und sah ihn an. Abwartend.

Mit verschränkten Armen sah ich den Schatten dabei zu, wie sie länger wurden. Schließlich sagte ich: »Ich glaube, dir ist nicht klar, in welche Gefahr du dich bringst, wenn du mir hilfst oder bei mir bist.«

In der Spiegelung des Fensters konnte ich sehen, dass Adrian auf dem Bett hin und her rutschte, um eine bequemere Position zu finden.

»Ich dachte, darüber hätten wir schon gesprochen.«

»Ja, aber ...« Meine Hand zwirbelte an einer losen Strähne meines Haars. »Du weißt nicht alles.«

Kurz schwieg er, bevor er fragte: »Was weiß ich denn nicht?«

Jetzt musste ich es wohl oder übel erzählen. Auch wenn es mir schwerfiel, das Thema anzusprechen, es musste raus. Seitdem ich die Vision gehabt hatte, hatte ich diesen Part ausgespart. Ich hatte nicht darüber nachdenken wollen, was ich gesehen, was ich gehört hatte. Meine Tanten hatten recht behalten: Adrian war in Gefahr, aber nicht nur, weil ich mich in ihn verliebt hatte. »Weißt du noch, was du in dem Haus im Wald zu mir gesagt hast?«

»Dass ich das Gefühl habe, dass unsere Begegnung kein Zufall war?«, fragte er.

»Genau.«

»Was ist damit?«

Meine Finger zwirbelten weiter. »Es war kein Zufall. Meine Tante hat das vorhin ausgelassen, aber bei der Vision, die ich hatte, nachdem ich aus eurem Garten verschwunden war, habe ich nicht nur gesehen, dass das Versteck im Baum war, sondern auch, *wie* sie gestorben ist.«

Adrian schien über das, was ich gesagt hatte, nachzudenken. »Wie wer gestorben ist? Katharina?«

»Nein, Johanna«, sagte ich, »auch wenn Katharina auf dem Scheiterhaufen danebengestanden hatte, hatte ich doch alles aus der Perspektive meiner Vorfahrin erlebt.«

»Was genau meinst du mit *erlebt*?« Seine Stimme klang gepresst, als verstünde er erst jetzt wirklich, was ich gesagt hatte.

»Ich habe sie begleitet, von ihrem letzten Gespräch mit ihrem ... Freund über seinen Verrat an ihr bis hin zu ihrem Gang ins Feuer.«

Er schluckte hörbar. Wieder legte sich Stille über uns. Nach einer langen Weile fragte Adrian: »*Er* hat sie verraten?«

»Ja.«

»Wie?«

»Sie wollte ihn schützen, deshalb hat sie ihm ihre wahre Identität genannt, die er dann vor seinem Vater enthüllt hat.«

»Der wiederum dafür gesorgt hat, dass sie auf dem Scheiterhaufen landete«, beendete Adrian meine Erzählung. »Scheiße.«

»Das kannst du laut sagen.«

Ich hörte, wie er aufstand und sich neben mich stellte. »Glaubst du, ich würde dasselbe tun?«

»Was?« Mit einem Kopfschütteln drehte ich mich zu ihm herum. »Nein! So war das nicht gemeint.«

»Wie dann?«

»Er wollte sie nicht verraten, er wollte sie genauso schützen wie sie ihn. Nur leider hat er dabei den falschen Leuten vertraut. Er hat nach einer Möglichkeit gesucht, wie sie beide lebend aus der Situation herauskommen können, und sich deshalb an seinen Vater gewandt.«

»Und hat dabei nicht mit dessen Starrköpfigkeit gerechnet? Keine Sorge, das passiert mir nicht.«

Ich musste schmunzeln, auch wenn mir eigentlich nicht danach war. »Das ist nicht das, worauf ich hinauswill.«

»Worauf dann, Nora?«

»Hendrik, ihr Freund, hat Johannas Identität zwar seinem Vater verraten, als er noch glaubte, dass er ihnen helfen könnte, aber der Grund, weshalb sie letztendlich ins Feuer gegangen ist, war ein anderer.«

»Welcher?«

»Der Vater hat seinem Sohn gedroht, dass er ihn und seine Mutter mit auf den Scheiterhaufen stellen würde, wenn Johanna dieses Schicksal nicht freiwillig wählte. Er war so blind vor Hass, dass er seine eigene Familie getötet hätte, nur um sich an einer Hexe zu rächen – selbst wenn es die falsche war.«

Adrian starrte mich an, sprachlos. »Aber Hendriks Mutter hatte doch gar nichts damit zu tun.«

»Oh, doch«, ich schloss die Augen, ein aufkommender Kopfschmerz drückte bei der Erinnerung an die Szenen aus der Vision gegen meine Stirn. »Sie haben ihr beide geholfen. Sie haben Johanna versteckt, nachdem Hendrik seinen Vater unvorsichtigerweise eingeweiht hatte. Ich habe ihr Gespräch gehört, Adrian. Ich habe gesehen, wie wütend er war. Und wie verzweifelt, als er erkannt hatte, dass er entweder Johanna oder seine Mutter und sich würde retten können.«

»Und dann?«

»Dann hat sie sich gestellt. Den Rest kennst du.«

»Wow!«, murmelte er.

Wir standen so dicht nebeneinander, dass ich seinen Atem in meinem Nacken spürte, trotzdem hatte ich das Gefühl, dass wir uns weiter voneinander entfernt hatten.

»Aber«, begann Adrian einen Moment später, »weshalb bin ich deshalb in Gefahr, also mehr als sowieso schon?«

»Weil du aus Katharinas Sicht der Nachfahre eines Verräters bist. Sie und Johanna«, ich hob die Hand, als er gerade Luft holen wollte, um einen Einwand anzubringen, »waren verfeindet, nichtsdestotrotz war Johanna eine Hexe. Katharina will sich nicht nur für ihren Tod rächen. Schließlich hat Hendrik sie mit seinen Äußerungen gegenüber seinem Vater um die Möglichkeit gebracht, Johannas Macht an sich zu reißen.«

»Was noch?«, fragte er leise.

Mit gesenktem Blick antwortete ich: »Hendrik war Johannas größte Schwäche. Sie hat ihr Leben gegeben, damit er seines behalten konnte. Und du bist … meine.«

Innerlich rechnete ich damit, dass Adrian auf dem Absatz kehrtmachte und das Haus verließ. Es war ja schon mir zu viel. Wie sollte es ihm dabei gehen? Nicht nur, dass wir von einer zur anderen Sekunde in eine Welt voller Magie gerutscht waren, nein, jetzt kamen auch noch Gefühle dazu. Gefühle, die mächtiger waren als alles, was ich bisher gekannt hatte. Die ich nicht einordnen konnte.

Aber anstatt wegzulaufen, nahm Adrian mich in den Arm. Ich hielt mich an ihm fest, als wäre ich kurz davor zu ertrinken. Legte meinen Kopf an seine Schulter und versuchte die Tränen zurückzudrängen, die sich verräterisch in meine Augenwinkel stahlen.

»Es macht dir Angst, oder?«, fragte er. Als ich nicht antwortete, weil ich damit beschäftigt war, die Tränen wegzublinzeln, fügte er an: »*Mir* schon.«

»Mir auch«, brachte ich hervor und hörte deutlich den Kloß in meinem Hals.

»Ich weiß nicht so genau, wie ich hier gelandet bin«, seine Finger fuhren beruhigend über meinen Rücken, was es nicht besser, sondern eher schlimmer machte, »aber nach allem, was deine Tanten und du mir erzählt haben, gehe ich nirgendwohin. Hendrik hat Johanna vielleicht im Stich gelassen, aber ich bin nicht er.«

»Da hab ich aber Glück gehabt«, nuschelte ich in seinen Pullover.

»In der Tat.« Er lachte. »Und jetzt lass uns wieder nach unten gehen und schauen, wie weit die anderen sind.«

Als hätte Alma ihn das sagen hören, tauchte sie in der Tür auf. »Kommt runter, es gibt Kuchen«, sagte sie und winkte uns ungeduldig zu.

Mein Magen knurrte vernehmlich, der Kuchen und ein warmer Tee würden ihn aber sicher beruhigen.

Mit beidem bewaffnet kehrten wir zum Tisch zurück.

»Wir haben mehrere Fluchtwege ausgearbeitet, um im Zweifelsfall schnell und ungesehen vom Baum wegzukommen«, begann Alma. »Gaia hatte den Einfall, dass wir uns aufteilen und nicht in einer geschlossenen Gruppe zum Baum laufen. So wird es schwieriger für Katharinas Schergen herauszufinden, wo Nora mitgeht. Und glaubt mir, es wird mehr als die geben, von denen wir wissen … also die Vögel und der Kapuzenmann. Wir sollten uns alle ähnlich kleiden.« Sie zeigte mit dem Daumen hinter sich. »Ich habe Regencapes organisiert. Jeder von uns sollte eines tragen und die Kapuze überziehen, bevor wir aufbrechen.«

Adrian und ich machten uns mit den Fluchtwegen vertraut, die die anderen ausgearbeitet hatten. Es waren vier an der Zahl. »Den hier«, sagte Alma, »werden Franka, Danial, Nora und Bendis nehmen.« Bendis war die alte Frau, die sich jetzt neben mich stellte. »Den Weg hier«, Alma tippte auf eine Route, die durch das Dorf und dann in einem ausladenden Bogen zur Eiche führte, »nehmen Karla, Adrian, Frieda, Gaia und ich. Dann bleiben uns noch diese zwei zur Flucht, falls man uns folgen sollte.«

Mein Blick schoss zu Adrian. »Wäre es nicht besser, wenn Karla und Adrian hierbleiben würden?«, fragte ich. Immerhin hatten meine Tanten mir erst vorhin erzählt, dass er wegen mir in Gefahr war. Ihn nun mit ins Zentrum des Übels zu nehmen, war keine gute Idee.

»Das halte ich für überlegenswert«, sagte Bendis. »Nora ist diejenige, auf die Katharina ihr Augenmerk legen wird. Gaia und Alma bleiben bei ihnen, nur für den Fall. Wir sind ohne euch immer noch zu fünft.«

Weder Karla noch Adrian oder meine Tante wirkten glücklich über diese Worte, denn sie *wollten* mitkommen. Aber sie sahen ein, dass es so besser war. Davon abgesehen fühlte ich mich bei dem Gedanken daran, dass Alma auf Adrian und Karla aufpassen würde, wohler, als wenn sie nur mit Gaia im Haus geblieben wären.

Kurz legte sich eine unangenehme Stille über die Gruppe, dann klatschte Alma in die Hände. »Los, los! Worauf warten wir noch?«

Das war das Stichwort. Alle, die mitkamen, zogen sich die Regencapes über. Einer näheren Überprüfung würde diese Verkleidung natürlich nicht standhalten, aber Alma hatte noch ein Ass im Ärmel: Sie belegte jeden von uns mit einem Zauber, der dafür sorgte, dass unsere Gesichter von Personen außerhalb der Gruppe nicht so schnell erkannt werden würden. Das hatte auch den Vorteil, dass uns die Menschen im Dorf nicht würden zuordnen können. Vermutlich hielten sie uns für eine Wandergruppe aus der Stadt.

Als alle fertig angezogen vor der Haustür standen, trat Adrian neben mich. »Ich hoffe, du nimmst mir das nicht übel«, sagte er leise.

»Ich bin doch nicht allein«, sagte ich. »Ich bin von einem ganzen Hexenzirkel umgeben.«

»Trotzdem«, sagte er, griff nach meiner Hand und drückte sie.

Ich verstand, was er meinte. An seiner Stelle hätte ich genauso empfunden. Deshalb erwiderte ich den Druck seiner Hand. Es fühlte sich an, als ob ich ihn zum letzten Mal sehen würde. Ich wusste, dass ich übertrieb, aber ich konnte nichts dagegen tun. Schließlich umarmte er mich fest und ich bemerkte ein ums andere Mal, wie verdammt gut er roch, wie sehr ich mich bei ihm zu Hause fühlte. Auch wenn wir uns erst so kurze Zeit kannten.

»Bist du da, wenn ich zurückkomme?«, fragte ich so gedämpft, dass die anderen es nicht hören konnten.

»Natürlich«, antwortete er, strich mir mein Haar aus der Stirn und gab mich wieder frei.

Danial und Frieda gingen zuerst, sie hatten den längeren Weg. Danach folgten wir.

Noch während Franka die Tür hinter uns zuzog, fielen mir die gewaltigen Gewitterwolken auf. Sie waren noch Angst einflößender als die der letzten Tage, beinahe so schwarz wie die Nacht.

»Ist es normal, dass hier so viele Gewitter im Sommer durchziehen?«, fragte ich, während wir den Vorgarten durchquerten.

Franka schüttelte den Kopf. »Nein. Das ist ein Nebenprodukt von schwarzen Zaubern. Siehst du, wie dunkel die Wolken sind? Das ist nicht natürlich.«

Ja, ich sah es. Und es beunruhigte mich mehr, als ich zugeben wollte.

Bendis, die vorangegangen war, machte eine ungeduldige Geste mit der Hand. »Beeilt euch, es braut sich was zusammen. Magie liegt in der Luft.«

26

Eight for a wish

Wir waren eine gute halbe Stunde zu Fuß auf einem Pfad unterwegs, der sich entlang eines Kamms zwischen Felsen hindurchschlängelte, bis wir den Ort erreichten. Er lag versteckt auf einem Plateau, das auf die umliegende Landschaft hinabblickte und einen unfassbaren Ausblick eröffnete. In meiner Vision war alles von Nebel verhangen gewesen, deshalb hatte ich diesen Part der Szenerie wohl nicht erkannt. Die Eiche stand kurz vor dem Abgrund, der See daneben erstreckte sich wie ein Pool bis zu der steil abfallenden Felswand. Alles sah genau so aus, wie ich es in Erinnerung hatte. Jetzt, als ich hier stand, wurde mir erst wirklich bewusst, dass alles echt war. Es war ein surrealer Ort. Und es war so still, als würde jemand die Luft anhalten.

Das ungute Gefühl in meinem Bauch wurde stärker, aber ich sagte nichts. Stattdessen sah ich nur in die angespannten Gesichter der anderen. Jeder verstand, dass dieser zweite und letzte Hinweis, der uns hinterlassen worden war, besonders schwierig zu bekommen sein würde. Wir waren kurz davor. *So* kurz. Und etwas in meinem Inneren sagte mir, dass Katharina das nicht ohne Kampf zulassen würde.

Auch musste ich an eine weitere Sache denken, die ich weder Alma noch Franka erzählt hatte: die Elstern am Ende der Vision. Wie alles in ihr hatten sie wie Traumgebilde gewirkt. Dennoch hatten sie mich aus ihren murmelrunden Augen angestarrt, bis ich auf den Kellerboden im Haus meiner Tanten geprallt war. Natürlich waren sie nicht wirklich da gewesen, nur innerhalb der Vision. Trotzdem hatte ihr Anblick etwas in mir ausgelöst. Etwas, das mich jetzt nicht mehr losließ und dafür sorgte, dass ich immer wieder zu diesem Moment zurückkehrte. Ein Gedanke, den ich nicht richtig fassen konnte, der mir entglitt, sobald ich versuchte, ihn zu Ende zu denken. Immer wieder hatte ich es versucht und immer wieder war ich gescheitert. Das Einzige, was übrig geblieben war, war das unbestimmte Gefühl, dass ich etwas übersah. Etwas, das mit den Elstern zu tun hatte.

»Die zweite Gruppe müsste jeden Moment ankommen. Sie nehmen den Weg über die Felder«, sagte Franka. »Der ist länger. Schau dich schon einmal um, Nora. Fühlst du etwas?«

Noch vor wenigen Tagen hätte ich diese Frage seltsam gefunden, jetzt hörte ich in mich hinein. Ich wusste, dass das Versteck im Baum sein musste, aber es waren viele Jahrzehnte vergangen. Trotzdem näherte ich mich dem Stamm und begann ihn zu untersuchen. Dort, wo die Vision meinen Blick hingezogen hatte, war kein Loch mehr zwischen Ast und Stamm zu sehen. Aber das wunderte mich auch nicht. Der Baum war ein Lebewesen und in alle Richtungen gewachsen. *Oder jemand hat den Hinweis herausgenommen und du wirst den Fluch nicht brechen können.*

Ungehalten schob ich den Gedanken beiseite. Nein, ich würde jetzt nicht darüber nachdenken, was passierte, wenn wir den letzten Ort, an dem Katharinas Überreste platziert worden waren, nicht fanden. Sowieso war es nicht das erste Mal, dass ich mich fragte, wie es überhaupt möglich gewesen war, die Schatullen zu verstecken und mit Schutzzaubern zu belegen, wenn Johanna zu diesem Zeitpunkt schon tot gewesen war. Sie hatte ihren letzten Willen von jemand anderem durchführen lassen müssen. Aber wem hätte sie so sehr vertraut, das für sie zu tun?

Meine Tanten schien dieser Fakt nicht zu stören. Wussten sie mehr als ich? Hatte Johanna vielleicht genau wie sie einem Zirkel angehört, der diese Aufgabe für sie übernommen hatte? Und warum hatte ich nicht früher darüber nachgedacht? Am liebsten hätte ich sie sofort gefragt, aber ich wusste, dass jetzt nicht die Zeit dafür war. Ich würde das später ansprechen. Dennoch blieb ein kleiner Teil in mir, der sich fragte, ob das nicht zum Problem werden könnte. Was, wenn es gar nicht Johannas Wille gewesen war, die Überreste zu zerstören?

Unwillkürlich musste ich schlucken. Warum zur Hölle kamen mir immer dann solche destruktiven Gedanken, wenn ich kurz vor dem nächsten Schritt stand? Die Elstern hätten mich kaum angegriffen, wenn sie gewollt hätten, dass ich die Überreste zerstörte – sie waren Unglücksvögel. Sie mussten in Zusammenhang mit Katharina stehen. Oder nicht?

In diesem Augenblick lösten sich die anderen aus den Schatten der umstehenden Bäume. Erleichterung breitete sich in mir aus, ähnlich dem Gefühl, als Azem mich in den Schlaf geschnurrt hatte. Sie waren gut durchgekommen, genau wie wir. Niemand hatte sie aufgehalten, nicht einmal ein Vogel war ihnen auf dem Weg begegnet.

Franka war hinter mich getreten. »Was spürst du, Nora?«, fragte sie.

Ich horchte wieder in mich hinein. Meine Gefühle waren chaotisch: Da war die Erleichterung darüber, dass die anderen es auch hierhergeschafft hatten, der Zweifel, den meine Gedanken gesät hatten und der Wunsch, das Ganze ein für alle Mal zu beenden. »Ich weiß nicht«, sagte ich deshalb, die Unsicherheit, die in mir herrschte, klang dabei deutlich in meiner Stimme nach.

»Hat die Vision dir gezeigt, wo das Versteck liegt?«

»Vielleicht.« Ich zeigte mit dem Finger auf den Teil des Baumes, wo das Loch hätte sein müssen. »Aber diese Stelle ist nicht mehr da.«

Danial hatte zu uns aufgeschlossen, während sich die anderen über den Platz verteilten. Sie sicherten die Umgebung ab. »Vielleicht müssen wir den Baum genauer untersuchen«, schlug er vor. »Es ist viel Zeit vergangen, es könnte sich verwachsen haben.«

»Wenn es *im* Baum steckt, bekommen wir es nicht heraus«, sagte ich. »Lass uns hoffen, dass es anderswo platziert wurde.«

Franka hatte mich die ganze Zeit über beobachtet, ihr Blick war so scharf wie der eines Falken. »Es ist noch etwas anderes, nicht wahr, Nora?«

Schuldbewusst senkte ich den Blick. Warum vergaß ich immer, dass sie genau wusste, wie ich mich fühlte, aber mir Zeit ließ, meine Gedanken selbst zu artikulieren.

Danial sah mich überrascht an.

Schließlich nickte ich. »Etwas fühlt sich nicht richtig an«, begann ich. »Aber ich kann nicht sagen, was es ist.«

»Du hast Angst, dass die Hinweise nicht von Johanna oder jemandem, der ihr nahestand, stammen«, stellte Franka fest. »Ich habe mich auch schon gefragt, wie sie es wohl hätte anstellen können«, fuhr meine Tante fort. »Aber es ist möglich. Sie war zwar kein Teil eines Zirkels, jedenfalls soweit ich weiß, aber sie wird mit Sicherheit befreundete Hexen gehabt haben, denen sie sich anvertrauen konnte. Jede kluge Hexe hat zumindest eine Vertrauensperson, zu Johannas Zeiten war das noch viel wichtiger als heute.«

Ihre Worte hätten mich beruhigen sollen, aber sie taten es nicht. »Aber was, wenn es genau das ist, was Katharina will?«, stieß ich hervor. »Was, wenn sie *will*, dass wir die Knochen verbrennen? Oder es gar nicht ihre sind?«

Franka schüttelte den Kopf. »Bendis hat die Knochen untersucht, während die anderen die Fluchtrouten ausgearbeitet haben«, sagte sie. »Es sind Katharinas, da war sie sich sicher.«

»Aber wie …«, begann ich, wurde jedoch von einem Geräusch unterbrochen, das durch den Wald schallte, als hätte jemand ein Signalhorn geblasen. »Was war das?«

Hektisch drehte ich mich einmal im Kreis. Auch die anderen waren alarmiert. Bis eben war der Wald um uns herum so still gewesen, als würde nicht ein einziges Tier in ihm leben, jetzt jedoch schallte ein Geräusch über die Baumkronen, das mich an einen wütenden Krähenschwarm erinnerte.

»Vögel!« Der Ausruf kam von Danial, der nach oben zeigte. Mein Blick folgte seinem Fingerzeig automatisch, aber ich sah nichts. *Noch* nicht.

»Lass uns später darüber nachdenken, Nora. Zuerst müssen wir die Überreste finden.« Frankas Stimme klang drängend und ich gab ihr nach.

Frieda hatte in der Zeit, in der ich mit meiner Tante gesprochen hatte, den Baum näher untersucht. Jetzt zeigte sie auf ein Astloch, das weiter oben im Baum zu sehen war. »Was ist damit? Könnte es dort versteckt worden sein?«

Ich drehte mich um. Das Astloch war vielleicht drei Meter über dem Boden in einem der dickeren Äste gelegen. Wie Franka es mir geraten hatte, konzentrierte ich meine ganze Aufmerksamkeit auf das Loch. Es fiel mir immer noch schwer, mich zu konzentrieren, aber ich spürte etwas. Es war wie ein Ziehen, als hätte jemand einen Haken an meinem Bauchnabel befestigt. Zwar konnte ich nicht sagen, ob das ein gutes oder schlechtes Zeichen war, aber immerhin war es überhaupt eins!

Schnell löste ich meinen Blick. »Keine Ahnung, ob es was mit den Überresten zu tun hat, aber es fühlt sich an, als wäre dort etwas.«

»Dann sollten wir nachsehen«, sagte Frieda.

»Stimmt«, erwiderte ich und auch Franka schien mit dem Vorschlag einverstanden zu sein. Fragte sich nur, wie ich dort hinaufkam. Die Eiche war alt und knorrig, es gab einige Äste, an denen ich mich würde hochziehen können, aber ob sie mich auch trugen? Ich musste es ausprobieren.

Das Schnattern und Keckern in meinem Rücken wurde immer lauter. Ein schneller Blick über meine Schulter zeigte jetzt deutlich einen Schwarm von Vögeln, der aus dem Westen direkt auf uns zuflog.

Es waren viele. Und sie waren aufgebracht.

»Schnell, Nora!« Franka legte mir eine Hand auf die Schulter und schob mich in Richtung der Eiche.

Das löste mich aus meiner Starre. So schnell ich konnte, zog ich mich mithilfe von Frieda auf den ersten Ast, dann auf den zweiten und den dritten. Zum Glück hatte ich keine Höhenangst, denn während ich kletterte, kam Wind auf. Ich spürte sofort, dass es kein natürlicher war, denn in dem heulenden Zischen der Luft hörte ich Stimmen. Sie flüsterten, aber was sie sagten, konnte ich nicht verstehen.

Ich kam von dieser Seite aus nicht an das Astloch heran, weshalb ich einmal um den Stamm herumklettern musste. Es war schwieriger als gedacht. Das Alter des Baumes war die eine Sache: Viele Äste waren über die Jahre beschädigt worden und trugen mein Gewicht nicht. Die andere spielte sich in meinem Kopf ab: Ich konnte mich des Eindrucks nicht erwehren, dass der Baum mich hier nicht haben wollte. Er hinderte mich an meinem Tun, indem er Wege abschnitt, Äste zur Seite bog. Als würde die Energie, die ich in ihm gespürt hatte, ihn dazu bewegen.

Und dann, bevor ich auch nur in die Nähe des Astlochs kam, hörte ich Rufe von unten. Ich hielt inne und versuchte durch das dichte Blättergewirr etwas zu erkennen. Es war nicht leicht, aber bei einer weiteren Böe sah ich sie schließlich:

Meine Tante und die anderen Mitglieder des Zirkels hatten einen engen Kreis um den Stamm der Eiche gebildet. Sie standen so weit voneinander entfernt, dass sie sich noch an den Händen berühren konnten, und das taten sie auch.

Es brauchte zwei weitere Sekunden, bis ich begriffen hatten, warum die Hexen den Kreis gebildet hatten: Sie wurden angegriffen. Nicht nur der Vogelschwarm war beängstigend schnell näher gekommen, aus dem Schatten der Bäume schälten sich mehrere Gestalten. Ich hätte erwartet, dass sie ähnlich dunkel gekleidet waren wie der Kapuzentyp, stattdessen sahen sie ganz normal aus. Wie Leute, die im Dorf wohnten.

»Das *sind* die Dorfbewohner!«, stieß ich leise hervor. Was wollten sie hier?

Ich sah genauer hin: Ihr Anblick war skurril. Sie liefen nicht wie eine heterogene Gruppe – einer schneller, der andere langsamer. Nein. Sie gingen, als wären sie ferngesteuert. Hätten sie die Arme nach vorn gestreckt, sie hätten mich an Zombies erinnert.

»Sie sind besessen«, hörte ich Franka von unten rufen.

Und das machte verdammt viel Sinn.

Als hätte der Ausruf meiner Tante die Gruppe beeinflusst, blieb sie mit einem Ruck stehen. Die Leute starrten auf den Hexenzirkel, der jetzt angefangen hatte, einen Zauber zu wirken. Ich konnte die Stimmen von Frieda, Franka, Danial und Bendis hören, die ihre Worte mantraartig wiederholten. Ein sanftes Glühen stieg von ihren Händen auf und legte sich in rasender Geschwindigkeit um die Eiche.

Sie schützten mich.

Dann ruckten die Köpfe der Besessenen nach oben, zu mir. Die Blicke bohrten sich in meine Brust wie Pfeile und rissen mich aus meiner Untätigkeit. Ich musste weiter. Sofort.

Kaum bewegte ich mich, kam auch in die Besessenen unter meinen Füßen Bewegung. Während ich mich um den Stamm hangelte und das Astloch endlich in greifbare Nähe rückte, brach unten das Chaos aus. Ich schaute nicht hin, denn wenn ich es tun würde, würde ich wahrscheinlich helfen wollen oder vor Angst erstarren. Die Geräusche, die zu mir nach oben drangen, sagten schon genug.

»Endlich!« Ich hatte das Astloch erreicht. Mit zitternden Händen griff ich hinein und fand … nichts.

»Scheiße!« Bis eben war ich mir noch sicher gewesen, dass alles gut werden würde. Jetzt übernahm die Panik. Mein Herz raste so schnell, dass ich keinen klaren Gedanken mehr fassen konnte. Immer wieder tastete ich das Innere des Lochs ab, aber es war leer.

Wir waren umsonst hergekommen. Völlig umsonst.

Ich zog meine Hand zurück und fuhr mir über das Gesicht. Das konnte doch nicht wahr sein!

Mein Blick wanderte unweigerlich nach unten. Die Besessenen versuchten gerade den Hexenzirkel zu attackieren, scheiterten aber an der Barriere, die meine Tanten mit den anderen heraufbeschworen hatte.

Es sah furchtbar aus. Die Menschen taten mir leid. Wie musste es sein, in einem Körper zu stecken und keine Kontrolle mehr über ihn zu haben? Merkten sie, was mit ihnen geschah?

Nora.

Ich zuckte zusammen. Die Stimme war in meinem Kopf gewesen. So wie die von … »Azem!«

Der Kater balancierte neben mir auf dem Ast, als wäre er schon immer da gewesen. Nur sein flaschenbürstenartiger Schwanz verriet, dass ihn die Situation genauso mitnahm wie mich. Erleichterung überspülte mich. Ich war nicht mehr allein.

Du bist hier, um die Knochen zu finden.

Er hatte recht, verdammt. Ich atmete einmal zittrig ein und aus. »Es ist leer«, sagte ich. Die Tatsache, dass ich mit einer Katze sprach, störte mich mittlerweile nicht mehr. »Dort ist nichts drin.«

Sicher?

War ich mir sicher? In meiner Angst hätte ich auch etwas übersehen können. Deshalb schüttelte ich den Kopf. »Keine Ahnung.«

Es wurde dort vor langer Zeit versteckt.

»Also muss ich graben.«

Hätte der Kater nicken können, er hätte es vermutlich getan. Wieder streckte ich meinen Arm in das Astloch. Azem hatte richtig gelegen: Es war tiefer als gedacht. Das, was ich als Boden ausgemacht hatte, war eigentlich nur eine Schicht aus Blättern und Erde, die sich über die Jahrzehnte hinweg angesammelt hatte.

Meine Finger gruben sich durch eine Art Mullschicht, von der ich gar nicht so genau wissen wollte, woraus sie bestand. Es dauerte ein wenig, aber dann stieß ich gegen etwas, das kein Eichhörnchendreck war. Im Gegenteil: Es fühlte sich sehr solide an.

»Da ist was!«

Langsam schob ich meinen Arm noch ein wenig tiefer in das Astloch und schaffte es, das Objekt zu umfassen. So vorsichtig wie nötig zog ich es Stück für Stück nach oben, bis ich es endlich ans Tageslicht beförderte.

»Eine Eisenfigur«, sagte ich, als ich dem Kater meinen Fund zeigte. Sie sah aus wie ein Soldat, nur sehr verwittert. Aber sie lag ja auch schon lange hier. Sie war ungefähr so lang wie mein Unterarm und ich konnte noch deutlich Farbreste an ihr erkennen. Sie war also einmal bemalt gewesen. Das Gesicht war gewöhnungsbedürftig, um es nett auszudrücken. Die Figur war männlich mit einem Schnurrbart, der spitz an den Enden zulief. Aber das war es nicht, was in mir ein Gefühl der Ablehnung auslöste. Es waren die Augen oder das, was von ihnen übrig war. Als ich die Figur hin und her drehte, fiel mir ein Scharnier ins Auge, durch das man den Kopf der Figur wegklappen konnte. Und genau das tat ich auch. Es war ein wenig Kraft nötig, um die Figur aufzubrechen, denn das Material war über die Zeit hinweg fest zusammengedrückt worden. Trotzdem gelang es mir, sie zu öffnen. Zum Vorschein kam ein röhrenförmiger Innenraum, in dem ein einzelner Knochen gelagert war. »Volltreffer«, murmelte ich.

Unwillkürlich musste ich lächeln, doch die Freude über meinen Fund wurde schnell gedämpft: Der Kampflärm von unten wurde immer lauter und lauter. Azem und ich riskierten einen Blick und ich zuckte zusammen.

Der Kreis um den Baum war aufgerissen worden, meine Tante und die anderen Mitglieder des Zirkels kämpften jetzt jeder gegen jeden mit den Besessenen. Frieda nutzte die Pflanzen um sich herum: Sie ließ Ranken wachsen und diese sich um Gelenke und Körper ihres Widersachers winden. Bendis hatte einen Stock in der Hand, mit dem sie wirbelnd durch die Luft jagte. Franka führte keinerlei Waffen, aber ich schätzte, dass sie die bei ihrer mentalen Gabe auch nicht brauchte. Die anderen Mitglieder des Zirkels konnte ich nicht sehen.

Wir mussten verschwinden.

Also kletterten wir die Eiche hinab – ich würde mich nicht hier oben verstecken. Ich musste helfen.

Kaum hatte ich wieder festen Boden unter den Füßen und stand mit Azem neben dem Baum, hatte uns der Vogelschwarm erreicht. Die Tiere schossen auf uns hinab wie Pfeile. Ich riss instinktiv meine Arme nach oben und ließ die Energie aus mir hinausfließen, so, wie ich es von Franka gelernt hatte. Um mich herum entstand eine Lichtkugel, die viel greller war als die, die der Zirkel vorhin um den Baum erzeugt hatte. Doch sie fiel genauso schnell in sich zusammen, wie sie gekommen war, als die Vögel sie angriffen.

Als ein Hagel kleiner Steine auf uns hinabregnete, die die Tiere in den Krallen getragen hatten, riss ich meine Arme erneut nach oben, die Figur immer noch in der Hand.

»Nora, nicht!« Frankas Warnung kam zu spät, denn kaum hatte ich meine Hand mit der Figur nicht länger sicher gegen meine Brust gepresst, zischten die Elstern aus der Luft herab. Sie bildeten eine Wolke um mich herum, pickten auf mich ein.

Es wurden immer mehr, sie flatterten wild durcheinander, nahmen mir die Sicht. Mein Herz hämmerte so sehr, dass ich alle Übungen, die Franka mich gelehrt hatte, vergaß. Ich war wieder Nora aus Berlin, die keine magischen Kräfte besaß und sich vor einer Horde wütender Vögel nicht anders zu verteidigen wusste, als sich auf den Boden zu kauern.

Ein Knall ließ mich zusammenzucken. Er schien von Bendis gekommen zu sein. Die Elstern, die mich angegriffen hatten, stoben auseinander, sodass ich kurz sehen konnte, was um mich herum geschah: Die anderen wurden genauso attackiert wie ich, die Vögel ließen sie nicht an mich heran. Danial war es gelungen, einige von ihnen zu vertreiben, aber die Atempause hielt nur kurz.

Kaum musste er Luft holen, um den Zauber zu erneuern, hackten die Elstern weiter. Eine schrammte knapp an meinem Auge vorbei.

Ich schrie auf, versuchte mich zu schützen.

Und dann packten mehrere Vögel die Figur.

Sie rissen daran, als hinge ihr Leben davon ab, und das tat es genau genommen natürlich auch. Sie waren Kreaturen, die Katharina erschaffen hatte, und wenn ich den Inhalt dieser Figur verbrannte, würde Katharina nicht länger existieren. Eine Elster landete auf meinem Handgelenk, ihre Krallen gruben sich in mein Fleisch. Schnäbel pickten auf meine Finger ein.

Ich spürte den Schmerz und wusste, dass ich blutete. Trotzdem versuchte ich die Figur festzuhalten. Adrenalin pumpte durch meine Venen, während ich meiner Hand mit aller Kraft befahl, die verbliebenen Überreste der Hexe nicht fallen zu lassen.

Doch es war zu spät.

Nach einer weiteren Minute, die sich anfühlte wie eine Ewigkeit, konnte ich nicht mehr. Die Elstern entrissen mir die Figur und ich barg meine verletzte Hand an meiner Brust.

Sofort hörte der Angriff auf. Die Luft um uns herum wurde klarer, die Elstern zogen sich zurück. Auch die Besessenen gingen auf Abstand.

Aber nicht weit. Die meisten Elstern setzten sich in die Baumkronen in der Nähe, ihre Augen fest auf mich und die anderen Hexen geheftet. Wir waren ihnen ausgeliefert. Eigentlich hätten wir den Baum sofort verlassen sollen, doch niemand traute sich auch nur zu laut zu atmen.

Langsam drehte ich den Kopf, um zu sehen, ob die Figur noch in der Nähe war. Mein Blick fand acht Vögel, die sich auf einen der Äste der Eiche gesetzt hatten. Einer von ihnen saß auf der Figur, unsere Blicke begegneten sich und ich konnte einfach nicht umhin zu bemerken, wie menschlich er wirkte: berechnend … kühl.

»Was jetzt?«, flüsterte Danial, auch er starrte auf die Elstern, die sich über uns niedergelassen hatten.

Ja, was jetzt? Das war eine gute Frage. Ich hatte unsere einzige Chance, den Fluch vor der Sommersonnenwende, die heute Nacht sein würde, zu brechen, gerade zunichtegemacht.

Verdammt noch mal!

Warum hatte ich mich nicht verteidigt? Weshalb war ich wie ein kleines verängstigtes Mädchen in mich zusammengesackt und hatte mir die Figur von ein paar Vögeln abnehmen lassen? Die Wut auf mich selbst ließ mich wanken und ich stützte mich am Boden ab.

Ich hatte meinen Blick noch immer nicht von dem des Vogels getrennt. Denn etwas kitzelte schon wieder an meiner Bewusstseinsgrenze. Etwas, worüber ich schon vorhin nachgedacht hatte und wobei ich zu keinem Ergebnis gekommen war. Jetzt jedoch lag es ganz klar vor mir. Warum zum Henker hatte ich daran nicht früher gedacht? Warum waren meine Großmutter, meine Tanten und auch meine Mutter nicht darauf gekommen?

»Ich könnte sie wegsprengen«, schlug Bendis vor.

»Nein!«, hörte ich mich sagen. »Nein, ich habe eine andere Idee.«

Franka runzelte die Stirn, sagte aber nichts. Nach außen hin entspannt stand ich aus meiner hockenden Schutzposition auf, meine Augen weiterhin fest auf den Vogel geheftet, der auf der Figur saß.

Auch wenn ich es eben verbockt hatte, jetzt bot sich mir eine zweite reelle Chance. Wenn mein Plan funktionierte, würden wir den Fluch noch heute Abend loswerden – gerade rechtzeitig.

Mit behutsamen Schritten ging ich vorwärts, an Danial und Frieda vorbei. Als ich den Baumstamm beinahe erreicht hatte, gab die Elster einen Warnschrei von sich: *bis hierhin und nicht weiter!*

Ich blieb stehen. In meinem Kopf rezitierte ich den Reim, den meine Familie so lange schon mit Katharinas Fluch in Verbindung brachte, aber nie zu nutzen gewusst hatte.

Eine für die Trauer.
Zwei bringen Glück.
Drei ein Mädchen.
Vier einen Jungen.

Fünf das Silber.
Sechs das Gold.
Sieben ein Geheimnis,
das niemals ihr erzählen sollt.
Acht einen Wunsch.
Neun den Kuss.
Zehn einen Vogel,
den du nicht verpassen musst.
Elf sind schlimmer
Als zwölf mit ihrem heimlichen Fluch.

Ich konnte einfach nicht fassen, dass mir der Zusammenhang nicht eher aufgefallen war. Alles machte Sinn, alles passte zusammen. Angefangen hatte es in Berlin, wo meine erste Elster aufgetaucht war – kurz bevor ich meinen Ex mit meiner besten Freundin erwischt hatte. Sie hatte mir Trauer gebracht. Zwei Elstern hatte ich gesehen, kurz nachdem ich Adrian kennengelernt hatte. Drei, als Karla und ich Freunde geworden waren. Vier, nachdem ich gemerkt hatte, dass die Verbindung zu Adrian mehr als nur eine flüchtige Begegnung gewesen war. Fünf Elstern waren nach unserem ersten Besuch bei der Burgruine aufgetaucht. Der silberne Dolch des Fremden war mir noch lebhaft in Erinnerung.

Es hatte ein wenig gebraucht, bis ich mich daran erinnert hatte, wo ich sechs Elstern gesehen hatte: kurz nach dem Fund der ersten Überreste, die in einer vergoldeten Truhe gelegen hatten. Und auch das letzte Ereignis passte zur Zahl der Elstern: das Geheimnis, von dem ich Adrian erzählt hatte – der Verrat seiner Vorfahren und die wahren Begebenheiten, die zu Johannas Tod auf dem Scheiterhaufen geführt hatten.

Es fügte sich zusammen wie ein Puzzle. Eines, das nur ich hatte lösen können.

Die acht Elstern auf dem Baum vor mir waren also eine Aufforderung. Wer auch immer den Reim erdacht hatte, hatte ihn geschaffen, weil er die Ereignisse vorhersehen konnte. Weil er wollte, dass ich das verstand und den Reim zu meinem Vorteil nutzte.

Ich wusste, dass es riskant war. Schließlich konnte auch Katharina selbst dahinterstecken. Oder das, was von ihr noch übrig war. Aber welche Wahl blieb mir? Die Figur war zum Greifen nah – ich konnte es beenden, jetzt und hier.

Vor Anspannung biss ich mir auf die Lippe, dass ich Blut schmeckte, als ich darüberleckte.

Dann sagte ich: »Ich möchte meinen Wunsch einlösen: Gebt die Schatulle frei, überlasst sie mir!«

Die anderen schwiegen, aber ich konnte ihre Blicke in meinem Rücken spüren. Sie mussten denken, ich hätte den Verstand verloren. Die Elstern hüpften unruhig auf dem Ast hin und her. Nur die, die auf der Figur saß, starrte mich weiterhin an.

»Ich sagte«, begann ich noch einmal, »gebt die Schatulle frei und überlasst sie mir!«

Die Elstern stießen schrille Schreie aus, als wollten sie sich mir widersetzen. Das Gefühl in meiner Brust sagte mir jedoch, dass sie das nicht konnten. Ich hatte den Reim durchschaut. Warum auch immer sie daran gebunden waren, ich würde das zu meinem Vorteil nutzen!

»Jetzt!«, rief ich mit so viel Autorität, wie ich aufbringen konnte.

Ein letztes Keckern, dann lösten sich der Schwarm so plötzlich auf, als wäre er nie dort gewesen. Die Figur fiel vor mir ins Gras.

Ich atmete aus. Offenbar hatte ich die Luft angehalten, ohne es zu bemerken. Es war geschafft. Wir hatten es wirklich geschafft! Jetzt mussten wir nur noch die Überreste verbrennen und dann war ich frei – war meine Familie frei!

»Nora«, sagte meine Tante. »Wie hast du das gemacht?«

»Erklär ich dir später.« Ich sah sie an, glücklich darüber, dass es nun endlich ein Ende hatte. Alles in mir fühlte sich so leicht an, als könnte ich fliegen. »Wir müssen den Knochen verbrennen und dann zurück zu den anderen gehen.«

»Ja.« Franka erlaubte sich zum ersten Mal, seit wir den Baum erreicht hatten, ein Lächeln. »Das klingt nach einem guten Plan.«

Schnell ging ich vor der Figur in die Hocke und griff danach.

Meine Finger glitten durch sie hindurch, als wäre sie Luft. Einen Moment noch blieb das Abbild der Figur bestehen, dann löste es sich genauso in Nichts auf wie die Elstern zuvor.

»Ein Maskierungszauber! Sie haben sie längst weggebracht!« Bendis Stimme klang für mich, als wäre sie Kilometer weit entfernt. Die Erleichterung, die mich eben gerade noch erfüllt hatte, verwandelte sich in eine Mischung aus Wut, Angst und dem Gefühl, betrogen worden zu sein. Etwas, das ich wohl mit Johanna teilte.

Ich hatte versagt. Schlimmer noch: Die letzten Überreste waren in die Hände von Katharinas Schergen gefallen. Sie zu finden würde so gut wie unmöglich sein.

Katharina musste nur noch warten. Darauf, dass die Uhr Mitternacht schlug.

27

Es war, als hätte mir jemand einen Dolch in die Brust gerammt. Ich hatte wirklich gedacht, dass ich den Reim durchschaut hatte, dass mir etwas aufgefallen war, was Generationen meiner Familie nicht gesehen hatten. Wie konnte ich nur so dumm sein?

Franka hatte jedoch weder mir, noch den anderen Zeit zum Nachdenken gelassen: Auch wenn die Elstern fort waren, die Besessenen waren es nicht. Meine Tante hatte den günstigen Moment erkannt und nicht abgewartet, bis wieder Leben in die wie Eiszapfen da stehenden Menschen kam. Resolut hatte sie uns in die andere Richtung getrieben – weg von der Gefahr und nach Tannenburg.

Seitdem wir die Eiche hinter uns gelassen hatten, hatte niemand ein Wort gesagt. Alle waren in ihre Gedanken versunken, nur unser Ziel war klar: zurück nach Hause, so schnell wie möglich.

Der Wald selbst war unnatürlich still. Jede unserer Bewegungen erzeugte Geräusche, die kilometerweit zu hallen schienen. Oder vielleicht kam es mir auch nur so vor, weil ich mich so leer fühlte.

Danial, der vor mir ging, ließ sich zurückfallen, bis wir auf einer Höhe waren. Einen Moment hörte ich nur das Knacken unserer Schritte, bevor er sagte: »Du musst dir keine Vorwürfe machen, Nora.«

»Es fällt schwer, das nicht zu tun.«

»Du hast etwas ausprobiert und es hat nicht geklappt. Das tun wir alle, es gibt kein Schema, nach dem du vorgehen könntest, kein Rezept. Du bist erstaunlich weit gekommen, weiter als alle in deiner Familie bisher.«

»Ich hätte es beenden können, da hinten«, sagte ich. »Es hätte vorbei sein können.«

»Ja, das hätte es«, sagte Danial, »aber es war nicht so. Und du weißt nicht, wofür es gut ist.«

Ich schnaubte. »Wofür soll das gut sein? Dass Katharinas Geist heute um Mitternacht doch noch die Gelegenheit bekommt, in meinen Körper zu fahren, um danach wer weiß was mit mir anzustellen?«

Danial ließ mir meinen Gefühlsausbruch. Er schien zu verstehen, dass ich mir Luft machen musste, ohne das persönlich zu nehmen. Dafür war ich ihm dankbar. Gegenüber Bendis oder Franka hätte ich mich das nicht getraut. »Wenn du anfängst mit Magie zu arbeiten, wirst du noch sehr viel häufiger an den Punkt kommen, an dem du jetzt bist.«

»Dass mich eine garstige Hexe besitzen will?«

Er schmunzelte. »Vielleicht. Man weiß nie so recht, was einen erwartet, wenn man ausgebildet wird. Ich hätte beinahe einen Wolkenkratzer zum Einsturz gebracht, weißt du. Mit allen Leuten, die sich darin befunden haben.«

»Ich konnte ja nicht mal auf meine Kraft zurückgreifen«, murmelte ich. »Beim Baum. Es war, als ob es gar keine Magie in mir geben würde.« Wobei ich zugeben musste, dass das wahrscheinlich besser war, als Hunderte Menschen unter Schutt zu begraben.

»Was ich damit sagen will, Nora: Du lernst noch. Du kannst unmöglich alles richtig machen und wenn du jetzt einen Fehler gemacht hast, dann heißt das nicht, dass sich das immer und immer wiederholen wird.«

»Danke«, sagte ich. Danial wollte nur nett sein, natürlich sah ich das. Aber es half mir nicht weiter. Ich wusste, dass ich nicht einmal im Ansatz das konnte, was er, meine Tanten oder Bendis schafften. Aber trotzdem war ich es, die das Problem lösen, den Fluch brechen musste. Denn Katharina wollte weder Danial noch Bendis, sie wollte mich. Und wenn ich es nicht schaffte, mich zusammenzureißen, dann würde ich bald nicht mehr wissen, wer ich war. Oder schlimmer noch: Ich würde alles, was sie mit mir tat, mitbekommen, aber nichts dagegen tun können. Weil ich zu schwach war.

***

Als wir aus dem dichten Tannenwald traten, war es früher Nachmittag. Wir versuchten nicht uns zu verstecken, das hätte keinen Sinn ergeben. Katharina ahnte, wo wir waren. Und sie ließ uns gewähren. Weil sie wusste, dass wir absolut nichts gegen sie in der Hand hatten.

Zu dem Schluss schien auch meine Tante gekommen zu sein, als sie uns auf die Hauptstraße führte. Sie war verlassen, die Zugänge zum Dorf offenbar immer noch blockiert. Dass irgendwo in der Nähe das THW daran arbeitete, die Straße wieder befahrbar zu machen, wirkte seltsam surreal. Als wäre das Teil einer anderen Welt, zu der ich nicht mehr gehörte.

Je länger wir uns auf der Hauptstraße hielten, desto deutlicher wurde uns allerdings, dass noch etwas anderes hier nicht stimmte.

»Es ist zu still«, sagte Franka und blieb stehen. Wir anderen folgten ihrem Beispiel.

»Eben im Wald war es genauso.« Auch wenn ich beim Baum versagt hatte, musste ich meine Beobachtung mit den anderen teilen. »Es war so still, dass ich eine Stecknadel hätte fallen hören können.«

»Da«, stieß Bendis hervor, »seht mal zur Brücke.«

Mein Blick folgte ihrem ausgestreckten Finger: In einiger Entfernung lag die Brücke, auf der ich zum ersten Mal richtig mit Adrian gesprochen hatte. Sie war voller Elstern. Sie saßen auf dem Teer, auf den Geländern, auf dem Gras. Aber auch hinter der Brücke ging es weiter: Überall hockten die Vögel und starrten uns an. Als warteten sie nur darauf, dass wir eine falsche Bewegung machten.

»Kommt«, flüsterte Franka. »Aber langsam. Ich habe eine Ahnung, dass sie uns nichts tun werden, aber sicher ist sicher.«

Wir näherten uns der Brücke, Meter für Meter. Als wir die ersten Elstern passierten, machte keine von ihnen Anstalten, uns anzugreifen. Sie blieben einfach sitzen, drehten nur ihre Köpfe in unsere Richtung.

Das war unheimlich. Fast wie in einem Horrorfilm, verdammt noch mal.

Behutsam schoben wir uns voran, einmal die Straße hinunter, vorbei an unzähligen Vögeln, bis wir das Haus meiner Tanten erreicht hatten. Auch im Garten saßen die Elstern: auf Almas Gemüse, den Bohnenstangen, dem Zaun, ja sogar auf dem Briefkasten. Außer den Vögeln hatte ich nichts und niemanden bemerkt. Ob Katharina den restlichen Dorfbewohnern etwas angetan hatte? Oder spürten diese, dass etwas im Busch war, und hielten sich deshalb bedeckt?

Das schlechte Gefühl, das mein Inneres zusammendrückte, wurde immer stärker. Und als hätte eine der Elstern meine Angst gerochen, keckerte sie los.

Ich zuckte zusammen, sah den Vogel mit großen Augen an. Dann erst bemerkte ich, dass sein Schnabel in Richtung des Hauses wies. Wollte er mich auf etwas aufmerksam machen?

Automatisch drehte ich mich um. Auch die anderen hatten die Elster bemerkt und folgten meinem Beispiel. Mein Herz rutschte mir in die Hose, als ich sah, was die Elster mir zeigen wollte: Die Haustür stand auf. Auf der Türschwelle konnte ich einen einzelnen Schuh erkennen, von dem ich wusste, dass er Karla gehörte.

Bitte nicht. Bitte, bitte nicht. Das was alles, was ich denken konnte, als ich lossprintete.

»Nora, nein!« Frankas Hände griffen ins Leere, sie hatte zu spät reagiert.

Ich legte die letzten Meter bis zum Haus so schnell zurück, wie ich nur konnte, wollte nicht wahrhaben, was ich da sah.

Sie konnten nicht fort sein.

Sie *durften* nicht fort sein!

Adrian hatte mir versprochen, dass er hier auf mich warten würde!

Die Tür knallte gegen die Wand, als ich ins Haus stürmte. Aber ich hätte mich gar nicht beeilen müssen: Sie waren weg, das wusste ich, noch bevor ich in der Diele zum Stehen kam.

Das Haus war genauso unheimlich still wie der Rest des Dorfes.

Mit einem schnellen Rundumblick nahm ich die Zerstörung in mich auf, die in der Diele herrschte: Das Salz an der Tür war verwischt worden, das Pentagramm an der Decke zierte ein Brandfleck. Jacken lagen auf dem Boden verteilt und zwei Bilder hingen schief an ihren Nägeln. Hier musste es einen Kampf gegeben haben. Keine Spur von Karla, Adrian, Alma oder Gaia. Nirgendwo.

Vorsichtig schob ich mich voran. Auf dem Boden im Flur lag jede Menge

Dreck. Ich war mir ziemlich sicher, dass der vorher nicht da gewesen war, aber es gab Wichtigeres.

Als ich die Küche erreichte, hatte Franka mich eingeholt. Sie legte mir eine Hand auf die Schulter: »Lass mich zuerst gehen.«

Wir tauschten Plätze und meine Tante betrat die Küche zuerst. »Verdammt!«, hörte ich sie rufen, dann hektische Schritte.

So schnell ich konnte, folgte ich ihr.

Die Küche selbst sah noch schlimmer aus als der Flur und an die Terrassentür gelehnt saß Gaia, die Augen geschlossen, getrocknetes Blut am Haaransatz.

Mit zwei Schritten war ich bei Franka, die sich neben Gaia gekniet hatte. »Der Göttin sei Dank«, murmelte sie. »Sie lebt.«

Bendis und Danial hatten zu uns aufgeschlossen, nachdem sie das Haus gesichert hatten.

Verdammt. Warum schrie alles hier danach, als hätten wir Katharina mit unserer Entscheidung, die Gruppe zu trennen, genau in die Karten gespielt?

Franka dachte offenbar etwas Ähnliches, denn sie fluchte, bevor sie sagte: »Sie hat das geplant. Ich hätte es wissen müssen, als ich eben draußen die Vögel gesehen habe.«

Bendis legte ihr eine Hand auf die Schulter. »Du kannst nur Menschen lesen, Franka.«

»Ich weiß, aber …« Sie brach ab, stützte ihre Hand gegen die Stirn und schloss die Augen. »Es tut mir leid, Nora.«

Ich hatte Franka noch nie so gesehen und ich wusste auch nicht, wie ich darauf reagieren sollte. Auf der einen Seite kannte ich sie nicht gut genug, um ihre Reaktion einschätzen zu können, auf der anderen Seite war sie – zumindest aus meiner Perspektive – immer die toughere von meinen beiden Tanten gewesen. Deshalb sagte ich: »Du kannst genauso wenig oder genauso viel dafür wie ich.«

Sie starrte vor sich hin, reagierte nicht darauf. Weil ich nicht wusste, was ich noch tun konnte, ging ich langsam aus der Küche – in Gedanken bei Adrian und den anderen. Ging es ihnen gut? Weshalb hatte Katharina sie entführt? Es musste einen Zusammenhang geben, den wir noch nicht sahen. Wir tappten im Dunkeln und gefühlt war jeder unserer Schritte einer in die falsche Richtung. Frustriert ging ich in die Hocke.

Danial stand inzwischen wieder im Flur und besah sich den Haufen Dreck am Boden, als könnte der ihm verraten, wo Katharina die anderen hingebracht hatte. »Eine ganz schöne Scheiße, was?«, fragte er.

»Das kannst du laut sagen.«

»Wir haben das alles unterschätzt. Ich hätte niemals gedacht, dass ein Geist, der so lange schon in der Zwischenwelt gefangen ist, jetzt noch so viel Macht haben könnte.«

»Du meinst Katharina?«

»Ja. Sie ist schon so lange an die Welt gebunden, aber kein Teil mehr von ihr, dass sie schwächer hätte werden müssen. Viel schwächer.«

Ich schnaubte. »Schwach wirkt sie nicht.«

»Nein«, sagte er nachdenklich. »Und das ist das Problem.«

Ich hatte zwar keine Ahnung, weshalb Katharinas Geist auch noch nach so langer Zeit so viel Einfluss hatte, aber eine Sache wusste ich sicher: »Wir müssen sie suchen, Danial. Sie wird ihnen doch nichts angetan haben, oder?« Als er nichts darauf erwiderte, musste ich schlucken. »Lass uns losgehen, irgendwo müssen sie sein.«

»Nora, warte! Wir haben schon die letzten Male trotz unserer Planung viel zu viel dem Zufall überlassen. Wenn du jetzt eine kopflose Entscheidung triffst, könnte das genau das sein, was sie will.«

»Aber wir können die anderen doch nicht ihrem Schicksal überlassen!« Der Ausruf war aus mir herausgebrochen wie die Gefühle, die sich in meiner Brust angestaut hatten. Wir waren schon zu lange hier. Jede Minute war eine zu viel! Die Vögel hatten gesehen, dass wir ins Haus zurückgekehrt waren, also wusste es auch Katharina. »Wenn sie bis jetzt noch nicht hier aufgetaucht ist, dann kann das nur bedeuten, dass sie gerade mit anderen Dingen beschäftigt ist und wir die Chance nutzen müssen, um sie zu suchen«, versuchte ich ihn zu überzeugen, aber Danial sah mich nur mitleidig an.

»Oder es könnte heißen, dass sie nichts mehr zu tun braucht, weil sie alles hat. Wir wissen es schlicht nicht, Nora. Ich kann verstehen, dass du ihn suchen willst und auch, dass du dich schuldig fühlst, aber es hilft niemandem, wenn du das ohne Plan tust.«

Meine Wangen begannen zu brennen. Am liebsten hätte ich gesagt, dass ich nicht nur nach Adrian suchen wollte – was ja auch stimmte. Trotzdem kreisten meine Gedanken überwiegend um ihn. Ich kam mir vor wie eine Rabenfreundin, dass ich ihn Karla und Alma vorzog, aber ich musste zugeben, dass dem so war.

»Was schlägst du dann vor?«, fragte ich. Wenn er einen Plan hatte, dann war es höchste Zeit, dass er ihn mit uns teilte.

Danial tippte mit der Fußspitze auf den Boden. »Die Erde ist nicht zufällig hier. Wir müssen sie näher untersuchen.«

»Haben wir dafür Zeit?«

»Die müssen wir uns nehmen.« Er kniete sich vor dem Dreck auf den Boden. »Siehst du das hier?«

Aber ich folgte seinem Fingerzeig nicht, denn was ich durch das bodentiefe Fenster neben der Haustür sah, ließ mir das Blut in den Adern gefrieren.

Ich blinzelte. Dann sprang ich auf und war mit zwei Sätzen neben der Scheibe.

Durch den Vorgarten konnte ich auf die dahinterliegende Straße schauen. Die Elstern saßen noch immer dort wie festgefroren und starrten auf das Haus meiner Tanten. Aber das war es nicht, was mir einen Schauer über den Rücken laufen ließ.

Es war der wütende Mob aus Dorfbewohnern, der mit brennenden Fackeln auf uns zukam.

28

Nine for a kiss

Meine Tante und Bendis kamen aus der Küche gestürzt, als Danial nach ihnen rief. Ein Blick aus dem Fenster verriet ihr alles, was sie wissen musste.

»Das hat uns gerade noch gefehlt«, zischte sie. »Bendis, sieh zu, dass Gaia transportfähig ist. Ich habe das ungute Gefühl, dass wir bald verschwinden müssen. Wie jedes Mal«, fügte sie noch hinzu und ich konnte hören, wie bitter sie klang.

Unwillkürlich fragte ich mich, ob das schon häufiger vorgekommen war. Wenn ja, dann verstand ich erst jetzt, wie tief der Graben zwischen den Dorfbewohnern und meiner Familie wirklich sein musste.

»Schnell!« Franka steckte ein Küchenmesser so zwischen die Falten ihrer Bluse, dass niemand es bemerken würde. »Ich versuche mit ihnen zu reden, aber ich glaube nicht, dass das viel bringen wird.«

Sie legte ihre Hand gerade auf die Türklinke, als ich aus meiner Starre erwachte. »Ich komme mit.«

»Nein, Nora.«

»Ich diskutiere nicht darüber«, sagte ich und sah Franka dabei fest in die Augen. »Ich. Komme. Mit.«

»Schön, aber halt dich im Hintergrund.«

Zusammen schlüpften wir aus dem Eingang und durchquerten den Garten. Franka blieb an der Gartentür stehen und wartete, bis der Mob sich so weit genähert hatte, dass sie in Rufweite waren. Keiner von ihnen hatte an der Eiche gestanden – vielleicht waren sie deshalb gekommen: Weil sie ihre Schwestern, Brüder und Eltern wie ferngesteuert hatten weglaufen sehen. Die Elstern waren zur Seite gehüpft, um der wütenden Menge Platz zu machen, ihre Augen waren jedoch immer noch fest auf mich geheftet, sobald ich in Sichtweite kam. Besonders eine Gruppe von neun Vögeln stach mir ins Auge: Sie saßen eng zusammen, enger als alle anderen Elstern. Keine Frage, sie waren hier, um mich zu bewachen. Ich sollte das Haus nicht verlassen. Der einzige Grund, weshalb sie den Mob nicht angriffen, lag darin, dass er dafür sorgte, dass wir uns nicht von hier entfernten. Etwas in mir ahnte, dass sie es nicht zulassen würden, dass die Meute uns etwas tat. Aber sie würden die Dörfler auch nicht aufhalten, wenn das bedeutete, dass wir blieben, wo wir waren.

Ein einzelner Mann löste sich aus der Menge. Seine Augenpartie und die Haare verrieten, dass es sich dabei um Adrians Vater handelte.

Meine Tante stemmte die Hände in die Hüften. »Was soll das, Martin? Fallen wir in alte Muster zurück oder darf ich das hier als Einladung für ein spätes Pfingstfest betrachten?«

»Du weißt genau, weshalb wir hier sind, Franka. Gib mir meinen Sohn zurück!«

Sie schnaubte. »Dein Sohn ist nicht hier, Martin. Vielleicht hättest du besser auf ihn aufgepasst, bevor er meiner Nichte den Kopf verdreht hat.«

Verstand sie das unter Deeskalation? Oder war das nie ihre Absicht gewesen? Unruhig schaute ich zwischen ihr und Adrians Vater hin und her.

»Wir wissen doch beide, dass es andersherum gelaufen ist.« Er spuckte die Worte aus wie giftige Schlangen. »Genau wie damals.«

Ich konnte sehen, wie wütend Franka war. Sie zitterte. Als würden sich all die zurückgedrängten Gefühle der letzten Jahrzehnte mit einem Mal Bahn brechen. Und ich konnte sie verstehen. Adrians Vater wirkte kein bisschen wie sein Sohn. Eher wie ein Abbild von Hendriks Vater.

»Du meinst wie damals, als dein Vorfahre ein Mitglied meiner Familie verbrannt hat?«

»Immerhin ist es danach besser geworden«, fauchte Martin.

»Besser für wen? Für euren Geldbeutel? Möchtest du uns wieder enteignen, Martin? Schade nur, dass das heutzutage niemand mehr zulassen wird, nicht wahr? Dieses Land gehört meiner Familie und niemand wird es uns jemals wieder wegnehmen.«

»Wir werden erst gehen, wenn du Adrian freigibst.«

Franka ballte ihre rechte Hand zur Faust. »Er ist nicht hier, das sagte ich bereits.«

»Dann ist es eure Schuld, dass er fort ist.«

Dagegen konnte meine Tante nichts sagen, schließlich war das tatsächlich im übertragenen Sinne der Fall. Dass Karla und Alma auch fehlten, interessierte Martin Engels natürlich nicht. Ihr Schweigen schien ihm alles zu verraten, was er wissen musste.

»Wir werden hierbleiben, solange, bis du mir sagst, wo mein Sohn ist.«

Nun war es endgültig vorbei mit der Geduld meiner Tante. »Wenn du nicht so ein arroganter Esel wärst, hättest du längst bemerkt, dass hier etwas nicht stimmt.« Sie funkelte ihn an. »Im Gegensatz zu dir hat Adrian verstanden, dass wir ihm und Nora nur helfen wollen. Du wirst ihm schaden, wenn du uns hier einsperrst.«

Auch wenn das genau das zu sein schien, was die Elstern wollten, denn ihre Knopfaugen blitzten vor Begeisterung. Jedenfalls hatte ich den Eindruck, der zugegebenermaßen sehr subjektiv war.

»Ihr habt ihm längst geschadet. Sei froh, dass wir deine erbärmliche Hütte nicht abfackeln.«

Franka zögerte kurz, kam dann aber zu dem Schluss, dass sie sich nicht länger mit Adrians Vater befassen wollte. Ohne ihn eines weiteren Blickes zu würdigen, drehte sie sich um. »Komm mit, Nora! Hier ist nichts mehr zu tun.«

Das sah ich genauso. Auch wenn sich zu der Angst um Adrian, Karla und Alma jetzt auch Wut gesellt hatte. Wie kam dieser Mann dazu, hier aufzukreuzen und meine Familie für alles Unglück dieses Dorfes verantwortlich zu machen, wenn es doch *sein* Vorfahre war, der alles erst so hatte eskalieren lassen? Es war die richtige Entscheidung von meiner Tante gewesen, nicht weiter darauf einzugehen. Aber es war so unfair. So verdammt unfair. Zum ersten Mal bewunderte ich sie für ihre Selbstbeherrschung.

»Fahr zur Hölle, Hexe!«, rief Adrians Vater uns hinterher, als wir den Garten schon halb durchquert hatten. Im Hintergrund erhob sich zustimmendes Gemurmel.

Ein Blick zu meiner Tante und ich wusste, dass ihre mühsam aufrechterhaltene Beherrschung mit einem Krachen zum Einsturz gebracht worden war.

Sie fuhr herum. »Was hast du gesagt?«, sagte sie so ruhig, dass ich erst glaubte, ich hätte mich getäuscht.

Aber dann sah ich es. Adrians Vater versuchte zu antworten, sie weiter zu provozieren, aber er konnte nicht. Mit zitternden Fingern griff er sich an die Schläfen, als würde er Schmerzen haben.

»Ich fragte«, zischte meine Tante, »was du gesagt hast.«

Martin sackte auf die Knie, hielt sich nun mit beiden Händen den Kopf. Und dann verstand ich: Es war Frankas Werk. Sie war eine Hexe, die mental begabt war, und sie tat Martin weh.

»Franka«, sagte ich eindringlich. »Hör auf!«

Aber sie hörte mich nicht oder wollte es nicht.

»Na komm schon, Martin. Du reißt dein Maul doch sonst immer so weit auf. Da wird es dir doch nicht so schwerfallen, mich zu erleuchten, nicht wahr?«

Ich konnte sie verstehen. Sie war genauso wütend wie ich. Genauso enttäuscht. Sie hatte Angst und sie wollte sich für all die Jahre der Demütigung rächen. Aber das war nicht richtig.

»Franka, hör auf!« Dieses Mal hatte ich lauter gesprochen, doch auch jetzt schien ich nicht zu ihr durchzudringen. Adrians Vater begann gequälte Laute von sich zu geben. Die anderen waren im Haus damit beschäftigt, Gaia auf den Transport vorzubereiten, sie bekamen nicht mit, was hier passierte. Also musste ich etwas tun. Bevor es zu spät war.

Jetzt!

»Hör auf!« Ich tat genau das, was Franka mich im Garten gelehrt hatte. Dieses Mal fiel es mir nicht schwer, auf meine Kräfte zurückzugreifen, denn in meinem Inneren herrschte ein wildes Chaos an Gefühlen.

Mit einer schnellen Bewegung streckte ich die Hand aus, umklammerte Frankas Arm und ließ meine ganze unkontrollierte Kraft frei.

Ein Blitz entlud sich auf ihrer Haut, der von meinen Fingern ausging. Er jagte durch mich hindurch und riss meine Tante endlich aus ihrem Zustand.

Sie taumelte zurück, sah mich ungläubig an. Ihr Blick sprang zu Adrians Vater, der immer noch auf dem Boden kniete, dann schlug sie sich die Hand vor den Mund.

Eilig drehte ich sie um und schob sie zurück ins Haus. Bevor die Dorfbewohner auf andere Gedanken kamen oder Martin noch etwas Dummes sagte.

Die Tür fiel hinter uns ins Schloss und ich sah meine Tante an. »Hast du den Verstand verloren? Ich weiß zwar nicht viel über Hexerei, aber das da eben hatte nichts damit zu tun, deine Kräfte für das Gute einzusetzen!«

»Ich … ich weiß nicht, was in mich gefahren ist«, flüsterte sie, bevor sie sich hinkniete und das Gesicht in den Händen verbarg.

Bendis, die in diesem Moment aus der Küche zurückgekehrt war, erfasste die Situation in Sekunden. »Hat sie die Beherrschung verloren?«

Ich nickte.

Der Ausdruck auf dem Gesicht der alten Hexe sagte alles. »Schaff sie hier rüber, Nora. Wir müssen zusehen, dass wir von hier verschwinden. Der einzig sichere Ort ist unser Hauptquartier.«

Mit weit aufgerissenen Augen sah ich sie an. »Du willst fort aus Tannenburg?«

»Wir müssen Gaia in Sicherheit bringen.« Sie sah mich nachdrücklich an. »Das verstehst du doch, nicht wahr?«

Ja, das verstand ich. Aber das bedeutete auch, dass wir *noch* weniger Zeit hatten, den Fluch zu brechen. »Ich bleibe hier«, sagte ich deshalb. »Es ist schon Nachmittag, wir haben nur noch ein paar wenige Stunden, bis Katharina ihren Willen bekommt. Ich kann diese Zeit nicht einfach verstreichen lassen.«

»Im Hauptquartier wirst du sicher sein«, sagte Bendis. »Er schützt vor Zaubern und Flüchen jeder Art.«

»So sicher wie in diesem Haus?«

Sie senkte den Blick. »Ich kann dir natürlich nicht versprechen, dass Katharina keinen Weg hinein findet, aber …«

»Ich bleibe hier«, sagte ich und damit war die Diskussion beendet.

Bendis nickte mir zu und sagte: »Ich komme wieder, sobald Gaia in Sicherheit ist. Ich denke, Franka will auch hierbleiben. Wir nehmen den

Geheimgang unter eurem Haus. Du kennst ihn noch nicht, aber falls ihr euch doch umentscheidet: Das ist euer einziger Fluchtweg.«

Als ihre Schritte verklungen waren, legte sich eine bedrückende Stille auf das Haus meiner Tanten. Franka hockte noch immer mit vor das Gesicht geschlagenen Händen auf dem Boden. Von draußen hörte ich nur das gelegentliche Gemurmel der Dorfbewohner. Sie mussten darüber nachdenken, was sie als Nächstes tun sollten. Und genau das musste ich auch machen.

Ich wollte mich gerade zu meiner Tante knien, um sie aus ihren Gedanken zu reißen, da erregte etwas anderes meine Aufmerksamkeit.

Mein Amulett begann zu glühen. Ich spürte die Wärme auf meiner Haut stärker werden, beinahe war es unangenehm.

Schnell zog ich es unter meiner Kleidung hervor: tatsächlich! Der Stein in der Mitte pulsierte vor Hitze, als wäre etwas in ihm gefangen, das unbedingt herauswollte.

Azem, der sich bis jetzt bedeckt gehalten hatte, hüpfte neben mich und stupste meine Hand in Richtung des Amuletts. Für ihn war scheinbar klar, was ich tun sollte, um das zunehmende Pulsieren in den Griff zu bekommen.

»Wie?«, fragte ich leise. Noch vor wenigen Wochen hätte ich mich selbst für verrückt erklärt, dass ich eine Katze um Rat bat. Jetzt schien es umso normaler.

Wieder stupste er meine Hand zu dem Amulett hin. Ich öffnete die Kette und nahm sie von meinem Hals, der pulsierende Anhänger lag nun in meiner Hand.

Er zeigt es dir. Azem blinzelte. *Küsse ihn. Bevor er zu heiß wird.*

»Was?« Ich starrte auf das Amulett. »Ich soll ihn … küssen?«

Der Kater schaute mich an und sein Blick sagte alles: Für ihn war ich ganz offensichtlich nicht die hellste Kerze auf der Torte.

Also tat ich, was Azem von mir verlangte. Ganz langsam hob ich den Anhänger an meinen Mund. Dann berührten meine Lippen den Stein. Ich hätte damit gerechnet, dass ich mich daran verbrennen würde, aber das war nicht der Fall. Sofort nachdem meine Haut in Kontakt mit dem Stein gekommen war, hörte das Pulsieren auf. Einen kurzen Augenblick lang geschah überhaupt nichts, ich glaubte schon, dass Azem mir den falschen Tipp gegeben hatte, als das Pulsieren wieder begann. Dieses Mal war es jedoch verbunden mit Lichtstrahlen, die so gleißend hell waren, dass sie mich an aufgeblendete Xenon-Scheinwerfer erinnerten.

Mit gerunzelter Stirn betrachtete ich den Stein und das Licht. Es zeigte auf den Boden und egal, wie sehr ich es auch hin und her bewegte, das Licht blieb darauf fixiert. Wollte mir das Amulett etwas sagen? War das überhaupt möglich?

Ich ließ meinen Blick dem Lichtstrahl folgen und er landete bei dem Haufen Dreck, den Danial schon vorhin näher hatte untersuchen wollen – bevor die Dorfbewohner die dunkelste Seite der frühen Neuzeit heraufbeschworen hatten.

Wieder stupste Azem meine Hand an, dieses Mal in Richtung der Erde. Ich hatte zwar noch nicht ganz verstanden, wann er mit mir sprach und wann nicht, aber diese Geste war eindeutig.

Vorsichtig kniete ich mich neben die Erde und begann mit den Fingern darin herumzuwühlen. Es gab verschieden große Haufen, aber alle verströmten einen seltsamen Geruch. Moschusartig und irgendwie ... dumpf.

Meine Fingerspitzen stießen in einem der größeren Haufen auf etwas Festes. Langsam zog ich den Gegenstand heraus und ließ ihn fallen, sobald ich sah, was es war.

Knochen.

»Franka«, sagte ich und konnte hören, dass meine Stimme besorgt klang, »kommst du bitte mal?«

Doch meine Tante war wie in Trance. Sie war mir keine große Hilfe. Warum Bendis der Meinung gewesen war, dass es besser sei, sie hierzulassen, war mir ein Rätsel.

Auf allen vieren kroch ich zu ihr hinüber und legte ihr eine Hand auf den Oberarm. »Franka«, ich beugte mich vor, »bitte hilf mir.«

Sie hob den Kopf, die Worte waren endlich zu ihr durchgedrungen. Sie brauchte noch einen Moment, bis sie wieder ganz im Hier und Jetzt angekommen war, dann schaute sie auf. »Wo sind die anderen?«

»Weg. Bendis bringt Gaia zum Coven und Frieda und Danial haben sie begleitet. Was war mit dir?«

Meine Tante senkte den Blick. »Es ... ich erkläre es dir später.« Sie sah auf das Amulett in meiner Hand und den Knochen, der jetzt deutlich sichtbar außerhalb der Erde lag.

Bevor sie weitere Fragen stellen konnte, musste ich erst meine loswerden: »Was ist das für Erde? Sie riecht seltsam und als ich sie untersucht habe, habe ich das da gefunden. Sind das weitere Überreste von Katharina? Aber weshalb sollte sie sie hierlassen?«

Franka besah sich die Erde genauer, ließ sie durch die Finger gleiten. Ich befürchtete, dass sie immer noch nicht ganz bei sich war, aber schließlich sagte sie: »Nein, das sind keine Knochen von Katharina. Das ist Graberde.«

O Gott, und ich hatte sie angefasst. Das plötzliche Verlangen, meine Hände zu waschen, überspülte mich wie eine Welle.

»Warum sind Knochen darin?«, murmelte ich, darum bemüht, meinen Würgreflex zu unterdrücken. Es war die eine Sache, Katharinas Überreste gesäubert aus einer Schatulle zu ziehen, aber eine ganz andere, einen Haufen Graberde mit menschlichen Knochen vor mir liegen zu haben.

»Nekromantie«, sagte Franka mit tonloser Stimme. »Das ergibt keinen Sinn.«

»Was meinst du?«

»Nekromantie meint Totenbeschwörung. Es gibt zwei Arten davon: Magisch unbegabte Menschen kennen vor allem die Nekyomantie, also das Beschwören von Wiedergängern, die aus ihren Gräbern auferstehen. Aber weshalb sollte Katharina Nekyomantie betreiben? Sie ist in der Lage, Menschen zu befallen, sie zu steuern. Sie braucht keine Wiedergänger.«

Wow, das wurde mir langsam zu krass. »Nekromantie gibt es wirklich?«

Meine Tante sah immer noch auf den Knochen. »Sie ist Teil der dunklen Magie«, erklärte sie.

Damit hatte ich fast gerechnet. »Du hast gesagt, es gibt zwei Arten, welche ist die andere?«

»Scyomantie«, antwortete Franka. »Klassischerweise wird dabei ein Abbild des Verstorbenen beschworen, um Auskünfte zu erhalten oder den Lebenden zu schaden. Aber auch hier: Welche Verstorbenen sollte Katharina beschwören wollen? Sie ist selbst ein Geistwesen, sie braucht keinen externen Zugang zum Reich der Toten.« Meine Tante stand auf. »Hier läuft irgendetwas schief und ich sehe nicht, was es ist. Das geht weit über einen Generationenzauber hinaus.«

»Was können wir tun?«, fragte ich. Es wurde immer schlimmer. Je weiter die Zeit voranschritt, desto undurchsichtiger wurde alles. Wie zum Henker sollten wir dieses Rätsel in wenigen Stunden lösen?

»Wir müssen hier raus«, sagte Franka. »Hier drinnen sitzen wir wie Karnickel in der Falle, genau da, wo Katharina dich haben will, Nora. Lass uns den Tunnel nutzen. Vom Wald aus können wir zurück ins Dorf und bleiben hoffentlich unbemerkt. Dann suchen wir Adrian, Alma und Karla. Etwas sagt mir, dass sie der Schlüssel für dieses Chaos sind und ich habe schon eine Ahnung, wo wir anfangen müssen: auf dem Friedhof.«

Das klang in Anbetracht der Graberde in unserem Flur nach einer guten Idee. Aber ... »Ihr habt einen Geheimgang unter eurem Haus?«

Meine Tante zuckte mit den Schultern. »Dieses Haus hat schon immer Hexen gehört. Wir sind gern vorbereitet. Das ist eine hart erlernte Lektion.«

Wo sie recht hatte.

In dem Moment, in dem wir unsere Entscheidung getroffen hatten, erhoben sich draußen die Stimmen der Dorfbewohner. Wir spähten aus dem Seitenfenster neben der Haustür und sahen, wie sich einige Menschen mit Fackeln auf die Elstern stürzten. Die Vögel, die bis jetzt auf das Haus fixiert waren, waren abgelenkt.

»Jetzt oder nie«, sagte meine Tante.

Wir entfernten uns langsam von der Haustür, bis wir vor der Besenkammer standen, in der ich Bendis und die anderen hatte verschwinden sehen. Ein letzter Blick zurück, dann folgte ich Franka hinein.

29

Kaum hatten wir den Geheimgang hinter uns gelassen, überfiel mich wieder dieses Gefühl des Beobachtet-Werdens. Leider sah weder meine Tante noch ich irgendwo eine der Elstern. Aber das musste nichts heißen, sie konnten schließlich auch ganz oben auf den Bäumen sitzen.

»Wie lange brauchen wir zurück ins Dorf?«, fragte ich.

»Zehn Minuten, höchstens.« Franka kramte in ihrer Tasche, die sie mitgenommen hatte. »Hier, nimm eins von denen.« Sie reichte mir ein Säckchen. Behutsam hob ich es hoch und schnupperte daran: Lavendel war das einzige Kraut, das ich bestimmen konnte, aber es waren noch viele andere darin enthalten. »Was ist das?«

»Zum Schutz«, sagte Franka. »Auch wenn es nur wenig helfen wird.«

Ich steckte das Säckchen in meine Hosentasche, dann fragte ich: »Bist du dir sicher mit dem Friedhof?«

»Nein«, erwiderte meine Tante. »Aber er ist unsere beste Möglichkeit.«

Also gingen wir los. Es war, wie meine Tante mir gesagt hatte, kein langer Weg. Als wir uns der Kirche näherten, die glücklicherweise am Rande des Dorfes lag, blieb Franka stehen. »Einen Moment, Nora.«

Sie holte ein Fernglas hervor und begann die Umgebung damit abzusuchen. Noch standen wir im schützenden Schatten der Bäume. Die hintere Friedhofsmauer war etwa zehn Meter entfernt. Von hier aus konnten wir nur einen Teil des Dorfes einsehen, denn der Großteil lag hinter der Kirche. Aber darum schien es meiner Tante nicht zu gehen. »Es sind keinerlei Elstern im hinteren Bereich zu sehen und auch vorn sitzen keine Vögel – jedenfalls soweit ich das Gebiet einsehen kann. Es scheint so, als würden sie sich immer noch auf das Haus konzentrieren.«

Das war unsere Chance. Vielleicht unsere einzige. »Gibt es einen Hintereingang in die Kirche?«, fragte ich.

»Ja, da.« Franka strecke die Hand aus und deutete auf eine Holztür, die ich nicht bemerkt hatte. »Sie führt in einen Wirtschaftsraum, ich glaube, sie bewahren dort Dinge für die Gottesdienste auf.«

Als wir uns sicher waren, dass uns niemand bemerken würde, liefen wir los. Mit jedem Meter, den wir näher kamen, wurde das Gefühl in mir stärker. Ja, wir waren hier richtig. Ich konnte nicht sagen, weshalb, aber ich war mir sicher.

Franka langte nach vorn und murmelte etwas, dann sprang das Schloss der Hintertür auf. Wir schlüpften hinein.

Sofort umfing mich der typische Kirchengeruch: dumpf, etwas modrig mit einem Hauch von Weihrauch und Kerzenwachs. Der Raum, in dem wir nun standen, war tatsächlich ein Lagerraum: An den Wänden stapelten sich Stühle, ein klobiges Podest aus Holz war davorgerückt worden. Mehrere offene Kisten mit Stumpenkerzen standen in einem Regal, in dem sich auch Gesangbücher stapelten. Ansonsten war der Raum leer.

»Da entlang«, flüsterte ich, meiner inneren Stimme folgend. Meine Tante akzeptierte das einfach, wofür ich ihr sehr dankbar war. Auch wenn ich keine ausgebildete Hexe war, war doch ich es, die am engsten mit dem Fluch verknüpft war.

Vorsichtig öffnete ich die einzige Tür, die ins Kircheninnere führte, und spähte hinaus. Wir befanden uns links vom Altar, halb durch ihn verdeckt. Von meinem Standort aus konnte ich niemanden sehen, aber das musste nicht heißen, dass die Kirche komplett leer war. Deshalb legte ich einen Finger an die Lippen und schlich ins Kirchenschiff.

Der Altar bot eine gute Deckung, ragte er doch mächtig bis fast zur Decke auf. Das hier musste eine Barockkirche sein, denn alles war prunkvoll verziert.

Irgendwann waren wir so weit um den Altar herumgegangen, wie wir konnten, ohne gesehen werden zu können. Innerlich zählte ich bis drei, dann lugte ich hinter der Holzstatue, die direkt neben mir stand, hervor.

Die Kirche war leer. Mit Ausnahme von zwei Gestalten, die reglos auf dem Boden lagen.

»Shit!«, entfuhr es mir, bevor ich mit zwei Sätzen um den Altar herumhechtete und mich neben ihnen auf den Boden fallen ließ.

Es waren Alma und Karla.

Ihre Gesichter waren aschfahl, die Augen geschlossen.

»Nora!« Franka war mir gefolgt, offenbar wollte sie mir eine Standpauke halten, doch dann sah sie, weshalb ich es so eilig gehabt hatte. Sie ließ sich genauso schnell auf die Knie fallen wie ich zuvor. »Sie leben«, sagte sie und ich konnte die Erleichterung in ihrer Stimme hören. »Der Göttin sei Dank!«

Ich wusste nicht, ob wir schon wieder einer Gottheit danken sollten, denn die beiden schienen zwar lebendig zu sein, aber wie lange noch, das war eine andere Frage. »Siehst du, wie eingefallen ihre Haut ist?«, fragte ich. »Sie hat irgendetwas mit ihnen gemacht.« Ich wollte Karla, die auf der Seite lag, auf den Rücken drehen, aber Franka rief: »Nicht! Fass sie nicht an.«

Schnell zog ich meine Hand zurück. »Wieso nicht?«

»Hier«, sie rutschte zu mir herum, »sie liegen auf einer Teufelsfalle, siehst du?«

Damit konnte ich nichts anfangen, auch wenn ich sah, was sie meinte: Ein Pentagramm war mit Kreide auf den Boden gemalt worden. »Das heißt?«

»Teufelsfallen sind dazu da, damit Dämonen nicht ausbrechen, aber sie können auch dafür genutzt werden, um andere draußen zu halten. Diese Art der Teufelsfalle ist gekoppelt mit der Lebensenergie von denjenigen, die sich in ihr befinden. Siehst du die schwarzen Punkte auf Karlas Oberarm? Sie leiten ihre Energie an die Falle weiter.«

Ach du Scheiße! Das klang ebenso wenig nach weißer Magie wie die Sache mit der Nekromantie, die Franka vorhin erwähnt hatte. »Du meinst, wir werden verletzt, wenn wir sie berühren?«

»Ja.«

»Aber wie sollen wir ihnen helfen?« Ich beugte mich so über Karla, dass ich mehr sehen konnte, ohne sie jedoch anzufassen. Jemand hatte ihre Kapuzenjacke heruntergerissen, sodass ihr darunterliegendes Tanktop zum Vorschein kam. Auf ihren nackten Oberarmen waren die schwarzen Punkte zu sehen.

»Ich habe alles hier.«

So ruhig, wie vermutlich nur Franka in solchen Situationen sein konnte, legte sie alles nebeneinander auf den steinernen Boden der Kirche: getrocknete Fliederblüten, Öl, Salz und eine Messingschale. Mit fliegenden Fingern mischte sie alles zusammen und begann dann das Gemisch zu vermahlen. Die getrockneten Blüten verströmten bald einen schweren Duft. »Hol noch ein wenig Weihwasser, Nora. Da vorn ist das Becken. Es ist ein Glück, dass sie ausgerechnet in einer Kirche liegen.«

Ich stand auf, so wie Franka es von mir verlangt hatte, und holte das Weihwasser. Während ich es zurücktrug, klingelte irgendwo in meinem Verstand eine Alarmglocke, aber ich konnte sie nicht zuordnen. Deshalb schob ich das Gefühl beiseite und kniete mich wieder neben meine Tante.

»So«, sie trug die entstandene Paste gerade auf die Ränder der Teufelsfalle auf. »Jetzt müssen wir sie nur noch anzünden.«

»Weshalb kannst du die Falle berühren?«, fragte ich.

»Der Flieder schützt mich und er wird Alma und Karla genauso retten. Halte dich bereit: Sobald ich den Kreis anzünde, musst du das Weihwasser über die beiden spritzen.«

Also gut. Ich wartete, bis Franka ein Feuerzeug aus ihrer Tasche gezogen hatte und es an das Flieder-Öl-Gemisch hielt, das ihr am nächsten war. Hoffentlich würden die beiden nicht durch das Feuer verletzt werden, das gleich entstand. Aber was blieb uns anderes übrig? Um ihnen zu helfen, mussten wir sie zuerst aus der Teufelsfalle herausbekommen.

Wieder spürte ich, das mit der Situation etwas nicht stimmte. Aber in diesem Moment fing das Kräutergemisch Feuer und fraß sich einmal um Alma und Karla herum.

»Jetzt, Nora!«

Ich schraubte die Plastikflasche auf, die Franka dabeigehabt hatte, und spritzte das Weihwasser aus dem Becken auf Alma und Karla. Mit einem Zischen verdampfte es und die schwarzen Punkte auf Karlas Oberarm verschwanden. Die Teufelsfalle leuchtete einmal kurz auf, um dann nur noch eine Kreidezeichnung zu sein.

Langsam kehrte die Farbe zurück in die Gesichter von Alma und Karla. Letztere setzte sich mit einem Ruck auf und hielt sich gleich darauf den Kopf.

»Sachte, sachte«, sagte ich und kniete mich neben sie. Ihr Blick war im ersten Moment voller Angst, aber als sie mich erkannte, wandelte er sich genauso schnell in Sorge. »Nora! Du musst Adrian suchen, wir sind nur eine Ablenkung!«

»Eine Ablenkung?«, echote ich. »Wie meinst du das?

»S … sie hat ihn verzaubert! Dann hat sie uns hierhergebracht, weil sie wusste, dass ihr zuerst hier nach ihr suchen würdet, aber ihr müsst aus der Kirche raus. Sofort! Besonders du, Nora! Es ist ihr Plan, dass du hier bist.«

Jetzt wusste ich auch, weshalb meine Intuition mir gesagt hatte, dass etwas nicht stimmte: Weil wir Katharina wieder einmal auf den Leim gegangen waren.

Franka packte meine Freundin bei den Schultern. »Weißt du, mit was für einem Zauber sie ihn belegt hat?«

Karla schüttelte den Kopf, ich konnte ganz deutlich sehen, dass sie sich Vorwürfe machte. Aber woher sollte sie das auch wissen? Sie hatte noch weniger Erfahrung mit der ganzen Materie als ich. »Ich habe nur ein offenes Grab gesehen, als wir über den Friedhof geführt wurden«, sagte Karla leise. »Mehr nicht.«

Ich kniff die Augen zusammen. Schon wieder Gräber. Wo war die Verbindung? Irgendwo musste es doch eine geben!

»Karstmagie«, meldete sich eine schwache Stimme zu Wort. Es war Alma. »Sie wendet Karstmagie an, Franka«, sagte meine Tante, die gerade wieder zu sich kam. Sie schien länger zu brauchen als Karla – ob das daran lag, dass sie älter oder eine Hexe war, konnte ich nicht sagen. Jedenfalls waberte der Schatten der Teufelsfalle noch immer auf ihrem Gesicht, auch wenn die schwarzen Punkte auf ihren Oberarmen schon verschwunden waren.

Franka sog scharf die Luft ein. Bevor sie antworten konnte, fragte Karla jedoch: »Was ist das?«

Alma öffnete den Mund, aber meine andere Tante übernahm, denn sie wusste, dass ihre Schwester noch zu schwach war, um detaillierte Erklärungen abzugeben. »Karstmagie ist eine uralte Form der Zauberkunst, die eng mit dem Harz verwoben ist und seit Jahrhunderten hier praktiziert wurde. Ursprünglich war sie nicht böse, sie hat sich nur der vielen Magie bedient, die im Harz allgegenwärtig ist: Hier gibt es mehr Naturgeister als irgendwo sonst und sie hinterlassen ihre magischen Spuren. Weiße Frauen kümmern sich um den Wald, das stille Volk sorgt dafür, dass kleine Reparaturen an den Häusern der Menschen vorgenommen werden, wenn sie im Gegenzug mit Milch und Brot bezahlt werden, die Brunnennixen passen auf, dass das Grundwasser nie versiegt. Für sehr lange Zeit war es ein Geben und Nehmen zwischen den magischen Wesen und den Menschen. Und die durch das Wirken der Naturgeister entstandenen Magiereste haben wiederum wir Hexen genutzt, um unsere Gärten wachsen zu lassen, unsere Häuser zu bauen und so weiter und so fort.« Sie holte Luft. »Fakt ist aber, dass diese Art der Magie schon lange nicht mehr praktiziert wird, weil es im Harz zwar immer noch überdurchschnittlich viele Naturgeister gibt, ihre Zahl aber insgesamt stark abgenommen hat.«

»Naturgeister?« Ich hob eine Augenbraue. »Du meinst Fabelwesen?«

»Ja und nein«, sagte Franka, »ich erkläre dir den Unterschied später, das Wesentliche ist, dass es einen dunklen Zweig der Karstmagie gibt, der wie alle schwarze Magie darauf ausgerichtet ist zu zerstören.« Sie griff sich an die Stirn. »Dass ich daran nicht früher gedacht habe«, murmelte sie. »Dunkle Karstmagie ist außerdem eng mit der Nekromantie verwandt, du erinnerst dich, Nora?«

»Ja.«

»Schwarze Karstmagie wird gewirkt, indem der dunkle Magier, in diesem Fall Katharina, seinem Opfer einen Teil von sich zuführt. Früher wurden dann die Magiereste von der Aktivität der Naturgeister genutzt, um diesen Teil so eng mit dem Opfer zu verweben, dass sie kaum noch trennbar sind. Das geht heute nur noch bedingt.«

»Und da kommen wir ins Spiel«, sagte Alma, deren Stimme endlich stärker klang. »Meine Magie und unser beider Lebensenergien wurde von Katharina angezapft, um Adrian mit ihren letzten Überresten zu verschmelzen. Außerdem hat sie die Graberde eines Unschuldigen dafür genutzt, um die Verschmelzung noch stärker zu machen. Als ich das gesehen habe, wusste ich, dass ihr es nicht geschafft hattet.«

Langsam sickerte die Bedeutung dessen, was meine Tanten mir gerade eröffnet hatten, in mein Bewusstsein. »Was soll das heißen? Dass wir Adrian nicht mehr von Katharinas Überresten befreien können?«

Franka senkte den Blick. »Es kann sein, dass wir die Verbindung geschwächt haben, weil wir die beiden recht schnell gefunden haben, aber ich kann und will dir im Moment keine Hoffnung machen, Nora.«

»Nein!« Ich war aufgesprungen. Denn noch etwas war mir gerade klar geworden: Wenn wir Adrian nicht von dem letzten Überrest trennen konnten, bedeutete das auch, dass ich den Fluch nicht würde brechen können. Es sei denn ...

»Die einzige Möglichkeit, Katharinas Zauber noch aufzuhalten, ist, sein Leben zu beenden«, sagte Franka und klang dabei genauso leer, wie ich mich fühlte. »Und ich weiß, dass das keine Option für dich ist.«

»Für dich etwa?« Meine Stimme ging eine Oktave nach oben. »Du weißt, was das für Folgen hätte, nicht nur für ihn, auch für euch. Sein Vater wird nicht eher ruhen, bis unsere ganze Familie ins Feuer gegangen ist, exakt wie damals.«

Franka schnaubte. »Und genau das will sie. Sie kann nur gewinnen.«

Meine Gedanken rasten. Ich war noch nicht bereit aufzugeben. Aber was waren die Alternativen? Entweder brachte ich den Mann um, dem ich gerade mein Herz geschenkt hatte, und riskierte, dass meine gesamte Familie in Gefahr gebracht wurde oder in mir stand eine mächtige, bösartige Hexe wieder auf, die dann vermutlich nicht nur das Dorf auslöschte, sondern meine Familie gleich mit.

Franka hatte recht: Wie ich mich entschied, ich entschied mich falsch. Katharina hatte uns vor eine Pattsituation gestellt und die Uhr tickte.

»Fuck.« Karla war auf die Beine gekommen und legte mir eine Hand auf die Schulter. »Adrian würde es verstehen, Nora.«

»Was?«, fauchte ich. »Dass er sterben muss, weil wir nicht in der Lage dazu gewesen sind, ihn zu schützen?«

Sie öffnete den Mund, sagte aber nichts. Was sollte sie darauf auch erwidern? Eine beschissene Situation! »Wie finden wir heraus, wie stark die Verbindung ist?«, fragte ich. Mir war klar, dass ich mich an Strohhalme klammerte, aber das war mir egal. Ich würde Adrian auf gar keinen Fall sterben lassen, nicht für mich und schon gar nicht für so einen dämlichen Fluch! Es musste doch eine Möglichkeit geben, das Stück aus ihm herauszubekommen und wenn ich mir einen Arm abhackte.

»Dazu müssen wir ihn erst einmal finden«, gab Franka zu bedenken. »Es ist kurz vor drei, Nora. Und die Elstern werden versuchen uns aufzuhalten.«

»Dann haben wir immerhin noch neun Stunden«, sagte ich störrisch. »Außerdem: Was willst du sonst tun? Warten, bis ich mich verwandle?«

Eine Flucht war längst keine Option mehr. Bendis hatte es schon in Frankas Arbeitszimmer erklärt: Der Zauber hing nicht länger an dem Ort Tannenburg, er hing an mir. Katharina würde mich bekommen, ob ich wollte oder nicht.

Damit war alles gesagt. Franka half ihrer Schwester auf die Beine, doch gerade als wir uns auf den Weg zum Ausgang machen wollten, um nach dem offenen Grab zu sehen, platzten zwei Gestalten durch die Kirchentür.

Franka ging in Abwehrhaltung und auch ich schob Karla instinktiv hinter mich, um sie vor dem zu schützen, was auf uns zukam.

Aber wir hatten Glück.

»Ganz ruhig«, sagte Danial und hob die Hände. »Wir sind hier, um euch zu helfen.«

30

Ten for a bird, you must not miss

Die Erleichterung überschwemmte mich wie eine Welle. Ich hatte fest damit gerechnet, dass Katharinas Gefolge durch die Tür brechen und mich ebenso verschleppen würde wie Adrian. Dann wäre ich auf mich allein gestellt gewesen – ohne die Hilfe der anderen. Mit meinen beiden Tanten, Karla, Bendis und Danial fühlte sich die Aufgabe, die vor uns lag, nicht ganz so unmöglich an. Auch wenn ich tief in meinem Inneren wusste, dass es keine Garantie gab, dass wir alle lebend aus der Sache herauskamen.

Bendis war als Späherin direkt wieder nach draußen gegangen. Als sie jetzt in die Kirche zurückschlüpfte, winkte sie uns hinaus auf den Friedhof. »Keine Elstern zu sehen, das ist zwar merkwürdig, aber wir sollten es im Moment nicht hinterfragen.«

Zwar wurde ich wie Bendis schon wieder das Gefühl nicht los, dass Katharina uns genau dort hatte, wo sie uns haben wollte, aber was sollten wir tun? Wir mussten irgendwo anfangen und das offene Grab war die beste Möglichkeit – immerhin war sein Inhalt irgendwie mit Adrian verbunden.

Eng aneinandergedrängt schlichen wir über den Friedhof. Ich kam mir vor wie eine Grabräuberin. Die dunklen Gewitterwolken, die wieder einmal aufgezogen waren und eine Drohkulisse gegen die Sonne bildeten, verstärkten diesen Eindruck nur.

Bendis behielt recht: Auf dem gesamten Friedhof war nicht eine Elster zu sehen. Bevor wir die Teufelsfalle gebrochen hatten, wäre das vielleicht noch erklärbar gewesen, jetzt jedoch hieß das, dass etwas faul war. Katharina musste bemerkt haben, dass wir Karla und Alma befreit hatten. Oder sie brauchte uns nicht mehr zu beobachten, weil sie wusste, dass Adrian und die ihm zugeführten Überreste nicht mehr zu trennen waren oder ich ihn nicht finden würde. Das war die eine Möglichkeit, die ich auf gar keinen Fall wahrhaben wollte.

Die anderen hatten, bevor wir die Kirche verlassen hatten, besprochen, was unsere besten Optionen waren, aber ich musste mich doch noch einmal versichern: »Am Grab werden wir herausfinden können, wo Adrian ist?«

»*Wir* werden das wahrscheinlich nicht herausfinden können«, antwortete Danial. »Aber du schon, Nora. Ich hoffe darauf, dass deine Intuition und dein Band zu Adrian uns an die richtige Stelle führen werden.«

Mein Band zu ihm. Das war eine Art, unsere Verbindung zu beschreiben, die mich lächeln ließ. Selbst in dieser Situation. Das warme Gefühl wurde jedoch gleich wieder von der Angst überspült, es nicht zu schaffen. So wie auf dem Baum. Was, wenn ich meine Kräfte nicht sammeln konnte? Was, wenn ich das Band zwischen Adrian und mir nicht fand? Es brauchte eine große Willensanstrengung, um die Zweifel beiseitezuschieben. Damit würde ich mich befassen, wenn es so weit war.

Wir erreichten das Gräberfeld und ich sah sofort, wohin wir mussten. Man konnte das Loch schlichtweg nicht übersehen. Es wirkte wie ein schwarzes Maul, das im Boden klaffte – unheilvoll und böse. Auch wenn das hier nach den Erklärungen meiner Tanten das Grab eines Unschuldigen sein sollte, strahlte der Ort doch etwas aus, das mir einen kalten Schauer über den Rücken laufen ließ.

»Definitiv Nekromantie«, sagte Franka, als wir neben dem Grab zum Stehen kamen. »Seht ihr die kleinen Haufen, die von hier wegführen?«

Tatsächlich! Überall auf dem Weg in Richtung des Friedhofausgangs waren kleine Häufchen Erde verteilt. *Graberde.* »Ich dachte, sie brauchte die Erde nur, um die Verschmelzung ihrer Überreste mit Adrian zu verstärken?«

»Das ist auch so.«

»Weshalb liegt dann überall welche herum?«

Meine Tanten warfen sich einen Blick zu. »Sie brauchte die Erde, um die

Karstmagie zu verstärken, aber Graberde hat in der Nekromantie noch für vieles andere eine Bedeutung.«

»Die da wäre?«

»Katharina ist schon vorher in Menschen aus dem Dorf gefahren und hat die Vögel kontrolliert. Ich kann mir vorstellen, dass sie das einiges an Kraft gekostet hat«, sagte Bendis. »Vielleicht ist sie schwächer, als wir glauben, und sie brauchte die Graberde, um die Kontrolle nicht zu verlieren.«

Das war eine Theorie, der ich zu gern trauen würde, aber das hieß nicht, dass die dunkle Hexe nicht mehr gefährlich war. Wir, nein, *ich* musste Adrian finden. Erst wenn wir dieses Ding aus ihm herausgeholt hatten, würden wir ihr wirklich schaden und den Fluch abwenden können.

Ich wandte mich um und starrte auf das Loch im Boden. Aber was, wenn mir etwas entging?

»Denk nicht darüber nach, Nora. Du musst dich jetzt darauf konzentrieren, Adrian zu finden. Spürst du etwas?«

Das war leichter gesagt als getan. Ob ich etwas spürte?

Eine ganze Menge.

Aber nichts davon hatte mit Magie zu tun. In meiner Brust stritten sich Angst, Wut und das Gefühl, etwas falsch gemacht zu haben, um die Vormachtstellung. Es brodelte wie Wasser, das kurz vor dem Überkochen stand, und ich wusste nicht, ob das eine gute Voraussetzung war, um auf meine nicht ausgebildeten Kräfte zuzugreifen.

Ich tat es trotzdem. *Musste* es tun.

Einatmen, ausatmen. Dann schob ich den Gefühlscocktail beiseite und horchte in mich hinein. Es war viel schwieriger als angenommen. Meine Intuition riet mir eine direkte Verbindung zu der Graberde zu schaffen. Also kniete ich mich hin und legte meine Hand zögerlich darauf.

Es war, als würde mir jemand den Boden unter den Füßen wegziehen. Ich wusste nicht, wie mir geschah, während die Bilder auf mich einstürmten: Vor mir lag nicht länger der Friedhof, stattdessen flog ich wie ein Vogel über das Dorf hinweg in Richtung Brücke. Die Brücke, unter der Adrian und ich uns das erste Mal richtig unterhalten hatten. Ein Blick nach links zeigte mir, dass meine Vermutung richtig gewesen war: Neben mir saß eine Horde Elstern. Instinktiv begann ich sie zu zählen …

Zehn Stück.

Meine Gedanken wanderten zu dem Reim: *Zehn einen Vogel, den du nicht verpassen musst.* Hatte ich vielleicht doch richtig gelegen? War diese zweite Vision zu mir gekommen, weil in ihr ein Detail versteckt war, das ich mir unter allen Umständen merken sollte?

Das Bild drehte sich und zoomte unter die Brücke wie bei einer Kamerafahrt. Als Adrian und ich dort gesessen hatten, hatte ich nicht wirklich meine Umgebung wahrgenommen, weil ich mich auf ihn konzentriert hatte, aber jetzt sah ich es: Der Fluss wurde unter der Brücke schmaler, ein enger Fußweg aus Sand und kleinen Steinen führte einmal drunter durch. Aber das war es nicht, was mir die Vision zeigen wollte.

Das Bild wandte sich zu dem Pfeiler aus Backsteinen, der die Brücke aufrecht hielt. In einen der Steine war etwas hineingeritzt worden: eine Elster! Oder zumindest ein Vogel.

Ja, das war ganz sicher der Vogel aus dem Reim, den ich nicht verpassen durfte! Vielleicht hatte ich den Reim das letzte Mal falsch interpretiert, aber dieses Mal musste es einfach stimmen! War das ein Eingang? Hielt Katharina Adrian dort drin versteckt? Mein Herz machte einen Satz. Wenn dem wirklich so war, hätten wir dieses Versteck niemals von selbst gefunden.

Ich spürte, dass ich das nicht wissen sollte, es nicht hätte sehen dürfen. Aber wie Danial gesagt hatte: Das Band zwischen mir und Adrian war stark, stark genug, dass er vielleicht auch in seinem Zustand zu mir zurückwollte und mir zeigen konnte, wo ich ihn suchen musste.

Oder vielleicht bildete ich mir all das auch einfach nur ein und es war eine weitere Falle von Katharina.

Der letzte Gedanke riss mich aus der Vision. Als hätte ich mir die Hand an der Graberde verbrannt, zog ich sie zurück und stand auf.

»Und?«

Es dauerte einen Augenblick, bis ich wieder in der Realität angekommen war, dann sagte ich: »Ich glaube, ich habe das Versteck gefunden.«

»Wo?« Das war Franka.

»Unter der Brücke am Fluss.«

Bendis hatte mir aufmerksam zugehört. Bevor Franka uns zum Aufbruch anhalten konnte, fragte sie: »Was hast du genau gesehen?«

»Einen Backstein, auf dem ein Vogel eingeritzt war«, sagte ich, »und ich hatte ein Gefühl von ...« Ich stockte.

»Von was?«

»Als würde man mir etwas Verbotenes zeigen.«

Die alte Hexe fuhr sich über das Kinn. »Das könnte eine Falle sein.«

»Ich weiß.«

Sie sah auf die Uhr und ihre Miene verfinsterte sich. »Aber wir haben nicht den Luxus, um deine Vision erst zu überprüfen. Wir müssen schnell handeln, auch wenn das bedeutet, dass wir ein Risiko eingehen.«

»Das befürchte ich auch«, erwiderte Franka. »Es ist schon später Nachmittag, es wird verdammt knapp.«

Sie erzählten mir nichts Neues. Und ich fühlte mich dabei genauso unwohl wie die anderen Zirkelmitglieder. Die Vision konnte ebenso gut von Katharina stammen.

Trotzdem machten wir uns auf den Weg zur Brücke. Das Dorf war wie ausgestorben, auch hier waren nirgendwo Elstern zu sehen. Das Haus meiner Tanten war weit genug entfernt, dass wir auch den Mob nicht sahen – wobei es fraglich war, ob die Leute sich immer noch am Haus befanden. Doch auch darüber konnte ich mir jetzt keine Gedanken machen. Ich hörte die Uhr fast ticken. Mit jeder Stunde, die verging und in der wir Adrian nicht gefunden hatten, rückte die Sommersonnenwende näher.

Im Gänsemarsch stiegen wir hinunter zum Fluss, rechts von uns ragte die Brücke auf. Der Ort weckte Erinnerungen in mir – an ein altes Leben, in dem ich noch nichts über die Herkunft meiner Familie gewusst hatte.

Als der Schatten der Brücke über Bendis fiel, blieben wir stehen. Sie war ganz vorn gegangen. »Bildet einen Kreis um Nora und Karla«, sagte die alte

Hexe. »Ich will nicht, dass sie uns noch einmal überraschen kann.« Mit einem Blick zu mir fügte sie hinzu: »Halte dich bereit, deine Kräfte einzusetzen, wenn es nötig wird.«

Ein kurzes Kopfnicken genügte, dann drehte sich Bendis wieder um. Karla und ich wurden nun von den Mitgliedern des Zirkels flankiert, die alle aufmerksam die Umgebung beobachteten.

Aber es war, als hätte es Katharina nie gegeben. Alles war wie tot. Viel zu ruhig.

Die letzten Meter bis zur Pfeilermitte waren schnell zurückgelegt. »Stopp«, sagte ich. »Da ist es.«

Auch wenn an diese Stelle kein direktes Sonnenlicht gelangte, konnte ich die Einkerbung dennoch deutlich erkennen. Es war genau wie in meiner Vision. War das gut? Oder liefen wir direkt in die nächste Falle?

Alma strich mit dem Zeigefinger vorsichtig über den Backstein, schien aber nichts Problematisches daran zu finden. »Es ist ein Portal«, sagte sie. »Aber es ist inaktiv.«

»Lass mich mal sehen.« Bendis schob sich neben meine Tante und nahm den Backstein nun ihrerseits genauer unter die Lupe, aber bevor sie den Stein auch nur berühren konnte, wusste ich, dass auch sie nichts finden würde.

Das hier war *meine* Aufgabe.

Ich hatte die Vision durchlebt und ich musste Adrian finden. Die anderen konnten mir dabei helfen, aber sie würden die Aufgabe nicht für mich lösen können.

»Darf ich?«, fragte ich, während ich vor den Backstein trat. Bendis machte einen Schritt zur Seite, ohne etwas zu sagen. Alle Augen waren auf mich gerichtet.

Es war wie auf dem Friedhof, auch wenn das Chaos aus Gefühlen in meinem Inneren sich ein wenig beruhigt hatte. Wie Alma zuvor streckte ich meine Hand aus. Kaum hatten meine Fingerspitzen den Stein berührt, glühte er rötlich auf. Mit einem Zischen zog ich meine Hand wieder zurück. Ich hatte mich verbrannt.

»Es will nicht, dass du hier bist.«

»Nein«, sagte ich mit zusammengebissenen Zähnen, »Katharina will ganz offensichtlich nicht, dass ich ihn finde.«

Als wäre das das Stichwort gewesen, erhob sich das Keckern von vielen hundert Elstern über das Dorf. Das Schlagen von Flügeln war so laut, dass es an einen Sturm erinnerte.

Die Atempause war vorbei.

Sie kamen, um mich zu holen. Um mich davon abzuhalten, Adrian zu befreien. Also war die Vision nicht von Katharina geschickt worden, sondern tatsächlich auf das Band zwischen ihm und mir zurückzuführen.

»Verschafft ihr Zeit!«, rief Franka.

Aus den Augenwinkeln sah ich, wie die anderen einen Kreis um mich bildeten. Karla stand neben mir, sichtlich überfordert mit der Situation. »Was kann ich tun?«, fragte sie, während ihr Blick unruhig zum Himmel sprang. Dort, von wo die Elstern auf uns zugestürzt kamen.

»Du kannst bei mir bleiben«, sagte ich leise. Natürlich konnte Karla mir mit der Magie nicht helfen, aber es war ein gutes Gefühl, eine Freundin direkt neben mir stehen zu haben.

Das schien ihr zu reichen.

Ich wandte mich wieder dem Backstein zu, die anderen bereiteten sich auf den Angriff vor. Mit einem tiefen Atemzug begann ich in mich hineinzuhorchen, genau so, wie Franka es mir gezeigt hatte. Aber noch während ich es versuchte, schwoll das Krähen und Keckern der Vögel im Hintergrund an. Es war so allgegenwärtig, dass es mir schwerfiel, mich zu konzentrieren. Zweifel stiegen in mir auf, nagten an mir. Es war genau wie beim Baum. Es würde mir nicht gelingen, auf meine Kräfte zuzugreifen. Ich würde versagen, genau wie beim letzten Mal.

Karla, die das zu bemerken schien, legte ihre Hände auf meine Schultern. »Nora«, flüsterte sie, »lass dich nicht ablenken. Das will sie, genau das!«

Mit aller Kraft lenkte ich meine Aufmerksamkeit auf Karlas Stimme. Sie sprach gedämpft weiter, als wüsste sie, dass es mir half.

Ich schloss meine Augen und lauschte in mich hinein.

Eine Sekunde.

Noch eine.

Und da war es: Hinter all den Zweifeln, der Angst und der Verunsicherung schlummerte die Kraft, auf die ich im Garten meiner Tanten zum ersten Mal hatte zugreifen können.

Behutsam fasste ich mit meinen Gedanken danach, zog die Kraft aus meinem Inneren, bis ich Karla neben mir scharf einatmen hörte.

Blinzelnd öffnete ich die Augen wieder und sah den leuchtenden Energieball in meiner Handfläche schweben. Nur kurz zögerte ich, dann ließ ich die Kraft los.

War die Magie aus meinem Inneren bis eben noch zahm gewesen, von mir kontrolliert, war sie jetzt wild und frei. Und trotzdem tat sie noch das, was ich ihr befohlen hatte: das Portal angreifen, an dem ich mir die Hand verbrannt hatte.

Meine Magie fraß sich in den Backstein, kämpfte gegen die Barriere, die uns den Zugang verwehren wollte. Ich spürte den Widerstand, der sich gegen meine Kraft stemmte, und erhöhte den Magiefluss, fütterte meine Kraft mit weiterer Energie, die aus meinem Inneren nach außen strömte. Schon jetzt erkannte ich, dass der Schutzzauber, der über dem Portal lag, sehr mächtig sein musste. Er erschöpfte mich auf eine Art, die ich bisher noch nicht erlebt hatte, und ich wusste nicht, wie lange ich meine Kräfte noch aufrechterhalten konnte.

Ein Knacken.

Noch eins.

Ein feiner Haarriss hatte sich in der Mitte des Backsteins gebildet und er wurde zunehmend größer.

»Zurück, Nora!« Karla packte mich am Oberarm und riss mich zur Seite. Wir taumelten, fielen hin.

Keine Sekunde zu spät: Nicht nur der Backstein zerbröselte in seine Bestandteile, nein, eine ganze Ladung an Steinen fiel in sich zusammen, als hätte ich auf sie mit einer Spitzhacke eingeschlagen. Staub umhüllte uns.

»Verteidigung!«, brüllte jemand links von mir. Ich konnte durch den roten

Ziegelstaub nichts erkennen, nur Karlas Hand auf meinem Oberarm gab mir noch Orientierung. Das Rauschen der Vogelflügel umgab uns wie ein Orkan. Das Keckern war allgegenwärtig.

Adrenalin schoss durch meinen Körper, als ich mich zusammen mit Karla wieder aufrappelte. Langsam lichtete sich der Staub und ich konnte sehen, was passiert war: Dort, wo eben noch eine solide Steinwand gestanden hatte, hatte sich ein Durchgang gebildet. Er hatte die Form eines Rundbogens und führte in einen dunklen Tunnel.

Mehr konnte ich nicht sehen, denn in diesem Moment knallte etwas mit voller Wucht gegen mein Brustbein. Japsend holte ich Luft und erkannte eine Elster, die ihre Krallen in mein Fleisch bohrte.

»Ah!« Mit einem Aufschrei taumelte ich erneute zurück. Karla gelang es, den Vogel von meiner Brust zu lösen, bevor er auf sie losging.

Ich riss meinen Kopf zurück und wirbelte herum. Um mich herrschte absolutes Chaos: Vogelflügel durchschnitten die Luft, die Unglücksboten griffen jeden an, der sich ihnen entgegenstellte. Schemenhaft konnte ich meine Tanten erkennen, die Rücken an Rücken standen. Sie kämpften nicht gegen die Vögel. Unwillkürlich musste ich schlucken. Sie kämpften gegen menschliche Gestalten, die auf sie zugelaufen kamen.

Franka hatte recht behalten: Katharina hatte die Graberde nicht nur dafür gebraucht, um Adrian zu verhexen. Sie hatte sie auch dafür benötigt, um weitere Dorfbewohner zu Besessenen zu machen. Deshalb war es so ruhig gewesen – sie hatte sich aller bemächtigt, die sie hatte finden können.

Ein kalter Schauer lief mir den Rücken hinunter. Wir waren zu sechst und davon waren nur vier Personen ausgebildete Hexen. Wie sollten wir gegen diese Übermacht gewinnen?

»Lauf, Nora!« Danial hatte sich freigekämpft und mich und Karla entdeckt. »Wir halten sie dir vom Leib! Lauf!«

Sein Ruf löste mich aus meiner Schockstarre. Mit einer schnellen Bewegung griff ich nach Karlas Hand und sprintete los.

Erst als wir in den dunklen Tunnel eingetaucht waren, bemerkte ich, dass mir mein Amulett fehlte. Die Elster hatte es mir abgerissen.

31

Eleven is worse

Kaum hatten wir den Tunnel betreten, wurden die Geräusche hinter uns verschluckt. Beinahe so, als würde die Außenwelt nicht länger existieren. Trotzdem war es nicht vollkommen still: Um uns herum surrte Energie durch die Luft, fast greifbar.

Karla und ich blieben stehen, dann zog meine Freundin ihr Handy hervor. »Komisch«, murmelte sie. »Es lässt sich nicht anschalten.«

»Ich glaube, das liegt an der Magie.«

»Welche Magie?« Sie runzelte die Stirn.

»Spürst du es nicht?«, fragte ich, überrascht darüber, dass sie die Spannung, die uns umgab, nicht wahrnehmen konnte.

Karla schüttelte den Kopf. »Nein. Nicht wirklich.«

»Hm.«

»Auch wenn ich das Gefühl habe, dass irgendetwas um uns herumschleicht.«

Also spürte sie es doch! Nur eben nicht so stark wie ich.

»Wie bekommen wir hier Licht rein?«, fragte sie. »Wenn wir noch weiter in den Tunnel gehen, sehe ich meine Hand vor Augen nicht mehr.«

Intuitiv wusste ich, dass dieser Ort so voller Magie war, dass auch nur sie hier funktionieren würde. Auf die Technik konnten wir uns nicht verlassen, das hatte Karlas Handy eben eindrucksvoll bewiesen.

»Einen Moment.« Wie vor einigen Minuten horchte ich wieder in mich hinein. Dieses Mal fiel es mir um einiges leichter, auf meine Kräfte zurückzugreifen. Ob das an der mit Magie aufgeladenen Umgebung lag oder ich einfach Übung darin bekam, konnte ich nicht sagen.

Es dauerte nur einige Augenblicke, dann war der leuchtende Ball in meiner Handfläche wieder da. Ich ließ ihn absichtlich nicht größer werden – zum einen, weil er einfach zu grell wäre, zum anderen zog er Energie von mir ab, die ich vielleicht später noch dringender brauchen würde. »Los, weiter!«

Jetzt, wo wir unsere Umgebung wahrnehmen konnten, bemerkte ich, dass der Tunnel leicht abschüssig war. Er war in einem Rundbogen aus Backsteinen gemauert, der Boden war aus lehmigem Sand – typisch für Tannenburg.

»Siehst du die Steine?«, fragte Karla so leise, dass ich sie fast nicht verstand. »Sie sind voller Elstern und ihre Köpfe folgen uns.«

Was meinte sie? Hatte ich etwas übersehen? Ich hörte keinen Flügelschlag und kein Keckern. Während wir uns langsam voranschoben, schenkte ich den Backsteinen einen genaueren Blick. Und tatsächlich: In vielen von ihnen war die gleiche Vogelzeichnung eingeritzt wie auf dem Backstein, der uns hierhergeführt hatte. Und mit noch etwas hatte Karla recht: Die Köpfe der Zeichnungen bewegten sich mit uns, als würden sie unseren Schritten folgen. Meine Nackenhaare stellten sich auf.

»Fällt dir nicht noch etwas auf?«, fragte Karla, die die Zeichnungen genau im Auge behielt.

»Was denn?«, erwiderte ich. Genau wie sie konnte ich meine Augen nicht von den eingemeißelten Vögeln nehmen. Es war beklemmend, wusste ich doch, dass es Katharinas Werk war.

»Sie sind in Gruppen angeordnet. Siehst du?« Sie deutete auf einen Abschnitt an der Wand, auf dem keine Vögel eingeritzt waren. »Immer in Gruppen von elf.«

»Der Reim«, murmelte ich. Spätestens jetzt konnte das alles kein Zufall mehr sein. *Elf sind schlimmer als zwölf mit ihrem heimlichen Fluch.* Das war die letzte Strophe des alten Kinderreims und wie es der Zufall wollte standen auch wir unmittelbar vor dem Ende unserer Aufgabe. Das letzte Mal, als ich auf die Uhr geschaut hatte, war es kurz nach fünf gewesen. Und das war nun auch schon eine Weile her. Wir hatten weniger als sechs Stunden, um Adrian zu finden, den Zauber zu lösen und Katharinas letzte Überreste zu verbrennen. Wenn es überhaupt möglich war, meinen ... Freund von ihrem Einfluss zu befreien.

Das Licht in meiner Hand wurde schwächer, je stärker die Zweifel zurückkehrten. Deshalb schob ich die Gedanken beiseite und sagte: »Lass uns weitergehen.«

Je weiter wir in den Tunnel vordrangen, desto steiler ging es nach unten. Das Licht reichte nur wenige Meter, sodass wir nicht sehen konnten, was uns am Ende erwartete. Doch mit jedem Schritt, den wir taten, wurde ich unruhiger.

Nach gut fünf Minuten erreichten wir das Ende des Tunnels: Er öffnete sich in einer Felsengrotte, die so riesig war, dass ich kaum ihre Ausmaße abschätzen konnte. Das Licht in meiner Hand erhellte nur unsere nächstgelegene Umgebung.

»Ist das ein Teich?«, flüsterte Karla.

Sie hatte recht. Rechterhand lag eine spiegelglatte Wasseroberfläche, die wie flüssiges Silber wirkte. Um uns herum hingen Tropfsteine von der Decke und wuchsen aus dem Boden. Ein schmaler Weg führte zwischen ihnen hindurch bis zu einem weiteren Eingang, den ich im Schein des Lichts gerade eben noch erkennen konnte. »Ich glaube, das hier ist nicht nur eine Grotte«, sagte ich, »das ist ein ganzes Höhlensystem.«

»Ja!« Karla klang ganz aufgeregt. »Leuchte mal hier hin.«

Ich tat ihr den Gefallen und bald mussten wir feststellen, dass es weit mehr als die zwei Zugänge zur Höhle gab, die ich ursprünglich gesehen hatte: Es waren elf Stück. Und ich hatte keinen blassen Schimmer, welcher davon der richtige war. So kurz vor dem Ende noch ein Rätsel, während uns die Zeit durch die Finger rann.

»Fühlst du den Weg zu Adrian?«, fragte Karla. Sie hoffte offenbar genau wie ich, dass sich das Problem durch meine Kräfte lösen lassen würde, aber ich musste sie enttäuschen. »Nein, da ist nichts.«

»Okay.« Meine Freundin begann auf und ab zu laufen. Sie war im Problemlösemodus angekommen und ich wieder einmal froh darüber, sie dabei zu haben. »Dann ist das ein Rätsel.«

»Ich weiß.«

»Du hast von einem Reim gesprochen.«

Hatte ich ihr davon noch nichts erzählt? Oder hatte sie den Kinderreim in der Hektik vergessen? Erst jetzt fiel mir ein, dass Karla keine Details von dem wusste, was auf dem Baum geschehen war. »Als wir den letzten Hinweis gefunden hatten, kurz bevor ihr gekidnappt worden seid, ist mir zum ersten Mal aufgefallen, dass der Reim und die Elstern, die ich seit meiner Abreise aus Berlin sehe, zusammenhängen.«

»Der Reim und die ... Oh!« Sie schlug sich mit der Hand gegen die Stirn. »Natürlich! Warum habe ich das nicht früher gemerkt? Deine Tante hatte den Reim an eurem Küchentisch rezitiert, aber ich habe dem keine große Bedeutung zugemessen, weil wir zu dem Zeitpunkt ja schon wussten, wie sich das Rätsel lösen lässt.«

»Oder es zumindest geglaubt haben«, sagte ich und spürte wieder die Enttäuschung darüber, dass ich am Baum nicht auf meine Kräfte hatte zugreifen können.

»Nora, du bist nicht schuld daran. An nichts von alledem.«

Ich senkte den Kopf. Es fühlte sich aber so an. Doch statt das zu sagen, murmelte ich: »Lass uns eine Lösung finden. Wir wissen nicht, ob die Elstern uns nicht folgen werden, falls sie an den anderen vorbeikommen.«

Karla nickte. »Zwölf Tunnel.« Sie tippte sich gegen die Nasenspitze. »Wenn wir wüssten, welcher der erste ist, könnten wir nach dem Reiminhalt vorgehen.«

»Wie meinst du das?«

»Na ja«, sie lief auf und ab, dabei sprang ihr Blick immer wieder zu dem Tunnel, aus dem wir gekommen waren. »Vier Elstern bringen einen Jungen, erinnerst du dich?«

»Wenn wir wüssten, welcher Tunnel der vierte ist, finden wir vermutlich Adrian«, schlussfolgerte ich.

»Könnte sein.« Karla ging zum Eingang des Tunnels zurück. »Komm mal mit dem Licht her«, sagte sie. »Siehst du irgendetwas, eine Zahl vielleicht?«

Eine Nummerierung?

Diesen Gefallen tat uns Katharina natürlich nicht. Warum sie überhaupt ein solches Höhlensystem angelegt hatte, war mir unverständlich. Hatte sie damit gerechnet, dass wir kommen würden? Und von wem hatte sie es bauen lassen? Dahinter musste noch mehr stecken als auf den ersten Blick erkennbar, aber wir hatten keine Zeit, um uns auch noch damit auseinanderzusetzen.

»Hm.« Karla fuhr gerade mit den Fingern über den Stein. Auch ich versuchte etwas zu finden, das uns weiterbrachte, aber da war nichts: Der Stein war dunkel, fast schwarz, und nichts auf ihm deutete auf eine Nummerierung hin. Es sei denn ...

Ich fuhr herum, begann zu zählen. »Die Tropfsteine!«

Vor dem Eingang, aus dem wir gekommen waren, konnte ich elf Stück erkennen – natürlich, das machte Sinn. Auch so hätten wir auf die Anzahl kommen können. Fragte sich nur, ob die Reihenfolge sich im Uhrzeigersinn fortsetzte oder gegen ihn.

»Ja!« Karla klang aufgeregt. »Du hast recht!«

Gemeinsam liefen wir zum nächsten Tunnel und zählten. Zwölf. Um ganz sicher zu sein, vergewisserten wir uns auch bei dem dahinter: Eins. »Okay, aber wo ist Adrian versteckt?«

»Mein heißer Tipp wäre die vier«, sagte Karla.

»Oder die zwölf, schließlich ist das das Ende des Reims und damit das Ende des Fluchs.«

Während wir uns ansahen, erhob sich ein Flüstern in der Höhle. Der Lichtschein meiner Magie reichte gerade noch bis zu den Ausläufern des Sees, dessen Wasseroberfläche sich nun zu kräuseln begann.

»Entscheide du, Nora.« Meine Freundin klang unruhig und ich wusste, dass wir von hier verschwinden mussten.

Zwölf oder vier? Woher sollte ich das wissen, verdammt noch mal?

Das Flüstern schwoll an und ich hörte das erste Keckern von Elstern, das aus dem Gang kam, der uns hierhergeführt hatte.

»Zwölf«, sagte ich.

»Okay.«

Zusammen sprinteten wir los, nur schnell weg, bevor die Vögel kamen und uns einholten. Der Tunnel, in den wir eintauchten, war genauso abschüssig wie der, durch den wir gekommen waren. Das hieß, es ging noch tiefer unter die Erde. Bei dem Gedanken daran fühlte ich mich unwohl, aber mir blieb nichts anderes übrig. Die Entscheidung war gefällt.

Das Licht meiner Magie tanzte über die Wände. Auch hier waren die Vogelgruppen in den Stein geritzt. Wir rannten zu schnell, um sie zu zählen, aber wenn wir angehalten hätten, wären es sicher zwölf Stück gewesen. Genau wie im anderen Tunnel bewegten auch diese Steinvögel ihre Köpfe. Wenn mein Adrenalinspiegel nicht so hoch gewesen wäre, hätte ich mich vor ihnen gefürchtet. So schenkte ich ihnen nur einen Blick, bevor ich mich wieder auf den Weg vor uns konzentrierte.

Es dauerte länger als beim letzten Tunnel, aber schließlich waren wir am Ende angekommen. Doch den Bereich, der hinter dem Gang lag, konnten wir nicht erreichen, denn der Zugang war mit einem Metalltor gesichert. Es war alt und voller Spinnenweben. Trotzdem konnte ich noch die Vogelfiguren erkennen, die in das Tor eingearbeitet waren. Das Thema zog sich wirklich durch das gesamte Höhlensystem. Wir mussten hier einfach richtig sein!

»Shit.« Ich rüttelte an der Klinke. »Sie ist verschlossen.«

»Lass mich mal!«, sagte Karla. Sie zog etwas aus der hinteren Hosentasche und beugte sich über das Tor. Es war eine Büroklammer, die sie mit fliegenden Fingern auseinanderklappte; mit dem Draht werkelte sie im Schloss herum.

Unser Vorsprung schmolz dahin, ich konnte den Flügelschlag der Elstern bereits hören. Es waren nicht mehr so viele wie vorhin, wahrscheinlich hatten sie sich auf die Tunnel aufgeteilt, um uns in jedem Fall finden zu können.

Klick.

Das Tor sprang auf und Karla und ich schlüpften hinein. Kaum hatten wir das Tor hinter uns geschlossen, klatschte die erste Elster gegen die rostigen Metallstäbe.

»Puh.« Karla wischte sich den Schweiß von der Stirn. »Sieht so aus, als könnten sie uns nicht folgen.«

»Nein«, sagte ich und packte meine Freundin am Arm, um sie hinter mich zu schieben. »Aber ich weiß nicht, ob das gut oder schlecht ist.

»Was …?«, begann sie, brach dann jedoch ab, als sie meinem Blick folgte.

Was wir in der Hektik nicht bemerkt hatten, war das gedämpfte Licht, das am anderen Ende der Höhle, in der wir uns jetzt befanden, brannte. Es leuchtete den steinernen Boden genau so weit aus, dass ich die Gestalt erkennen konnte, die davor auf dem Boden saß. Auch aus dieser Entfernung erkannte ich ihn noch.

Adrian.

Er hatte seine Beine angezogen und seinen Kopf auf die Arme gelegt. Ich war mir nicht sicher, ob er schlief, ohnmächtig war oder uns einfach nicht bemerkt hatte, denn er zeigte keinerlei Reaktion.

Als Karla auf ihn zugehen wollte, schüttelte ich den Kopf. Etwas in mir hielt mich davon ab, zu ihm zu laufen. Es war ein Störgefühl, etwas, das mir dringend riet, ihm nicht zu nahe zu kommen. Auch wenn ich Angst um ihn hatte: Etwas fühlte sich falsch an und ich wollte nicht, dass Karla das ausbaden musste. »Warte!«

Kaum hatte ich das Wort ausgesprochen, hob Adrian den Kopf. Mein Herz blieb stehen bei dem Anblick, der sich uns bot. Ich hatte recht gehabt: Es wäre keine gute Idee gewesen, ihm zu nahe zu kommen. Denn kaum hatte er uns erkannt, begannen seine Augen in der Dunkelheit unnatürlich zu leuchten.

Dann sprang er auf und stürzte sich uns entgegen.

32

»Runter!« Ich duckte mich mit einer drehenden Bewegung weg, Karla tat es mir gleich. Gerade so entkamen wir Adrians Angriff, während er in das Eisentor krachte.

Mir wurde klar, dass das Tor nicht nur dazu da war, mich von Adrian fernzuhalten, sondern auch dazu, ihn von der Welt zu trennen. Was war mit ihm los? Warum benahm er sich wie eine vollkommen andere Person? War es der Teil von Katharina, der in ihm steckte?

Wieder klangen die Worte in meinem Kopf nach, die meine Tanten in der Kirche gesagt hatten: Nur wenn das Stück von Katharina und Adrian nicht zu eng verwoben waren, würde es mir gelingen, ihn zu retten. Wenn ich ihn mir so ansah, schrumpfte meine Hoffnung auf die Größe eines Centstücks.

Während Karla und ich zurückwichen, hatte Adrian sich von dem Aufprall erholt. Er schwankte zwar immer noch gefährlich, stand aber wieder auf den Füßen. Sein Kopf fuhr zu mir herum, kurz dachte ich, er würde lossprinten, aber er blieb, wo er war, und starrte mich nur an. Es dauerte mehrere Sekunden, bis sein Blick klarer wurde und er sich mit einer fahrigen Geste über das Gesicht fuhr. »Nora?«

»Ja«, antwortete ich vorsichtig. »Was ist mit dir, Adrian?«

Er blinzelte hektisch, presste sich eine Hand an die Schläfe. »Es ... *sie* ist in mir. Oder das, was von ihr übrig ist. Sie ist wütend. So wütend darüber, dass du mich gefunden hast.«

Er krümmte sich zusammen und ich konnte sehen, wie er gegen das, was in ihm war, ankämpfte.

Wie sollte ich das wieder hinbekommen? Ich hatte ja nicht mal vollständige Kontrolle über meine Kräfte, geschweige denn das Wissen darüber, welche Zauber ich wirken könnte, um das Ding wieder aus Adrian herauszubekommen.

»Verschwinde, Nora! Du kannst mir nicht helfen«, stieß er zwischen zwei flachen Atemzügen hervor. Es war sonnenklar, dass er litt und versuchte sich zurückzuhalten.

Aber ich würde auf gar keinen Fall wieder gehen. Es musste eine Lösung geben.

»Nein«, sagte ich deshalb und stemmte die Hände in die Hüften. »Wir schaffen das. Zusammen.«

Mittlerweile keckerten und zischten hinter der Tür eine Unmenge von Elstern, die nicht zu uns gelangen konnten. Wir mussten uns beeilen, aber Adrian ließ mich nicht einmal in seine Nähe. Wie ein verletztes Tier kauerte er neben der Tür, in seinen Augen spiegelte sich die Angst vor dem, was kommen würde. »Was geschieht mit mir?«, fragte er und sah dabei nur mich an.

»Du trägst den letzten Teil von Katharina in dir. Ich muss ihn aus dir herausholen, sonst stirbst du und sie kann in mich fahren, sobald die Uhr Mitternacht schlägt.«

Als hätte die Erwähnung ihres Namens das Stück von Katharina getriggert, begannen seine Augen wieder zu leuchten. Ich wusste sofort, dass ich nicht länger mit *ihm* sprach, aber ich versuchte es trotzdem: »Kämpf dagegen an, Adrian!«

»Er hört dich nicht mehr.« Seine Stimme war eine Oktave nach oben gegangen, eine groteske Imitation von dem, was wohl einmal Katharinas Stimme gewesen sein musste. »Und du wirst schon bald mir gehören.«

Karla neben mir sog scharf die Luft ein. Alles an Adrian hatte sich verändert: Sein Ausdruck, die Art zu sprechen, sogar seine Körperhaltung. Hatte er eben noch mehr als deutlich Angst gehabt, erhob er sich jetzt aus der zusammengekrümmten Haltung und lehnte sich lässig gegen die Steinwand direkt neben der Tür. »Was würde wohl passieren, wenn ich meine Lieblinge in diese Höhle hineinließe?«, fragte Katharina in Adrians Körper und streckte die Hand nach dem Tor aus.

»Nein!« Ich machte einen Schritt nach vorn, aber Karla packte mich an der Schulter. »Nicht, komm ihr nicht zu nahe!«

Katharina lachte. »Weshalb sollte ich die Hülle beschädigen, auf die ich so lange gewartet habe?«

Sie würden Karla angreifen, nicht mich. *Sie* war in Gefahr, sobald das Tor geöffnet wurde. Katharina hatte mich jetzt doppelt in der Hand: Sowohl Adrian als auch Karla waren in ihrer Gewalt. Am liebsten hätte ich meine Hände um ihren Hals gelegt, nur leider gehörte er zu der Person, die ich liebte. Ich konnte ihr nichts anhaben und das wusste sie auch.

»Dein kleiner Freund versucht sich wirklich hartnäckig zu wehren, aber er wird es nicht schaffen.« Sie fuhr mit den Fingern über das Eisen, kam dabei dem Griff gefährlich nahe. »Ich muss nur warten, Nora, nur warten. Aber schön, dass wir uns endlich persönlich begegnen. Es hat viel zu lange gedauert, findest du nicht auch?«

Ich schauderte. Sie klang genauso, wie ich sie mir vorgestellt hatte. Und sie hatte mich genau dort, wo sie mich haben wollte. Verdammte Scheiße!

»Warum so still, Kleines?«

»Oh, ich weiß nicht. Vielleicht liegt es daran, dass ich in ein paar Stunden zu einer bösartigen Hexe mutiere?«

Wieder lachte Katharina.

Alles hier fühlte sich absolut surreal an. Konnte ich überhaupt etwas gegen sie ausrichten? Würden meine gerade eben entdeckten Kräfte einer schwarzen Hexe standhalten können, die Jahrhunderte Zeit gehabt hatte, um sich auf genau diesen Moment vorzubereiten?

Nein, würden sie nicht.

Ich musste etwas tun. Warum war ich hergekommen, wenn ich jetzt aufgab? Das war nicht ich, das war die Angst, die aus mir sprach. »Gib ihn frei, Katharina! Du kannst mich haben, aber lass ihn gehen.«

Sie zog eine Augenbraue nach oben. »Du würdest dich opfern, um ihn zu retten? Wie nobel von dir.«

»Du weißt doch, das liegt in der Familie.«

»Touché.«

Aus den Augenwinkeln sah ich, wie Karla heftig den Kopf schüttelte, aber ich würde Adrian nicht aufgeben, ich konnte nicht. Johanna hatte schon einmal eine Möglichkeit entdeckt, Katharina zu besiegen, die Hexen aus Tannenburg würden eine weitere finden. Aber Adrians Leben war für immer beendet, wenn er ihrem Einfluss noch länger ausgesetzt war.

Ich machte einen Schritt nach vorn. »Na, komm! Du willst doch mich haben und nicht ihn«, sagte ich und öffnete die Arme.

»Du bietest dich mir an?«, fragte sie und ich hörte die Überraschung in ihrer Stimme. Adrians Stimme. Oder der seltsamen Mischung aus beiden. »Freiwillig?«

»Ja.«

Kurz zögerte sie, dann umspielte ein Lächeln Adrians Lippen.

Bevor ich reagieren konnte, hatte Katharina den Raum durchquert, stand direkt vor mir.

Karla machte ein ängstliches Geräusch, wich jedoch nicht von meiner Seite. So hoch ich ihr das auch anrechnete, wünschte ich doch, sie würde zumindest ein paar Schritte zurücktreten. Denn das, was ich vorhatte, könnte für sie gefährlich werden.

»Keine Tricks«, flüsterte Katharina direkt in mein Ohr. Ich schluckte meine Gefühle herunter, die wie heißes Wachs in meiner Kehle brannten. Adrian war mir das letzte Mal so nah gewesen, als wir uns geküsst hatten, und ich wollte seine Nähe nicht als etwas Gefährliches wahrnehmen. Trotzdem tat ich es.

Mein Atem beschleunigte sich, als ich den Blick hob und in seine Augen schaute. Darin war nur Katharina zu sehen. Und genau deshalb traute ich mich. »Tu es«, sagte ich. »Jetzt!«

Katharina schnaubte, als könnte sie immer noch nicht glauben, dass ich mich ihr freiwillig anbot. Ein kleiner Restzweifel lag auf ihrem Gesicht und ich hoffte inständig, dass sie ihm nicht nachging. Ich hatte keine Garantie, dass meine Idee klappen würde, das Risiko war enorm. Aber ich war nicht bereit, Adrian sterben zu lassen. Also packte ich ihre Hand und zischte: »Tu es endlich!«

Die Gier in ihren Augen nahm überhand. Ich hatte sie genau dort gepackt, wo sie angreifbar war, an ihrer einzigen Schwachstelle: dem Wunsch, endlich die Macht zurückzubekommen, die sie so sehr begehrte.

Katharina beugte sich in Adrians Körper über mich und legte ihre Hand auf meinen Brustkorb. Zuerst geschah überhaupt nichts, doch dann spürte ich den Druck. Es war ein bisschen wie beim Blutabnehmen, als würde jemand etwas aus mir heraussaugen. Und tatsächlich tat sie es: Sie sog Energie aus meinem Körper.

Es fiel mir schwer, auf den Beinen zu bleiben. Ich taumelte, aber Katharina hielt mich fest. Meine Augenlider fühlten sich so schwer an, als hätte ich schon seit Tagen nicht mehr geschlafen, aber ich musste wach bleiben.

Um jeden Preis.

Ich beobachtete genau, was sie tat. Und instinktiv wusste ich, dass ich richtig gelegen hatte: Sie würde meine Energie nehmen, sie mit dem letzten Stück von ihr verbinden, das noch in Adrian schlummerte, um dann in mich hineinzufahren. Ich hatte einen Weg gefunden, an den niemand von uns gedacht hatte. Sie musste mich genauso besetzen, wie sie es mit Adrian getan hatte, und dazu musste sie ihn freigeben. Das war die einzige Möglichkeit in meinen Körper zu gelangen, bevor es Mitternacht schlug.

Aber so weit würde es nicht kommen.

Katharina nahm die Hand, die meine Energie aus mir herauszog, immer weiter zurück, sodass das silberne Band zwischen uns sichtbar wurde. Auch Adrians Körper lehnte sich dabei Stück für Stück in die entgegengesetzte Richtung. Sie schenkte mir keine Aufmerksamkeit mehr, ihr Blick war allein auf die Energie geheftet, auf ihr Ziel, ihr Verlangen.

Als sie mir beinahe alles genommen hatte, sah ich es: Adrians Mund öffnete und schloss sich gleich darauf wieder. Kurz flammte Angst in seinen Augen auf und ich wusste, dass sich sein Bewusstsein zurückgekämpft hatte. Das hieß, dass der Tausch kurz bevorstand.

Er hatte all seine Kraft in seinen Angriff gegen Katharina gesteckt, weil er spürte, was sie vorhatte.

Mir war klar, dass er mich nur unterstützen und nicht zulassen wollte, dass sie mich bekam. Aber das war wirklich nicht hilfreich. Ihre Überreste mussten ihn verlassen, sonst wäre alles umsonst gewesen. Beschwörend sah ich ihn an, bis Katharina wieder die Oberhand gewann. Fast war ich froh darüber, denn wenn er es geschafft hätte, wäre er jetzt tot.

Wieder öffnete sich sein Mund, dieses Mal hatte er ihrer Kraft nichts entgegenzusetzen. Und langsam, ganz langsam kam ein einzelner Knochen zum Vorschein. Unter normalen Umständen hätte er sicher husten müssen, aber an dieser Situation war absolut nichts normal.

Der Knochen hatte seinen Mund verlassen und bewegte sich jetzt langsam in meine Richtung.

»Öffne den Mund«, flüsterte Katharina. Sie klang dabei so hungrig wie ein Wolf vor einem Stall mit Lämmchen.

Ich tat ihr den Gefallen, denn der Knochen war noch nicht weit genug von Adrian entfernt. Es musste genau der richtige Moment sein – keine Sekunde zu spät und keine zu früh.

Katharinas Überreste hatten nun genau die Mitte zwischen unseren beiden Mündern erreicht. Der Knochen hing in der Luft wie das böse Omen, das er auch war.

Katharinas Aufmerksamkeit war wieder vollkommen auf ihr Ziel gerichtet. Kein Blick zu mir, keine Zweifel mehr, dass ich sie auch jetzt noch betrügen konnte. Die Elstern im Hintergrund begannen zu keckern, aufgeregt dieses Mal.

Jetzt, dachte ich. Jetzt oder nie.

Mit der restlichen Kraft, die noch in mir schlummerte, schloss ich meinen Mund und riss Adrian an mich. Der Knochen fiel klappernd zu Boden, seine Hand prallte auf mein Brustbein und die gesamte Energie, die Katharina aus mir hatte extrahieren wollen, rauschte mit einem Mal zurück in meinen Körper.

Es war fast nicht zu ertragen. Hatte ich mich eben noch wie eine leere Hülle gefühlt, kam ich mir jetzt vor, als hätte mich jemand an ein Stromkabel angeschlossen. Ich blinzelte heftig, um die Ohnmacht zu verhindern. Dann nutzte ich die Energie, die zurück in meinen Körper gefahren war, packte sie und schleuderte einen Teil davon nach Katharina. Ganz genau so, wie Franka es mir im Garten gezeigt hatte.

Ich wusste, dass sie auch Adrian treffen würde, weil der Knochen zwar auf dem Boden lag, aber ihr Geist sich noch an ihn klammerte, aber er würde es überleben. Eine andere Alternative gab es einfach nicht.

Mit einem Schrillen Schrei taumelte Katharina zurück. Sie starrte mich einen Augenblick lang ungläubig an, bevor Adrian auf die Knie und in sich zusammensackte, als ihr Geist seinen Körper verließ. Die Macht, die sie gegen seinen Willen in ihm gehalten hatte, war gebrochen. Mehrere Elstern hatten sich durch das Metalltor gewunden und stürzten auf die Überreste zu, die jetzt offen und schutzlos auf dem Boden lagen.

Mit einer Bewegung meiner Hand schleuderte ich den Vögeln eine weitere Salve meiner Energie entgegen. Während sie in der Luft zurücktaumelten, rief ich: »Karla, der Knochen!«

Meine Freundin machte einen Schritt nach vorn und hob ihn auf. Die Berührung schien die letzte Macht von Katharina in sich zusammensinken zu lassen, denn die Vögel, die gegen das Eisentor geflogen waren, sobald ich meinen Gegenangriff gestartet hatte, und die, die ich in Schach hielt, zogen sich schlagartig zurück. Von einer Sekunde auf die andere waren sie nur noch normale Vögel, denen nicht klar war, wie sie an diesen Ort gekommen waren.

Geschafft!

Am liebsten wäre ich in mein Bett gekrochen und die nächsten zwei Tage nicht mehr daraus hervorgekommen, aber es war noch nicht vorbei und mein Bett weit weg. Ich hatte Katharinas Macht einen empfindlichen Dämpfer versetzt, aber das war nur möglich gewesen, weil sie sich und ihre Kräfte überschätzt hatte. Diesen Fehler würde sie mit Sicherheit kein zweites Mal machen.

»Woher wusstest du …?«, begann Karla, aber ich ignorierte sie und sprintete zu Adrian hinüber, der bewusstlos auf dem Boden lag.

Sein Atem ging flach, er lebte!

»Gott sei Dank«, murmelte ich.

Karla kniete sich neben mich und fing an, ihn nach Wunden abzutasten. Er schien sich den Kopf hart an einem der Tropfsteine gestoßen zu haben, denn Blut sickerte daneben auf den Boden.

»Wir müssen ihn hier rausschaffen«, sagte ich. »Und dann müssen wir dieses Ding da verbrennen.«

Meine Worte hingen noch in der Luft, als jemand an dem Metalltor rüttelte. »Nora! Karla! Geht es euch gut?«

Ich drehte mich um und erkannte Danial, der abgekämpft und voller Krallenmale vor der Tür stand. Hinter ihm lugte Franka in die Höhle hinein.

»Ja«, sagte ich. »Uns geht es gut.«

33

Als wir aus dem Tunnel zurück an die frische Luft traten, atmete ich einmal tief durch. Ich hatte nicht geahnt, wie sehr ich mich danach sehnte, wieder den Wind auf meiner Haut zu spüren.

Danial trug Adrian, wir anderen umringten ihn in einem schützenden Halbkreis, immer noch jederzeit damit rechnend, dass Katharina zurückkam. Aber sie ließ sich nicht blicken, weder auf dem Weg nach Hause noch, als wir endlich das Gartentor hinter uns geschlossen hatten.

Der Mob war verschwunden, das Dorf selbst lag wie verlassen da. Aber während wir durch die Straßen gingen, sahen wir mehr als nur eine Gardine verräterisch hin und her schwingen. Sie waren da und sie beobachteten uns.

Die Menschen, die von Katharina besessen an der Brücke gegen den Hexenzirkel gekämpft hatten, hatten Bendis und Alma noch an Ort und Stelle versorgt und dann liegen lassen. Schließlich war die Gefahr nicht gebannt: Es war kurz vor zehn Uhr abends, noch zwei Stunden, dann würde Katharina auch ohne den Knochen in meinen Körper fahren können, wenn wir ihn bis dahin nicht verbrannt hatten.

Leider hatte außer Bendis niemand Salz dabei und ihr Beutel war im Kampf abhandengekommen. Deshalb hetzten wir so schnell wie möglich zurück nach Hause, auch um Adrian zu versorgen, der immer noch nicht wieder aufgewacht war.

Die Angst um ihn fraß sich wie Essigsäure in meine Brust. Was, wenn ich es nicht geschafft hatte? Was, wenn Katharina doch noch einen Weg gefunden hatte, ihn nicht gehen zu lassen?

Im Flur des Hauses angekommen, stellten wir überrascht fest, dass aufgeräumt worden war: Gaia und Frieda waren nicht im Coven geblieben.

Sobald es Gaia besser gegangen war, waren sie mit zwei weiteren Hexern, die aus einem anderen Landkreis stammten und in Tannenburg zu Gast waren, durch den Tunnel zurückgekehrt.

»Aufs Sofa mit ihm«, befahl Alma, die nun ganz in ihrem Element war. Wenn Franka die Schwester war, die besser kämpfen konnte, hatte Alma ein Händchen für die Pflanzenwelt und damit auch für das Heilen.

Danial legte Adrian ab und Alma begann sofort damit, ihn zu untersuchen. Wir anderen standen stumm um das Möbelstück herum, mein Herz schlug so schnell, dass ich glaubte, es würde gleich aus meinem Hals springen.

Schließlich drehte sie sich um, ein leichtes Lächeln auf den Lippen. »Es ist nur eine Gehirnerschütterung«, sagte sie. »Er wird in den nächsten Minuten aufwachen. Ich habe ihm etwas von meinem Wurzeltrank gegeben, der wird ihn wieder gesund machen. Aber er sollte sich in den nächsten zwei Wochen nicht allzu sehr belasten – ich kann zwar heilen, aber auch die Magie braucht ihre Zeit.«

Mir fiel ein Stein vom Herzen. So schnell ich konnte, rutschte ich an seine Seite und nahm seine Hand in meine. Die anderen ließen uns allein, auch wenn Franka klarmachte, dass ich innerhalb der nächsten Minuten raus in den Garten kommen sollte, damit der Knochen verbrannt werden konnte.

Nachdem der Zirkel und auch Karla den Raum verlassen hatten, hörte ich nur noch Adrians ruhigen Atem. Seine Gesichtszüge waren friedlich, ganz anders als in der Höhle. Bei der Erinnerung an die Angst, die in seinem Gesicht gestanden hatte, musste ich meinen Blick abwenden. »Wenn ich nicht gewesen wäre, wärst du niemals in diese Situation gekommen«, flüsterte ich, während ich krampfhaft versuchte, die Tränen zurückzuhalten. Dabei sah ich das Wandregal voller Bücher anklagend an, als ob es etwas dafür konnte.

»Wenn du nicht gewesen wärst, wäre ich jetzt tot«, antwortete er schwach.

»Adrian!« Der Schreck war mir in die Glieder gefahren wie ein Blitz. »Du bist wach«, sagte ich leiser, dann umarmte ich ihn so fest, als würde ich ihn nie wieder loslassen wollen – was auch der Wahrheit entsprach!

»Nora«, sagte er und setzte sich auf. »Danke.«

Schon wieder spürte ich den kratzigen Ball in meiner Kehle. Schnell versuchte ich ihn hinunterzuschlucken, was mehr schlecht als recht gelang. »Ich konnte das nicht zulassen.«

»Ich verdanke dir mein Leben«, hauchte er heiser.

»Dass gar nicht in Gefahr gewesen wäre, wenn du mich nie kennengelernt hättest.«

Langsam strich er mir das Haar aus der Stirn. »Du weißt, dass ich meine Entscheidungen selber treffe, genau wie du. Ich habe mich dazu entschieden, bei dir zu bleiben. Du hast keinen Einfluss auf das Was-wäre-Wenn, nur auf das Ist. Und ich finde, dass du es ganz außergewöhnlich gut beeinflusst hast«, sagte er mit einem Schmunzeln.

Mit einer fahrigen Geste fuhr ich mir über den Mund, bevor ich mein Gesicht an seinem Hals vergrub. Ich hätte nicht gedacht, dass ich ihm noch einmal so nah sein würde. Meine Gedanken wanderten zu dem Moment, als ich Angst vor ihm gehabt hatte. Wobei es nicht wirklich er gewesen war, vor dem ich mich gefürchtet hatte, sondern Katharina. Trotzdem hatte sie durch ihn gesprochen, durch ihn gehandelt.

»Hast du es gespürt?«, fragte ich. »Ich meine, als sie dich unter Kontrolle hatte?«

»Ja«, antwortete er gepresst und ich war mir nicht sicher, ob die gedrückte Stimme seiner Kopfverletzung geschuldet war oder weil die Erinnerung daran ihm genauso unangenehm war wie mir. Wahrscheinlich ein bisschen von beidem. »Ich habe versucht dagegen anzugehen, aber ich habe es nur ein einziges Mal geschafft. Kurz bevor du dich fast umgebracht hättest.« Er klang vorwurfsvoll.

»Das war die einzige Möglichkeit«, verteidigte ich mich.

»Ich weiß. Und ich bin dir sehr dankbar. Aber ... mach das nie wieder, okay?«

Ich schwieg. Was sollte ich auch sagen? Jederzeit würde ich genau das, was ich unten in den Höhlen getan hatte, wiederholen. Das wussten wir beide.

Wir lagen noch einen Moment auf der Couch. Mit jedem Atemzug nahm ich seinen Geruch wahr, der in der kurzen Zeit, die wir uns kannten, mehr Zuhause für mich geworden war, als es Berlin je sein konnte.

Schließlich klopfte es an der Tür und Tante Alma streckte ihren Kopf ins Zimmer. »Es wird Zeit, Nora.« Sie sah Adrian mit einem Strahlen an, das sich gleich darauf in einen missbilligenden Ausdruck verwandelte, als er Anstalten machte, mit mir zusammen aufzustehen. »Nur weil du wach bist, junger Mann, heißt das nicht, dass du herumspringen kannst wie ein junges Fohlen!«

Er biss sich auf die Lippe. »Es geht schon wieder.«

Alma blieb einen Herzschlag lang in der Tür stehen, dann sagte sie: »Na schön. Kommt!«

Ich ergriff Adrians Hand und wollte Alma folgen, doch er hielt mich zurück. »Nora, eine Sache noch.«

»Ja?«

»Wenn du mir schon nicht versprechen willst, so etwas nicht noch einmal zu tun, dann versprich mir zumindest, dass du mich nicht aufhältst, wenn ich ... wenn ich versuche dich zu schützen.«

Aufmerksam musterte ich ihn. Irgendetwas sagte mir, dass hinter diesem Satz mehr steckte, als er zugeben wollte. Wusste er etwas, das er mir nicht sagen konnte? »Warum denkst du, dass du das müsstest?«, fragte ich deshalb und konnte den Argwohn in meiner Stimme nicht unterdrücken. »Hat Katharina etwas angedeutet?«

»Nein«, sagte er. »Aber es gab einfach so viele Wendungen, die wir nicht vorhergesehen haben, dass da durchaus noch etwas kommen kann.«

Da hatte er recht. »In Ordnung, aber nur, wenn es absolut nötig ist«, sagte ich schließlich.

Er schien mit dem Zugeständnis zufrieden zu sein, denn er nickte. »Dann lass uns jetzt endlich den verdammten Knochen verbrennen.«

Mit einem Lächeln verließen wir das Wohnzimmer. Während wir liefen, spürte ich deutlich, wie schwach Adrian noch war, aber er wollte dabei sein, das konnte ich verstehen. Mir würde es wahrscheinlich genauso gehen.

Im Garten war schon alles vorbereitet: Es waren mehrere Fackeln aufgestellt worden, die das Gras und die Beete in flackerndes Licht tauchten. Unter einem Busch sah ich ein kleines Loch im Boden.

Als Adrian und ich zu den anderen stießen, trat Alma neben mich.

»Nachtschatten«, sagte sie und deutete auf den Busch. »Ist eine mächtige Schutzpflanze vor Flüchen und Zaubern. Wir haben uns dazu entschieden, den Knochen darunter zu vergraben, sobald er verbrannt wurde. Damit Katharina auch wirklich dort bleibt, wo sie sein sollte: im Reich der Toten.«

Das war mir nur recht. Ich hatte genug von der Aussicht, einer schwarzen Hexe als Hülle zu dienen, die sich dann wiederum an meinen Kräften laben würde. Nein. Das war vorbei.

Ein für alle Mal.

Wir versammelten uns um die Feuerschale, die unweit des Loches aufgestellt worden war. Das Holz knisterte bereits, die Flammen leckten an den Rändern.

»Wie fühlt es sich an?«, fragte Danial mit einem Grinsen. »Ich habe gehört, du hast ein ganz schönes Risiko auf dich genommen.«

»Ich habe nur eine Möglichkeit gesehen, wie wir alle lebend aus der Sache herauskommen«, antwortete ich. »Das war mir das Risiko wert.«

»Das kann ich verstehen, ich hätte genauso gehandelt«, sagte er mit einem Blick auf meine rechte Hand, die fest in der von Adrian lag.

In diesem Moment trat Bendis vor, sie hielt den Knochen fest umklammert. Allerdings nicht so, wie wir das getan hatten, sondern eingeschlagen in ein Tuch. Offenbar wollte sie jedweden Hautkontakt vermeiden – was im Hinblick darauf, dass Katharina nach jedem Strohhalm greifen würde, um sich doch noch zu retten, sicher keine schlechte Idee war. Überhaupt wunderte es mich, dass sie nichts aufbot, um uns davon abzuhalten, sie endgültig zu besiegen. Hatte ich sie in der Höhle derartig geschwächt, dass sie schlicht nicht mehr dazu in der Lage war?

Ein Teil von mir wollte das gern glauben, ein anderer hatte ein schlechtes Gefühl, das ich aber mit aller Macht zurückdrängte.

Nein. Es war vorbei.

Wir hatten alles getan, was nötig war, um den Fluch zu brechen, sobald dieses letzte Stück verbrannt und begraben war.

Bendis winkte uns näher, bis alle sich Schulter an Schulter um die Feuerschale versammelt hatten. Wie bei den Malen davor wurde zuerst Salz über den Knochen gestreut. Diese Aufgabe übernahm Karla, die sichtlich aufgeregt war. Danach sagte Bendis so laut, dass jeder von uns es hören konnte: »Hiermit übergebe ich das letzte Stück von Katharina Elster dem Feuer. Möge sie ruhen und der Fluch gebrochen sein!«

Damit ließ sie das Tuch, auf dem der Knochen lag, in die Flammen fallen. Der Stoff fing sofort Feuer, bis der Knochen von der Hitze erwärmt worden war, dauerte es einen Moment länger.

Alle starrten gebannt auf die Überreste, die sich Stück für Stück schwarz färbten. Das blaue Glimmen, das auch die anderen umgeben hatte, flackerte für wenige Sekunden auf und verschwand dann wieder in den Flammen.

Ich hatte mehr erwartet, einen großen Knall oder Erleichterung, als der Fluch von uns genommen wurde. Aber nichts dergleichen stellte sich ein. Im Gegenteil: Das Gefühl von Argwohn, das ich auch vorhin schon gehabt hatte, war stärker als je zuvor. Aber ich schob es auf die Aufregung. Schließlich hatte ich keinerlei Erfahrung mit dem Lösen von Zaubern oder Flüchen.

Nach weiteren fünfzehn Minuten griff sich Bendis eine Zange und holte den Knochen heraus, der immer noch ganz war. Das Feuer wurde gelöscht und auch die heiße Asche eingesammelt. Danial trug alles zusammen zu dem Loch. Sie ließen die letzten Überreste von Katharina in die Erde gleiten, dann schaufelten Danial und die beiden fremden Hexer das Loch zu.

Die Anspannung, die auf allen gelastet hatte, fiel schlagartig von uns ab. Wir hatten es geschafft. Endlich.

Danial reichte Alma die Schaufel, die sie zurück in die Gartenlaube brachte, danach kam er zusammen mit den anderen auf Adrian und mich zu.

»Bist du froh, Nora?«, fragte meine Tante.

Ich nickte, auch wenn sich das Gefühl in meiner Brust nicht verändert hatte. Etwas stimmte hier nicht, aber ich wusste nicht, was es war. Meine verhaltene Reaktion fiel auch meiner Tante auf, denn sie runzelte die Stirn.

»Es ...« Ich biss mir auf die Lippe, nervös. »Ich fühle mich nicht anders.«

»Wie meinst du das?«, hakte Franka nach. Die anderen hatten mitbekommen, dass etwas nicht in Ordnung zu sein schien, denn sie drehten sich zu uns herum.

»Ich hätte gedacht, dass ich mich erleichtert fühlen würde, dass ich etwas in mir spüren würde, wenn es vorbei ist.«

»Aber dem ist nicht so?« Die Stimme meiner Tante klang schneidend.

»Nein«, flüsterte ich.

Und dann schlug die Kirchturmuhr Mitternacht.

34

Twelve for a dastardly curse

In dem Moment, in dem die Glocke erschallte, kam der Mond zwischen den Gewitterwolken zum Vorschein. Es war beinahe Neumond, nur eine schmale Sichel war noch von ihm zu sehen, die aber umso klarer leuchtete. Ich wusste, wofür der Neumond stand: für Neuanfänge, neue Wege.

Das würde alles passen, wenn mein Magen sich nicht anfühlen würde, als wäre er mehrfach verknotet worden. Vielleicht war es ein Neuanfang, aber nicht der, auf den wir alle gehofft hatten. Vielleicht hatten wir etwas übersehen. Aus den Augenwinkeln sah ich Vogelflügel schlagen. Zwölf Elstern landeten auf den umliegenden Bäumen, ihre Augen unverwandt auf mich gerichtet.

»Nora?«, fragte Karla vorsichtig. »Was ist los?«

»Ich weiß nicht«, flüsterte ich. Und das war die Wahrheit. Meine Arme und Beine hatten angefangen zu kribbeln, als wären sie eingeschlafen. Mein Kopf fühlte sich leicht an, gleichzeitig begann ein heftiger Schmerz auf meine Schläfen zu drücken. So stark, dass ich anfing zu blinzeln.

Franka packte mich an den Schultern. »Spürst du etwas in der Brust, Nora?«

In der Brust? Was sollte ich da spüren, außer ... Meine Hand fuhr zu meinem Brustbein und ich musste schlucken. Leere. Jetzt fiel mir das richtige Wort ein, obwohl es doch so einfach war: Ich fühlte mich leer.

»Sie hat es irgendwie geschafft, uns zu übertölpeln«, sagte meine Tante laut. »Der Fluch ist nicht gebrochen, Nora spürt gerade die ersten Auswirkungen.«

Mein Kopf ruckte nach oben, als würde er nicht länger unter meiner Kontrolle stehen. Aber das, was ich sagen wollte, war es noch: »Wie kann das sein? Wir haben doch alles getan, was uns aufgetragen wurde.«

»Ja«, sagte Franka schlicht und schluckte. Sie wusste offenbar auch nicht, was wir falsch gemacht hatten. »Wir haben alles überprüft, nachdem du uns davon erzählt hattest. Es ist möglich, einen Fluch so aufheben zu lassen, wie Johanna das geplant und dann von anderen nach ihrem Tod hat umsetzen lassen. Deshalb haben wir nie infrage gestellt, dass bei ihren Anweisungen etwas fehlen könnte.«

»Aber was?«, schaltete sich Karla ein. »Katharinas Geist sollte verschwinden, sobald wir alle Überreste von ihr aus der Welt getilgt haben – und das ist passiert. Wie kann sie immer noch an Nora gebunden sein?«

Meine Tanten und die Mitglieder des Hexenzirkels sahen sich an, keiner hatte auch nur einen blassen Schimmer. Das konnte ich ganz deutlich in ihren Gesichtern erkennen. Und während wir auf dem Rasen standen, der von den Fackeln und dem Mond beleuchtet wurde, nahmen meine Kopfschmerzen zu.

Mit einem Stöhnen griff ich mir an die Stirn. Es fühlte sich an, als würde man mir in den Kopf bohren. Ich hatte gelegentlich Spannungskopfschmerzen, aber sie waren noch nie so schlimm gewesen. Noch nie so allumfassend. Hinzu kam, dass ich die Kontrolle über meinen Körper verlor: Meine Finger zuckten und mein Mund verzog sich zu einem Grinsen, das nicht meines war.

Alma war mit zwei Schritten bei mir, dann folgten Bendis und Danial.

»Wir müssen etwas tun.« Sie begann mit fliegenden Fingern in einem Beutel herumzukramen, der an ihrer Hüfte befestigt war. Bendis half ihr dabei. »Wir müssen einen Fluchbrecher einsetzen, das ist unsere letzte Chance!«

Siehst du, wie sie sich bemühen, dein Leben zu retten? Dabei müssten sie doch wissen, dass ich es dir nicht nehme, sondern es nur größer mache.

Ich zuckte zusammen. Die Stimme in meinem Kopf war einfach da, sie sprach mit mir, wie Azem es getan hatte, nur dass sie nicht wieder gehen würde. Das verstand ich mit einem Mal.

»Schnell, ein Salzkreis!«, sagte Bendis und warf Danial eine Dose zu. Er ging einmal um mich herum, streute das Salz ins Gras, als ob das noch irgendetwas ändern würde.

Dann sagte Alma mit zitternder Stimme: »Befreie dich wie ein Reh aus der Hand des Jägers.«

»Und wie ein Vogel aus der Hand des Vogelfängers«, fuhr Bendis fort.

»Befreie dich wie ein Reh aus der Hand des Jägers«, sagte Alma wieder.

»Und wie ein Vogel aus der Hand des Vogelfängers«, wiederholte Bendis.

»Befreie dich wie ein Reh aus der Hand des Jägers.«

»Und wie ein Vogel aus der Hand des Vogelfängers.«

Immer wieder rezitierten sie dieselben Worte und mit jedem Mal wurden ihre Stimmen mächtiger. Ich spürte, dass der Fluchbrecher einen Einfluss auf Katharina hatte, sie zurückwarf, aber nicht ganz vertreiben konnte. Sie lauerte am äußeren Ende meines Bewusstseins – auf den Moment, in dem Alma und Bendis aufhören würden.

Doch bevor ich ihnen das sagen konnte, traten mehrere Gestalten in den Garten. Aus den Augenwinkeln konnte ich sehen, dass es sich um eine Gruppe Dorfbewohner handelte. Sie waren nicht besessen. Aber das machte es auch nicht besser, denn in ihren Gesichtern stand deutlich die Abscheu geschrieben: vor mir, meinen Tanten, den Hexen, die wir alle waren.

Dieses Mal hatten sie keine Fackeln dabei, aber es war offensichtlich, dass sie nicht gekommen waren, um zu reden. »Genug mit diesem Teufelswerk!«, rief einer von ihnen.

Bendis und Alma ließen sich nicht abbringen und rezitierten weiter. Immer weiter. Dennoch: Die Dorfbewohner hatten sich den denkbar schlechtesten Zeitpunkt ausgesucht. Adrians und mein Blick begegneten sich und ich wusste, dass er darin nicht länger mich sah, sondern sie. Katharina. Ich spürte ganz genau, dass sie sich in mir ausbreitete wie Gift und alles von mir einnahm, was sie bekommen konnte.

Ist es nicht schön, Nora, dass wir endlich zueinandergefunden haben?

Die Stimme in meinem Kopf ließ mich unter den Augen des Hexenzirkels und der Dorfbewohner auf die Knie sinken.

Auch wenn du das beinahe verhindert hättest, hast du doch den wichtigsten Punkt nicht begriffen. Genau wie Johanna damals. Ihr seid euch so ähnlich. Oder sollte ich sagen: Ihr wart euch ähnlich?

Sie hatte meinen Körper noch nicht komplett in ihrer Gewalt. Ich wehrte mich mit Händen und Füßen dagegen, aber der Fluch war zu mächtig. Irgendwann würde ich nicht mehr standhalten können. Solange es noch nicht so weit war, resultierte meine Gegenwehr in grotesken Zuckungen meiner Gliedmaßen, die die Dorfbewohner ein Stück zurückweichen ließen. Sie glichen einer homogenen Masse, die dem, was mit mir passierte, gebannt zusah.

Durch den Nebel, der meinen Verstand umgab, sah ich Franka vortreten, Danial an ihrer Seite. »Schämt ihr euch nicht hier aufzukreuzen?«, warf sie ihnen entgegen. »Nachdem ihr unser Haus verwüstet und meine Nichte ins Verderben gestürzt habt, was wollt ihr noch?«

Adrians Vater löste sich aus der Menge und trat so dicht vor meine Tante, dass sie sich beinahe an den Nasenspitzen berührten. »Ich sagte dir bereits, was ich will: Gib mir meinen Sohn zurück!«

»Dein Sohn ist freiwillig hier«, zischte Franka.

Adrian, dessen Blick zwischen mir und der Szene mit seinem Vater hin und her gesprungen war, tat einen Schritt nach vorn. Am liebsten hätte ich ihn an der Hand festgehalten, aber diese gehörte bereits Katharina. Und Adrian stand außerhalb des Salzkreises.

»Geh nach Hause, Papa, du hast genug angerichtet«, sagte er und ich konnte die unterdrückte Wut in seiner Stimme hören. Den Teil in mir, der nicht mehr meiner war, freute das. Ich selbst hätte ihn am liebsten mit seinem Vater fortgeschickt, denn hier war er nicht sicher. Nicht wenn Katharina kurz davorstand, sich meiner komplett zu bemächtigen.

»Geht es dir gut?«, fragte Martin Engels seinen Sohn, aber Adrian machte eine Geste, die ihn unterbrach, und sagte mit Nachdruck: »Es ist nicht sicher hier, verschwindet endlich!«

»Deshalb bin ich hier, haben sie dir etwas angetan?« Er sah seinen Sohn eindringlich an.

»Du verstehst gar nichts.« Adrian klang noch wütender als zuvor. »Sie haben mich gerettet, aber …«

»Vor was hätten sie dich retten sollen, vor ihrer eigenen Verkommenheit?«

Danial packte Franka am Unterarm, als sie eine Bewegung machte, schüttelte leicht den Kopf. Das Gespräch eskalierte zusehends und ich wusste nicht, wie lange ich noch gegen Katharina ankämpfen konnte.

»Hör mir doch nur ein einziges Mal in deinem Leben richtig zu!« Adrian hatte die Worte gebrüllt. Er begriff, was mit mir geschah und er wusste genau wie die restlichen Mitglieder des Hexenzirkels, die sich unauffällig um mich herum platziert hatten, dass ich eine tickende Zeitbombe war, die kurz vor der Explosion stand.

Adrians Vater klappte seinen Mund gerade wieder auf, als eine Gestalt neben ihn trat. Es war eine alte Frau aus den Reihen der Dorfbewohner. In welcher Beziehung sie zu Adrian oder seiner Familie stand, wusste ich nicht. »Lass ihn sprechen, Martin.« Sie warf mir einen beunruhigten Blick zu. »Ich glaube, das, was er zu sagen hat, ist wichtig.«

Ich sah den Widerwillen im Gesicht des Bürgermeisters, aber er gab sich geschlagen. »Also?«

»Ihr hattet recht: Sie sind Hexen«, begann Adrian und Gemurmel erhob sich in den Reihen der Dorfbewohner, die sich getraut hatten, den Garten meiner Tanten aufzusuchen. »Aber ihre Familie hat uns schon immer nur beschützt!«

Martin schnaubte. »Das sind leere Behauptungen, die sie dir in den Mund gelegt haben. Unsere Familie hat gesehen, was sie uns angetan haben, wir sind …«

»Sei still!« Adrian sah ihn mit blitzenden Augen an. »Du bist genauso blind wie Hendriks Vater. Aber anders als er werde ich nicht zulassen, dass du uns und Nora mit dir in den Abgrund reißt.« Er hob den Kopf und wandte sich an den Rest der Anwesenden: »Ihr glaubt, dass Johanna, die Vorfahrin der Familie Jäger, euch verraten hat, aber das ist falsch. Ja, sie war eine Hexe, aber eine von den guten. Sie hat das Dorf und seine Bewohner sogar dann noch geschützt, als man sie auf den Scheiterhaufen geschickt hat.«

Seine Worte verklangen in der Nacht, die Dorfbewohner schienen unschlüssig zu sein.

Das nutzte sein Vater sofort aus. »Sie haben ihn verhext!« Er klang beinahe hysterisch. »Könnt ihr das denn nicht sehen?«

Danials Griff um den Arm meiner Tante wurde wieder fester, aber dieses Mal hätte er eher Adrian zurückhalten sollen. Der schoss vor und baute sich vor seinem Vater auf: »Sprich mich an, wenn du über mich redest«, sagte er scharf. »Ja, ich wurde verhext, aber nicht von ihnen«, er wandte sich wieder an die Dorfbewohner, während er mit dem Daumen auf meine Familie zeigte, »sondern von der Hexe, die längst tot wäre, wenn eure Vorfahren Johanna das hätten tun lassen, was sie am besten konnte: zaubern … weiße Magie wirken!«

In mir begann die Stimme von Katharina haltlos zu lachen, als wäre Adrians Behauptung geradezu lächerlich.

Ich wollte sie mit aller Macht zurückzudrängen, aber je mehr ich es versuchte, desto stärker schien sie zu werden. Ich war kurz davor, das Bewusstsein zu verlieren und Katharina damit endgültig die Kontrolle über meinen Körper zu übergeben.

»Du meinst Katharina Elster«, sagte die alte Frau. »Sie ist mit Johanna Jäger auf dem Scheiterhaufen gestorben.«

»Falsch«, sagte Adrian. »Sie hat Noras Familie mit einem Fluch belegt, bevor sie verbrannt wurde. Dieser Fluch besagt, dass sie in der jüngsten Tochter der Familie zur Sommersonnenwende wiederauferstehen werde, wenn diese sich in Tannenburg befindet.«

»Nora *ist* die jüngste Tochter.« Das war eine Feststellung, keine Frage.

»Ja«, antwortete Adrian trotzdem.

Der Blick der Frau fand meinen. Er bohrte sich in mich, als wollte sie prüfen, ob Adrian die Wahrheit sagte. Sie wollte noch mehr von sich geben, aber das war der Moment, in dem ich nicht mehr konnte.

Hatte ich mich bis hier hin wie eine Ertrinkende an das letzte Stück Treibholz geklammert, ging ich jetzt unter. Und es fühlte sich genau so an: als würde ich unter die Wasseroberfläche gedrückt. Ein letzter Widerstand, dann sackte mein Körper in sich zusammen und mein Geist driftete in den Hintergrund.

Katharina hatte gewonnen. Und das ließ sie jeden spüren.

Hilflos sah ich zu, wie sie langsam aufstand, sich streckte, als wäre ich nur ein neuer Anzug, den sie anprobierte. Die Abscheu in mir war so groß wie die in den Gesichtern der Dorfbewohner.

Alle starrten mich an.

Alle starrten sie an.

Denn ich war nicht länger da.

Der Fluch hatte gewonnen.

35

Katharina hielt sich nicht mit Nettigkeiten auf. Sobald sie spürte, dass ich sie nicht mehr zurückhalten konnte, griff sie nach meiner Kraft, streckte meinen Arm aus und schleuderte die Magie auf Bendis und Alma.

Nein!

In meinem Gefängnis bäumte ich mich auf. Aber es gab keine Eisenstäbe, an denen ich hätte rütteln können, keinen Boden, auf dem ich zusammensacken konnte. Frei waren nur noch meine Gedanken.

Katharina drehte sich um, griff sich mehr von meiner Kraft und schaltete Danial und die beiden fremden Hexer aus, ebenso Gaia und Frieda – mit nur einer Bewegung meiner Hand. Sie waren nicht tot, aber bewusstlos, das konnte ich spüren. Nur noch Franka stand zwischen ihr und den anderen.

»Gib sie wieder frei!«, sagte meine Tante.

Als hätte Katharina sie nicht gehört, streckte sie sich noch einmal, ließ meine Knöchel knacken und rollte meine Schultern. Das war nur eine Fingerübung für sie gewesen.

Franka ließ sich davon nicht beeinflussen. »Gib. Nora. Frei.«

»Was hätte ich davon?«, antwortete Katharina. Ich spürte sie grinsen. »Jetzt, wo beinahe alle hier versammelt sind, die ich für meine kleine Einweihungsparty benötige, sage ich sie doch nicht ab, bevor sie überhaupt beginnen konnte.«

»Meine Nichte ist kein Ding, das du besitzen kannst«, sagte Franka mit einem Blick, der töten wollte.

Ich ahnte, dass meine Tante sich darauf vorbereitete, Katharina mental anzugreifen. So wenig ich auch von den unterschiedlichen Hexenarten wusste, hatte ich doch begriffen, dass Frankas Gabe mächtig war, sich vielleicht sogar mit der von Katharina hätte messen können, wenn Katharina nicht über die Kräfte von zwei Hexen verfügen würde – die meiner Mutter und meine.

»Und was willst du dagegen tun, Franka Jäger?«, fragte Katharina. »Deine Familie war schon immer außergewöhnlich mächtig, aber auch du wirst das, was ich in mir trage, nicht besiegen können. Es ist mein. Endlich, darf ich anmerken. Ich habe zu lange darauf warten müssen.«

Unser Blick löste sich von meiner Tante, die mit geballten Fäusten vor die Dorfgemeinschaft, vor Karla und Adrian getreten war, und wanderte über die einzelnen Gesichter der Anwesenden. Die Menschen standen da wie Rehe im Angesicht der Autoscheinwerfer. Sie bewegten sich nicht, sie rannten nicht, sie zeigten keine Angst. Noch nicht. Hatten sie überhaupt begriffen, was ihnen drohte? Wahrscheinlich nicht. Viele von ihnen hatten bis vor wenigen Minuten vielleicht noch nicht einmal wirklich an Magie geglaubt.

Sie hätten gehen sollen, als sie noch die Chance dazu gehabt hatten.

»Niemand«, fuhr Katharina fort, »wird mir meine Rache nehmen. Schon gar nicht du, Franka!«

Damit lenkte sie ihre Aufmerksamkeit wieder auf meine Tante und griff an. In einer fließenden Bewegung ließ sie die Magie nicht nur in ihren Handflächen entstehen, so, wie ich es gelernt hatte, sondern auch über ihre Arme tanzen wie Flammen aus Licht.

Ich musste zugeben: Es war ein berauschendes Gefühl, die Macht zu spüren, die durch meinen Körper floss, und zum ersten Mal begriff ich, wie groß sie wirklich war.

Franka wich aus und parierte Katharinas ersten Angriff. Doch sie ließ die Sekunden danach verstreichen, setzte nicht selbst zum Gegenangriff an.

Ich brauchte einen Augenblick, bis ich verstand, weshalb: Sie wollte mich nicht verletzen. Was hätte ich darum gegeben, ihr zurufen zu können, dass sie darauf keine Rücksicht nehmen sollte? Aber ich konnte es nicht. Ich konnte nichts mehr, außer hilflos zuzuschauen.

»Du wirst diese Menschen nicht töten, Katharina, nur weil sie das Pech haben mit den Toren verwandt zu sein, die dich damals auf den Scheiterhaufen gebracht haben.« Franka sah sie fest an, versuchte Katharinas nächsten

Schritt abzuschätzen. »Die Geschichte wird sich nicht wiederholen, nicht dieses Mal.«

Die Magieflammen züngelten über meine Haut, griffen nach meiner Tante. Die machte einen Satz zurück und schleuderte nun ihrerseits eine Salve von kleineren Energiestößen auf Katharina. Sie lenkten sie ab, gerade weit genug, dass Franka ihre wahre Kraft ausspielen konnte: ihre mentalen Fähigkeiten.

Wehr dich, Nora!

Eine dritte Stimme in meinem Kopf zu hören, auch wenn es die meiner Tante war, trieb mich an den Rand des Irrsinns. *Schwäche sie, ich weiß, dass du es kannst! Du brauchst deinen Körper nicht, um auf die Kraft zuzugreifen, du musst …*

Unsere Verbindung riss ab, als Katharina erneut angriff, jetzt viel brutaler.

Franka taumelte zurück, aber sie hatte erreicht, was sie wollte: Sie war zu mir durchgedrungen. Und sie hatte recht: Ich brauchte meinen Körper nicht, um in mich hineinzuhören. Letztlich ging es bei Magie um Kontrolle und die übte ich mit meinen Gedanken aus.

Jetzt attackierte Katharina Franka mit weiteren Energiestößen, trieb sie zurück. Meine Tante stolperte rückwärts, beinahe in Adrians Vater hinein, der bei der Berührung aus seiner Starre erwachte.

»Lauft!«, brüllte er die Dorfbewohner an. »Macht, dass ihr wegkommt!«

Das war der einzige intelligente Satz, den ich bisher von ihm gehört hatte. Leider war er zu spät gekommen.

Katharina zischte vor Wut, als sie seinen Ausruf hörte, feuerte drei weitere Stöße auf Franka ab, die so mächtig waren, dass sie sie von den Füßen rissen, und wandte sich dann den anderen Menschen zu. Einige hatten schon die ersten Meter zurückgelegt, aber mit einer Geste meines Arms stoppte Katharina ihre Flucht.

Sie griffen sich an den Hals, als würden unsichtbare Seile darumliegen, wankten zurück.

»O nein, ihr werdet nicht wieder davonkommen.« Sie machte zwei schnelle Schritte nach vorn, griff sich den nächstbesten Anwohner und zog das unsichtbare Seil um seinen Hals zu.

Der Mann sackte auf die Knie und dann leblos in sich zusammen.

Ein zweiter folgte. Ein dritter und ein vierter.

Wut und Angst überschwemmten mich, nahmen mir die Konzentration. Wie konnte sie diese Menschen einfach abschlachten? Sie waren unschuldig, niemand von ihnen hatte Katharina etwas getan. Doch die dunkle Hexe machte keinen Unterschied. Rache war Rache und jeder und jede von ihnen würde für die Taten ihrer Vorfahren bezahlen.

Als wäre mein Geist zu einer Salzsäule erstarrt, schaute ich ihr dabei zu. Vergessen war der kurze Moment, in dem ich Franka gehört hatte.

Katharinas Blick war fest auf ihre Opfer geheftet und ich konnte nur dem folgen, was auch sie sah. Als Adrian in ihrem Blickfeld auftauchte, erwachte ich aus meinem Grauen.

Nein! Nicht er.

Ich hatte nicht alles gegeben, nicht alles riskiert, damit sie ihn am Ende doch noch bekam! Mit allem, was ich noch in mir hatte, warf ich mich gegen meine mentalen Gitterstäbe. Die Situation erinnerte mich an die Höhle, nur dass unsere Rollen vertauscht waren.

Ein Mal.

Zwei Mal.

Drei Mal.

Katharinas Kontrolle über meinen Körper war ungebrochen, aber ich spürte, dass ich einen Teil meiner Kraft einsetzen konnte. Das nutzte ich aus. Ich griff danach und richtete sie gegen mich selbst.

»Ah!« Mit einem Aufschrei zuckte Katharina zusammen, war abgelenkt.

Genug Zeit für Franka, um sie mit einem Gegenangriff noch weiter zurückzutreiben. Das war das Stichwort für die Dorfbewohner: Aus den Augenwinkeln sah ich Karla, die einen nach dem anderen aus dem Garten scheuchte und dafür sorgte, dass sie sich in einiger Entfernung sicher verstecken konnten.

»Nein!«, rief Katharina, riss den kleinen Teil, den ich kontrolliert hatte, wieder an sich und schmetterte den Angriff meiner Tante ab. Danach griff sie den bisher größten Teil meiner Kraft und warf ihn Franka entgegen.

Die fiel auf die Knie, kaum in der Lage, ihn zu parieren. Noch ein Stoß und sie war geschlagen. Jetzt stand nichts mehr zwischen Katharina und den Dorfbewohnern.

Nichts außer Adrian, der in diesem Augenblick aus seiner Deckung trat, in der Hand einen Revolver. »Schluss damit!«, rief er. »Hör auf mit diesem Irrsinn!«

Was hatte er vor? War er von allen guten Geistern verlassen? Katharina musste nur einen Finger krümmen, dann würde er auf die Knie fallen und nie wieder aufstehen. War ihm das nicht klar? Ich versuchte auszubrechen, wehrte mich mit Zähnen und Klauen, aber Katharinas Griff war zu fest, der Fluch leistete ganze Arbeit.

Sie grinste. »Was soll das werden, Menschenkind?«

Ich sah, wie Adrian schluckte, bevor er sagte: »Wir haben alles getan, um dich aufzuhalten, aber es hat nicht gereicht. Warum nicht?«

Katharina hielt inne, auch wenn ich ganz genau spürte, dass sie Adrian am liebsten genauso getötet hätte wie die anderen. »Weil ich zu mächtig bin«, antwortete sie schließlich. »Und du wirst daran nichts ändern können. Schon gar nicht mit diesem lächerlichen Ding in deiner Hand.«

Um Adrians Mund spielte ein Lächeln. Er musste verrückt sein. Was zur Hölle tat er da?

»Oh, das glaube ich nicht. Ohne Noras Macht bist du nichts weiter als ein Geist, der sich ans Leben klammert.«

»Wie kannst du es wagen?« Katharinas Finger zuckten, aber sie tat Adrian immer noch nichts.

Wollte er sie zum Reden bekommen, damit die anderen fliehen konnten? War es das, was er damit bezweckte?

»Ein Geist, der sich an einem Unrecht, das dir angetan wurde und dass du nicht vergessen kannst, festgebissen hat«, machte er weiter. »Aber letztendlich bist du nur deshalb noch in dieser Welt, weil dich ein letzter kleiner seidener Faden hier hält.«

Zwar kontrollierte Katharina meinen Körper, unsere Verbindung reichte aber dennoch in beide Richtungen: Sie konnte meinen Schmerz, meine Wut und Verzweiflung ebenso spüren wie ich ihre Gefühle. Und ich fühlte, dass sie anfing sich Sorgen zu machen. War Adrian etwas auf die Spur gekommen, an das keiner von uns gedacht hatte? Hatte er, wie ich in der Höhle, etwas gefunden, das niemandem aufgefallen war? Ein kleiner Funke Hoffnung entzündete sich in meinen Gedanken.

Er wurde gleich darauf von Katharina zerstört. »Deine kleine Freundin und ich sind so fest miteinander verbunden, dass niemand uns mehr auseinanderbringen kann«, sagte sie. »Du hast das Leben deiner Freunde und Bekannten nur ein paar Minuten verlängert – ich hätte dich nicht für so grausam gehalten, Bürgermeistersohn. Aber wie es der Zufall will, ist das eine Eigenschaft, die du mit deinem Vorfahren teilst.«

Adrian ließ sich nichts anmerken, aber ich kannte ihn gut genug, um zu sehen, dass Katharina ihn getroffen hatte. Trotzdem ließ er sich nicht von seinem Gedanken abbringen. »Ich brauche ihnen keinen Vorsprung zu geben, du wirst sie nicht mehr einholen können.«

Jetzt war Katharina ernsthaft verwirrt. »Geh zur Seite!«, fauchte sie.

»Nein.« Adrian hob die Waffe.

Ich erkannte sie: Sie hatte in einer Vitrine im Haus seiner Familie gelegen. Würde er auf *mich* schießen?

»Der Fluch war nicht nur an deine Überreste gebunden«, sagte er und ich konnte sehen, wie er Katharina dabei ganz genau beobachtete, »er war auch an eine Schuld gekoppelt. Das Dorf, Nora«, sagte er, und sah mich dabei an, als wäre es nicht Katharina, die meinen Körper besaß, »muss seine Schuld begleichen. *Ich* muss Hendriks Schuld begleichen. Nur dann kann der Fluch gelöst werden.«

Ich begriff nicht, was er mir damit sagen wollte. Oder vielleicht wollte ich es auch nicht begreifen. Denn tief in meinem Inneren wusste ich, was Adrian damit sagen wollte: Hendrik hatte Johanna verraten – wenn auch nicht mit Absicht, aber das spielte keine Rolle. Er war schuld daran, dass sie Katharina nicht hatte besiegen können, und letztlich auch daran, dass Johanna zusammen mit Katharina ins Feuer hatte gehen müssen. Die beiden Hexen waren, auch wenn sie unterschiedlicher nicht hätten sein können, doch auf eine Art miteinander verbunden gewesen – mit genau einer Schnittmenge: Hendrik.

Und Adrian war dessen Nachfahre.

Wie beglich man eine Schuld, die den Tod zweier Frauen nach sich gezogen hatte? Wie konnte man Waagschalen, die so schief hingen, wieder ins Gleichgewicht bringen?

Mir fiel nur eine einzige Möglichkeit ein.

»Sieh an, sieh an!«

Katharina hatte Angst, das nahm ich jetzt ganz deutlich wahr. Damit war sie nicht allein.

»Was deiner Freundin nicht aufgefallen ist, scheinst du begriffen zu haben. Du bist um einiges schlauer als dein Ahne.«

Adrian schluckte wieder. »Das Einzige, was ich bin, ist entschlossener.« Er leckte sich über die Lippen. »Und das Einzige, was ich brauchte, war deine Bestätigung. Danke dafür, das macht es einfacher.«

Katharinas Angst wurde zu Panik, die sich mit meiner mischte. Er konnte das nicht ernst meinen. Der Satz, den er im Wohnzimmer zu mir gesagt hatte, hallte in meinem Verstand nach: *Versprich mir zumindest, dass du mich nicht aufhältst, wenn ich versuche dich zu schützen.* Hatte er schon da geahnt, dass er hier stehen und dieses Versprechen einfordern würde?

»Nora«, sagte er und seine Stimme schwankte, »danke für die Zeit, die wir miteinander verbringen durften. Ich wünschte, es wäre mehr gewesen.«

Mit diesen Worten betätigte er den Abzug.

36

»Nein!« Der Aufschrei kam von Katharina und mir. Gleichzeitig. Aber aus völlig unterschiedlichen Motiven.

Als Adrian auf die Knie sackte, zerbrach mein Herz. Ich fühlte den Schock, der sich in meine Glieder fraß, mich tiefer traf als alles, was ich bis dahin gespürt hatte.

Wir starrten ihn an.

Eine Sekunde.

Zwei Sekunden.

Dann liefen mir Tränen über die Wangen. Auch wenn Katharina immer noch meinen Körper steuerte – das konnte sie nicht unterdrücken. Ich wollte zu ihm, ich wollte ihn halten, wollte verhindern, dass das Letzte, was er sah, Katharinas Blick war. Aber sie ließ mich nicht.

Wir kämpften miteinander. Es war eine stumme Schlacht, die nur in unseren Gedanken stattfand. Mit jedem Herzschlag, der verstrich und der Adrian dem Tod näher brachte, wurde meine Selbstkontrolle größer.

Zuerst war das Gefühl verschwunden, in einem Eisenkäfig gefangen zu sein. Dann konnte ich meinen kleinen Finger bewegen, danach die ganze Hand. Stück für Stück gewann ich meinen Körper zurück, aber ich wusste auch, dass jede Gliedmaße, die wieder mir gehörte, bedeutete, dass Adrian nicht länger bei mir war.

In meinem Kopf herrschte vollkommenes Chaos. Katharina schrie, sie verwünschte Adrian, Tannenburg und allen voran mich, aber es gelang ihr nicht mehr, das laut auszusprechen.

Es würde keinen zweiten Fluch geben. Nicht jetzt. Nicht dieses Mal.

Dafür hatte Adrian mit seinem Leben bezahlt.

Das letzte bisschen Kontrolle, das sie noch über mich gehabt hatte, zerfiel mit ihrem Geist zu Staub, als Adrian seinen letzten Atemzug tat.

Ich war frei.

Mit einem Schluchzen stürzte ich nach vorn, verlor dabei den Halt und fiel neben ihm auf die Knie. Meine Hände tasteten nach seiner Wunde, aber was konnte ich jetzt noch tun? Wenn er noch leben würde, wäre ich immer noch unter Katharinas Kontrolle. Er musste sterben, um den Fluch zu brechen. Und er hatte mich um Erlaubnis gefragt, als wir das Wohnzimmer verlassen hatten, das wurde mir jetzt klar. Wenn ich nicht so verzweifelt gewesen wäre, hätte ich ihn angeschrien. Ich ballte meine Hände zu Fäusten, aber dahinter stand keine Kraft mehr.

Langsam ließ ich meinen Kopf auf seine Brust sinken.

Ja, vielleicht hatte er die Lösung gefunden. Aber zu welchem Preis? Hätte es nicht vielleicht doch eine andere Möglichkeit gegeben, Katharina aus mir herauszuholen? Der Fluchbrecher von Tante Alma hatte immerhin eine kleine Wirkung entfaltet. Sie hätten sich sammeln und mich dann später angreifen sollen. Zwar wusste ich, dass das in der Realität keine Lösung gewesen wäre, schließlich hatte Katharina schon damit begonnen, sich an den Dorfbewohnern zu rächen, aber ich wollte daran glauben, dass es einen alternativen Weg gegeben hätte. Irgendetwas, nur nicht das, was jetzt geschehen war.

Ein Lufthauch an meinem Bein, ich schaute auf. Azem saß neben mir, seine Lampenaugen fest auf Adrian geheftet. Hinter ihm zeichnete sich ein Bild der Zerstörung ab: Almas Garten war vernichtet. Die Energiestöße hatten die Erde aufgerissen und die Pflanzen verbrannt. Die Leichen der getöteten Dorfbewohner lagen in einiger Entfernung, genauso wie die reglosen Körper der Hexen.

Ich war allein.

Wir hatten gewonnen, aber ich hatte mich noch nie so einsam gefühlt. Und es fiel mir unendlich schwer, Adrians Entscheidung zu respektieren, sich für mich zu opfern. So musste sich auch Hendrik gefühlt haben, als er Johanna zum Scheiterhaufen hatte gehen sehen, als sie sich für ihn geopfert hatte. Welchen Unterschied gab es zwischen uns? Ich hatte Adrian nicht unabsichtlich verraten, aber ich hatte ihn mit in diese Sache hineingezogen. Also war ich auch nicht besser als Hendrik.

Mein Gedankenkarussell drehte sich in kaum auszuhaltender Geschwindigkeit, aber letztendlich konnte ich nichts mehr am Ergebnis ändern.

Du bist eine Hexe, Nora.

Unwillkürlich zuckte ich zusammen, als ich Azems Stimme in meinem Kopf hörte. Mein erster Instinkt war die Befürchtung gewesen, dass Katharina zurück war, aber es war nur das sanfte Schnurren des Katers, das sich auch in seine Gedankenstimme übertrug.

»Was soll das heißen?«, fragte ich mit tränennassen Wangen.

Die mächtigste Hexe, die ich kenne. Wenn du ihn nicht zurückholen kannst, kann es niemand.

Zurückholen? Das war unmöglich! »Aber er ist tot«, murmelte ich, überprüfte zur Sicherheit noch einmal seinen Puls.

Nichts. Wie ich mir gedacht hatte.

Seine Seele ist in der Zwischenwelt. Er kniet genau in diesem Moment neben dir und versucht dich zu trösten.

»Was?!« Ich schaute nach links, dann nach rechts. Aber bis auf die zerstörte Szenerie konnte ich nichts erkennen. »Da ist niemand.«

Du kannst ihn nicht sehen.

»Aber du schon?«

Ich bin eine Katze.

Als ob es das erklären würde. Ungläubig starrte ich den Kater an, bis mir etwas einfiel, das ich vor Jahren einmal in einem Buch gelesen hatte: Wenn man der Mythologie glauben wollte, hatten Katzen sieben Leben und eine besondere Verbindung zum Jenseits. Ihnen wurde nachgesagt, dass sie Geister sehen konnten und mit einer Pfote in der Anderswelt standen.

Und deshalb sage ich dir: Du hast noch eine Chance. Eine allerletzte. Noch ist er nicht fort, aber glaub mir, wenn ich dir sage, dass die Sensenmänner keinen Spaß verstehen, wenn sie erst einmal hier sind.

Azem war auf die andere Seite von Adrians Körper gesprungen und hatte seine Pfote auf seinem Arm abgestellt.

Sofort, Nora!

Mit einer hektischen Bewegung wischte ich mir die Tränen vom Gesicht. Ich musste nicht fragen, wie ich es anstellen sollte, schließlich hatte nur eine Sache die Macht, Adrian zurück in die Welt der Lebenden zu holen: meine Magie.

Also legte ich meine Hand auf seine Brust, in die Nähe seines Herzens und ließ meine Gedanken zurück zu der Höhle schweifen, in der Karla und ich Adrian gefunden hatten. Es fühlte sich an, als ob es eine Ewigkeit her wäre.

Dort hatte ich gewartet, bis Katharina einen bestimmten Teil meiner Magie aus mir herausgesaugt hatte, um sie dann zu nehmen und zurückzuschleudern. Auch als sie noch vor wenigen Minuten in meinem Körper gekämpft hatte, hatte sie etwas Ähnliches getan. Würde das auch hier funktionieren?

Ich horchte in mich hinein, hörte meinen eigenen Herzschlag und darunter liegend die Magie, die mächtiger als je zuvor durch meine Adern pulsierte. Nach ihr zu greifen, fühlte sich beinahe natürlich an. Als hätte ich es schon viele Male zuvor getan.

Wie Katharina wartete ich, bis ich das Gefühl hatte, genug Magie angesammelt zu haben. Als ich danach griff, fingen nicht nur meine Hände an zu glühen, sondern mein ganzer Körper. Jeder Zentimeter Haut leuchtete auf – erst nur ein wenig, dann immer mehr.

Bisher hatte ich meine Kraft als etwas betrachtet, das von mir abgeschnitten in einem Teil von mir verwahrt wurde. Aber das stimmte nicht: Sie war nicht einfach nur ein Teil von mir, sie war *ich*. Und ich war sie.

Diese Erkenntnis schien einen Schalter umgelegt zu haben, denn das Pulsieren unter meiner Haut wurde immer stärker, bis das Licht wie zuvor bei Katharina aus meiner Haut herausbrach und über meine Arme waberte. Jetzt waren es jedoch keine Flammen, die aggressiv danach gierten, andere zu verletzten. Es waren Wellen. Sie wollten helfen, stießen aber immer wieder gegen etwas, das sie davon abhielt. Sie konnten nicht zu Adrian durchdringen.

Sein Oberteil. Azem tippte mit der Pfote gegen den Stoff. Schnell schob ich

Adrians Pullover nach oben. Kaum berührten meine Fingerspitzen seine Haut, war die Barriere überwunden. Einen Augenblick lang wartete ich noch, sammelte den letzten Rest meiner Kraft, den ich finden konnte, dann ließ ich sie frei.

Etwas in mir hätte erwartet, dass die Magie ein Geräusch machte, aber sie war ganz still. Trotzdem spürte ich ihre Macht: Sie fuhr in Adrians Körper, unaufhaltsam jetzt, wo ich die Kontrolle darüber aufgegeben hatte. Sie hob ihn an, erst einige Zentimeter, dann immer mehr, bis er eine Hand breit über dem Boden schwebte. Aber es reichte nicht.

Ich brauchte mehr.

Hatte ich noch mehr? Ich hörte in mich hinein und tatsächlich: Da war noch etwas, in der hintersten Ecke meines Körpers verborgen, ein Rest, den ich noch nicht verbraucht hatte. So schnell ich konnte, griff ich danach und ließ die Magie in Adrian strömen.

Und dann sah ich, was Azem mir beschrieben hatte: Adrians Geist stand neben seinem Körper, aber er schien nicht länger von ihm getrennt zu sein, denn feine Fäden verbanden ihn mit seiner Hülle. Diese Fäden waren meine Magie, wie ich mit Erstaunen feststellte. Aber ich wusste auch, dass diese Verbindung nicht viel länger anhalten würde. Sie stand unter einer enormen Spannung.

Er bewegte seinen Mund, wollte mit mir sprechen, aber ich verstand kein Wort. Beinahe war es so, als hätte jemand den Ton bei einem Film abgestellt. Mein Instinkt sagte mir, dass Adrian sich beeilen musste.

»Azem, sag ihm, dass er sich in seinen Körper lehnen soll. Ich kann es nicht viel länger halten.«

Azem fungierte als Übermittler und Adrian tat, worum ich ihn gebeten hatte. Seine geisterhafte Gestalt näherte sich seinen Füßen, sodass er mit dem Rücken zu seinem Körper stand.

»Jetzt!«, rief ich.

Die Magie begann auszubrechen, wollte zurück zu mir. Ein letzter Blick über die Schulter, dann ließ sich Adrians Geist zurückfallen – in seinen Körper hinein.

Das Band zerriss und die Magie strömte zu mir zurück. Das Rauschen in meinen Ohren war so stark, dass ich Sterne sah. Krampfhaft blinzelte ich, um die Auswirkungen dessen, was ich getan hatte, nicht zu verpassen.

Hatte es funktioniert? War Adrian wieder hier?

Sein Körper schlug hart auf dem Boden auf, als das letzte bisschen Magie ihn verlassen hatte. Das Leuchten erstarb und Stille senkte sich über den Garten meiner Tanten. Nur die Mondsichel erhellte die Wiese.

Die Anspannung war fast unerträglich. Azem und ich starrten Adrian an, der immer noch regungslos auf dem Boden lag.

Da war ... nichts.

Ich hatte versagt. Wieder einmal. Was half es, eine mächtige Hexe zu sein, wenn ich mit meiner Kraft nicht umgehen konnte? Was sollte ich damit, wenn es mir noch nicht einmal in dieser Situation gelang, sie zu beherrschen? Sie war nutzlos.

Geschlagen saß ich auf dem Gras und starrte auf den Körper, der vor mir lag. Tränen stiegen mir in die Augen, vernebelten mir die Sicht.

In diesem Moment atmete Adrian ein. Er saugte die Luft so gierig in seine Lunge, als stünde er kurz vor dem Ertrinken. Er begann zu husten und sich auf die Seite zu rollen. Seine Arme zitterten. Vorsichtig half ich ihm dabei, sich aufzusetzen. Es dauerte einige Minuten, bis er sich erholt hatte und wieder normal atmen konnte. Die durch den Schuss verursachte Wunde hatte sich geschlossen, die Kugel aus der Waffe war neben Adrian auf den Boden gefallen.

Als die Farbe langsam wieder in sein Gesicht zurückkehrte, ließ er seinen Blick über den zerstörten Garten wandern, bis er an Azem hängen blieb, der vor ihm auf dem Boden saß und sich das Fell putzte – als wäre es ein ganz gewöhnlicher Montag.

»O Mann«, murmelte Adrian heiser. »Das sind wirklich die abgefahrensten Semesterferien, die ich jemals hatte.«

Die Spannung fiel von uns ab und entlud sich in einem Lachanfall, der nicht enden wollte. Wieder liefen mir Tränen über das Gesicht, aber dieses Mal aus Freude.

Nachdem wir uns wieder eingekriegt hatten, hob er mein Kinn an und küsste mich sanft. »Danke«, sagte er. »Für alles.«

37

Zwei Wochen später

Die Sonne strahlte auf den Festplatz, als wäre der ganze Sommer schon so warm und einladend gewesen wie die letzten Tage. In der Mitte stand ein Mitsommerbaum, der über und über mit Blumen, Efeu und Farn bewachsen war. Das war Almas Beitrag zum Sommersonnenwend-Fest, das wegen der Ereignisse auf heute verschoben worden war. Der Vorschlag, einen Mittsommerbaum aufzustellen, war jedoch von den Dorfbewohnern gekommen. Nach allem, was passiert war, war es selbst dem stursten Anwohner nicht mehr richtig vorgekommen, eine Strohhexe in Brand zu stecken, wie es die Jahre davor stets Brauch gewesen war. Darüber war auch meine Oma Ida sehr glücklich gewesen, die ihre Reha endlich abgeschlossen hatte und nach Tannenburg zurückgekehrt war.

Ich saß mit Karla und Adrian an einem der langen Festtische. Sie waren sternförmig um den Baum platziert worden, in einiger Entfernung zum Buffet.

»Ich sterbe vor Hunger«, sagte Karla gerade. »Meint ihr, ich kann mir schon *vor* der Eröffnungsrede etwas nehmen?«

Adrian und ich warfen uns einen Blick zu, ich musste grinsen. »Du kannst es versuchen, aber pass auf, dass Bendis dich nicht dabei erwischt.«

Meine Freundin verschränkte die Arme vor der Brust, ihr Magen knurrte vernehmlich. Einen Moment noch zögerte sie, bevor sie aufstand und zum Buffet hinüberschlich.

»Bendis wird ihr die Ohren langziehen«, sagte Adrian.

»Sehr wahrscheinlich«, antwortete ich lachend. »Aber sie hat ihre Entscheidung getroffen, Karla kennt die Risiken.«

Adrian neigte den Kopf, als wollte er mir zustimmen. Kurz schauten wir unserer Freundin beide dabei zu, wie sie sich am Honigkuchen bediente. Kaum hatte sie das Stück in der Hand, fegte Bendis, die für das Buffet verantwortlich war, auf sie zu. Karla nahm die Beine in die Hand und verschwand in Richtung Kirche, da, wo die Band gerade alles aufbaute.

»Apropos Entscheidung«, sagte Adrian. »Hast du dich entschieden?«

Ich senkte den Blick. Seit wir Katharina besiegt hatten, hatte ich mich geweigert darüber nachzudenken, was ich in Zukunft tun würde. Das Einzige, was ich getan hatte, war, im Moment zu leben: Zusammen mit Adrian und Karla hatte ich den Sommer so genossen, wie ich es eigentlich von Anfang an vorgehabt hatte. Wir waren im Fluss schwimmen gegangen, hatten Nachmittage lang auf Wiesen gelegen und Alma und Franka geholfen, den Garten wieder herzurichten. Wie sich herausgestellt hatte, war Verwüstungen, die von Magie herrührten, schwieriger wieder beizukommen als herkömmlichen Zerstörungen. Aber letztendlich war es uns gelungen – auch mithilfe der Dorfbewohner, die etwa zwei Tage nach dem magischen Kampf ihre Hilfe angeboten hatten.

Es hatte damit angefangen, dass plötzlich jemand an die Haustür meiner Tanten klopfte. Als ich hinging, um sie zu öffnen, stand da nur ein Korb mit allerlei Kleinkram: Von Gartenhacken über Samen und Dünger bis hin zu Ablegern und ganzen Pflanzen hatte jeder der Dorfbewohner etwas beigesteuert. Es sollte nicht bei dem Korb bleiben. Einen weiteren Tag später boten mehrere Männer aus dem Dorf ihre Hilfe beim Umgraben an. Und auch als wir der Beerdigung der Verstorbenen beiwohnten, schlug weder mir noch meiner Familie die sonst übliche Feindseligkeit entgegen. Es erweckte fast den Anschein, als hätte sich Tannenburg mit seinen Hexen angefreundet.

Je mehr Zeit verstrich, desto näher rückte jedoch auch das Ende des Sommers und die Tatsache, dass ich nach Berlin zurückkehren musste.

Die Nächte, die ich allein verbrachte, dachte ich darüber nach, was ich tun sollte. Dass ich meine Kräfte würde ausbilden lassen müssen, war klar. Franka hatte sehr deutlich gemacht, dass eine unausgebildete Hexe mit meinen Kräften als Gefahr angesehen werden würde, auch von den anderen Zirkeln.

Eine Regel der verschiedenen Hexencoven war es, dass magisch begabte Menschen ausgebildet werden mussten, um mit ihren Kräften umgehen zu können. Das traf auf mich im Besonderen zu, denn die Kunde, dass ich die Kräfte von zwei Hexen in mir trug, war längst über die Hügel und Wälder des Harzes hinausgelangt. Die Frage war nur: Wann?

In einem Jahr würde ich mein Abitur machen, danach wollte ich studieren. Sowohl meine Schule als auch meine zukünftige Universität lagen in Berlin. Doch die praktische Ausbildung meiner Kräfte würde hier im Harz stattfinden, die Theoriestunden von einigen Wochen sogar im Schwarzwald. Das alles passte ganz und gar nicht zu der Vorstellung, die ich mir von meinem Leben gemacht hatte. Aber wer hätte schon damit rechnen können, eine Hexe zu sein?

»Ja«, sagte ich schließlich langsam. »Ich glaube, ich habe mich entschieden.«

»Das ist gut.« Adrian lächelte und nahm meine Hand. »Sobald du hier bist, komme ich wohl öfter wieder nach Tannenburg.«

»Das will ich auch stark hoffen«, erwiderte ich mit einem Grinsen und lehnte mich an ihn.

Wir saßen schweigend am Tisch, bis Karla zurückkam. Sie hatte den Honigkuchen erfolgreich entwendet und uns auch jeweils ein Stück mitgebracht. »Deine Tante Alma hat wenigstens ein Herz«, sagte sie, als sie den Kuchen lachend vor uns ablegte.

Dann begann das Fest. Und zum ersten Mal versteckte sich meine Familie nicht hinter zugezogenen Gardinen und verbarrikadierten Türen in der Erwartung von verschmierten Fenstern und toten Frettchen auf der Fußmatte.

Nach so langer Zeit waren wir endlich ein Teil von Tannenburg und nicht nur das unerwünschte Hexenpack. Es würde sicher noch einige Zeit dauern, aber die Saat des Misstrauens und der Missgunst war mit Katharina gestorben.

***

Franka fuhr uns eine Woche später zum Bahnhof. Die Unterspülung der

Straße war endlich behoben worden und meine Sommerferien waren zu Ende. Adrian hatte sich dazu entschlossen, mit mir nach Berlin zurückzukehren. Karla hatte sich schon am Vortag von uns verabschiedet. Wir alle hatten uns versprochen, uns spätestens in einem Jahr wiederzusehen, wenn nicht sogar früher.

Als der Zug Tannenburg verließ, überfiel mich ein seltsames Gefühl. »Ich glaube, ich werde dieses Dorf vermissen.«

Adrian schmunzelte. »Ich hätte nicht gedacht, dass ich das einmal sagen würde, aber ja, ich irgendwie auch.«

Die vier Stunden, die wir für die Fahrt brauchten, verbrachte ich entweder schlafend an Adrians Schulter gelehnt oder mit meiner Nase in einem der vielen Bücher vergraben, die ich vor meiner Abreise eingepackt und in der ganzen Zeit nicht ein einziges Mal angerührt hatte.

Ich blinzelte, als die Stimme des Schaffners mich aus dem Schlaf riss. Adrian und ich packten unsere Sachen und warteten, bis der Zug vollkommen zum Stehen gekommen war. Dann stiegen wir aus.

»Ich bringe dich noch nach Hause«, sagte er. »Ich will schließlich deine Mutter kennenlernen.«

Mit erhobener Braue antwortete ich: »Wenn das dein Herzenswunsch ist, halte ich dich nicht davon ab.«

Er zuckte die Schultern. »Schlimmer, als mein Vater dich willkommen geheißen hat, kann es gar nicht werden.«

Wir verschränkten unsere Hände ineinander und legten die restlichen zwanzig Minuten mit der S-Bahn zurück.

Als wir in meiner Straße angekommen waren, sah ich eine bekannte Gestalt am Fahrradständer gegenüber dem Eingang lehnen. Philipp. Er starrte uns an, in der Hand sein Smartphone.

»Wer ist das?«, fragte Adrian.

»Jemand aus einem anderen Leben«, sagte ich. »Mit dem ich abgeschlossen habe.«

ENDE

TRIGGERWARNUNG

Diese Geschichte enthält folgende sensitive Themen:

Emotionale Gewalt

Körperliche Gewalt

Tod und Trauer

Suizid

Blut

DIE MACHT DER GEFÜHLE
TAUCH EIN IN ROMANTISCH-FANTASTISCHE GESCHICHTEN.
IMPRESS
#IMPRESSBOOKS
ALLES VON IMPRESS HIER:
IMPRESSBOOKS.DE

DAS HERZ EINER HEXE

Samantha Blake
BAYOU PRIESTESS. DIE VOODOO-PRINZESSIN VON NEW ORLEANS
ISBN 978-3-551-30293-9
Softcover
Auch als E-Book erhältlich

Die junge Voodoo-Priesterin Rosie lebt im Bayou, den unzugänglichen Sümpfen von New Orleans. Dort bereitet sie sich seit Jahren auf ihr Schicksal vor, eines Tages das magische Erbe ihrer Familie weiterzuführen. Doch als sich Rosies Wege mit denen des mysteriösen Morrison kreuzen, gerät ihr beschauliches Leben in Aufruhr.

Christina M. Fischer
DURCH MAGIE ERWACHT (DIE MAGIE-REIHE 1)
ISBN 978-3-551-30113-0
Softcover
Auch als E-Book erhältlich

Mel hat bis jetzt vermieden, ihren Hexenmeister mit den Augen einer Raubkatze aufzusuchen. Ash gilt als unnachgiebig und unnahbar. Nun muss sie ihm beichten, dass sich ihr Drachenei in Flammen aufgelöst hat und eine Phönixkönigin aus der Asche auferstanden ist. Gemeinsam suchen sie nach dem gefährlichen Feuerwesen. Und Mel lernt ganz neue Seiten an Ash kennen.

Verena Bachmann
THE WITCH QUEEN. ENTFESSELTE MAGIE
ISBN 978-3-551-30311-0
Softcover
Auch als E-Book erhältlich

Hexe Enju will nach ihrer Arbeit in der Bar nur eins: ins Bett. Doch durch eine Verschiebung der Magie landet sie im Viertel der Totenbeschwörer. Dort ist etwas Grausames geschehen, für das sie plötzlich verantwortlich gemacht wird. Um ihre Unschuld zu beweisen, muss sie mit dem attraktiven Anführer der Beasts zusammenarbeiten.

IMPRESS

WWW.IMPRESSBOOKS.DE

Impress

Die Macht der Gefühle

Wir produzieren nachhaltig

- Klimaneutrales Produkt
- Papiere aus nachhaltigen und kontrollierten Quellen
- Hergestellt in Europa

FSC
www.fsc.org
MIX
Papier aus verantwortungsvollen Quellen
FSC® C083411

Impress

Ein Imprint der Carlsen Verlag GmbH

Oktober 2022

© der Originalausgabe by Carlsen Verlag GmbH, Hamburg 2022

Text © Anna Weydt, 2022

Lektorat: Julia Feldbaum

Umschlagbild: freepik.com / © winwin.artlab / © ekosuwandono / © melazerg / © user5544494 / shutterstock.com / © olpo / © 3xy / © Amelia Austen

Umschlaggestaltung: M.D. Hirt

ISBN 978-3-551-30534-3

www.impressbooks.de

Werde Teil der Impress-Community, folge uns auf Instagram oder Facebook. Abonniere unseren Newsletter und erhalte kostenlose Lesetipps per E-Mail! Unsere Bücher gibt es überall im Buchhandel und auf impressbooks.de.